샌프란시스코에서 온 신사

세계문학전집
2 5 4

Иван Бунин : Господин из Сан-Франциско

샌프란시스코에서 온 신사

이반 부닌 소설

최진희 옮김

문학동네

일러두기

1. 번역 대본으로는 1965~1967년 모스크바 예술문학출판사에서 펴낸 И. А. Бунин Собрание сочинений в девяти томах; Под общей редакцией А. С. Мясникова, Б. С. Рюрикова, А. Т. Твардовского. Москва: Художественная литература, 1965~1967을 사용했다.
2. (원주) 표시를 하지 않은 각주는 모두 옮긴이주다.
3. 본문 중 고딕체는 원서에서 이탤릭체로 강조한 부분이다.

차례 ▋

샌프란시스코에서 온 신사

샌프란시스코에서 온 신사. 나폴리에서도 카프리에서도 그의 이름을 기억하는 사람은 없었다. 그는 아내와 딸과 함께 오로지 유흥을 위해 장장 이 년 일정으로 구세계* 여행을 떠났다.

그는 모든 면에서 최고의 여행과 휴식, 만족을 누릴 완벽한 권리를 가졌다고 굳게 믿었다. 그렇게 확신하는 데는 그만한 이유가 있었다. 우선 그는 부자였다. 그리고 쉰여덟 살이긴 했지만 진정한 의미의 삶은 이제 막 시작한 참이었다. 지금까지의 인생은 삶이었다기보다는 생존에 불과했다. 물론 그리 나쁘지는 않았다. 다만 미래를 위해 모든 것을 미뤄왔다. 그는 허리 한 번 펴지 않고 일했다. 그가 고용한 수천 명

---

* 신세계인 미국과 대비해 유럽을 뜻하는 말.

의 중국인은 이 말이 무슨 뜻인지 잘 알고 있다! 마침내 많은 것을 이루었다는 생각이 들었다. 예전에 자신이 모범으로 삼았던 사람들과 거의 같은 수준이 되었다는 느낌이 들자 이제는 한숨 돌릴 때가 되었다는 생각이 들었다. 그와 같은 부류의 사람들에게는 유럽이나 인도, 이집트 여행으로 즐기며 사는 인생을 새롭게 시작하는 관습이 있었다. 그도 그렇게 하기로 했다. 물론 노동으로 보낸 세월에 대해 우선적으로 스스로에게 보상을 해주고 싶었다. 그렇지만 아내와 딸을 위한 여행이기도 했다. 그의 아내는 감성이 풍부한 사람은 결코 아니었다. 그러나 미국의 중년 여자들은 모두 여행을 열렬히 사랑한다. 나이가 찼고 몸이 좀 약한 딸에게도 여행은 꼭 필요했다. 건강에 유익할 뿐 아니라 여행중에 행복한 만남이 생길 수도 있지 않겠는가? 백만장자의 옆자리에서 식사하거나 프레스코화를 같이 감상할 기회가 생길 수도 있는 것이다.

샌프란시스코에서 온 신사의 여행 계획은 장대했다. 12월과 1월에는 이탈리아 남부의 태양과 고대 유적들, 타란텔라 춤*과 거리 악사들의 세레나데 그리고 그 나이의 남자들이 특히 은밀하게 여기는 것, 말하자면 사심이 없다고 할 수는 없는, 어린 나폴리 아가씨들과의 만남을 즐길 작정이었다. 이맘때면 소수의 선택받은 사람들만 모여드는 니스와 몬테카를로의 카니발에서도 시간을 보낼 생각이었다. 그곳에서 사람들은 자동차경주나 요트 경주를 즐기고, 룰렛 게임이나 사랑놀이에 빠지기도 하고, 그것도 아니면 새장에서 정원의 연녹색 잔디 위로

---

* 템포가 아주 빠른 춤곡에 맞춰 추는, 이탈리아 나폴리의 민속무용.

무척 예쁘게 날아오르다가 한순간 물망초 색 바다를 뒤로하고 땅을 향해 곤두박질치듯 비행하는 새하얀 비둘기떼를 겨냥해 열심히 사격을 하기도 한다. 3월 초는 피렌체에서 보내고 싶었고, 사순절까지는 로마에 도착해 거기서 〈미제레레〉*를 듣고 싶었다. 그의 계획 속에는 베네치아도 있었고 파리도 있었으며, 세비야의 투우, 영국 섬들에서의 수영도 있었고, 아테네와 콘스탄티노플, 팔레스타인과 이집트, 심지어 일본도 있었다. 물론 돌아오는 길에 들를 예정이었지만…… 처음에는 모든 것이 훌륭했다.

11월 말이었고 지브롤터해협까지는 얼음 긴 안개를 헤치고 진눈깨비 폭풍 속을 지나가야 했지만 항해는 상당히 순조로웠다. 승객이 매우 많았고, 그 유명한 '아틀란티스'호는 나이트 바와 동양식 사우나, 자체 제작 신문 등 온갖 편의 시설을 갖춘 거대한 호텔 같았다. 아틀란티스호에서의 생활은 매우 규칙적이었다. 안개 속에서 묵직하게 출렁이는 광대한 회녹색 바다 위로 해가 마지못해 떠오르는 그 어스름한 이른아침, 사람들은 복도를 따라 날카롭게 울려퍼지는 나팔소리에 맞춰 잠을 깼다. 그들은 플란넬 파자마를 벗어던지고 커피, 핫초코, 또는 코코아를 마셨다. 그런 다음 사우나를 하거나 식욕을 돋우고 기운을 끌어올리기 위해 체조를 하거나 아침 치장을 하고 나면 첫 식사시간이었다. 열한시까지는 차갑고 신선한 바다 공기를 마시며 갑판 위를 경쾌하게 산책하거나 식욕을 다시 돋우기 위해 셔플보드** 같은 게임을

---

* 라틴어로 '자비를 베푸소서'라는 뜻의 가톨릭 성가.(원주)
** 19~20세기에 대서양을 횡단하는 호화 여객선 갑판에서 즐기던 경기. 코트 위에서 긴 막대로 원반을 이동시켜 점수를 겨루는 스포츠다.

하곤 했다. 열한시에는 불리온*과 샌드위치로 원기를 회복했다. 그런 후 기꺼이 신문을 읽으며 첫번째보다 훨씬 영양이 많고 다양한 종류로 구성된 두번째 식사를 조용히 기다렸다. 이어지는 두 시간 동안은 휴식을 취했다. 갑판 위에 기다란 갈대 의자들이 가득 깔리고, 여행객들은 모포를 두르고 그 위에 누워 구름 낀 하늘과 배 뒤로 어른거리는 거품 이는 파도를 바라보거나 단잠을 청했다. 네시가 되면 기분좋게 원기가 왕성해진 사람들에게 비스킷과 향기로운 진한 차가 제공되었다. 일곱시에는 이 생활의 가장 중요한 목적, 그 절정을 알리는 나팔소리가 울렸다…… 그러면 샌프란시스코에서 온 신사도 호화로운 자신의 객실로 서둘러 들어가 저녁식사를 위해 옷을 갈아입었다.

저녁이면 아틀란티스호의 각층에서는 불타는 눈동자들이 어둠 속에서 수도 없이 빛났다. 많은 하인이 주방과 식기 세척실, 포도주 저장고에서 일했다. 창문 너머로 보이는 바다는 무시무시하지만 아무도 바다에 대해서는 생각하지 않고, 이따금 자기의 밀실에서 나와 사람들 사이에 있는, 항상 졸린 듯한 눈에 붉은 머리, 거대한 몸집을 가진 괴수 같은 선장의 모습을 보고 그가 그 바다를 지배하고 있다는 믿음을 확인했다. 넓은 금색 자수가 놓인 제복을 입은 그는 거대한 우상 같았다. 선수船首 갑판에서는 사이렌이 몇 분 간격으로 지옥처럼 암울하고 끈질기게, 악에 받친 듯 울려댔지만, 식사하는 사람들 가운데 소수만이 그 소리를 들었다. 화려한 불빛이 흘러넘치고 가슴이 깊게 파인 드레스를 입은 부인들과 연미복이나 턱시도를 입은 남성들, 그리고 날렵한 하인

---

* 건더기 없는 고기 국물 수프.

들과 정중한 집사들로 가득찬 두 층의 홀에서 현악 오케스트라의 세련되고 끊임없는 연주가 만들어내는 아름다운 음악소리가 그 소리를 집어삼켰던 것이다. 집사들 중 한 사람이 런던 시장경*처럼 목에 무언가를 매달고 사람들 사이로 포도주 주문만 받으러 다녔다. 턱시도와 풀 먹인 셔츠가 샌프란시스코에서 온 신사를 아주 젊어 보이게 했다. 크지 않은 키에 피부가 메마르고 맵시는 없지만 체격이 단단한 그 신사는 진줏빛 도는 황금색의 화려한 방에, 포도주병과 술잔, 작고 섬세한 유리잔과 풍성한 히아신스 꽃다발이 놓인 탁자 뒤에 앉아 있었다. 은색 수염을 짧게 손질한 누르스름한 얼굴에는 어딘지 몽골 사람의 느낌이 있었고, 큼지막한 치아에는 황금 보철이 반짝였으며, 단단해 보이는 대머리는 오래된 상아처럼 빛났다. 몸집이 크고 살집이 있으며 조용한 성격인 그의 아내는 부유해 보였으며 나이에 어울리는 옷을 입었다. 잘 손질된 멋진 머리칼에서 창포꽃 향기가 나고 입술 주변에 분홍색의 조그만 뾰루지 몇 개가 난 키 큰 딸은 쇄골에 살짝 분칠을 하고 속살이 비치는 가볍고 섬세한 옷을 입어 마른 몸매를 순진하리만큼 적나라하게 드러냈다…… 보통 식사는 한 시간 이상 계속되었고 식사가 끝나면 홀에서 무도회가 열리곤 했다. 그 시간에 남자들은, 샌프란시스코에서 온 신사까지 포함해서, 껍질을 벗긴 삶은 달걀 같은 흰자위를 번뜩이는 흑인들이 붉은 조끼를 입고 시중드는 바에서 다리를 식탁 위에 올린 채 얼굴이 붉어질 정도로 아바나산 시가를 피워대거나 술을 마셨다. 벽 너머에서 바다가 울부짖으며 검은 산처럼 넘실거렸

---

* 런던 시장과는 구별되는, 런던시의 법인 수장.

고, 눈보라는 묵직한 밧줄에 부딪히며 거친 쇳소리를 냈다. 증기선 전체가 눈보라와 산더미 같은 검은 파도를 넘으며 넘실거렸다. 마치 쟁기로 산을 갈라 양편으로 출렁이는 거대한 언덕을 만든 것 같았다. 언덕들은 연거푸 끓어올라 거품의 꼬리를 남기며 높이 올라갔고, 사이렌은 안개에 숨이 막혀 죽을 것 같은 고통의 신음을 토해냈다. 망루 위에서 당직을 서는 선원들은 혹한에 몸이 얼고 참을 수 없는 긴장에 혼이 빠질 지경이었다. 물속에 잠긴 증기선의 하단부는 캄캄하고 뜨거운 지옥의 심연, 제9원* 같았다. 허리까지 맨살을 드러낸 사람들이 열기로 달아올라 시큼한 냄새가 나는 더러운 땀을 흘리며 벌겋게 달아오른 용광로의 아가리로 석탄더미를 던져넣으면 거대한 용광로가 그것을 집어삼키며 낮은 소리를 냈다. 그런데 저쪽 바에는 사람들이 의자 팔걸이에 다리를 올려놓은 채 코냑과 리큐어를 천천히 음미하며 독한 담배 연기가 자욱한 공기 속에 태평하게 앉아 있었다. 무도장에선 모든 것이 반짝이고 빛과 온기와 기쁨이 흘러넘쳤으며 쌍쌍의 남녀가 원을 그리며 왈츠를 추고 몸을 꺾으며 탱고를 추기도 했다. 부끄러운 줄 모르는 달콤한 애수 속에서 음악은 집요하게 하나만, 오직 하나만 바랐다…… 이 화려한 군중 속에 대부호 한 명이 있었다. 그는 홀쭉한 몸매에 구식 연미복을 입고 깨끗하게 면도한 모습이었다. 군중 속에는 유명한 스페인 작가도 있고, 세계적인 미인도 있고, 우아한 연인 한 쌍도 있었다. 모두들 호기심에 찬 눈길로 두 연인의 뒤를 좇았고, 그들도

---

* 단테의 『신곡』 「지옥편」에 등장하는 지옥. 단테에 따르면 지옥은 죄의 경중에 따라 아홉 개의 원으로 구분되는데, 그중 마지막 원인 제9원은 가장 중한 범죄인 배신과 반역을 저지른 자들이 가는 지옥이다.

자신들의 행복을 굳이 감추려 하지 않았다. 남자는 오직 그녀하고만 춤을 추었고, 그들이 하는 모든 행동이 매우 세련되고 매혹적이었다. 하지만 그들은 로이드로부터 상당한 보수를 받고 사랑하는 연인 역할을 하도록 고용되었으며 오래전부터 이 배와 저 배를 오가며 항해하고 있다는 사실은 선장만 알고 있었다.

지브롤터에서는 태양이 모든 사람을 기쁘게 했다. 마치 이른봄 같았다. 새로운 승객이 아틀란티스호의 갑판 위에 등장해 모두의 관심을 불러일으켰다. 익명의 여행객으로, 어느 아시아 국가의 왕세자였다. 그는 키가 작고 평퍼짐하면서 무표정한 얼굴이었으며 눈이 가늘고 금테 안경을 끼고 있었다. 커다란 콧수염은 마치 죽은 사람의 그것처럼 보여서 약간 불쾌하게 느껴졌지만, 전체적으로는 친근하고 소박하고 겸손해 보였다. 지중해에는 공작새의 꼬리처럼 크고 화려한 파도가 넘실거렸다. 완벽하게 깨끗한 하늘 아래에서 선명하게 반짝이는 햇빛을 받으며 흥에 취한 듯 미쳐 날뛰는 트라몬타나*가 그 파도를 만들어내고 있었…… 둘째 날에 하늘이 희뿌연 색으로 변하더니 수평선이 안개에 싸였다. 육지가 가까워졌고 이스키아섬과 카프리섬이 보였다. 벌써 망원경으로는 산기슭 아래에 설탕조각처럼 흩뿌려진 도시 나폴리가 보였…… 많은 신사 숙녀가 가벼운 모피 외투를 걸쳐 입고 있었다. 늘 온순하게 속삭여 말하는 중국인 소년 급사들, 발뒤꿈치까지 내려오는 새카만 변발에 아가씨처럼 짙은 눈썹을 한 안짱다리의 소년들은 두꺼운 담요며 지팡이, 트렁크, 여행용 화장도구 상자 등을 계단으

* 지중해 서부의 산악지대에서 불어오는 북서풍.

로 천천히 끌어내고 있었다. 갑판 위에서는 샌프란시스코에서 온 신사의 딸이 지난밤 우연히 운좋게 소개받은 왕자 옆에 서서, 그가 크지 않은 목소리로 뭔가를 서둘러 이야기하며 먼 곳을 가리키면 주의깊게 보는 척했다. 그 사람은 다른 사람들과 함께 있으면 작은 키 때문에 어린아이 같았으며 못생기고 이상하게 보였다. 안경과 중산모자를 쓰고 영국식 외투를 입었는데, 숱 없는 콧수염이 말털처럼 뻣뻣해 보였고 얼굴은 평퍼짐했으며, 까무잡잡하고 얇은 피부는 마치 펴서 잡아당긴 듯 팽팽하고 에나멜 칠을 한 듯 반짝거렸다. 그런데 그의 말을 듣고 있는 아가씨는 떨려서 그가 하는 말이 무슨 뜻인지 도통 이해하지 못했다. 그의 앞에서 그녀의 심장이 희미한 기쁨으로 쿵쾅거렸다. 그의 모든 것은 다른 사람들과 달랐다. 그의 마른 팔, 깨끗한 피부, 그 밑에 흐르는 고대 왕실의 피. 심지어 매우 단순하지만 특별히 신경을 쓴 듯한 말쑥한 유럽식 옷차림은 말로 설명할 수 없는 매력을 감추고 있었다. 회색 각반을 차고 단화를 신은 샌프란시스코에서 온 신사는 옆에 서 있는 유명한 미인을 줄곧 쳐다보고 있었다. 놀랄 만큼 멋진 몸매에 파리에서 최신 유행하는 눈화장을 한 키 큰 그 금발머리 아가씨는 은으로 만든 목줄을 채운 등이 굽고 털 빠진 작은 개에게 연신 무언가 이야기했다. 그리고 딸은 왠지 약간 거북해하며 아버지를 모르는 척하려 애썼다.

그는 여행에 돈을 아끼지 않았다. 그래서 그에게 식사와 음료를 제공하고 아침부터 저녁까지 아주 작은 것이라도 그의 바람을 미리 알아서 채워주고 청결과 평안을 보장하고 그의 짐을 옮겨주고 그를 위해 짐꾼을 불러주고 그의 가방을 호텔에 가져다주는 등 모든 일을 해주는 사람들의 배려를 의심 없이 받아들였다. 모든 곳에서 그랬다. 항해할 때도 그랬고 나폴리에서도 그래야 했다. 나폴리가 눈앞에 다가왔다. 반짝이는 금관악기를 든 악사들이 벌써 갑판 위에 모여 갑자기 장엄한 행진곡을 연주해 모든 사람의 귀를 먹먹하게 만들었다. 열병식 제복을 입은 기골이 장대한 선장이 선교 위로 모습을 드러냈다. 그는 인자한 이교異敎의 신처럼 승객들에게 손을 흔들며 반갑게 인사했다. 마침내 항구에 도착한 아틀란티스호가 여러 층으로 이루어지고 사람들로 가득찬 거대한 선체를 해안에 기대자, 배다리가 요란한 소리를 내며 얹혔다. 그러자 각종 편의를 제공하려는 여관 문지기들이며 금줄 달린 모자를 쓴 그들의 보조들, 거간꾼들, 휘파람을 부는 떠돌이 소년들, 엽서 뭉치를 든 새파란 건달들, 한 덩치 하는 뜨내기들이 배를 향해 달려들었다! 그러나 그는 왕자도 머무를 만한 호텔에서 보내온 자동차로 걸어가며 이를 다문 채 코웃음을 치며 그 부랑자들에게 때로는 영어로 때로는 이탈리아어로 조용히 말했다.

"고 어웨이!* 비아!**"

나폴리에서의 생활은 곧바로 정해진 순서에 따라 진행되었다. 이른 아침에 어둑한 식당에서 먹는 아침, 별로 기대할 바 없는 구름 낀 하늘과 현관 입구에 서 있는 한 무리의 여행 안내인들. 그러고 나면 분홍빛의 따뜻한 태양이 첫 미소를 보내오고, 높은 발코니에서 보이는 반짝이는 아침 안개로 발치까지 덮인 베수비오산과 은빛이 도는 진주색으로 아른거리는 만灣과 수평선 위로 보일락 말락 하는 카프리섬의 형상과 아래쪽 해안가를 따라 이륜마차를 끌고 뛰어다니는 작은 당나귀

---

* 영어로 '저리 가!'라는 뜻.(원주)
** 이탈리아어로 '저리 가!'라는 뜻.(원주)

들과 활기차고 도전적인 음악소리에 맞춰 어딘가로 행군하는 병사들의 모습이 조그맣게 보인다. 그다음엔 창문이 많은 높다란 집들 사이로, 사람들로 붐비는 좁고 습한 골목을 따라 자동차를 타고 천천히 이동하면서, 극도로 깨끗하며 조명이 차분하고 기분좋지만 마치 눈이 반사된 듯 지루한 박물관이나 밀랍 냄새 풍기는 차가운 교회를 둘러본다. 그런 곳들은 어디를 가나 똑같다. 무거운 가죽 휘장으로 가려진 입구는 웅장하고, 안쪽의 거대한 공동空洞에는 침묵이 흐르며, 레이스로 장식된 제단에 놓인 일곱 개의 가지가 달린 촛대의 불빛은 고요하고, 나무로 된 어두운색의 신도석들 사이에는 노파가 혼자 앉아 있고, 발 아래에는 죽은 이의 매끄러운 명판이 있고, 〈십자가에서 내려지는 그리스도〉, 그것도 반드시 유명한 작가가 그린 그림이 걸려 있다. 한시가 되면 산마르티노 언덕에서 점심식사를 한다. 이곳은 정오 무렵에 고위 인사들이 적지 않게 모여드는 곳이다. 거기서 샌프란시스코에서 온 신사의 딸이 갑자기 쓰러질 뻔한 일이 있었다. 신문에서는 로마에 있다고 했던 왕자가 그곳에 앉아 있는 것 같았기 때문이다. 다섯시가 되면 불을 지핀 벽난로와 양탄자로 따뜻해진 화려한 호텔의 살롱에서 차를 마신다. 거기서 다시 식사가 준비되고, 다시 큰 신호음이 위압적으로 전 층에 울려퍼지고, 다시 층계를 따라 가슴이 파이고 사각거리는 실크 드레스를 입은 귀부인들이 줄지어 선 모습이 거울에 비치고, 다시 식당의 화려한 입구가 환대하며 활짝 열리고, 다시 무대에 붉은 재킷을 입은 악사들이 등장하고, 걸쭉한 분홍빛 수프를 능숙하게 접시에 담고 있는 집사장 옆은 피부가 검은 하인들 한 무리로 북적인다……
다시 식사는 음식과 포도주와 광천수와 디저트와 과일 들로 흘러넘치고, 밤 열한시쯤 되면 하녀들은 손님들의 위를 달래주기 위해 뜨거운 물이 든 고무주머니를 각 방으로 나른다.

그런데 12월은 아주 '별로'였다. 수위들은 날씨에 대해 말하면서 이렇게 안 좋았던 적은 기억에도 없다며 미안한 듯 어깨를 으쓱했다. 사실 그렇게 중얼거리며 도처에서 무언가 끔찍한 일이 벌어진다고 말한 해가 그해가 처음은 아니었지만 말이다. 리비에라에 전례없이 폭우와 폭설이 내리고, 아테네에 눈이 오고, 에트나산도 온통 눈에 덮여 밤마다 빛나고, 한파에 목숨을 부지하려는 여행객들은 팔레르모를 탈출하고…… 아침햇살은 매일 거짓말을 했다. 정오가 되면 태양은 이내 시들고 빗방울이 듣기 시작해 점차 거세지고 차가워졌다. 그러면 호텔 현관 옆의 종려나무들은 양철판처럼 번뜩이고 도시는 특히 더럽고 답답하게 보였으며, 박물관들은 지나치게 천편일률적으로 보였다. 바람에 날개처럼 펄럭이는 방수 망토를 걸친 뚱뚱한 마차꾼들의 담배꽁초가 지독한 냄새를 풍기고, 목이 가느다랗고 야윈 말에게 가하는 기운 넘치는 채찍질은 여실히 가짜로 보이고, 전차 궤도를 청소하는 남자들의 신발은 끔찍하고, 아무것도 쓰지 않은 채 빗속에서 진흙탕을 걸어다니는 검은 머리 여자들의 다리는 흉할 정도로 짧아 보였다. 해안가의 거품 낀 바닷물에서 나는 썩은 물고기 냄새와 축축한 습기는 말할 것도 없었다. 샌프란시스코에서 온 신사와 숙녀는 아침마다 싸웠다. 그리고 그들의 딸은 어떤 때는 두통으로 창백해져서 걸어다니다가도 두통에서 회복되면 생기발랄하게 온갖 것에 감탄했는데, 그럴 때면 예쁘고 아름다웠다. 특별한 피가 흐르는 못생긴 남자와의 만남이 그녀 안에 불러일으킨 감정은 부드러우면서도 복잡하고 아름다웠다. 결국 이 아가씨의 영혼을 깨우는 것이 무엇인가는 그리 중요하지 않았다…… 돈, 명예, 가문의 명성과는 상관이 없었다. 사람들은 한결같이 카프리는 소렌토와 전혀 다르다고 말했다. 그곳은 더 따뜻하고 햇살도 더 많이 비치고 레몬나무에 꽃이 피며, 사람들이 더 정직하고 포도주도 더 순수하다는 것이다. 그래서 샌프란시스코에서 온 가족은 짐을 전부 가지고 곧장 카프리로 떠나기로 했다. 카프리를 둘러보고 티베리우스황제의 궁전들이 있던 자리에 남아 있는 돌을 밟아본 후 동화처럼 신비로운 푸른 동굴*에도 가보고, 크리스마스 전 한 달간 줄곧 방랑하며 성모마리아를 칭송하는 노래를 부르고 백파이프를 부는 아브루초 사람들의 음악을 듣고 나서 소렌토로 갈 예정이었다.

출발하던 날은 샌프란시스코에서 온 가족에게 잊을 수 없는 날이었다! 아침부터 해가 뜨지 않았다. 짙은 안개가 베수비오산을 완전히 가리고 납빛 바다의 잔물결 위로 낮게 깔렸다. 카프리섬도 전혀 보이지 않았다. 마치 세상에 존재하지 않는 것 같았다. 그곳으로 향하던 작은 배가 이쪽저쪽으로 기우는 바람에 그들은 멀미가 나서 그 배의 보잘것없는 객실에서 눈을 감은 채 두꺼운 담요로 다리를 감싸고 소파에 납작 엎드려 있었다. 부인은 자신이 누구보다 고생한다고 생각했다. 몇 번이나 죽을 것 같다는 생각이 드는 걸 참고 있는데, 더운 날이든 추운 날이든 벌써 여러 해 동안 매일같이 그런 파도에 배를 타고도 전혀 지치지 않는 하녀는 대야를 들고 뛰어와 웃기만 했다. 딸은 몹시 창백해져서 레몬조각을 입에 물었다. 폭이 넓은 외투를 입고 커다란 모자를

---

* Grotta Azzurra. 카프리섬 해안에 있는 유명한 해식동굴. 햇빛이 수중 공동(空洞)을 통해 바닷물을 통과하면서 푸른색이 반사되어 동굴을 비춘다.

쓴 채 누운 신사는 도착할 때까지 턱을 꼭 다물고 있었다. 그의 낯빛이 어두워지고 수염은 하얘졌으며 머리가 몹시 아팠다. 마지막 며칠 동안 나쁜 날씨 탓에 저녁마다 술을 너무 많이 마셨고 모종의 소굴에서 '살아 있는 그림'*을 너무 많이 즐겼기 때문이다. 비가 내리쳐 창문이 덜컹거렸고 창문에서 소파로 물이 흘렀으며, 바람이 웅웅거리며 돛대를 부러뜨릴 듯 불어대고 이따금 커다란 파도와 함께 배를 완전히 옆으로 쓰러뜨리기도 했다. 그럴 때면 무언가가 굉음과 함께 아래로 굴러떨어졌다. 카스텔라마레나 소렌토 같은 정박지의 상황은 좀 나았다. 하지만 거기도 바람이 거세게 불어서 창문 너머로 절벽과 정원, 이탈리아 소나무들, 흰색과 분홍색의 호텔들과 안개가 자욱하게 굽이치는 푸른 산들이 이어지는 해안가가 마치 그네처럼 오르락내리락하며 보였다. 보트가 배의 외벽에 부딪혔고, 습한 바람이 문안으로 불어 들어왔다. 발음이 불분명한 호객꾼 소년은 '로열호텔'의 깃발을 단 흔들리는 짐배에서 잠시도 멈추지 않고 찢어질 듯한 소리를 질러댔다. 샌프란시스코에서 온 신사는 자신이 완연히 나이가 들었음을 자각하며 이탈리아인이라고 불리는 마늘 냄새 풍기는 욕심 사나운 인간들에 대해 서글픔과 적의를 느꼈다. 한번은 항구에 정박한 후 신사가 눈을 뜨고 소파에서 몸을 일으켜 주변을 둘러보았다. 비스듬한 바위산 아래 물가의 작은 배들 옆에 넝마와 양철 관과 갈색 그물 따위가 널려 있고 그 옆에 속까지 곰팡이가 퍼진 작고 가난한 돌집들이 다닥다닥 떼 지어 붙어 있었다. 이것이 자신이 여가를 즐기러 온 이탈리아의 진짜 모습이라고

---

* 프랑스어로 'tableau vivant' 즉 활인화(活人畫)라 부르는 것으로, 유명한 예술작품이나 조각상 등을 모방하는 자세를 취하는 공연. 일종의 팬터마임이다.

생각하니 절망감이 느껴졌다…… 마침내 해질녘이 되자 섬이 어둠처럼 밀려왔다. 섬 기슭은 작은 불빛들로 온통 구멍이 난 듯했다. 바람이 더 부드러워지고 더 따뜻해지고 더 향기로워진 것 같았다. 항구의 등불에서 흘러나온 황금빛 뱀 같은 형체가 검은 기름처럼 색이 변하더니 순해진 파도를 따라 흘러갔다…… 갑자기 닻을 던지는 요란한 소리가 나더니 뱃사공들의 세찬 외침 소리가 여기저기서 앞다퉈 들려왔다. 이내 마음이 가벼워졌고, 객실들에 불을 밝히니 먹고 마시고 담배 피우고 움직이고 싶어졌다…… 십 분 후 샌프란시스코에서 온 가족은 커다란 짐배에 옮겨 탔고, 십오 분 후에는 해안가 돌무더기에 발을 내디뎠으며, 이어서 환한 차량으로 갈아타고 언덕을 따라 포도밭에 친 말뚝들 사이 절반은 무너져내린 돌울타리를 따라 위로 천천히 올라갔다. 짚으로 만든 처마에 군데군데 가려지고 물에 젖고 옹이 져 있지만 주황색 열매와 윤이 나는 두툼한 이파리가 반짝이는 오렌지나무들이 차량의 열린 창문을 스치고 산을 따라 아래쪽으로 쓸려 내려갔다…… 비가 그친 후 이탈리아의 흙에서는 달콤한 향이 났다. 이탈리아의 섬들은 각각 자신만의 고유한 향기가 있었다!

그날 저녁 카프리섬은 습하고 어두웠다. 하지만 섬은 잠시 생기를 되찾았고 어딘가에 조명이 켜졌다. 산꼭대기의 푸니쿨라 승강구에는 샌프란시스코에서 온 신사를 정중히 맞을 의무를 진 사람들이 벌써 모여 있었다. 다른 손님들도 있었지만 그들은 관심을 끌 만한 인사가 아니었다. 이들은 카프리에 정착한 몇몇 러시아인들로, 안경을 쓰고 수염을 기른 얼굴에 멍한 표정을 하고 낡은 외투깃을 세운 꾀죄죄한 행색이었다. 또 어깨에 아마포 가방을 메고 다리가 길고 티롤 지방의 의상을 입은 둥근 머리의 독일 청년 일행도 있었지만, 그들은 다른 사람의 도움을 전혀 필요로 하지 않았으며 지출에 몹시 인색했다. 이들 모두와 조용히 거리를 두고 있던 샌프란시스코에서 온 신사는 즉시 눈에 띄었다. 행색이 괜찮아 보이는 여행객들의 가방과 궤짝을 머리에 이고 날라주는 카프리의 건장한 아낙네와 소년들은 샌프란시스코에서 온 신사와 숙녀들이 밖으로 나올 수 있도록 서둘러 도움을 주었고, 그들 앞에서 길을 가르쳐주면서 달리다가 다시 그들을 둘러쌌다. 나무로 만든 발판들 때문에 작은 광장이 마치 오페라 무대처럼 딸각거리는 소리를 냈고, 그 위로 습한 바람이 불어와 전구가 흔들렸다. 소년들의 무리가 새처럼 짹짹거리며 공중제비를 돌았다. 샌프란시스코에서 온 신사는 마치 무대의 한 장면처럼 그들 가운데에서 한덩어리처럼 붙은 집들 아래에 있는 중세풍 아치를 향해 걸어갔다. 아치 뒤 원편에는 평평한 지붕 위로 삐져나온 종려나무가 보이고 앞쪽 위 검은 하늘에는 푸른 별들이 반짝였으며, 소란스러운 작은 길이 앞쪽에서 환하게 불을 밝힌 호텔 현관으로 이어졌다. 지중해의 바위섬에 있는 작고 축축한 돌의 도시가 샌프란시스코에서 온 손님들을 위해 생기를 띠었다. 이들은 호텔 주인을 너무나 행복하고 기쁘게 만들어주었으며, 이들이 호텔 정문에 들어서자마자 울린, 전 층 사람들을 식사에 초대하는 중국식 종소리는 마치 이들의 도착을 고대하고 있었던 것 같았다.

매우 우아한 젊은 남자 주인이 그들을 맞으러 뛰어나와 예의바르고 세련된 자세로 인사를 했다. 그 순간 샌프란시스코에서 온 신사는 몹시 놀랐다. 요사이 밤마다 꿈속에서 본 바로 그 사람이었다. 꿈에서 본 것과 똑같은 예복을 입고 똑같이 반들반들하게 잘 손질한 머리 모양을 하고 있었다. 놀란 그는 하마터면 그 자리에 멈춰 설 뻔했다. 하지만 이미 오래전부터 그의 마음에는 소위 신비로운 것에 대한 감성이라고는 겨자씨만큼도 남아 있지 않았기 때문에, 놀랐던 마음이 금세 잦아들었다. 그는 호텔 복도를 지나며 아내와 딸에게 신기하게도 꿈에서 똑같은 사람을 보았다고 농담처럼 말했다. 그러자 딸은 불안한 마음이 들어 아버지를 쳐다보았다. 슬픔과 끔찍한 고독감이 이 낯설고 캄캄한 섬에서 갑자기 그녀의 심장을 조여왔다……

고귀한 신분인 로이스*의 하인리히 17세가 카프리에 묵었다가 방금 떠난 참이었다. 그래서 샌프란시스코에서 온 손님들에게 그가 머물던 방이 바로 제공되었다. 가늘고 꼿꼿한 몸통을 코르셋으로 조여 곧추세우고 머리에는 작고 뾰족뾰족한 왕관 모양의 풀 먹인 두건을 쓴 제일 예쁘고 실력도 좋은 벨기에 하녀 그리고 하인들 가운데 가장 뛰어난 능력을 갖춘, 거무스름한 얼굴에 불타는 눈동자를 가진 시칠리아인이 그들의 시중을 들게 되었다. 작고 뚱뚱한 그 하인의 이름은 루이지로, 행동이 무척 민첩했으며 자리만 옮겨다니며 평생 같은 직종에 종사해 온 사람이었다. 일 분 후 프랑스인 집사가 샌프란시스코에서 온 신사의 방 안으로 가볍게 발을 들여놓았다. 막 도착한 손님들께서 식사를 하실지 알아보러 온 것이었다. 물론 의심의 여지가 없지만, 식사를 할 경우 오늘은 바닷가재와 로스트비프, 아스파라거스, 꿩 요리 등이 준비되어 있다고 알려주었다. 샌프란시스코에서 온 신사는 발아래의 바닥이 아직도 흔들리는 것 같았다. 그 거지 같은 이탈리아 배에서 너무

*독일 중부 튀링겐 지방에 있던 공국.

24

고생을 한 것이다. 하지만 그는 서두르지 않고, 물론 익숙지 않아서 서툴기는 했지만, 집사가 들어올 때 덜컹거렸던 창문을 손수 닫았다. 멀리 떨어져 있는 주방의 냄새와 정원의 습기 머금은 꽃향기가 그 창문으로 들어왔던 것이다. 신사는 식사를 할 예정이며 식당 가장 안쪽, 문에서 멀찍이 떨어진 곳에 자리를 잡아주고 포도주는 그 지역의 것으로 준비해달라고 천천히 그리고 확실하게 말했다. 집사는 그의 말 한마디 한마디에 온갖 억양으로 공감을 표했다. 그것은 샌프란시스코에서 온 신사의 바람이 절대적으로 옳다는 사실에는 의심의 여지가 없으며 모든 요청이 정확하게 이행되리라는 것을 의미했다. 마지막에 그는 고개를 숙이며 조심스럽게 물었다.

"필요한 것이 더 있으신지요, 손님?"

집사는 신사의 입에서 '노'라는 말이 천천히 떨어지기를 기다렸다. 그러고는 오늘 호텔 로비에 타란텔라 무용단이 온다고, 이탈리아는 물론이고 '전 세계 관광객들' 사이에서 유명한 카르멜라와 주세페가 춤을 출 거라고 덧붙여 말했다.

"엽서에서 그녀를 봤네." 샌프란시스코에서 온 신사가 아무런 감정도 없는 목소리로 말했다. "주세페라는 사람은 그녀의 남편인가?"

"사촌입니다, 손님." 집사가 대답했다.

샌프란시스코에서 온 신사는 주저하며 뭔가를 생각했지만 아무 말도 하지 않고 가볍게 고갯짓을 해서 집사를 내보냈다.

그런 다음 결혼식을 준비하듯 움직이기 시작했다. 사방에 전깃불을 밝혀 거울마다 빛과 섬광, 가구와 열린 트렁크들이 반사되도록 만들었으며 수염을 깎고 얼굴을 씻고 종을 울려댔다. 그러자 복도 전체가 울렸고, 아내와 딸의 방에서 참을성 없는 다른 종소리가 끼어들었다. 붉은 앞치마를 두른 루이지가 뚱뚱한 사람들이 그렇듯 놀란 척하는 표정을 지으며 바람처럼 가볍게 종소리가 나는 곳으로 달려갔고, 타일 붙인 양동이를 들고 옆으로 뛰어가던 하녀들은 그 모습을 보고 눈물이 나도록 웃어댔다. 그는 짐짓 송구스러운 표정을 하고 손마디로 문을 두드리며 바보처럼 보일 정도로 자신을 낮추어 물었다.

"아 소나토, 시뇨레?"*

그러자 모욕적일 정도로 예의바르고 새된 목소리가 문 뒤에서 천천히 대답했다.

"예스, 컴 인……"**

그토록 의미심장했던 그 저녁에 샌프란시스코에서 온 신사는 무엇을 느끼고 무슨 생각을 했을까? 그저 멀미를 한 사람들이 그렇듯 배가 무척 고팠고, 수프 첫 숟갈과 포도주 첫 모금을 떠올리느라 기뻐서 다른 생각을 하거나 다른 것을 느낄 여유 없이 약간 들뜬 상태에서 습관적으로 몸단장을 마쳤다.

그는 수염을 깎고 세수를 마치고 틀니를 제대로 끼운 후 거울 앞에 서서 은색 테두리가 있는 빗으로 누르스름한 두개골 주변에 남아 있는 진줏빛 머리를 물을 약간 축여서 정돈했다. 과한 영양으로 살이 찐 노년의 튼실한 육체에 크림색 실크 속옷을 당겨 입고, 깡마른 다리의 평발에는 검은색 실크 양말과 무도용 신발을 신었다. 무릎을 굽히며 실크 멜빵을 높이 당겨 검은색 바지를 가지런히 하고, 가슴이 볼록한 새

---

* 이탈리아어로 '부르셨습니까, 손님?'이라는 뜻.(원주)
** 영어로 '그래요, 들어와요'라는 뜻.(원주)

하얀 셔츠를 말쑥하게 차려입었다. 반짝이는 소맷부리에는 커프스단추를 달고, 단단한 옷깃 아래로 목 단추를 채우려 애를 썼다. 발아래의 바닥이 아직도 흔들리는 느낌이었고, 손가락 끝이 매우 아팠으며, 때로는 단추가 울대뼈 아래 깊숙한 곳의 쭈글쭈글한 피부를 집었다. 하지만 그는 집요했다. 목이 눌리고 말할 수 없을 만큼 빡빡한 옷깃 때문에 온몸이 파래졌지만 결국 눈동자를 번뜩이며 모든 일을 마쳤다. 기진맥진한 그는 큰 거울 앞에 주저앉아 전신을 비춰 보고 또다른 거울에도 자신의 모습을 비춰 보았다.

"아, 정말 끔찍하군!" 그는 특별히 무엇이 끔찍하다는 건지 이해도 생각도 애써 하지 않은 채 단단한 대머리를 떨구며 중얼거렸다. 통풍으로 마디가 굳은 짧은 손가락과 커다랗고 볼록한 장밋빛 손톱을 습관적으로 주의깊게 살펴보더니 다시 확신에 차서 같은 말을 반복했다. "정말 끔찍해······"

하지만 곧 이교도의 신전처럼 두번째 종이 건물 전체에 날카롭게 울려퍼졌다. 샌프란시스코에서 온 신사는 서둘러 자리에서 일어나 넥타이 매듭을 더 조였다. 가슴 부분이 트인 조끼로 배를 조이고 턱시도를 입고 소맷부리를 판판하게 펴고는 다시 거울에 자신을 비춰 보았다······ 그는 꽃무늬 가득한 오렌지색 의상을 차려입은, 흑인 혼혈처럼 까무잡잡한 피부에 장난기어린 눈을 한 카르멜라가 놀랄 만큼 춤을 잘 출 거라고 생각했다. 그래서 씩씩하게 자기 방에서 나와 카펫 위를 걸어 아내가 있는 옆방으로 가서 준비가 다 되어가는지 큰 소리로 물었다.

"오 분만 기다려주세요!" 문 뒤에서 낭랑한 아가씨의 목소리가 이제는 기분좋은 기색으로 답을 해주었다.

"알았어." 샌프란시스코에서 온 신사가 말했다.

그는 도서실을 찾아 붉은 카펫이 깔린 복도와 계단을 천천히 내려갔다. 마주치는 하인들이 그를 피해 벽으로 몸을 붙였지만 그는 보지 못한 척하며 지나갔다. 허리가 이미 굽었고 머리는 우윳빛이지만 코르셋으로 몸을 꽉 조여 맵시를 살리고 가슴이 파인 밝은 회색 실크 드레스를 입은 노부인이 식사시간에 늦었는지 암탉처럼 우스꽝스럽게 서두르며 기를 쓰고 먼저 가려 했지만, 신사는 노부인을 쉽게 따라잡았다. 벌써 사람들이 모두 모여 식사를 하고 있었다. 그는 식당의 유리문 옆, 시가와 이집트산 담배 상자가 가득 쌓인 탁자 앞에 멈춰 서서 큼직한 마닐라산 담배를 고르고 3리라를 던져놓았다. 그런 다음 겨울용 베란다로 걸어가 열린 창문 너머를 바라보았다. 부드러운 바람이 어둠 속에서 신사 쪽으로 불어왔고, 거대한 별 모양의 잎사귀가 달린 오래된 야자나무 꼭대기가 먼바다의 소음에 맞춰 규칙적으로 흔들렸다……도서실은 편안하고 조용했으며 책상 위의 램프만 켜져 있었다. 둥근 은테 안경에 놀란 듯한 광기어린 눈동자, 희끗희끗한 머리의 입센을 닮은 독일인이 선 채로 신문을 뒤적이고 있었다. 샌프란시스코에서 온 신사는 차가운 눈으로 그를 훑어본 후 녹색 갓이 달린 램프 옆 구석에 놓인 깊숙한 가죽 의자에 앉아 코안경을 썼다. 꼭 조인 옷깃 때문에 숨이 막히자 고개를 빼들고는 신문지로 몸을 가렸다. 몇몇 기사의 제목을 급하게 훑어보고 절대 끝나지 않는 발칸전쟁에 대한 기사를 좀 읽고는 익숙한 몸짓으로 신문을 뒤집었다. 갑자기 신문의 모든 행이 그의 앞에서 유리처럼 번뜩였다. 목이 뻣뻣해지면서 눈동자가 휘둥그레지더니 코에서 안경이 떨어졌다…… 그의 몸이 앞으로 쏟아졌다. 숨을 쉬고 싶었지만 목에서 기묘하게 쉰 소리가 났다. 아래턱이 밑으로 떨어지며 금니가 입안을 환히 밝혔고, 어깨 위에서는 머리가 기울어지면서 흔들거리기 시작했으며, 셔츠의 가슴 부분이 더욱 부풀어올랐다. 몸 전체가 뒤틀리면서 신발 굽이 카펫을 밀어냈고, 그는 절망적으로 누군가와 싸우며 바닥으로 미끄러졌다.

도서실에 독일인이 없었다면 호텔에서는 이 끔찍한 사건을 빠르고 능숙하게 무마할 수 있었을 것이다. 샌프란시스코에서 온 신사의 머리와 다리를 잡고 뒷문을 통해 순식간에 가능한 한 멀리 운반했을 테고, 호텔의 손님들은 무슨 일이 벌어졌는지 결코 몰랐을 것이다. 하지만 독일인이 소리를 지르며 도서실에서 뛰쳐나가 식당과 건물 전체를 발칵 뒤집어놓았다. 많은 사람이 식탁에서 벌떡 일어섰다. 어떤 사람들은 얼굴이 창백해져서 도서실로 뛰어가기도 했다. 온갖 나라 말이 다 들렸다. "뭐야, 무슨 일이야?" 누구도 제대로 대답하지 못했고 누구도 이해하지 못했다. 왜냐하면 지금도 사람들은 죽음에 가장 놀라고 죽음을 절대 믿고 싶어하지 않기 때문이다. 호텔 주인은 사람들을 붙잡고 별일 아니라고, 샌프란시스코에서 온 한 신사가 잠시 기절한 것뿐이라고 말해 섣부르게 안심시키려고 이 손님 저 손님 사이를 뛰어다녔다…… 하지만 그의 말을 듣는 사람은 없었다. 하인과 급사들이 그 신사에게서 넥타이와 조끼와 구겨진 턱시도를 벗기고 심지어 이유는 모르겠으나 검은 실크 양말을 신은 평발에서 무도용 신발까지 벗기는 모습을 많은 사람이 본 것이다. 그의 심장은 아직 뛰고 있었다. 그는 죽음과 사투를 벌이고 있었다. 그토록 갑작스럽고 무지막지하게 덮쳐온 죽음에 결코 굴복하고 싶지 않았다. 그는 고개를 흔들며 칼을 맞은 사람처럼 새된 소리를 내고 술 취한 사람처럼 눈동자를 굴렸다…… 사람들이 서둘러 그를 아래쪽 복도 끝에 있는 가장 작고 형편없고 눅눅하고 차가운 43호실의 침대로 데려가 뉘었을 때 그의 딸이 코르셋 때문에 위로 치솟은 가슴을 드러낸 채 머리를 흩날리며 달려왔고, 뒤이어 이미 저녁식사를 위해 완벽하게 차려입은 커다란 몸집의 아내가 달려왔다. 그녀의 입이 공포로 둥글게 벌어졌다…… 하지만 이제 그의 고개는 더이상 흔들리지 않았다.

십오 분 후 호텔은 전체적으로 어느 정도 질서를 되찾았다. 하지만 저녁 시간은 회복할 수 없을 만큼 망가졌다. 식당으로 돌아온 몇몇 사람은 아무 말 없이 모욕당한 얼굴로 식사를 끝마쳤고, 그러는 사이 호텔 주인은 이 사람 저 사람에게 가서 무기력하고 짜증스러운 표정으로 어깨를 으쓱하고는 스스로를 죄 없는 죄인처럼 느끼면서 '이것이 얼마나 불쾌한 일인지' 충분히 알고 있고 불쾌한 일을 수습하기 위해 '자신이 할 수 있는 모든 조치'를 취하겠다고 모두에게 약속했다. 타란텔라 공연은 취소되었고, 불필요한 전깃불은 꺼졌으며, 손님들 대다수는 도심의 술집으로 갔다. 그러자 호텔은 아주 조용해졌고 로비에 있는 시계 소리만 선명히 들렸다. 새장 속의 앵무새 한 마리만이 잠들기 직전 횃대에 다리 한쪽을 올린 채 뒤척거리며 잠들려 애쓰고 둔탁한 소리를 내며 웅얼거렸다…… 샌프란시스코에서 온 신사는 싸구려 철제 침대 위에 거친 모직 담요를 덮고 누워 있었다. 천장에 달린 뿔 모양의 전등이 그의 모습을 희미하게 비추었다. 차갑게 젖은 이마 위에는 얼음주머니가 늘어져 있었다. 이미 죽은 푸르스름한 얼굴은 점점 차갑게 식어갔으며, 금빛으로 번뜩이는 입에서 나오던 갈라져 그르렁거리는 소리는 약해졌다. 그 소리는 이미 샌프란시스코에서 온 신사가 내는 것이 아니었다. 그는 더이상 존재하지 않았다. 그가 아닌 다른 사람이었다. 아내와 딸, 의사와 하인들이 옆에 서서 그를 바라보았다. 그들이 기다렸고 두려워했던 일이 갑자기 끝났다. 그르렁거리는 소리가 끊긴 것이다. 고인의 얼굴에 창백함이 흐르기 시작하는 것이 모든 사람의 눈앞에 천천히 보였고, 그의 모습은 점점 섬세해지고 밝아졌다……

호텔 주인이 들어왔다. "자 에 모르토."* 의사가 그에게 속삭였다. 그는 냉담한 표정으로 어깨를 으쓱했다. 뺨 위로 조용히 눈물을 흘리던 부인이 호텔 주인에게 다가가 이제 고인을 그의 방으로 옮겨야 한다고 소심하게 말했다.

"안 됩니다. 부인." 호텔 주인은 서둘러 정중하게 그러나 조금도 친절하지 않게 영어도 아니고 프랑스어로 거절했다. 이제 그는 샌프란시스코에서 온 사람들이 그의 금고에 남겨줄 하찮은 것들에는 전혀 관심이 없었다. "그건 불가능해요, 부인." 이렇게 말하고는 이 호텔을 매우 소중히 여기는 사람으로서 만약 그녀의 요구를 들어준다면 카프리 전체에 이 일이 알려질 테고 그러면 관광객들이 오지 않게 될 거라고 덧붙였다.

신사의 딸은 줄곧 이상한 표정으로 그를 쳐다보다가 의자에 앉아 손수건으로 입을 가리고 울음을 터뜨렸다. 부인의 눈물은 곧 말랐고 얼굴이 부었다. 그녀는 자신들에 대한 존경심이 완전히 사라졌다는 사실을 아직 믿지 않았다. 그래서 목소리를 높여 자기 말만 하면서 여러 가

---

* 이탈리아어로 '이미 사망하셨습니다'라는 뜻.(원주)

지를 요구하기 시작했다. 호텔 주인은 품위 있고 정중한 태도로 그녀의 말을 제지했다. 만약 호텔의 규칙이 마음에 들지 않는다면 그도 그녀를 잡아둘 수는 없다고, 오늘 해가 뜨는 즉시 시체를 가지고 밖으로 나가야 할 것이며, 경찰도 이미 상황을 알고 있으니 곧 경찰서장이 와서 필요한 절차를 진행할 거라고 분명하게 말했다…… 소박해도 좋으니 카프리에서 기성품 관을 구할 수 있는지 부인이 물으신다면? 유감스럽게도 불가능할 것이며 아무도 시간에 맞추지 못할 것이다. 뭔가 다른 방식으로 할 수밖에 없다…… 예를 들면 영국제 소다수 상자가 커다랗고 길다…… 그 상자 안에 있는 작은 칸막이들을 떼어낼 수도 있고……

밤이 되자 호텔 전체가 잠들었다. 43호실의 창문은 열려 있었다. 그 창문은 정원의 한쪽 구석을 향해 나 있었는데, 정원에는 깨진 유리 조각을 빗살 모양으로 박아놓은 높은 돌담이 있었고 그 아래에는 바나나 나무가 시들시들 자라고 있었다. 사람들은 전깃불을 끄고 밖으로 나가 방문을 잠갔다. 죽은 자는 어둠 속에 남았고, 파란 별들이 하늘에서 그를 바라보고 있었고, 귀뚜라미는 벽 위에서 슬프면서도 태평하게 노래하기 시작했다…… 불빛이 희미한 복도에서 두 명의 하녀가 창턱에 앉아 무언가를 깁고 있었다. 루이지가 드레스 한 보따리를 손에 든 채 단화를 신고 걸어왔다.

"프론토?"* 그는 복도 끝에 있는 공포의 문을 눈짓으로 가리키며 울려퍼지는 목소리로 걱정스러운 듯 속삭였다. 그러고는 빈손을 들어 그쪽을 향해 가볍게 흔들었다. "파르텐차!"** 그가 기차를 배웅하듯, 보

---

* 이탈리아어로 '준비됐나?'라는 뜻.
** 이탈리아어로 '출발!'이라는 뜻.(원주)

통 이탈리아에서 기차가 출발할 때 기차역에서 소리치는 그 말을 작은 목소리로 외쳤다. 그러자 하녀들은 서로의 어깨에 고개를 기대며 소리 없이 웃었다.

다음 순간 루이지는 그 문 쪽으로 가볍게 뛰어가다가 문에 부딪힐 뻔했다. 그는 고개를 옆으로 숙이고 목소리를 낮추어 아주 예의바르게 물었다.

"아 소나토, 시뇨레?"

그런 다음 마치 문 뒤에서 나는 소리처럼 자기 목을 누르고 아래턱 을 뺀 후 새된 소리로 천천히 구슬프게 대답했다.

"예스, 컴 인······"

동이 터 43호실 창문 너머로 하늘이 밝아오고 습한 바람에 바나나나 무의 찢어진 잎이 흔들리며 소리를 내기 시작할 때, 카프리섬 위로 연 푸른색 아침 하늘이 넓고 높게 솟아오를 때, 이탈리아의 저 먼 푸른 산 뒤로 떠오르는 태양 반대편에서 솔라로산의 깨끗하고 선명한 꼭대기 가 황금색으로 물들 때, 관광객들을 위해 섬에 오솔길을 정비하는 석 공들이 일터로 나가기 시작할 때, 43호실에 기다란 소다수 상자가 도 착했다. 그 상자는 곧 무척 무거워졌다. 그래서 나이 어린 문지기의 무 릎이 꺾였다. 문지기는 재빨리 상자를 일인용 마차에 싣고 카프리의 비탈길, 돌담과 포도밭 사이로 구불구불하게 난 하얀 길을 따라 아래 로 아래로 바닷가까지 내려갔다. 소매가 짧은 낡은 재킷을 입고 뒤축 이 닳은 신발을 신은 충혈된 눈의 허약해 보이는 마부는 술에 취해 있 었다. 지난밤 술집에서 줄곧 도박을 했던 그는 시칠리아풍으로 화려하 게 장식한 작지만 튼튼한 자신의 말을 계속해서 다그쳤다. 다양한 색의 모직 방울 장식이 달린 말굴레와 높은 청동 안장의 날카로운 끄트머리에서 온갖 방울이 달그락달그락 소리를 냈고, 짧게 자른 갈기에서 삐죽 나와 있는 큼직한 새의 깃털이 걸을 때마다 흔들거렸다. 마부는 자신의 방탕과 죄악에 말없이 위축되어 있었다. 지난밤 마지막 동전 한 닢까지 모조리 날린 것이다. 그러나 아침은 신선했다. 이런 공기와 바다, 그리고 아침 하늘 아래라면 취기가 빠르게 사라지고 태평함을 되찾을 수 있는데다, 그의 등뒤 상자 속, 죽은 머리를 흔들거리고 있는 샌프란시스코에서 온 어떤 신사가 예상치 못한 돈벌이로 그를 위로해 준 것이다…… 저멀리 아래쪽 나폴리만을 짙게 가득 채우고 있는 부드럽고 선명한 푸른 바다 위 딱정벌레처럼 떠 있는 작은 배에서 벌써 마지막 출발을 알리는 종이 울렸다. 그 소리는 힘차게 섬 전체로 퍼져 나갔다. 사방에서 섬의 봉우리 굴곡 하나하나, 바위 하나하나까지 너무나 선명하게 보여서 마치 공기가 없는 것 같았다. 눈물과 불면의 밤으로 눈이 움푹 꺼지고 얼굴은 창백해진 부인과 아가씨가 타고 온 자동차가 부두 근처에서 나이 어린 문지기를 따라잡았다. 그리고 십 분 후 작은 배가 주변으로 물보라를 일으키며 샌프란시스코에서 온 가족을 데리고 카프리에서 영원히 떠나 다시 소렌토로, 그리고 카스텔라마레로 갔다…… 그리고 섬에는 다시 평화와 안정이 피어났다.

이천 년 전 이 섬에는 말로 다 표현할 수 없을 만큼 비열한 인간이 살았다. 그 인간은 무슨 이유에서인지 자신의 변덕을 만족시키면서 수백만의 사람을 좌우하는 권력을 가지고 있었으며 정도에서 벗어난 잔인한 일들을 저질렀다. 인류는 오랫동안 그를 기억했으며, 수많은 사람이 그가 살았던 석조 건물의 잔해를 보러 전 세계에서 이 섬의 가장 가파른 비탈길 중 한 곳으로 모여들었다. 기적처럼 멋진 이 아침에도 바로 이런 목적으로 카프리에 온 모든 사람이 여태 호텔에서 자고 있다. 작은 회색 당나귀들이 벌써 붉은 안장을 얹고 호텔 현관 앞에서 기다리고 있음에도 말이다. 이제 젊거나 나이든 미국 남자와 여자들, 독일 남자와 여자들이 잠에서 깨어 배부르게 식사한 후 안장 위에 간신히 올라타면, 카프리의 가난한 노파들은 힘줄이 드러난 손에 막대기를 들고 당나귀들을 재촉하며 돌길을 따라 티베리오산 꼭대기까지 그들 뒤를 따라갈 것이다. 여행자들은 그들과 함께 가려 했지만 죽음을 상기시키고 그들을 공포에 빠뜨렸던 샌프란시스코에서 온 죽은 노인이 이미 나폴리로 보내졌다는 사실에 안심하고 단잠을 잤다. 섬은 아직 조용했고 시내 상점들의 문은 아직 닫혀 있었다. 작은 광장에 열린 시장에서만 생선과 채소를 팔았고 거기에는 평범한 사람들이 있었다. 이탈리아 전체에서 유명한 미남으로 많은 화가의 모델을 여러 번 섰던 태평한 건달이자 키 큰 뱃사공 노인 로렌초가 언제나처럼 아무 일도 없이 거기에 나와 있었다. 그는 밤에 잡은 바닷가재 두 마리를 가져와 헐값에 팔았다. 그 바닷가재는 샌프란시스코에서 온 가족이 묵었던 바로 그 호텔 요리사의 앞치마에서 바스락거렸다. 이제 로렌초 노인은 위풍당당하게 거드름을 피우고 주변을 둘러보면서, 누더기 옷차림과 점토 파이프 그리고 한쪽을 비스듬히 내려쓴 붉은 모직 베레모를 뽐내면서 저녁때까지도 조용히 서 있을 수 있게 되었다. 솔라로산의 낭떠러지를 따라 깎아놓은 고대 페니키아의 길로, 그 길의 돌계단으로 아브루초 사람 두 명이 아나카프리에서 내려오고 있었다. 한 명은 가죽 망토 아래에 두 개의 피리가 달린 커다란 염소 가죽으로 된 백파이프를 가지고 있었고, 다른 사람은 나무 피리 비슷한 것을 가지고 있었다. 두 사람은 걸어왔다. 행복하고 아름답고 태양이 가득한 세상 전체가 그들의 발아래에 펼쳐졌다. 섬에는 툭 튀어나온 바위투성이 언덕도 있고, 그들이 항해했던 동화처럼 파란 물도 있고, 바다 위로 이미 높다랗게 떠올라 뜨겁게 불타는 눈부신 태양 아래 동쪽으로 반짝이는 아침 수증기도 펼쳐져 있었다. 아직은 아침이라 어렴풋한 이탈리아의 윤곽이 흐릿한 파란색으로 보였는데, 가까이 보이는 산과 멀리 보이는 산이 한덩어리가 되어 있었다. 그 아름다움은 인간의 말로 표현할 수 없었다. 그들은 걸음을 늦추었다. 길 중간 솔라로산 암벽에 난 동굴에 햇살이 비쳐 온통 환하고 온기와 빛으로 가득한 성모상이 서 있었다. 온유하고 자비로운 성모는 새하얀 석고 의상을 입고 궂은 날씨로 푸르스름해진 금빛 왕관을 쓴 채 눈을 들어 세 차례 축복받은 아들이 있는 영원하고 복된 천국을 응시하고 있었다. 그들은 모자를 벗고 태양과 아침과 이 악하고도 아름다운 세상에서 고통받는 모든 이를 보호하는 순결한 성처녀를 향해, 베들레헴의 은신처, 가난한 목동의 둥지, 머나먼 유대 땅에서 그녀의 자궁을 통해 태어난 아들을 향해 순진하고 순종적이면서도 기쁨에 찬 찬미를 올렸다……

샌프란시스코에서 온 노인의 시체는 신세계의 해안에 있는 집으로, 무덤으로 돌아가고 있었다. 일주일간 수많은 모욕과 인간들의 무관심 속에 항구의 창고에서 다른 창고로 옮겨다닌 시체는 마침내 바로 얼마 전까지 구세계로 가는 그를 퍽이나 융숭하게 대접했던 그 유명한 배에 다시 타게 되었다. 하지만 이제 그는 산 자들에게서 감추어졌다. 타르를 칠한 관 속에 넣어져 캄캄한 선창船倉 깊이 내려보내졌다. 그리고 또

다시 배는 기나긴 바닷길에 나섰다. 밤에 배는 카프리섬을 지나갔다. 어두운 바다에 천천히 몸을 숨기는 배의 불빛들이 섬에서 그것을 바라보는 사람들에게는 슬픔이 되었다. 하지만 배 위, 샹들리에가 빛나는 화려한 방에서는 언제나처럼 사람들로 북적이는 무도회가 밤새도록 열렸다.

위령미사처럼 길고 낮은 소리를 내며 은빛 거품으로 갈라지는 검은 바다 위를 질주하는 광란의 눈보라 속에서 무도회는 다음날 밤에도 그 다음날 밤에도 열렸다. 셀 수 없이 이글거리는 배의 불빛들이 눈보라 너머 악마의 눈에 띄었다. 악마는 두 세계의 관문인 지브롤터해협에서 밤과 눈보라 속으로 사라지는 배의 뒤를 쫓고 있었다. 악마는 절벽만큼 거대했지만, 오래된 심장을 가진 '새로운 인간'의 오만이 창조한 수많은 굴뚝이 달린 여러 층의 배 역시 거대했다. 눈보라가 배의 밧줄과 눈이 쌓여 하얗게 된 입구가 넓은 굴뚝을 세차게 쳤지만 배는 꼿꼿하고 단단했으며 건장하고 무시무시했다. 눈보라 사이로 희미한 빛이 새어나오는 안락한 선실들이 배의 제일 위쪽 갑판에 외롭게 솟아 있었다. 거기서 불안한 선잠에 빠진 덩치 큰 선장이 배를 지휘하고 있었다. 그는 이교의 우상을 닮았다. 그는 질식할 듯한 폭풍의 무거운 울부짖음과 찢어질 듯 격렬한 배의 사이렌소리를 들었다. 하지만 자신도 잘 알 수는 없으나 안전실 같은 무언가가 벽 뒤쪽 가까운 곳에 있다고 스스로를 다독였다. 금속 헤드폰을 쓴 창백한 얼굴의 전신수 주변에 돌발적으로 폭발하는 푸른빛을 만들어내는 메마른 신호음과 둔중하지만 신비로운 소리와 떨림이 가득한 안전실. 수면 아래에 있는 아틀란티스호의 가장 낮은 곳에서는 20톤이나 되는 보일러와 온갖 기계가 지옥의 연료로 시뻘겋게 달궈진 채 흐릿한 빛을 발했고, 그곳으로부터 동력을 전달받는 주방에서는 증기가 피어오르고 끓는 물과 기름이 흘러나왔다. 엄청난 힘이 배의 용골과 끝없이 긴 지하실을 지나 희미한 전깃불이 켜져 있는 둥근 터널로 전해지며 소리를 냈다. 구멍처럼 생긴 터널 안에 뻗치고 사는 괴물처럼 거대한 축이 인간의 영혼을 쉼없이 압박하며 기름칠한 틀 안에서 천천히 회전했다. 아틀란티스호의 중심부에 있는 식당과 무도회장들은 빛과 기쁨을 쏟아냈다. 잘 차려입은 사람들의 말소리가 울리고 신선한 꽃향기가 났으며 현악 오케스트라의 연주 소리가 울려퍼졌다. 그리고 반짝이는 불빛과 실크, 다이아몬드, 어깨를 드러낸 여성들 사이로 연인 역할로 고용된 세련되고 유연하게 움직이는 남녀가 긴장한 채 몸을 꼬며 다시 군중 사이에 등장해 경련을 일으키듯 몸을 부딪쳤다. 속눈썹을 아래로 내리깔고 소박한 머리 모양을 한 지나치게 겸손한 아가씨와 붙임 머리인 듯한 검은 머리에 얼굴에는 하얗게 분칠하고 광택나는 몹시 세련된 구두를 신고 소매통이 좁은 연미복을 입은 거대한 흡혈귀를 닮은 키가 큰 미남 청년이었다. 이 남녀가 뻔뻔스럽게도 슬픈 음악에 맞춰 행복한 고통으로 괴로워하는 척하는 일에 이미 오래전부터 진력내고 있다는 사실을 아무도 알지 못했다. 또한 그들의 발밑 저 아래 캄캄한 선창 바닥에, 어둠과 대양과 눈보라를 힘겹게 넘고 있는 배의 무덥고 어두운 용광로 옆에 무엇이 있는지 역시 아무도 알지 못했다……

1915년 10월

창의 꿈

누구에 대해 이야기하든 상관없지 않은가? 땅 위에 사는 존재라면 누구든 그럴 가치가 있다.

어느 날 창은 자신의 주인이 된 선장과 세상을 알게 되었고 창의 존재는 선장의 존재와 하나가 되었다. 선박용 모래시계 안의 모래처럼 육 년이라는 긴 시간이 흘러갔다.

또다시 밤이 되었다. 꿈인가 현실인가? 다시 아침이 찾아온다. 현실인가 꿈인가? 창은 늙었고 술주정뱅이다. 그는 계속 졸고 있다.

오데사시市에 겨울이 왔다. 사납고 음울한 날씨는 창이 선장과 만났던 중국의 날씨보다도 훨씬 나빴다. 텅 빈 바닷가 가로숫길의 얼어서 미끄러운 아스팔트 위로 잘지만 매서운 눈발이 비스듬히 날린다. 눈발이 얼굴을 아프게 때리자 유대인이 등을 움츠린 채 주머니에 손을 넣고 허둥지둥 갈지자로 달린다. 역시 텅 빈 항구 뒤 눈보라에 흐릿해진 만 너머로 옛날에는 초원이었을 테지만 지금은 헐벗은 육지가 어렴풋하게 보인다. 방파제 전체가 짙은 잿빛 물보라로 가득했다. 아침부터 저녁까지 바다는 방파제 너머로 거품 낀 배舷를 드러내며 돌아눕고 있었다. 바람이 전화선을 타고 날카로운 소리를 낸다……

그런 날에 도시의 삶은 일찍 시작되지 않는다. 창과 선장도 일찍 일어나지 않는다. 육 년이라는 시간은 길다고 할 수 있을까, 짧다고 할 수 있을까? 그 육 년 동안 창과 선장은 많이 늙었다. 물론 선장의 나이는 아직 마흔도 되지 않았다. 하지만 그들의 운명은 형편없이 바뀌어 있었다. 그들은 이미 바다를 항해하지 않는다. 선원들이 말하듯 '뭍'에 산다. 예전에 살던 곳이 아니라, 상당히 어둡고 좁은 거리의 석탄 냄새 나는 5층짜리 건물 다락방에 살고 있다. 그 건물에는 저녁이 되어서야 가족에게 돌아와 모자를 뒤로 젖혀 쓰고 저녁을 먹는 유대인들이 살고 있다. 창과 선장이 사는 집은 천장이 낮으며 방은 크고 춥다. 또 방은 늘 어둡다. 기울어진 지붕에 난 창문 두 개는 크지 않고 둥근 것이 배의 현창舷窓을 연상시킨다. 창문 사이에 장롱 비슷한 것이 서 있고 벽 왼편에는 오래된 철제 침대가 놓여 있다. 항상 신선한 바람이 들어오는 벽난로를 뺀다면 이것이 이 누추한 거처에 있는 세간의 전부다.

창은 벽난로 뒤 구석에서 자고 선장은 침대에서 잔다. 바닥까지 닿을 듯 꺼진 침대며 그 위에 놓인 매트리스가 어떤 상태일지 다락방에 살아본 사람들은 쉽게 상상할 수 있을 것이다. 선장은 자신의 웃옷을 넣어 침대를 받쳐놓아야 했다. 하지만 이런 침대에서도 선장은 잿빛 얼굴로 눈을 감은 채 시체처럼 꼼짝 않고 누워 아주 평온하게 잠을 잔다.

예전에 그의 침대는 얼마나 멋졌던가! 폭신하고 편안한 침구에 보드랍고 매끄러운 이불, 눈처럼 하얗고 시원한 베개가 있고 서랍이 달린 잘 만든 높은 침대! 하지만 요람처럼 흔들리는 배 안에서도 선장은 지금처럼 곤히 자지 못했다. 그는 낮 동안 몹시 피로를 느낀다. 하기야 지금 그가 늦잠을 잘까봐 불안해할 일이 무엇이며 새로운 날이 온들 무엇이 기쁘겠는가? 예전에 세상에는 끊임없이 자리를 바꾸는 두 개의 진리가 있었다. 첫째, 삶은 형언할 수 없을 만큼 아름답다. 둘째, 삶은 미친 자에게만 가능하다. 이제 선장은 지난 수백 년간 존재했고 지금도 존재하며 앞으로도 존재할 진리는 단 하나라고 주장한다. 그것은 마지막 진리로, 유대인 욥의 진리이며 불가사의한 종족의 현자 코헬렛*의 진리이다. 요즘 선장은 술집에 앉아 자주 이렇게 말한다. "이봐, 미래에 '나는 만족스럽지 않아'라고 말할 힘겨운 날들이 찾아올 거라는 사실을 젊을 때부터 기억해두라고." 낮과 밤은 여전히 계속된다. 밤이었다가 다시 아침이 온다. 그리고 선장과 창은 잠을 깬다.

하지만 잠에서 깬 선장은 눈을 뜨지 않는다. 이 순간 밤새 신선한 바다 공기가 들어오는 불 꺼진 벽난로 옆 바닥에 누워 있던 창도 그가 무슨 생각을 하는지 모른다. 창이 아는 것은 오직 하나, 선장은 그 상태로 한 시간 이상 누워 있을 예정이라는 것이다. 창은 눈을 흘기며 선장을 힐끗 쳐다본 후 다시 눈을 감고 잠을 청한다. 창도 술주정뱅이다. 매일 아침 그의 정신은 탁하고 흐릿하다. 그는 뱃멀미에 시달려본 사람들에게 익숙한, 세상에 대한 혐오감을 느낀다. 이런 아침에 다시 잠

---

* 다윗의 아들이며 이스라엘의 왕이었던 솔로몬. 구약성경 중 전도서의 저자이기도 하다.

이 들면 창은 참기 힘든 지루한 꿈을 꾼다……

꿈을 꾼다.

풀죽은 늙은 중국인 한 명이 증기선 갑판 위에 올라와, 자기가 가져온 썩어가는 물고기 한 바구니를 사달라고 지나가는 모든 사람에게 무릎을 꿇고 애원했다. 중국의 넓은 강 위에 먼지가 가득한 추운 날이었다. 혼탁한 강물 위 흔들리는 배에는 갈대로 만든 돛 아래 강아지 한 마리가 앉아 있었다. 목 주변에 뻣뻣한 털이 빽빽하게 난, 여우나 늑대를 닮은 적황색 수캉아지였다. 개는 철로 된 증기선 옆면의 높은 벽을 영리하면서도 진지한 검은 눈동자로 훑어보며 귀를 쫑긋 세웠다.

"차라리 개를 팔게!" 하는 일 없이 망루에 서 있던 젊은 선장이 청각장애인에게 하듯 큰 소리로 중국인을 향해 유쾌하게 소리쳤다.

창의 첫번째 주인이었던 중국인이 눈을 들어 위를 쳐다보았다. 그는 고함 때문인지 기뻐서인지 얼떨떨한 표정으로 고개 숙여 인사한 후 혀 짧배기소리로 말하기 시작했다. "베이 굿 도그, 베이 굿!"* 그래서 선장은 단돈 1루블에 강아지를 샀다. 그리고 창이라고 불렀다. 그날부로 창은 새로운 주인과 함께 러시아로 가는 배를 탔는데, 처음 삼 주간은 줄곧 뱃멀미에 시달려 몽롱해서 아무것도 보지 못했다. 대양도, 싱가포르도, 콜롬보도……

중국에 가을이 시작되었고 날씨가 좋지 않았다. 창은 강어귀로 나오자마자 구역질이 났다. 앞에서 비와 안개가 몰려왔고, 수면 위로 뭉게구름이 피어올랐다. 두서없이 격렬하기만 한 회녹색 물결이 출렁이며

---

* 영어로 '아주 좋은 개지요, 아주 좋아요!'라는 뜻.(원주)

줄달음치다 철썩거렸다. 수심이 얕은 연안 지대는 안개 속에 사라져 자취를 감추었다. 주변에 물이 점점 더 많아졌다. 비 때문에 털이 은빛이 된 창과 모자 달린 방수 외투를 입은 선장은 선교 위에 있었다. 이제 선교는 이전보다 훨씬 높게 느껴졌다. 선장이 지휘했고, 창은 몸을 떨며 바람에 얼굴을 돌렸다. 물길이 넓어지더니 음산한 수평선을 에워싸며 안개 낀 하늘과 뒤섞였다. 소리치는 거대한 파도의 잔 물방울들이 바람에 날렸다. 바람이 마구 불어 활대에서 새된 소리가 났고, 돛이 큰 소리를 내며 위아래로 펄럭거렸다. 그러자 징 박은 장화를 신고 젖은 망토를 입은 선원들이 돛을 풀어 잡아챈 후 다시 감았다. 바람은 더 세차게 때릴 수 있는 곳을 노렸다. 바람 때문에 천천히 고개를 숙이던 기선이 오른쪽으로 크게 기울어지자 바람은 용솟음치는 커다란 파도를 일으켜 기선을 들어올렸고, 기선은 지탱하지 못하고 파도의 거품 속에 파묻혔다. 조타실에서는 하인이 식탁에 두고 간 커피잔이 날아가 바닥으로 떨어지며 쨍강 소리를 냈…… 그 순간에 잘 어울리는 음악이었다!

그후 다양한 날들이 이어졌다. 반짝이는 푸른 하늘에서 태양이 불처럼 타오르는 날도 있었고, 구름이 산처럼 쌓이다가 무서운 소리를 내며 흩어지는 날도 있었으며, 광포한 폭우가 홍수처럼 기선과 바다를 덮치는 날도 있었다. 배는 출렁였다. 심지어 정박하는 동안에도 계속 출렁였다. 완전히 지쳐버린 창은 삼 주 내내 텅 빈 이등 선실들에 둘러싸인 선미船尾 갑판의 덥고 어둑한 복도 구석에 있는 자기 자리를 한 번도 떠나지 않았다. 하루에 한 번, 선장의 잡역부가 음식을 가져다줄 때만 갑판 위 높은 문지방 근처를 오갔다. 홍해까지 가는 길에 창의 기억에 남은 것은 칸막이 벽의 삐걱거리는 소리와 메스꺼움과 선미가 흔들려서 어디론가 날아가버릴 때나 하늘로 솟아오를 때 심장이 조여드는 느낌, 그리고 산더미 같은 물바다가 선창船窓에 부딪혀 빛을 가리고 선창의 두꺼운 유리를 따라 뿌옇게 흘러내리다가 핑음을 내며 선미를 건드려 선미가 높이 떠올랐다가 다시 툭 하고 옆으로 떨어져 공중에서 프로펠러 소리가 날 때 느낀 가시 돋친 죽음의 공포였다. 병이 난 창은 멀리서 나는 지휘관의 외침소리와 갑판장이 내지르는 날카롭고 요란한 소리, 머리 위 어딘가에서 울리는 선원들의 발소리, 물이 철썩이는 소리를 들었다. 창은 반쯤 감은 눈으로 차가 담긴 자루들이 잔뜩 쌓여 있는 어스름한 복도를 분간할 수 있었다. 구역질과 열, 그리고 독한 차 냄새 때문에 속이 울렁거리고 정신이 몽롱해졌다……

그런데 거기서 창의 꿈이 끊겼다.

창은 몸을 떨며 눈을 떴다. 선미를 때린 파도 소리에 잠을 깬 것이 아니었다. 아래쪽 어딘가에서 누군가가 문을 세차게 닫아 쿵 소리가 났기 때문이었다. 뒤이어 선장이 기침을 하며 가운데가 움푹 꺼진 침대에서 천천히 일어난다. 그는 지독히 낡은 장화에 발을 간신히 끼워넣고 끈을 묶은 후 금빛 단추가 달린 검은 재킷을 베개 밑에서 꺼내 입고 장롱 쪽으로 간다. 그사이 적황색 털에 병색이 완연한 창은 바닥에서 일어나 불만스럽게 새된 소리를 내며 하품을 한다. 장롱 안에는 뚜껑을 딴 보드카 병이 있다. 선장은 병째 마신다. 그런 다음 살짝 숨을 헐떡이고 수염을 날리면서 벽난로 쪽으로 가서 창을 위해 납작한 접시에 보드카를 붓는다. 창은 게걸스럽게 술을 핥기 시작한다. 선장은 담배를 피운 후 다시 누워 해가 완전히 뜨기를 기다린다. 벌써 멀리서 전차 소리가 들리고 아래쪽 거리 멀리서 포장도로 위를 달리는 말발굽소리가 끊임없이 들려오지만 일어나기에는 아직 이르다. 선장은 누워서 담배를 피운다. 창도 술을 모조리 핥아먹은 후 눕는다. 침대로 뛰어올라 선장의 발 옆에 엎드려 몸을 웅크리고는 보드카가 가져다주는 예외 없는 지복至福의 상태에 천천히 빠져들어간다. 반쯤 감은 흐릿한 눈으로 주인을 본다. 주인을 향한 다정한 감정이 점차 되살아나는 것을 느끼며 생각한다. 그것을 인간의 말로는 이렇게 표현할 수 있을 것이다. '아, 이런 바보, 바보 같으니라고! 세상에는 오직 하나의 진리가 있어. 그 기적 같은 진리가 무엇인지 네가 알았더라면!' 이윽고 꿈도 아니고 상상도 아닌, 고통스럽고 불안한 항해 후에 선장과 창이 탄 배가 중국에서 홍해로 들어서던 오래전 그 아침이 눈앞에 보인다……

꿈을 꾼다.

페림섬*을 지나던 배는 아이를 토닥이며 재우는 것처럼 천천히 흔들거렸다. 창은 달콤한 잠에 깊이 빠졌다. 그러다 갑자기 잠이 깼다. 잠을 깬 창은 몹시 놀랐다. 사방이 고요했다. 선미는 아래로 떨어지지 않고 일정하게 출렁였다. 벽 너머 어디선가 내달리는 바다도 규칙적으로 소리를 냈고, 문 뒤 갑판 위에서 나는 따뜻한 주방 냄새는 매혹적이었다…… 창은 반쯤 몸을 일으켜 텅 빈 선실을 바라보았다. 거기 어둠 속에 눈으로 알아보기는 힘들지만 특히 기쁨을 주는 금빛 도는 보라색의 무언가가 온화하게 반짝이고 있었다. 뒤쪽 현창이 햇빛이 비치는 텅 빈 푸른 공간, 광활한 대기를 향해 열려 있었고, 거울처럼 반들반들

---

* 홍해 남쪽 입구 바브엘만데브해협에 있는 화산섬.

한 물줄기가 낮은 천장을 따라 구불구불 흘러내렸다. 그리고 그 시절 그의 주인인 선장이 여러 차례 경험한 그 일이 창에게도 벌어진다. 세상에는 하나가 아니라 두 개의 진리가 존재한다는 것. 첫째, 세상에 살면서 배를 타는 건 끔찍한 일이라는 것, 그리고 둘째는…… 하지만 다른 진리에 대한 생각을 미처 끝낼 수 없었다. 중갑판의 사다리와 검게 반짝이는 여러 개의 연통이 선명한 여름 아침 하늘 그리고 중갑판 밑의 기계실에서 빠르게 걸어나오는 선장의 모습이 열린 문 사이로 갑자기 보인 것이다. 선장은 깨끗이 씻고 말쑥하게 면도를 했으며 잘 다린 새하얀 제복을 입고 갈색 수염을 독일식으로 올려 세웠다. 그에게서 좋은 오드콜로뉴 향기가 났다. 그의 예민하고 색이 밝은 눈동자에는 반짝이는 시선이 담겨 있었다. 그것을 보자 창은 너무나 기쁜 마음에 앞으로 내달렸지만, 선장이 곧바로 그를 붙잡아 머리에 입을 맞추고는 그를 데리고 뒤로 돌아 세 걸음 만에 상갑판 위로 뛰어나갔다. 거기서 더 높이 선교까지 올라갔는데, 창은 거기서 보이는 거대한 중국 강어귀에 겁을 먹었다.

선장이 선교에서 조타실로 들어가고, 바닥에 남겨진 창은 여우를 닮은 꼬리를 곧추세워 흔들어 매끄러운 나무 바닥을 두드리며 잠시 앉아 있었다. 야트막하게 뜬 태양 때문에 창의 뒤쪽이 아주 뜨겁고 환했다. 오른쪽에는 아라비아의 흑갈색 산과 죽은 행성의 산처럼 황금빛으로 반짝이는 모래로 뒤덮인 산봉우리들이 줄지어 지나갔는데 그곳도 분명 뜨거울 터였다. 그런데 어찌나 뚜렷하게 보이는지 훌쩍 뛰면 그쪽으로 넘어갈 수 있을 것만 같았다. 위쪽 선교는 여전히 아침인 듯 신선함이 살짝 남아 있었다. 선장의 조수가 씩씩하게 앞뒤로 오갔다. 나중에 창의 코에 자꾸 입김을 불어 창을 미칠 듯이 괴롭히는 바로 그 사람이었다. 흰옷을 입고 하얀 모자를 쓰고 지독히 검은 안경을 낀 그 사람은 앞쪽 돛대 제일 높은 곳의 뾰족한 끝을 계속 쳐다보고 있었다. 돛대 위로는 옅은 구름이 흰색 타조 깃털처럼 곱슬거렸다…… 선장이 조타실에서 소리를 질렀다. "창! 아침 먹어!" 그러자 창은 바로 일어나 조타실 주위를 뛰다가 조타실의 청동 문지방을 껑충 뛰어넘었다. 문지방 너머는 선교 위보다 훨씬 좋았다. 거기에는 넓은 가죽소파가 벽 쪽에 놓여 있고 그 위에는 둥근 벽시계와 흡사한 모양의, 유리와 화살표가 반짝이는 물건이 걸려 있었다. 바닥에는 빵을 넣은 달콤한 우유가 그릇 가득 담겨 있었다. 창은 게걸스레 우유를 핥아먹기 시작했고, 선장은 일을 시작했다. 소파 맞은편 창문 아래에 있는 작업대 위에 커다란 해양지도를 펼치더니 그 위에 자를 대고 붉은 잉크로 긴 선을 과감하게 그었다. 아침을 다 먹은 창은 주둥이에 우유를 묻힌 채 창문 옆 작업대 위로 뛰어올라가 앉았다. 창문 너머에는 창을 등지고 방향타 앞에 서 있는 선원의 옷깃을 뒤로 젖힌 넉넉한 셔츠가 퍼렇게 보였다. 나중에 알게 되었지만 말하는 것을 무척 좋아했던 선장은 창과 둘만 남게 되자 창에게 말했다.

"친구, 이게 바로 진짜 홍해라고. 이곳을 지나려면 머리를 좀더 써야 해. 저기 봐, 섬도 암초도 참 각양각색이지! 오데사까지 너를 무사히 데려가야 해. 거기서는 이미 모두가 네 존재를 알고 있다고. 아주 변덕스러운 여자애한테 이미 너에 대해 다 말해놓았다니까. 영리한 사람들이 바닷속 밑바닥에 설치한 긴 전선을 이용해 네가 얼마나 예쁜지 그 애한테 자랑했거든…… 창, 어쨌든 나는 정말 행복한 사람이야. 내가 얼마나 행복한지 너는 상상도 못할 거야. 그래서 난 첫번째 원양항해에서 암초를 만나거나 망신을 당하고 싶지 않아……"

이렇게 말하며 선장은 갑자기 엄격한 눈으로 창을 바라보고는 그의 뺨을 때렸다.

"지도에서 다리 치워!" 그가 거만하게 소리쳤다. "국유재산에 손댈 생각 하지 마!"

창은 머리를 가로로 흔들고 실눈을 뜨며 으르렁거렸다. 뺨을 맞은 것은 이번이 처음이었다. 기분이 나빴고 세상에 살면서 배를 타는 일이 혐오스러워졌다. 그의 투명하고 선명한 눈동자는 빛을 잃고 오그라들었다. 창은 얼굴을 돌렸다. 조용히 으르렁거리며 늑대 이빨을 드러냈다. 하지만 선장은 그의 기분 같은 것은 신경도 쓰지 않았다. 그는 담배를 피우며 소파로 가면서 외투 옆주머니에서 금시계를 꺼내 단단한 손톱으로 뚜껑을 열었다. 시계 내부에서 소리를 내며 바삐 움직이는 놀랄 만큼 생기 있고 반짝이는 무언가를 보면서 다시 친절한 어조로 말하기 시작했다. 그를 오데사에 있는 엘리사베트 거리로 데려갈 거라며 다시 창에게 이야기하기 시작했다. 엘리사베트 거리에는 우선 선장의 아파트가 있고, 둘째로는 선장의 아름다운 아내가 있으며, 셋째로는 예쁜 딸이 있다고 했다. 선장은 아무튼 자기가 매우 행복한 사람이라고 했다.

"어쨌든 말이야, 창, 나는 행복해!" 이렇게 말하더니 선장은 말을 이었다.

"내 딸은 말이야, 창, 장난을 좋아하고 호기심도 많은 집요한 소녀라고. 너를 괴롭힐 때도 있을 거야, 특히 네 꼬리를! 하지만 창, 그 아이가 얼마나 귀여운지 네가 알 수 있으면 좋을 텐데! 나는 말이야, 친구, 그 아이를 너무 사랑해. 그래서 그 사랑이 두렵다고. 나에게 세상은 오직 그 아이거든. 거의 그렇다는 말이지. 그런데 정말 그래도 되는 걸까? 누군가를 그렇게 강렬하게 사랑해도 되는 걸까?" 선장이 물었다. "너희가 말하는 부처가 너나 나보다 바보일까? 들어봐, 그들은 이 세상, 지상에 존재하는 모든 것에 대한 사랑을 말하지. 햇살과 파도와 공기에서부터 여자와 아이, 흰 아카시아꽃 향기에 이르기까지! 너희 중국인들이 만들어낸 도교가 무엇인지 혹시 너 아니? 실은 나도 말이야, 형제, 잘 몰라. 그래, 모두가 잘 모르지. 하지만 그것이 정말 무엇인지 얼마나 알 수 있겠어? 태초의 어머니인 바다의 심연, 그분은 자식을 낳고, 삼키고, 다시 삼키면서 세상에 모든 존재를 낳지. 다른 말로 하면 그것이 모든 존재의 길이며 그것을 거스를 수 있는 건 아무것도 없다는 말이야. 그런데도 우리는 쉴새없이 그 길을 거부해, 끊임없이. 예를 들면 사랑하는 여인의 마음만이 아니라 전 세계를 자기 뜻대로 하길 원하지! 세상에 산다는 건 무서운 일이야, 창." 선장이 말했다. "그건 아주 좋은 일이지만 무서워, 특히 나 같은 사람에게는! 나는 행복에 몹시 목말라 있는데 자주 실수를 해. 그 길은 어둡고 사나울까, 아니면 정반대일까?"

그는 잠시 입을 다물었다가 다시 말을 이었다.

"가장 큰 희극이 뭔지 알아? 네가 누군가를 사랑하게 되면 네가 사랑하는 그 사람이 너를 사랑하지 않을 수도 있다는 사실을 아무리 설득해도 믿을 수가 없다는 거지. 바로 그게 문제야, 창. 그렇지만 삶이란 얼마나 멋진가. 정말 멋져!"

이미 높이 떠오른 태양에 달궈진 기선은 살짝 흔들리며 바람이 잔잔해진 홍해를 뚫고 뜨거운 허공을 가르면서 나아갔다. 밝은 적도의 허공이 조타실 문 안을 내려다보았다. 정오가 가까워지고 있었다. 청동 문지방이 태양에 한껏 달궈졌다. 유리 같은 파도가 눈부시게 반짝여 조타실을 환히 비추고 뱃전 너머로 천천히 넘실거렸다. 창은 선장의 말을 들으며 소파에 앉아 있었다. 창의 머리를 쓰다듬던 선장이 그를 바닥으로 밀쳤다. "이봐, 안 돼, 더워!" 선장이 말했다. 이번에는 창도 기분이 나쁘지 않았다. 이토록 기분좋은 한낮에 세상에 살아 있다는 건 지나치게 좋은 일이었기 때문이다. 그런데 그다음은……

거기서 다시 창의 꿈이 끊겼다.

"창, 가자!" 선장이 침대에서 발을 내리며 말한다. 창은 다시 놀라서 쳐다본다. 그가 있는 곳은 홍해의 기선 위가 아니라 오데사의 다락방이며, 바깥도 진짜 정오이긴 한데 기분좋은 정오가 아니라 어둡고 지루하고 적의 가득한 정오다. 창은 자신의 잠을 깨운 선장을 향해 조용히 으르렁거린다. 하지만 선장은 아랑곳하지 않고 낡은 제모를 쓰고 역시 낡은 외투를 입는다. 주머니에 손을 넣고 등을 구부린 채 문 쪽으로 간다. 창은 침대에서 억지로 뛰어내려야 한다. 짜증나지만 어쩔 수 없다는 듯 선장은 억지로 계단을 힘겹게 내려간다. 창은 꽤 빨리 내려간다. 아직 가시지 않은 흥분이 그의 원기를 북돋아준 것이다. 보드카를 마시면 좋은 기분이 늘 흥분으로 이어지곤 한다……

벌써 이 년 동안 창과 선장은 하루하루 레스토랑을 전전하며 살고 있다. 소음과 악취와 담배 연기가 가득한 그곳에서 그들은 술을 마시고 음식을 먹으며 다른 술주정뱅이들이 술 마시고 음식 먹는 모습을 바라본다. 창은 선장의 발 옆에 누워 있다. 선장은 앉아서 담배를 피운다. 바다에서의 습관처럼 팔꿈치를 탁자에 괴고 앉아 때를 기다린다. 자기가 생각해낸 법칙 비슷한 것에 따라 다른 레스토랑이나 커피숍으로 거처를 옮겨야 하는 때. 창과 선장은 한 곳에서 아침을 먹고, 커피는 다른 곳에서 마시고, 점심은 제3의 장소에서, 저녁은 제4의 장소에서 먹는다. 보통 선장은 아무 말도 하지 않지만, 옛친구를 만날 때면 하루종일 쉬지 않고 시시콜콜한 생활 이야기를 늘어놓으며 상대방과 창과 자신에게 끝도 없이 포도주를 따른다. 창의 앞에는 늘 그릇이 놓여 있다. 오늘도 그렇게 시간을 보내고 있다. 선장의 오랜 지인인 실크해트를 쓴 화가와 함께 아침을 먹기로 약속했다. 이 말은, 먼저 냄새나는 술집에 가서 마시고 먹고, 다시 일한 후, 자신과 똑 닮은 자식들을 낳기 위해 아침부터 저녁까지 일하는 둔감하면서도 요령 있는 붉은 얼굴의 독일인들 사이에 자리를 잡는다는 뜻이다. 그러고 나면 삶 전체가 무의미한데도 끊임없이 대박에 대한 기대에 사로잡혀 불안해하는 그리스인과 유대인들로 가득찬 커피숍에 갈 것이다. 그리고 커피숍을 나와 온갖 인간쓰레기가 모이는 레스토랑으로 가서 늦은 밤까지 죽치고 앉아 있게 될 거라는 이야기……

겨울에는 날이 짧다. 포도주 한 병을 두고 지인과 대화를 나눈다면 더 짧다. 바로 그렇게 창과 선장과 화가는 술집과 커피숍을 거쳐 레스토랑에 앉아 끝없이 술을 마신다. 그리고 선장은 또 탁자에 팔꿈치를 괴고 앉아 세상에 진리는 오직 하나라고, 다시 말해 세상은 악의적이고 저급하다고 화가에게 열렬히 주장한다. "주위를 둘러봐. 매일 우리가 술집과 커피숍과 거리에서 보는 사람들을 떠올려보라고!" 선장이 말한다. "친구, 나는 전 세계를 다녔어. 세상 어느 곳이든 삶은 마찬가지지! 사람이 살아가는 이유라고 하는 것도 모두 거짓말에 헛소리야. 사람들에게는 신도, 양심도, 이해할 만한 존재의 목적도, 사랑도, 우정도, 성실함도, 심지어 단순한 연민도 없어. 삶은 지루하고, 더러운 술집에서 보내는 겨울날도 그보다 덜하지 않지……"

안개 같은 취기에 몽롱해진 창은 탁자 아래 누워 이 모든 이야기를 듣고 있다. 그 취기에 더이상 흥분은 없다. 그는 선장의 말에 동의하는 걸까? 그러지 않는 걸까? 이 질문에 분명한 대답을 할 수는 없는데, 그렇다는 건 상황이 더 나쁘다는 것을 의미한다. 창은 선장의 말이 맞는지 틀리는지 알지도 이해하지도 못한다. 사실 우리 모두가 '알지도 이해하지도 못한다'고 말하는 건 슬플 때뿐이다. 기쁠 때는 살아 있는 존재 모두가 모든 것을 알고 있고 모든 것을 이해하고 있다고 확신한다…… 그런데 갑자기 햇살이 이 안개를 꿰뚫는 것 같다. 레스토랑의 무대 위에서 갑자기 지휘봉으로 악보대를 두드리는 소리가 난다. 그러자 바이올린 소리가, 또다른 바이올린 소리가, 세번째 바이올린 소리가 울린다…… 소리는 점점 더 열정적으로, 더 날카롭게 울려퍼진다. 곧 완전히 다른 슬픔, 완전히 다른 애수가 창의 영혼을 가득 채운다. 불가해한 환희와 달콤한 고통, 무언가에 대한 갈망으로 창의 영혼이 떨린다. 이미 창은 자신이 꿈을 꾸는지 현실에 있는지 알지 못한다. 그는 자신의 존재 전체를 음악에 맡겼고, 음악을 따라 조용히 다른 세계로 들어갔다. 아름다운 세계의 입구에 있는 자신을 본다. 홍해의 기선 위, 세상을 신뢰하는 무지한 강아지였던 자신을……

'아니, 이게 어떻게 된 일이지?' 꿈을 꾸는 것 같기도 하고 상상을 하는 것 같기도 하다. '그래, 기억나. 뜨거운 정오, 홍해에서 사는 건 좋았어!' 창과 선장이 조타실에 앉아 있다가 선교에 가서 섰다…… 오, 햇빛, 반짝임, 남색과 코발트색! 하늘을 배경으로 두 팔을 벌리고 사방에 매달려 있는 선원들의 흰색, 붉은색, 노란색 셔츠가 놀랍도록 화려했다! 그후 창은 선장 그리고 갈색 얼굴에 눈이 이글거리고 흰 이마에 땀을 흘리는 선원들과 함께 뜨거운 일등 선실 구석의 웅웅 소리를 내며 뜨거운 바람을 뿜어대는 전기 히터 아래에서 아침을 먹은 후 잠깐 잠을 잤다. 이어서 함께 차를 마시고 점심을 먹은 후 하인이 선장을 위해 조타실에 가져다놓은 캔버스 의자에 올라앉았다. 그리고 바다 저멀리, 갖가지 색깔에 다양한 모양을 한 구름 속에서 연한 초록빛을 발하는 석양과 햇살이 사라진 포도줏빛의 붉은 태양을 바라보았다. 태양은 어둑한 수평선을 건드린 후 갑자기 옆으로 늘어지더니 어둡게 불타는 모자처럼 보였다…… 기선은 그 뒤를 따라 속력을 높였고, 뱃전 너머에 푸르스름한 보랏빛으로 변하는 매끄러운 파도가 힐끗 보였다. 하지만 태양은 달리고 또 달렸다. 마치 바다가 태양을 잡아당기는 것 같았다. 점점 작아지고 작아져서 가로로 기다랗게 불타는 석탄이 되어 부르르 떨더니 꺼져버렸다. 태양이 꺼져버리자마자 어떤 슬픔의 그림자가 세상을 뒤덮었다. 밤이 다가올수록 바람이 더 강하게 불어왔다. 선장은 석양의 어두운 불꽃을 보며 모자도 쓰지 않은 채 바람에 머리칼을 휘날리며 앉아 있었다. 생각에 잠긴 그의 얼굴은 오만하지만 슬퍼 보였다. 어쨌든 그는 행복하고 그의 의지에 따라 달려가는 이 기선뿐만 아니라 전 세계가 그의 손안에 있다고 느꼈다. 이 순간 전 세계가 그의 영혼 안에 있었고 더욱이 이미 그에게서는 포도주 냄새가 났기 때문이다……

밤이 되었다. 무섭고 위대한 밤이었다. 밤은 캄캄하고 불안했다. 바람이 무질서하게 불어왔고, 기선 주변에서 파도가 굉음을 내며 뛰어오르고 번뜩였다. 갑판 위에서 빠르고 쉼없이 걷는 선장을 쫓아 달리던 창은 뱃전에 부딪혀 튕겨 나가며 소리를 내질렀다. 선장이 창을 그러안고 쿵쾅거리는 그의 심장을 자기 뺨에 가져다댔다. 창의 심장은 선장의 심장과 완벽하게 똑같이 뛰고 있었다! 선장은 창과 함께 갑판 맨 뒤로 가서는 어둠 속에 오랫동안 서 있었다. 그곳에서 창은 경이로운 동시에 두려운 광경에 매혹되었다. 높고 거대한 선미 뒤 둔탁하게 날뛰는 프로펠러 뒤편에서 하얗게 반짝이는 수많은 물 가시가 건조하게 사각거리며 흩어졌다가, 그 순간 기선이 만들어낸 눈처럼 번쩍이는 물길로 사라져갔다. 파도 사이로 거대한 푸른 별들과 짙푸른 구름이 옅은 초록빛 인鱗으로 신비롭게 피어올랐다. 바람은 어둠 속 사방에서 창의 낯짝을 세게 그리고 가볍게 때렸고, 그의 수북한 가슴털은 바람에 부풀어올랐다가 차가워졌다. 창은 친숙하게 선장에게 몸을 푹 맡긴 채 차가운 유황 비슷한 냄새를 맡고 파헤쳐진 바닷속 심연의 자궁 냄새를 맡았다. 선미가 흔들렸다. 무언가가 거대하고 형언할 수 없을 만큼 자유로운 힘으로 선미를 가라앉혔다가 높이 들어올렸다. 창은 흥분 속에 그 눈멀고 캄캄하지만 생기 넘치는 반란의 심연을 바라보며 휘청거리고 또 휘청거렸다. 가끔 선미 옆으로 굉음을 내며 미친듯이 날아오르는 육중한 파도가 선장의 손과 은빛 옷을 기분 나쁘게 비추었다……

그날 밤 선장은 붉은 실크 갓이 달린 램프로 불을 밝힌 크고 안락한 선실로 창을 데려갔다. 선장의 침대 옆 공간을 꽉 채운 탁자 위에는 두 사람의 사진이 어둠 속에서 램프의 불빛을 받고 있었다. 신경질적인 표정을 하고 깊은 안락의자에 앉아 있는 고수머리의 어여쁜 소녀와 하얀 레이스 양산을 어깨에 기대 들고 커다란 레이스 모자에 봄 드레스로 멋을 낸 젊은 부인의 전신사진이었다. 부인은 호리호리하고 아름다웠지만 조지아 공주처럼 슬퍼 보였다. 선장이 열린 창문 너머로 들리는 검은 파도 소리에 맞춰 말했다.

"창, 이 여자는 너와 나를 사랑해주지 않을 거야! 여자의 마음이란 친구, 사랑에 대한 슬픈 갈망으로 영원히 고통스러워하고, 바로 그런 이유로 그 여자는 결코 아무도 사랑할 수 없는 존재야. 그런 여자들이 있어. 그들의 매몰찬 마음과 거짓됨, 무대와 자기 소유의 자동차와 요트에서 하는 피크닉에 대한 꿈, 그리고 포마드로 반들반들해진 머리카락을 양쪽으로 가지런히 빗어내린 운동선수에 대한 꿈을 어떻게 비판하겠어? 누가 그들의 마음을 헤아리겠어? 누구에게나 자신만의 것이 있는 법이야, 창. 어둡게 불타는 이 쇠사슬 같은 파도 속을 자유롭게 다니는 바다 괴물이 가장 이해하기 힘든 도교의 가르침을 따라 사는 것처럼, 그들도 그 가르침을 따라야 하지 않을까?"

"아!" 선장은 의자에 앉아 고개를 흔들고 하얀 신발의 끈을 풀면서 말했다. "창, 나는 산전수전 다 겪었어. 그녀가 온전히 나의 것이 아니라는 걸 처음 느낀 그날 밤, 그녀가 처음으로 혼자 요트클럽 무도회에 갔다가 피곤해서 얼굴이 창백하지만 흥분이 채 가시지 않은 시든 장미처럼 아침이 다 되어서야 돌아왔을 때, 그녀의 커다란 검은 눈동자는 아득히 멀게만 느껴졌어! 그녀가 얼마나 나를 바보로 만들고 싶어했는지 너는 상상도 못할 거야. 그녀가 얼마나 순박한 표정으로 놀라며 묻던지! '당신 아직 안 잤어요? 가엾은 사람.' 나는 한마디도 할 수 없었고, 그녀는 곧 내 마음을 알아차리고 입을 다물었지. 그냥 나를 힐끗 쳐다보더니 아무 말 없이 옷을 벗기 시작했어. 나는 그녀를 죽이고 싶었지만 그녀는 메마르고 고요한 목소리로 말했어. '드레스 벗게 뒤쪽 단추 좀 풀어줘요.' 나는 순종적으로 다가가 떨리는 손으로 고리와 단추를 풀기 시작했어. 단추가 풀린 드레스 사이로 그녀의 몸과 양쪽 어깨뼈 사이의 공간, 그리고 어깨에서 떨어져 코르셋 속으로 들어간 슈미즈를 보자, 그녀의 검은 머리의 향기를 맡고 코르셋에서 풀려난 그녀의 가슴이 환한 거울에 비친 모습을 보자……

선장은 말을 맺지 못하고 손을 흔들었다.

그는 옷을 벗고 침대에 누워 불을 껐다. 탁자 옆 모로코가죽 의자 위에 자리잡고 몸을 뒤척이며 누운 창은 번쩍이다 사라지는 하얀 불꽃의 줄무늬들이 바다의 검은 천을 갈라놓는 모습을 바라보았다. 캄캄한 수평선을 따라 불꽃들이 기분 나쁘게 번쩍이고, 가끔은 그쪽에서 무시무시한 파도가 마치 살아 있는 것처럼 줄달음쳐 큰 소리를 내며 뱃전보다 높이 솟아올라 선실까지 엿보는 것을 바라보았다. 그 파도는 투명한 에메랄드와 사파이어 색으로 눈이 알록달록 반짝이는 동화 속의 뱀 같았다. 기선은 파도를 멀찍이 떼어내며 규칙적으로 멀리 달아나고 있었다. 우리에게는 낯설고 적대적인 존재, 대양이라 불리는 무겁고 변덕스럽고 거대한 덩어리 사이로……

밤에 선장이 갑자기 소리를 질렀다. 그 순간 선장은 모욕적일 만큼 애처로운 고통이 느껴지는 비명에 스스로 놀라 잠에서 깼다. 그는 잠시 아무 말도 하지 않고 누워 있다가 한숨을 쉬더니 코웃음을 치며 말했다. "그렇지, 맞아! '아름다운 여인이 삼가지 않는 것은 돼지 코에 금

고리나 다름없지!'* 현자 솔로몬이여, 당신이 전적으로 옳습니다!"

그는 어둠 속에서 담배를 찾아 불을 붙였지만 두 모금 피우더니 손을 떨궜다. 그렇게 빨간 불이 꺼지지 않은 담배를 손에 쥐고 잠들었다. 다시 조용해졌다. 오직 파도만이 빛을 뿌리며 출렁이고 소리를 내면서 뱃전 옆을 지나갔다. 먹구름 때문에 남십자성은……

하지만 그 순간 갑자기 엄청난 굉음이 창의 귀를 먹먹하게 만들었다. 공포를 느낀 창은 벌떡 일어났다. 무슨 일이지? 삼 년 전 그랬던 것처럼 술 취한 선장 탓에 기선이 물속의 암초에 부딪힌 건가? 선장이 또 다시 자신의 아름답고 애처로운 아내에게 총을 쏜 건가? 아니, 사방을 보니 밤도 아니고 바다도 아니고 엘리사베트 거리의 겨울날 정오도 아니다. 소음과 연기로 가득찬 아주 환한 레스토랑이다. 술 취한 선장이 주먹으로 탁자를 치며 화가에게 소리를 지른 것이다.

"헛소리야, 헛소리! 돼지 코에 금 고리는 바로 네 여자지! '애굽의 화려한 천과 카펫으로 내 침대를 꾸몄어요. 잠시 들러서 정담을 나눠요. 집에 남편이 없거든요……'** 아, 여자란! '그녀의 집은 죽음으로, 그녀의 길은 죽은 자들로 이끄나니……'*** 됐어, 이제 그만, 친구. 시간이 됐어, 문을 닫는군, 가세!"

다음 순간 선장과 창과 화가는 눈발 섞인 바람에 가로등 빛이 벌써 가물거리는 어두운 거리에 있다. 선장은 화가에게 입을 맞추고 그들은

---

* 잠언 11장 22절을 일부 변형해서 인용한 것. 아름다운 여인의 행실이 올바르지 않다면 그 아름다움은 의미가 없다는 뜻.
** 잠언 7장 16, 18, 19절.
*** 잠언 2장 18절.

헤어져 서로 다른 방향으로 갔다. 잠이 덜 깨어 의기소침한 창은 비틀거리면서도 속도를 내어 걷고 있는 선장의 뒤를 따라 인도 위를 비스듬히 달린다…… 다시 하루가 지났다. 꿈인가, 생시인가? 다시 세상에는 어둠, 추위, 피로가……

그렇게 창의 낮과 밤은 단조롭게 흐른다. 세상은 마치 기선처럼 어느 날 아침 갑자기 부주의한 눈에는 보이지 않는 물속 암초에 전속력으로 부딪히는 것이다. 어느 겨울 아침 잠에서 깬 창은 방안을 지배하고 있는 거대한 고요에 놀란다. 그는 곧바로 자리에서 벌떡 일어나 선장의 침대로 뛰어든다. 그리고 창백하게 굳은 얼굴에 눈이 반쯤 열려 있고 고개는 뒤로 떨군 채 미동도 없이 누워 있는 선장을 본다. 그 눈을 본 창은 그의 다리를 쳐서 넘어뜨렸거나 거리를 달리던 자동차에 치인 것처럼 절망적인 울음소리를 낸다……

그후 방문이 닫힐 사이 없이 하인과 경찰들, 실크해트를 쓴 화가와 레스토랑에서 선장과 함께 있던 온갖 인사가 큰 소리로 떠들며 들어오고 나가고 다시 들어왔다. 창은 돌이 되는 것만 같았다…… 오, 언젠가 선장이 얼마나 무시무시한 말을 했던가. '그날 집을 지키던 자들은 몸을 떨 것이며 창문을 내다보던 자들은 낯빛이 어두워질 것이다. 그런 자들은 높은 곳을 두려워할 것이며 길에서는 놀랄 것이다. 사람이 자기의 영원한 집으로 돌아가고 곡하는 여인들은 그를 둘러쌀 준비를 할 것이다. 항아리가 샘 곁에서 깨지고 도르래가 우물 위에서 깨지고……'* 하지만 지금 창은 공포조차 느끼지 못한다. 그는 바닥에 누워

---

* 전도서 12장 3~6절의 내용을 변형해서 인용한 것.

구석으로 머리를 놓은 채 세상을 보지 않고 그를 잊지 않기 위해 눈을 꼭 감는다. 그리고 세상은 창의 머리 위 먼 곳에서 둔탁한 소리를 내고 있다. 마치 심연 속으로 점점 더 깊이 내려가는 사람의 머리 위에 있는 바다처럼.

교회로 들어가는 입구, 가톨릭 성당의 문 옆에서 창은 다시 정신을 차린다. 창은 고개를 푹 숙이고 반쯤 죽은 상태로 둔감하게 앉아 있다. 온몸에 소름이 끼칠 뿐이다. 그러다 갑자기 성당의 문이 활짝 열리고 창의 눈과 심장을 강타하는 노래가 울려퍼지는 놀라운 광경이 펼쳐진다. 창 앞에 어스레한 고딕식 홀, 붉은빛이 반짝이는 별, 적도의 식물들로 가득한 숲, 검은색 단 위로 높이 올려진 참나무 관, 검은 옷을 입은 사람들, 대리석처럼 아름답고 깊은 슬픔으로 놀라움을 불러일으키는 두 명의 여인이 있다. 두 여인은 마치 나이 차이가 나는 자매 같았다. 이 모든 것 위에는 천사의 슬픈 기쁨을 낭랑한 목소리로 노래하는 성가대와 요란하고 웅웅거리는 소리, 웅장함과 당혹감 그리고 위엄이 자리하고 있었다. 그리고 천상의 성가가 이 모든 것을 감쌌다. 이 광경 앞에서 창의 몸에 난 털들이 고통과 환희로 온통 곤두섰다. 그 순간 성당에서 나온 눈이 벌게진 화가가 놀라서 걸음을 멈춘다.

"창!" 화가는 창 쪽으로 몸을 숙이며 불안한 목소리로 말한다. "창, 왜 그래?"

화가가 떨리는 손으로 창의 머리를 만지더니 몸을 더 낮춘다. 눈물이 가득한 눈동자들이 서로를 향한 애정으로 마주친다. 창의 존재 전체가 전 세계를 향해 소리 없이 외친다. 아, 아니야. 세상에는 내가 아직 알지 못하는 세번째 진리가 있어!

이날 묘지에서 돌아온 창은 세번째 주인의 집으로 옮겨간다. 또 높은 다락방이긴 했지만 따뜻하고 향기로운 담배 냄새가 나며 카펫과 오래된 가구가 있고 거대한 그림과 금은 실로 수놓은 비단이 걸려 있다…… 날이 어두워지고, 벽난로는 한껏 달궈져 짙은 선홍빛 열기로 가득하고, 창의 새 주인은 의자에 앉아 있다. 집으로 돌아온 그는 외투도 모자도 벗지 않은 채 의자에 깊숙이 몸을 파묻고 앉아 담배를 피우며 자기 작업실의 어둠을 바라보고 있다. 창은 눈을 감고 다리에 머리를 올린 채 난로 옆 카펫 위에 엎드려 있다.

지금 이 순간 누군가도 누워 있다. 어두워진 도시 너머 공동묘지 뒤쪽 구덩이라고 불리는 무덤 안에. 하지만 그 사람은 선장이 아니다, 절대. 만약 창이 선장을 사랑하고 그를 느낀다면, 자신의 기억의 눈으로 아무도 이해하지 못하는 그 신성한 존재를 본다면, 아직 선장이 그와 함께 있다는 뜻이다. 시작도 끝도 없는 이 세계에 죽음은 허락되지 않는다. 이 세계에는 오직 하나의 진리만 존재할 뿐이다. 세번째 진리. 그것이 어떤 것인지는 창도 곧 돌아가게 될 그 마지막 주인이 알고 있다.

1916년 바실리옙스코예

수호돌

1

수호돌*에 대한 나탈리야의 애착은 언제나 우리를 놀라게 했다.

우리 아버지와 같은 젖을 먹고 같은 집에서 자라 아버지의 누이나 다름없던 그녀는 루네보에 있는 우리집에서 팔 년 동안이나 살았다. 나탈리야는 옛날의 노예나 단순한 하녀가 아니라 우리의 피붙이였다. 그녀의 표현을 빌리자면, 그녀는 자신에게 고통을 주었던 수호돌을 피해 지난 팔 년간 휴식시간을 가졌다. 하지만 아무리 길들여도 늑대는 늘 숲을 바라본다는 말은 그냥 하는 말이 아니다. 수호돌을 떠나와 우리를 키워준 그녀는 다시 수호돌로 돌아갔다.

어린 시절에 그녀와 나누었던 대화 일부가 생각난다.

---

* 수호돌(Суходол)은 작품 속 지명(地名)이면서 러시아어로 '마른 골짜기'를 뜻하는 합성어이다.

"나탈리야는 고아지?"

"고아지요. 모두 신의 품으로 가셨어요. 아기씨들의 할머니이신 안나 그리고리예브나도 일찍이 그곳으로 가셨죠! 제 아비와 어미보다는 오래 사셨지만요."

"왜 그렇게 일찍 죽었어?"

"죽음이 찾아온 거죠. 그러니 죽을 수밖에요."

"아니, 왜 그렇게 일찍 가셨냐니까?"

"신께서 그리하신 거지요. 주인 나리께서 제 아비가 지은 죗값을 물어 아비를 군대로 보내셨어요. 어미는 나리 댁의 칠면조 때문에 제 명을 다하지 못했답니다. 물론 당시에 제가 어디 있었는지는 기억하지 못하지요. 다른 하인들이 말해줬답니다. 제 어미는 가금家禽 담당이었는데 칠면조 새끼가 셀 수 없이 많았대요. 그런데 목장에 우박이 쏟아지는 바람에 칠면조들이 한 마리도 남지 않고 모조리 죽었답니다⋯⋯ 어미가 달려가 그 광경을 보고는 놀라서 그대로 숨이 멎었다지요!"

"너는 왜 시집을 가지 않았어?"

"신랑이 아직 어른이 되지 않아서요."

"아니, 농담하지 말고!"

"아기씨들의 숙모님께서 제 신랑감으로 점찍어둔 사람이 있었다고들 하더군요. 그래서 이 죄 많은 제가 양갓집 규수라는 소문이 났던 거지요."

"에이, 나탈리야가 무슨 양갓집 규수야!"

"사실 양갓집 규수나 마찬가지랍니다!" 나탈리야는 입술을 찌푸리며 살짝 자조 섞인 어조로 대답하고는 늙어버린 거무칙칙한 손으로 입술을 닦았다. "제가 아르카디 페트로비치의 젖누이이니 아기씨들의 둘째 고모뻘이지요……"

커갈수록 우리는 집에서 수호돌에 대해 나누는 이야기에 더 관심을 두게 되었다. 전에는 이해할 수 없던 것들이 차츰 이해가 되고 수호돌에서의 삶이 지닌 기이한 점들이 더 명확하게 느껴지기 시작했다. 우리는 반백 년 동안 우리 아버지와 거의 같은 생활을 해온 나탈리야가 정말로 우리 오래된 흐루쇼프 가문의 혈육이라고 느끼지 않았던가! 그런데 알고 보니 바로 우리 집안의 주인들이 그녀의 아버지를 군대로 내쫓았으며 그녀의 어머니가 칠면조 새끼들이 죽은 것을 보고 심장이 터질 정도로 두려워하게 만들었던 것이다!

"그럼요, 맞습니다." 나탈리야가 말했다. "어떻게 죽지 않을 수 있었겠어요? 그러지 않았다면 주인 나리들이 제 어미를 쫓아냈을걸요!"

나중에 우리는 수호돌에 관한 훨씬 더 기이한 사실들을 알게 되었다. 수호돌의 주인들만큼 선하고 소박한 사람들은 '전 우주에 없었다'는 것이다. 그런데 또 그들보다 더 '불같은 성미를 가진' 사람들도 없다는 것이다. 수호돌의 오래된 집은 어둡고 음침했으며, 우리 할아버지인 광인 표트르 키릴리치는 이 집에서 자신의 혼외자이자 우리 아버지의 친구이며 나탈리야의 사촌오빠였던 게르바시카에 의해 살해되었다고 한다. 불행한 사랑으로 오래전에 정신이 나가버린 토냐 고모가 퇴락한 수호돌 저택 인근에 있는 낡은 하인용 농가에서 살았고 오래되어 삐걱거리는 그랜드피아노로 에코세즈*를 멋지게 연주했다고도 한다. 또 나

---

* 18세기 후반 영국과 프랑스에서 생겨나 19세기 초에 크게 유행한 춤곡.

탈리야는 아주 어린 소녀였을 때부터 일평생 지금은 고인이 된 표트르 페트로비치 삼촌을 좋아했는데 그 삼촌이 나탈리야를 소시키 마을로 보내버리는 바람에 나탈리야도 정신이 나갔다고 했다…… 우리가 수호돌에 열광하는 것도 당연했다. 우리에게 수호돌은 과거에 대한 시적인 기념비였던 것이다. 그런데 나탈리야에게는 어땠을까? 자신의 생각에 스스로 답이라도 하듯 어느 날 그녀는 몹시 슬프게 말했다.

"어쩌겠어요! 수호돌에서는 식사 자리에 타타르카*를 놓고 식사를 했다니까요! 생각만 해도 끔찍한 일이죠."

"그러니까 채찍 말이지?" 우리가 물었다.

"네, 그 말이 그 말이지요." 그녀가 대답했다.

"그런데 왜?"

"싸움이 일어날 때를 대비해서지요."

"수호돌에서는 모두가 싸웠어?"

"신께서 우리를 지켜주시길! 하루도 그냥 넘어가는 법이 없었지요! 모두 어찌나 불같았는지 화약 그 자체였답니다."

우리는 그녀의 이야기에 도취된 채 환희에 차 상상해보곤 했다. 나탈리야의 이야기를 들은 후로 오랫동안 우리는 거대한 정원과 저택, 뾰족한 참나무 벽에 시간이 흘러 검게 그을리고 무거워진 초가지붕을 인 집을 떠올려보았다. 집안에서 사람들이 식사한다. 식탁에 둘러앉아 음식을 먹는다. 사냥개에게 뼈다귀를 던져준다. 그리고 서로 흘겨본다. 각자의 무릎 위에는 채찍이 놓여 있다. 우리는 어른이 되어 무릎에

---

* 굵은 채찍을 의미하는 수호돌 지역의 방언.

채찍을 올려놓고 식사하는 그 황금 같은 시간을 꿈꾸어보았다. 하지만 그 채찍이 나탈리야에게는 기쁨이 아니었다는 사실도 우리는 잘 알고 있었다. 그럼에도 나탈리야는 루네보를 떠나 수호돌로 돌아갔다. 자신의 어두운 기억의 근원으로. 그곳에는 집도 가까운 친지도 없었다. 이제 수호돌에서 그녀가 시중을 들어야 할 대상은 전 주인인 토냐 고모가 아니라 고故 표트르 페트로비치의 아내인 클라브디야 마르코브나였다. 수호돌의 그 집 없이 나탈리야는 살 수가 없었던 것이다.

"어쩌겠어요. 습관이지요." 그녀는 겸손하게 말했다. "바늘 가는 곳에 실도 가는 거지요. 제가 태어난 곳이 제가 있어야 할 곳이니⋯⋯"

수호돌에 대한 애정으로 고통받는 사람은 그녀만이 아니었다. 아, 수호돌 사람들 모두가 과거의 추억을 열렬히 사랑하고 수호돌을 뜨겁게 숭배했다!

토냐 고모는 농가에서 가난하게 살았다. 그녀의 수호돌은 행복도, 이성도, 인간적 형상도 잃어버렸다. 우리 아버지는 고향의 둥지를 떠나 루네보로 옮겨가라고 고모를 애써 설득했지만, 고모는 들을 생각도 하지 않았다.

"그래, 돌로 바위를 치는 게 낫지!"

아버지는 태평한 사람이었고 그 어떤 의무감도 느끼지 않는 것 같았다. 하지만 아버지가 수호돌에 대해 이야기할 때면 깊은 슬픔이 느껴졌다. 아버지는 이미 오래전에 수호돌을 떠나 우리 할머니 올가 키릴로브나 소유의 영지인 루네보로 이사했다. 하지만 죽기 직전까지 불평했다.

"한 명, 흐루쇼프가家 사람은 세상에 단 한 명 남았어. 그것도 수호돌이 아닌 곳에!"

이렇게 말한 후 창문 너머 들판을 바라보며 깊은 생각에 잠기는 일도 드물지 않았다. 그러다 갑자기 벽에 걸린 기타를 내려 들고 조롱하듯 미소를 지었다.

"아, 수호돌, 좋은 곳이지! 저주받을!" 앞서 말한 것과 똑같이 진심이 담긴 말이었다.

하지만 그 역시 수호돌의 영혼이었다. 수호돌의 영혼은 기억의 힘과 초원의 힘과 그 뒤처진 일상과 태곳적 가족주의의 힘이 무한히 커서 마을도 고용인도 수호돌의 집도 하나로 만들었다. 우리 흐루쇼프 가문은 제6권*에 기록되어 있는 오래된 가문으로, 전설이 된 선조들 가운데는 라트비아 혈통을 가진 수세기 동안 이어진 유명한 귀족도 타타르의 공후도 많았다. 하지만 흐루쇼프가의 혈통은 대대로 하인들이나 마을 사람들의 피와 합쳐졌다. 표트르 키릴리치에게 생명을 준 사람은 누구인가? 그에 대해 전해지는 이야기들이 있지 않은가. 그를 살해한 게르바시카의 아버지는 누구인가? 우리는 어릴 적부터 게르바시카의 아버지가 표트르 키릴리치라고 들어왔다. 아버지와 삼촌의 성격이 그토록 달랐던 건 무엇 때문인가? 이에 대해서는 여러 가지 설이 있다. 아버지의 젖누이는 나탈리야였고 게르바시카와 아버지는 십자가를 바꿔 가진 사이**였다고…… 오래전, 아주 오래전부터 흐루쇼프 집안 사람들은 마을 전체와 하인들 모두를 혈육으로 생각해야 했다!

---

* 명문 귀족 가문들이 기록된 족보책 가운데 이 소설의 작가 이반 부닌의 가문이 기록되어 있는 족보책.
** 의형제를 의미한다.

오랫동안 나와 누이는 수호돌에 끌림을 느끼며 그 옛스러움에 매혹되어 살아왔다. 하인들, 마을과 저택은 수호돌에서 한 가족을 이루며 살았다. 우리 선조들이 이 가족을 이끌어왔다. 실제로 후손들도 오랫동안 그렇게 느껴왔다. 가족, 일족, 씨족의 삶은 뿌리가 깊고 굴곡이 많고 신비하며 때론 무섭다. 그 삶은 어두운 심연과 전설들, 그리고 과거가 있어서 강력하다. 문헌 및 여타 문화재들로 볼 때 수호돌이 바시키르 초원의 다른 촌락보다 더 풍요롭다고 할 수는 없다. 루시*에서는 전설이 문헌을 대신한다. 그런데 전설과 노래는 슬라브의 영혼에는 독약이다! 과거 우리의 농노는 굉장한 게으름뱅이에 공상가들이었다. 우리집이 아니라면 그들이 어디서 마음을 열 수 있었을까? 수호돌 주인들의 유일한 대표자로 남은 사람이 바로 우리 아버지였다. 우리가 배운 첫번째 언어가 바로 수호돌의 언어다. 우리를 감동하게 한 첫번째 이야기, 첫번째 노래도 역시 수호돌의 그것, 나탈리야와 아버지의 그것들이다. 농노들에게서 노래를 배운 우리 아버지가 아니라면 도대체 누가 〈신실하면서 가식적인 내 애인〉을 태평한 슬픔과 부드러운 질책을 담아 그토록 여리고도 담백하게 부를 수 있을까? 나탈리야처럼 이야기할 수 있는 사람은 있을까? 수호돌의 농민보다 우리와 더 가까운 사람들이 있을까?

　오랫동안 한 가족으로 가깝게 살아온 사람들이 그렇듯 흐루쇼프 가문도 오래전부터 불화와 다툼으로 유명했다. 우리가 어렸을 때 수호돌 사람들과 루네보 사람들이 다툰 일이 있었는데, 그후로 우리 아버지는

---

* 고대 러시아를 뜻한다.

거의 십 년 동안이나 고향집 문턱을 넘지 않았다. 그런 탓에 우리는 어린 시절에 수호돌을 잘 알지 못했다. 딱 한 번, 그것도 자돈스크로 가는 길에 그곳을 지나친 것이 전부였다. 그렇지만 때로는 상상이 그 어떤 실제보다 강력한 법이다. 어렴풋하지만 잊을 수 없는 기억이 있다. 긴 여름날, 넘실대는 들판의 광활함과 속이 텅 빈 채 어떻게든 살아남은 버드나무들이 우리의 마음을 사로잡았던 조용한 큰길, 들판에서 멀찍이 떨어진 버드나무 한 그루에 벌집이 달려 있었다. 그 벌집은 신의 의지에 맡겨진 채 인적 없는 길가에 남아 있었다. 완만한 언덕 아래에는 굽이지며 돌아가는 넓은 길이 있었고, 굴뚝도 없는 가난한 농가들이 벌거벗은 드넓은 목초지를 향해 서 있었으며, 농가들 뒤로는 누런 돌투성이의 골짜기가 있었고, 골짜기 밑바닥에는 하얀 자갈과 쇄석이 반짝였다…… 처음 우리를 공포로 몰아넣은 사건 역시 수호돌에서 벌어졌다. 게르바시카가 할아버지를 살해한 것이다. 이 살인사건에 관한 이야기를 들으며 우리는 멀리 어딘가를 향해 나 있는 누런 골짜기를 상상했다. 끔찍한 일을 저지르고 '감쪽같이 사라져버린' 게르바시카가 그 골짜기로 도망친 것만 같았다.

수호돌의 농민들은 농노와 달리 좀더 많은 땅을 받기 위해 루네보를 찾아오곤 했다. 그들은 우리집을 제집처럼 드나들었다. 머리를 허리까지 숙여 아버지에게 인사하고 손에 입을 맞추었다. 그런 다음 머리를 흔들며 아버지와 나탈리야와 우리에게 세 번씩 입을 맞추었다. 그들은 꿀과 달걀, 수건을 선물로 가져오곤 했다. 들판에서 자라나 냄새에 민감했으며 그래서 노래와 전설만큼이나 냄새에 탐닉하던 우리는 수호돌의 농민들과 입맞추며 느꼈던 특별히 기분좋은 대마씨 냄새를 영원히 기억하게 되었다. 그들의 선물에서는 오래된 초원의 마을 냄새가 났다. 꿀에서는 메밀꽃과 썩어가는 참나무의 벌통 냄새가, 수건에서는 할아버지 시절의 굴뚝 없는 농가와 헛간 냄새가 났다…… 수호돌의 농민들은 한마디 말도 하지 않았다. 그렇다, 그들에게 무슨 할말이 있었겠는가! 그들에겐 전설이 존재하지 않았다. 그들의 무덤에는 이름도 없었다. 그들의 삶은 서로 닮았고 너무 가난했고 흔적도 없이 사라져버렸다! 그들의 노동과 근심의 열매는 오직 곡식, 먹을 수 있는 진짜 곡식뿐이었기 때문이다. 그들은 오래전 말라버린 카멘카강의 돌바닥을 파서 연못을 만들었다. 하지만 연못은 물이 나올 희망도 없이 말라버렸다. 그들은 집도 지었다. 하지만 그 집은 오래 버티지 못했다. 작은 불꽃에도 집들이 모조리 타버렸다…… 도대체 무엇이 우리의 마음을 헐벗은 목장과 농가, 계곡, 그리고 수호돌의 몰락한 집으로 이끌었을까?

2

나탈리야의 영혼을 낳고 그녀의 인생 전체를 지배한 집, 우리가 그토록 많은 이야기를 들은 집에 직접 가볼 수 있었던 것은 유년 시절이 끝나갈 무렵이었다.

마치 어제 일처럼 기억하고 있다. 저녁 무렵 수호돌에 도착하니 귀를 먹먹하게 하는 요란한 천둥소리와 뱀처럼 하늘을 가로지르고 섬광처럼 눈부신 번개와 함께 폭우가 쏟아졌다. 짙은 보랏빛 구름이 북서

쪽으로 무겁게 몰려가더니 맞은편 하늘의 절반을 거침없이 뒤덮었다. 거대한 구름 아래로 평평한 곡식의 바다가 고르면서도 창백한 푸른빛을 발했고, 큰길 위 비에 젖은 키 작은 풀들은 색이 강렬하고 몹시 신선해 보였다. 비를 맞아 순식간에 몸이 홀쭉해진 말들은 편자를 번뜩이며 푸른 진흙탕을 철썩철썩 걸었고, 타란타스*는 사락사락 소리를 내며 움직였다. 수호돌로 들어가는 길모퉁이 옆에서 갑자기 우리는 실내복에 두건을 쓴 채 비에 젖은 호밀밭에 있는 키 큰 기이한 사람을 보았다. 노인처럼 보이기도 하고 노파처럼 보이기도 하는 그 사람은 뿔 없는 얼룩무늬 암소를 나뭇가지로 때리고 있었다. 우리가 가까워지자 매질이 더욱 거세졌고, 암소는 느릿느릿 꼬리를 감아올리더니 길로 도망쳤다. 노파는 뭐라고 소리를 지르며 타란타스 쪽으로 다가와 핏기 없는 얼굴을 우리에게 내밀었다. 우리는 광기어린 검은 눈을 두렵게 바라보며 그 사람과 입을 맞췄다. 차갑고 뾰죽한 코가 맞닿으니 농가의 독한 냄새가 났다. 이 사람이 바로 바바야가**가 아닐까? 더러운 천으로 만든 높은 두건이 바바야가의 머리 위로 솟아 있었고, 허리까지 젖은 다 해진 실내복은 여윈 가슴을 가리지도 못한 채 그녀의 벌거벗은 몸에 둘러 있었다. 그녀는 우리가 귀먹기라도 한 듯 격분해서 욕설을 짜내고 고함쳤다. 그 고함을 통해 우리는 그 사람이 토냐 고모라는 사실을 알게 되었다.

회색빛 턱수염이 듬성듬성 나고 눈동자는 놀랍도록 생기발랄한, 몸

---

* 러시아 특유의 지붕 달린 여행 마차.
** 러시아 민화에 나오는 마귀할멈. 새의 다리가 달린 오두막에 살면서 아이들을 잡아먹는다고 한다.

집이 통통하고 키가 작은 클라브디야 마르코브나도 흥분해서 기분좋은 소리를 질렀다. 그녀는 커다란 현관 두 개가 있는 집안의 열린 창문 옆에 앉아 양말을 짜다가 안경을 이마 위로 올리고 마당과 이어지는 목장을 바라보았다. 나탈리야가 오른쪽 현관에 서서 조용한 미소를 지으며 고개 숙여 인사했다. 볕에 그을리고 가냘픈 그녀는 붉은색 모직 치마와 가슴이 깊이 파여 검고 주름진 목이 드러나는 회색 블라우스를 입었으며 발에는 짚신을 신고 있었다. 그녀의 목과 마른 쇄골, 피곤한 듯 슬픈 눈동자를 보며 나는 생각했다. '이 사람이 바로 오래전에 우리 아버지와 함께 자란 사람이구나. 그 사람이 지금 여기 있는 이 사람이구나. 여러 차례에 걸친 화재 때문에 할아버지의 이 참나무 집에서 남은 거라고는 이 초라한 사람뿐이구나. 정원에는 관목과 오래된 자작나무, 포플러 몇 그루뿐이고 부속 건물들과 하인들의 거처에서 남은 거라고는 농가 한 채, 헛간, 그리고 진흙 창고뿐. 냉동 창고에도 털비름과 쑥이 무성하게 자랐어⋯⋯' 사모바르에서 물이 끓는 냄새가 났고 질문들이 쏟아졌다. 백 년 된 찬장에서 잼을 담을 크리스털 접시를 꺼냈고, 단풍잎처럼 얇아진 금 숟가락과 손님이 올 경우에 대비해 남겨둔 달콤한 비스킷을 내왔다. 오랜 다툼 후라 더욱 화목해진 대화가 한창 이어지는 동안 우리는 정원으로 난 발코니 출구를 찾기 위해 컴컴한 방들을 배회했다.

세월이 흘러 모든 것이 어둡고 단순하고 거칠었다. 천장이 낮고 텅 빈 방들은 할아버지가 살아 계실 때와 같은 모습이었다. 하인방의 구석에는 성聖 메르쿠리우스를 그린 커다란 성화가 거무스름하게 보였다. 그 성인의 철 샌들과 투구가 스몰렌스크에 있는 오래된 성당의 성단에 보관되어 있다. 우리가 들은 바로 메르쿠리우스 성인은 신분이 높은 인물이었고 타타르족으로부터 스몰렌스크 지방을 구원하라는 호데게트리아 성모*의 목소리를 들었다고 한다. 그는 타타르족을 물리치고 잠이 들었는데 잠든 동안 적들에 의해 목이 잘렸다. 그러자 양손에 자신의 머리를 받쳐들고 벌어진 사건을 알리려는 듯 도시의 출입문으로 갔다…… 한 손에는 죽어서 푸르스름해진 투구 쓴 머리를, 다른 손에는 성모화를 들고 있는 머리 없는 사람을 묘사한, 오래전 수즈달**에서 그려진 그 성화는 보는 것만으로도 무시무시했다. 뒷면에 흐루쇼프 가문의 족보가 새겨져 있고 은으로 두껍게 테두리를 두른, 사람들 말로는 몇 차례의 화재에서도 살아남은, 할아버지가 가장 아끼던 그림이었다. 묵직한 양쪽 문 위와 아래에 달린 무거운 금속 빗장이 그것과 잘 어울렸다. 거실 바닥의 널판은 지나치게 넓고 어둡고 미끄러웠으며, 창틀을 위로 들어올리게 되어 있는 창문은 작았다. 흐루쇼프 집안 사람들이 무릎에 채찍을 올려놓고 식사를 하던 거실을 모방해 조금 작게 만든 거실을 지나 응접실로 갔다. 그 거실 문의 반대편 발코니 쪽에 표트르 페트로비치의 동료인 장교 보이트케비치를 사랑했던 토냐 고모가 연주하던 피아노가 있었다. 그리고 안쪽에는 소파가 놓인 다른 방의 문이 열려 있었다. 옛날에 할아버지의 방이었던 구석방……

벌써 어둑한 저녁이 되었다. 나무를 베어낸 정원 가장자리의 반쯤 무너진 곳간 옆 은빛 포플러 너머의 먹구름 속에서 섬광이 번뜩이자 구름 낀 분홍색과 황금색 산봉우리들이 드러났다. 트로신 숲 전체에

---

* 아기 예수를 왼쪽 팔에 안고 오른손으로 가리키는 모습으로 그려진 성모마리아.
** 러시아에서 가장 오래된 도시로, 많은 유적이 남아 있다.

소나기가 내린 것 같지는 않았다. 정원 뒤 멀리 골짜기 너머의 산비탈 위가 내리는 비 때문에 어두웠다. 그곳으로부터 발코니를 둘러싼 관목과 잡초, 키 큰 쐐기풀을 따라 가로숫길에서 살아남은 자작나무 꼭대기를 스쳐지나는 습기 찬 가벼운 바람과 풀냄새가 섞인 참나무의 건조하고 따뜻한 향기가 불어왔다. 그리고 저녁, 스텝, 머나먼 루시의 깊은 고요가 온 세상을 감쌌다……

"차 드세요." 나지막한 목소리가 우리를 부른다.

이 삶의 장본인이자 목격자이면서 최고의 이야기꾼인 나탈리야의 목소리였다. 그녀의 뒤에서는 그녀의 전 안주인인 토냐 고모가 광기어린 눈으로 주위를 살피며 등을 구부린 채 반들반들하고 어두운 바닥 위를 격식을 차려 미끄러지듯 걷고 있었다. 두건은 벗지 않았지만 실내복 대신 지금은 구식이 된 얇은 실크 드레스를 입고 어깨에는 빛바랜 금빛 실크 숄을 두르고 있었다.

"우 에트부, 메 장팡?"* 그녀가 짐짓 점잔을 빼며 미소 띤 얼굴로 소리쳐 물었다. 앵무새 소리처럼 선명하고 날카로운 그녀의 목소리가 텅 빈 어두운 농가에 기이하게 울려퍼졌다.

3

나탈리야의 농민다운 소박함과 수호돌이 만들어놓은 그녀의 아름답

---

* 프랑스어로 '어디 있니, 얘들아?'라는 뜻.(원주)

고 애처로운 영혼처럼 수호돌의 몰락한 저택도 매혹적이었다.

바닥이 비스듬하게 경사지고 낡은 거실에서는 재스민 향기가 났다. 시간이 흘러 색이 바래고 썩은 하늘색 발코니에는 계단이 없어서 아래로 뛰어내려야 했다. 그 발코니는 엉겅퀴와 딱총나무, 화살나무에 파묻혀 있었다. 태양이 발코니를 달구고 내려앉은 유리문이 열려 흥겨운 듯 반짝이는 햇빛이 문 반대편 벽에 걸려 있는 침침한 타원형 거울에 비치던 뜨거운 날, 예전에 그 거울 아래 놓여 있었을 토냐 고모의 그랜드피아노가 자꾸만 생각났다. 고모는 멋부린 글씨체로 제목이 쓰인 누렇게 바랜 악보를 보며 그 피아노를 연주했고, 그 사람은 왼손으로 몸을 꼿꼿하게 지탱한 채 이를 악물고 미간을 찌푸리며 그 뒤에 서 있었다. 멋진 나비들이 화려한 사라사 드레스와 일본풍 의상, 짙은 보랏빛 벨벳 숄 위에 앉았다가 거실로 날아들어왔다. 떠나기 전 그는 그랜드피아노 뚜껑 위에 몸을 떨며 죽은듯 앉아 있던 나비 한 마리를 성을 내며 손바닥으로 내리쳤다. 그 자리에는 은빛 먼지만 남았다. 하지만 어리석게도 며칠 후 하녀들이 그걸 닦아버려서 토냐 고모가 히스테리를 부렸다. 우리는 거실에서 나가 따뜻해진 발코니 바닥에 앉았다. 거기서 생각하고 또 생각했다. 정원에서 불어오는 바람이 검은 점 박힌 매끈하고 하얀 줄기에 초록색 가지들이 넓게 펼쳐진 자작나무의 부드러운 속삭임을 우리에게 가져다주었다. 바람이 웅성대는 소리를 내며 들판에서 불어왔다. 초록빛이 도는 금색 꾀꼬리가 수다스러운 까마귀의 뒤를 쫓아 하얀 꽃밭 위를 휩쓸고 지나가면서 흥겨운 듯 날카롭게 지저귀었다. 그 새들은 오래된 벽돌 냄새가 나고 금빛 햇살이 지붕창을 넘어 연보랏빛 잿더미 위에 떨어져 줄무늬를 이루는 어두운 다락방과 허물어진 굴뚝에 옹기종기 무리 지어 살고 있었다. 바람이 그치고, 꿀벌들은 잠에 취해 발코니 근처 꽃들 위를 넘어 다니며 천천히 자기 일을 했다. 정적 속에 마치 끊임없이 떨어지는 가랑비처럼 미루나무의 은빛 잎사귀들이 내는 소리만 높낮이 없이 흘렀다⋯⋯ 우리는 정원을 거닐고 정원 끝 깊숙한 곳까지 가보았다. 밭과 이어지는 그 끝자락에 천장이 내려앉은 증조부 시절의 목욕탕이 있었다. 나탈리야가 표트르 페트로비치에게서 훔친 작은 거울을 보관해둔 바로 그 목욕탕이었다. 그곳에는 흰토끼가 살고 있었다. 흰토끼들은 가볍게 바닥으로 홀쩍 뛰어내렸고, 둘로 갈라진 입술과 수염을 움직거리며 미간 사이가 먼 두 눈을 휘둥그레 뜨고 벚나무와 야생 벚나무의 성장을 막는 쐐기풀, 키 큰 엉겅퀴, 사리풀 관목을 쳐다보았다. 반쯤 열린 곡물창고에는 수리부엉이가 살았다. 그 새는 더 어둑한 장소를 골라 귀를 곤추세우고 시력이 좋지 않은 노란 눈동자를 굴리며 어망 위에 앉아 있었다. 그 모습이 괴상하고 악마 같았다. 해는 벌써 정원 뒤로 졌고 곡식의 바다로 평화롭고 맑은 저녁이 찾아왔다. 트로신 숲에서 뻐꾹새가 울었고, 초원 위 어딘가에서 늙은 목동 스툐파의 뿔피리 소리가 애처롭게 들려왔다⋯⋯ 수리부엉이는 앉아서 밤을 기다렸다. 밤에는 모두가 잠이 든다. 들판도, 마을도, 저택도. 하지만 부엉이는 크게 소리 내어 울고만 있었다. 그 새는 창고 주변 정원 위를 소리도 없이 날아 토냐 고모의 농가로 가더니 지붕에 살며시 내려앉았다. 그리고 신경질적으로 울어댔다⋯⋯ 벽난로 옆 간이침대에서 자던 고모가 잠에서 깨어났다.

"하느님, 도와주세요." 그녀는 한숨을 쉬며 속삭였다.

잠에 취한 파리들이 덥고 어두운 농가의 천장에서 불만스럽게 웡웡거렸다. 매일 밤 뭔가가 그들을 깨웠다. 암소가 집 벽을 옆구리로 벅벅 긁어대기도 하고, 들쥐가 그랜드피아노의 건반 위를 달가닥거리는 소리를 내며 달리다가 고모가 애써 구석에 쌓아둔 그릇 위로 털썩 떨어지기도 하고, 초록 눈의 늙은 검은 고양이가 어딘가에서 느지막이 집으로 돌아와 들여보내달라고 울기도 했다. 그것도 아니면 그 수리부엉이가 불행을 예언하는 울음소리를 내며 날아오기도 했다. 그래서 고모는 잠을 억누르고 어둠 속에서 눈에 들어오는 파리를 쫓으며 일어나 침대를 더듬다가 쾅 소리를 내며 문을 열었다. 문지방을 넘어 무턱대고 밖으로 나가 별이 뜬 하늘을 향해 밀방망이를 되는대로 휘둘렀다. 수리부엉이가 바스락거리며 날개로 짚더미를 스치더니 지붕에서 날아가 어둠 속 어딘가로 낮게 내려앉았다. 땅에 거의 닿을 듯하더니 창고까지 유유히 날아갔다가 재빨리 다시 날아올라 창고 꼭대기에 올라앉았다. 그 울음소리가 다시 저택까지 들렸다. 녀석은 무언가를 떠올린 것처럼 가만히 앉아 있다가 갑자기 놀란 듯 큰 소리로 울었다. 그리고 조용해졌다. 그리고 다시 신음, 흐느끼는 소리, 통곡소리가 터져나왔다…… 그런데 보랏빛 먹구름이 낀 어둡고 따뜻한 밤은 고요하고 평온했다. 잠에 취한 미루나무가 속삭이는 소리가 꿈처럼 흘러넘치고, 어두운 트로신 숲 위로 섬광이 조심스레 반짝였다. 참나무 냄새가 따뜻하고 건조하게 감돌았다. 숲 근처 귀리밭 위, 먹구름 사이 틈새로 보이는 하늘에 전갈자리 별들이 은빛 삼각형을 이루며 무덤의 비석처럼 반짝였다……

우리는 종종 밤늦게 집으로 돌아왔다. 초원과 들꽃과 풀의 신선한 향기를 마음껏 맛보고 이슬을 흠뻑 맞은 후 집 입구를 조심스럽게 올라 캄캄한 현관방으로 들어갔다. 그럴 때면 메르쿠리우스 성화 앞에서 기도드리는 나탈리야의 모습이 자주 보였다. 키가 작은 그녀는 맨발인 채로 양손을 모으고 성화 앞에 서서 무언가를 속삭이고 성호를 그은 후 보이지 않는 어둠 속 성상聖像에 몸을 숙여 절했다. 그 모든 것이 너무나 소박해서 마치 그녀 자신처럼 선하고 자비로운 가까운 사람과 이야기를 주고받는 것 같았다.

"나탈리야?" 우리가 조용히 불렀다.

"네?" 그녀는 기도를 멈추고 조용히 대답했다.

"왜 여태 자지 않고 있는 거야?"

"무덤에 묻히면 실컷 잘 텐데요……"

우리는 긴 의자에 앉아 창문을 열었다. 그녀는 손을 모으고 서 있었다. 신비한 섬광이 번뜩여 어두운 방안을 밝혔다. 메추리가 멀리 이슬 맺힌 초원 어디선가 울고 있었다. 연못에서는 잠을 깬 오리가 미리 주의라도 주듯 불안하게 꽥꽥거렸다……

"놀다 오시는 건가요?"

"놀다 왔어."

"뭐, 젊으시니까요…… 우리도 예전에는 노느라 꼬박 밤을 지새우곤 했지요…… 노을이 우릴 밖으로 몰아내면 새벽녘이 되어야 돌아왔어요……"

"예전에는 좋았어?"

"좋았지요……"

한동안 침묵이 흘렀다.

"유모, 부엉이는 왜 울어?" 누이가 말했다.

"생각 없이 우는 거지요. 고약한 놈. 총이 있다면 겁을 좀 줄 텐데. 아닌 게 아니라, 그 녀석이 울어대면 너무 무서워서 뭔가 나쁜 일이 생기려나 하는 생각을 하게 된다니까요? 마님이 무척 겁을 내신답니다. 사실 마님은 겁이 너무 많으세요!"

"그런데 고모가 아프셔?"

"네, 아시다시피. 계속 눈물바람에 울적해하세요…… 나중에는 기도를 드리기 시작하셨죠. 그런데 점점 우리 하녀들을 모질게 대하시더니 오빠들에게도 심하게 역정을 내셨어요……"

채찍 생각이 난 우리는 이렇게 물었다.

"사이가 좋지 않았다는 얘기지?"

"어떻게 좋을 수가 있었겠어요! 병이 나신 후에는 특히 더하셨지요. 할아버님이 돌아가시고 젊은 나리들이 이곳의 주인이 되시고 고인이 되신 표트르 페트로비치 나리가 결혼하신 후 말이에요. 모두 성격이 아주 불같으셨지요!"

"하인들에게 자주 채찍질을 했어?"

"여기서 그런 일은 없었답니다. 한번은 제가 잘못한 일이 있었는데요, 그래도 표트르 페트로비치께서 하신 일이라고는 양털 깎는 가위로 제 머리를 깎고 허드레옷을 입혀 다른 마을로 보낸 게 다였지요……"

"무슨 잘못을 했는데?"

하지만 질문에 대한 답이 언제나 있는 그대로, 그것도 즉시 돌아오지는 않았다. 가끔 나탈리야는 놀라울 정도로 직설적이고 세세하게 말해주기도 했다. 하지만 가끔은 대답을 머뭇거리며 무언가를 생각했다. 나중에는 슬며시 한숨까지 쉬었다. 어두워서 얼굴이 보이지 않았지만,

목소리로만 미루어 짐작하면 그녀가 슬프게 웃고 있다는 걸 알 수 있었다.

"네, 잘못했지요…… 이미 말씀드린 것처럼…… 저는 젊고 어리석었어요. '정원에서 꾀꼬리가 죄와 불행을 노래한다네……' 아, 아시다시피 제가 처녀 때의 일이지요……"

누이가 그녀에게 상냥히 말했다.

"유모, 그 시를 끝까지 읊어줘."

나탈리야는 당황했다.

"이건 시가 아니라 노래랍니다…… 그리고 이제는 기억도 나지 않아요."

"거짓말, 그럴 리 없어!"

"정 그러시다면 한번 해보지요……"

그러고는 서둘러 노래를 끝맺었다.

"'공교롭게도 불행이……' 아, 그렇지. '정원에서 꾀꼬리가 죄와 불행을 노래한다네. 애틋한 노래를…… 캄캄한 밤에 어리석은 여인은 잠을 이루지 못하네……'"

누이가 마음을 다잡으며 물었다.

"그런데 나탈리야는 우리 삼촌을 많이 좋아했어?"

나탈리야는 시원치 않은 목소리로 짧게 대답했다.

"많이 좋아했지요."

"기도할 때 항상 삼촌을 떠올려?"

"항상 그렇죠."

"소시키로 보내졌을 때 기절했다고 하던데?"

"기절했었죠. 우리 하인들은 마음이 너무 약하거든요…… 처벌에는 당할 재간이 없지요…… 자유민들과는 비교할 수가 없답니다! 예브세이 보둘랴가 저를 데리러 왔을 땐 슬픔과 두려움에 정신이 나가는 것 같았어요…… 도시 생활이 익숙하지 않아서 숨막혀 죽을 뻔했답니다. 초원으로 나가면 곧 마음이 부드러워지고 서글퍼졌어요! 나리를 닮은 장교와 마주친 적이 있었는데 그때 제가 죽을 듯이 고함치다가 정신을 잃었어요! 그러다 마차에 누워 정신을 차리고 이렇게 생각했죠. '이제 훨씬 낫다, 마치 천국에 있는 것 같네!'"

"삼촌은 엄했어?"

"말도 마세요!"

"어쨌든 제일 제멋대로였던 사람은 고모인 거지?"

"그렇죠, 그분이셨지요. 아기씨들에게 하는 말이지만 그분을 모시고 신부님께도 갔었다니까요. 우리가 그분 성질을 참 많이도 견뎠죠! 원하는 대로 사실 수 있었는데 자만하셨던 거예요. 그러다 마음을 다치셨고요…… 보이트케비치라는 분이 그분을 얼마나 사랑했는데요! 이게 다 무슨 일인지!"

"그럼 할아버지는?"

"할아버님요? 할아버님은 정신이 약간 온전치 못하셨어요. 물론 그분께도 사건이 있었지요. 그 시절에는 모두 성질이 불같으셨으니…… 그래도 예전에 주인 나리들은 제 오빠를 싫어하지 않으셨답니다. 한번은 아기씨들 아버님이 점심때쯤 게르바시카에게 벌을 주셨어요. 당해도 쌌죠. 그런데 저녁에 보니 마당에서 발랄라이카*를 켜며 기름진 음식을 함께 드시더라고요……"

"그런데 보이트케비치는 미남이었어?"

나탈리야는 생각에 잠겼다.

"아니요. 거짓말을 하고 싶진 않네요. 칼미크인**처럼 생겼었답니다. 심각하고 고집이 센 사람이었어요. 그 사람이 고모님께 시를 읽어주었는데, 그게 사람을 자꾸 무섭게 만들었지요. 예를 들면 죽어서 뒤를 따르겠다나……"

"그런데 할아버지도 사랑 때문에 정신이 나갔다는 게 사실이야?"

"할머니 때문이었어요. 그건 또다른 이야기랍니다. 아기씨. 그때는 우리 저택 자체가 암울했어요. 즐겁지 않았죠. 부족한 제 이야기를 들어보시겠습니까……"

나탈리야는 이렇게 말한 뒤 서두르지 않고 작은 목소리로 아주 긴 이야기를 시작했다……

4

전해오는 이야기에 따르면 우리 증조부는 부자였는데 나이가 든 뒤 쿠르스크에서 수호돌로 이주했다. 그는 우리가 사는 숲속 벽촌을 좋아하지 않았다. 그래서 이런 말까지 생겼다고 한다. '예전엔 온통 숲이었는데……' 이십여 년 전 우리 마을의 길을 따라 들어온 사람들은 깊은 숲을 뚫고 들어왔다. 숲에서는 카멘카강도, 그 강이 흘러나오는 상류

---

* 현이 세 개 있는 러시아의 민속악기.

** 러시아에 남아 있는 몽골족의 후예들.

도, 마을도 저택도 주변의 언덕 많은 들판도 보이지 않았다. 그런데 할아버지 시절에는 상황이 달라졌다. 그때는 풍경이 변했다. 풀이 드문드문 자란 널찍한 들판과 텅 빈 비탈이 보였다. 들판에는 호밀, 귀리, 메밀이 자라고, 큰길에는 속이 빈 희귀한 버드나무들이 서 있었다. 수호돌 위쪽으로는 하얀 민둥산만 있었다. 예전 숲에서 남은 것은 작은 트로신 숲 하나였다. 정원만은 당연히 아주 멋졌다. 가지들이 무성한 자작나무를 심은 넓은 가로숫길, 쐐기풀에 파묻힌 벚나무, 우거진 딸기나무 수풀, 아카시아, 라일락, 그리고 밭과 이어지는 가장자리에 거의 숲을 이루고 있는 은빛 미루나무들. 짚을 이어 만든 어두운 빛깔의 지붕은 두껍고 튼튼했다. 그 집 앞에는 마당이 있었고, 마당 양편에는 하인들이 쓰는 기다란 부속 건물들이 서로 연결되어 있었다. 마당 뒤에는 푸른 목장이 끝도 없이 펼쳐져 있고, 주인의 크고 빈한하고 태평한 마을이 넓게 자리하고 있었다.

"모든 것이 주인님을 닮았지요!" 나탈리야가 말했다. "주인님은 태평하고 살림에 그다지 신경쓰지 않으셨고 인색하지도 않으셨어요. 할아버님의 형제이신 세묜 키릴리치가 살림을 따로 나가며 더 크고 좋은 교회의 영지를 가져가셔서 우리에게는 겨우 소시키와 수호돌, 그리고 농노 사백 명 정도만 남았지요. 그 사백 명 중 절반은 도망을 갔고요……"

표트르 키릴리치 할아버지는 마흔다섯 살 때쯤 돌아가셨다. 아버지가 자주 말씀하시길, 표트르 할아버지가 정원 사과나무 아래에 자리를 깔고 자고 있었는데 갑자기 소나기가 쏟아져 잠든 할아버지 위로 사과가 비처럼 떨어졌고 그런 뒤에 할아버지는 미치셨다고 했다. 나탈리야의 말에 따르면 하인들 사이에서는 할아버지가 백치가 된 일을 두고 의견이 분분했다고 한다. 미인이었던 할머니가 돌아가신 후 표트르 키릴리치가 그리움에 정신이 나갔다는 설도 있고, 그날 저녁 직전 수호돌에 쏟아진 엄청난 뇌우 때문이라는 설도 있다고 했다. 토냐 고모를 다소 닮은 검은 머리에 주의깊고 상냥한 검은 눈동자를 지닌, 등이 구부정한 표트르 키릴리치는 정신이 약간 이상해졌다. 나탈리야의 말에 따르면 예전에는 돈을 신경써서 보관할 줄도 몰랐는데, 정신이 이상해지고 나서는 모로코 양가죽 신발을 신고 화려한 아시아식 짧은 외투를 입고는 근심어린 표정으로 소리 없이 집안을 돌아다니며 기웃거리다가 참나무 장작 틈에 금화를 쑤셔넣곤 했다고 한다.

그러다가 들키면 할아버지는 이렇게 웅얼거렸다. "토냐가 시집갈 때 지참금으로 줄 거야. 더 안전하잖아, 더 안전하다고…… 그런데 하라는 대로 할게. 하지 말라면 안 할게……"

그러고는 다시 거기에 돈을 쑤셔넣었다. 그러지 않으면 거실이나 응접실에서 무거운 가구의 위치를 이리저리 옮기고 누군가 도착하기를 기다리기도 했다. 비록 이웃들이 수호돌을 찾은 적은 거의 없지만 말이다. 어떨 때는 배가 고프다고 불평하며 손수 튜랴*를 만들어 먹기도 했다. 나무 그릇에 파를 대충 잘라서 비벼 갈고 빵을 잘게 잘라 넣은 뒤 거품이 나는 걸쭉한 수로베츠**를 붓고는 굵은 회색 소금을 쓴맛이 나서 먹을 수 없을 정도로 뿌려댔다. 점심을 먹고 나면 저택의 일상은 조용해졌다. 제각기 자기가 좋아하는 구석으로 흩어져 오랫동안 잠

---

* 물 또는 곡물을 발효시켜 만든 전통 음료 크바스에 부스러뜨린 빵과 파를 넣어 만든 음식.
** 밀가루로 만든 크바스.

을 잤다. 그러면 밤에도 잘 자지 못하는 외로운 표트르 키릴리치는 어찌할 바를 몰랐다. 고독을 참지 못하고 침실과 현관, 하녀들의 방을 기웃거리며 잠자고 있는 사람들에게 조심스레 말을 걸었다.

"아르카샤,* 자니? 토뉴샤,** 자?"

"네, 제발 내버려두세요, 아버지!"

짜증 섞인 반응을 듣자 그는 아이들을 서둘러 안심시켰다.

"그래, 자렴, 아가야. 깨우지 않을게……"

그리고 멀리 나갔다. 하인들의 방은 그냥 지나갔다. 하인들이란 아주 거친 인사들이었기 때문이다. 십 분 후 그는 다시 문지방에 나타나 누군가 방울을 단 역마차를 타고 마을을 지나갔다고 상상하면서 더 조심스럽게 '페텐카***가 부대에서 휴가를 받아 나온 거 아닌가?' 하고 말을 걸기도 했고, 아니면 무시무시한 먹구름이 우박을 몰고 오고 있다고 상상하며 말을 걸기도 했다.

"아기씨들, 그분은 뇌우를 몹시 두려워했답니다." 나탈리야가 말했다. "저도 아직 머리에 아무것도 쓰지 않고 나다니던 계집애였지만 어찌됐든 기억이 나요. 우리 저택은 왠지 캄캄했어요…… 즐겁지도 않았고요. 신의 가호가 있기를. 여름의 한낮은 정말 길었지요. 하인들은 할일이 없었고 갈 데도 없었어요…… 장정이 다섯 명이나 되는데 말이에요…… 점심식사가 끝나면 젊은 주인님들은 낮잠을 주무셨고, 믿음직한 하인이었던 우리도 주인님들을 따라 낮잠을 잤지요. 그러면 표

---

* 아르카디의 애칭.
** 토냐의 애칭 중 하나이며 다른 애칭으로는 토네치카도 있다.
*** 표트르의 애칭 중 하나.

트르 키릴리치는 우리, 특히 게르바시카 쪽으로 가까이 가지도 않고 소리쳤어요. '이봐! 어이! 잠이라도 자는 거야?' 그러면 게르바시카는 나무 상자에서 머리를 내밀고 물었지요. '왜요, 바지 뒷주머니에 쐐기풀이라도 넣어드릴까?' '너 지금 누구한테 그런 말을 하는 거야? 이 쓸모없는 인간아!' '집귀신에게 한 말입지요, 나리. 잠이 덜 깨서······' 그렇게 표트르 키릴리치는 거실과 응접실을 이리저리 걷다가 먹구름이 보이지 않는지 창밖의 뜰을 계속 흘낏거리셨답니다. 예전에는 그곳에 천둥과 번개가 자주 모이곤 했지요. 대단한 뇌우였어요. 점심 후에 언제나 그렇듯 꾀꼬리가 울기 시작하면 정원 너머에서 먹구름이 몰려와요····· 집안이 어두워지고 잡초와 울창한 쐐기풀이 사각거리면 칠면조와 그 새끼들이 발코니 아래로 몸을 숨기죠····· 쓸쓸함 그 자체였어요! 나리는 한숨을 쉬고 성호를 그으며 성상 옆에 있는 밀랍 양초에 불을 밝히고 고인이 되신 증조부님의 유품인 수건을 꺼내 걸어놓으셨어요. 저도 정말 죽을 만큼 그 수건을 두려워했답니다. 어떤 때는 작은 창문 밖으로 가위를 내던지기도 했어요. 그 방법이 최고지요. 뇌우를 막는 데는 가위가 제일이랍니다······"

수호돌의 집에 프랑스인들이 살 때는 참 재미있었다. 우선 루이 이바노비치라는 사람이 있었는데, 그 사람은 밑단으로 내려갈수록 통이 좁아지는 바지를 입고 수염을 길게 길렀으며 꿈꾸는 듯한 하늘색 눈동자에 한쪽 귀에서 다른 쪽 귀로 머리카락을 넘겨 대머리를 가린 남자였다. 나이가 좀 있고 추위를 잘 타는 마드무아젤 시지라는 사람도 있었다. '나가서 다시는 들어오지 마세요!'라고 아르카샤에게 소리를 지르는 루이 이바노비치의 목소리가 온 집안에 울려퍼졌고, 교실에서는 '메트르 코르보 쉬르 엉 아르브르 페르셰'*라는 문장이 들렸으며, 토네치카는 그랜드피아노로 피아노 연주를 배웠다. 프랑스인들은 표트르 키릴리치가 지루하지 않도록 팔 년간 수호돌에 머물렀다. 그리고 아이들이 현청 소재지에 있는 학교에 다니기 시작하고 세번째 방학을 맞아 집으로 돌아오기 직전에 수호돌을 떠났다. 방학이 끝나자 표트르 키릴리치는 아르카샤나 토네치카를 더이상 아무데로도 보내지 않았다. 그의 생각에는 페텐카만 보내도 충분한 것 같았다. 그렇게 아이들은 공부도 하지 않고 감독도 받지 않는 상태로 집에 남게 되었다…… 나탈리야가 말했다.

"그중 제가 가장 어렸죠. 게르바시카와 아기씨들 아버지는 나이가 거의 같았답니다. 말하자면 두 사람은 서로 최초의 친구이고 지인이었어요. 다만 사실을 말하면 늑대와 말은 서로 어울리지 않죠. 어쨌든 두 사람은 친구가 되었고 영원한 우정을 약속했어요. 심지어 십자가도 바꿔 가졌습니다. 하지만 게르바시카가 곧 행동에 나섰죠. 아기씨들의 아버지를 연못에 빠뜨려 죽게 할 뻔했어요! 온몸이 상처투성이인 그 녀석은 심한 장난을 치는 데 선수였죠. 한번은 도련님에게 이렇게 말하기도 했어요.

'나리가 크면 나를 벌주실 겁니까?'

'벌주지.'

'안 돼요.'

---

* 프랑스어로 '나무 위에 올라간 까마귀 선생'이라는 뜻.(원주)

'어째서?'

'그냥……'

그러고는 장난을 생각해냈지요. 우리집 옆 연못 위, 제일 비탈진 곳에 큰 나무통이 있었는데, 게르바시카가 그걸 떠올리고는 아르카디 페트로비치를 꾀어 멍청하게 그 통 안에 들어가 아래로 굴러 내려가도록 만들었답니다.

'도련님이 먼저 들어가세요, 그러면 저도 하지요……'

도련님이 그 말을 곧이듣고 통 안에 기어들어가서 흔들흔들하다가 큰 소리를 내며 언덕 아래 연못으로 굴러떨어진 거예요…… 아이고, 성모마리아님! 흙먼지가 소용돌이쳤지요!…… 다행히 목동들이 가까이 있어서……"

수호돌 집에 프랑스인들이 사는 동안은 저택이 아직은 사람 사는 집 같았다. 할머니가 계실 때는 그 집에 나리나 주인, 권력과 복종, 호화로운 편안함이나 가족적인 분위기, 일상과 축제가 아직 남아 있었다. 프랑스인들이 있을 때는 겉치레일지언정 이 모든 것이 남아 있었다. 하지만 프랑스인들이 떠나자 집은 주인 없이 남겨지게 되었다. 아이들이 아직 어린 동안에는 표트르 키릴리치가 제일 윗자리에 있는 것 같았다. 하지만 그가 무엇을 할 수 있었겠는가? 누가 누구를 다스리는 것인가? 그가 하인들을 다스리는 것인가, 하인들이 그를 다스리는 것인가? 그랜드피아노는 뚜껑이 덮였고, 참나무 식탁에서는 식탁보가 사라졌다. 식탁보도 없이 되는대로 식사했고, 현관은 보르조이 개*들 때

---

* 러시아 원산의 사냥개.

문에 지나갈 수도 없었다. 청결에 신경쓰는 사람은 아무도 없었다. 삐죽삐죽 솟아 있는 어두운 벽과 어두운 바닥과 천장, 어둡고 묵직한 문과 문설주, 거실 구석을 가득 메운 수즈달 성인들의 낡은 성상은 곧 완전히 시커멓게 변했다. 밤마다, 특히 뇌우가 쏟아질 때 내리는 비에 정원이 시끄러워지고 거실에서 성상들의 얼굴이 계속해서 번뜩이고 정원 위로 분홍빛 도는 금색으로 떨리는 하늘이 모습을 드러내면 어둠 속에서 커다란 천둥소리가 작렬하곤 했다. 매일 밤 집은 무서웠다. 낮에는 잠에 취해 있고 텅 비어 있었으며 지루했다. 표트르 키릴리치는 해가 갈수록 몸이 약해졌고 점차 눈에 띄지 않게 되었다. 그의 유모였던 늙어빠진 다리야 우스티노브나가 집의 주인이 되었다. 하지만 그녀의 권력은 그의 권력과 거의 비슷했다. 집사 데미얀은 집안일에는 전혀 간섭하지 않았다. 그는 농장만 관리했고 가끔 조롱 섞인 게으른 미소를 지으며 이렇게 말하곤 했다. "뭐, 나는 우리 주인들을 노엽게 하지 않아……" 미성년이었던 아버지는 수호돌은 안중에도 없었다. 그는 사냥과 발랄라이카와 게르바시카에게 빠져 있었다. 게르바시카는 하인이었지만 아버지와 함께 매일 온종일 메세르스키 저수지 같은 곳으로 놀러 다니거나 마구간에서 발랄라이카와 뿔피리 교습에 열을 올렸다.

"우리는 다 알고 있었죠." 나탈리야가 말했다. "집에서는 주무시기만 했어요. 주무시지 않을 때는 마을에 나가셨거나 마구간에 계시거나 사냥을 가셨다는 뜻이었죠. 겨울에는 토끼를, 가을에는 여우를, 여름에는 메추라기나 오리를 잡으셨답니다. 경주용 사륜마차에 올라타 사냥총을 어깨에 메고 디안카에게 소리를 지르셨어요. 오늘은 중앙 방

앗간으로. 내일은 메세르스키로, 모레는 초원으로. 뭐든지 게르바시카와 함께 하셨지요. 그는 최고의 마부였는데 마치 도련님이 그를 태우고 가는 척했어요. 아르카디 페트로비치는 그를 친형제처럼 좋아했지만, 시간이 지날수록 그 녀석은 점점 더 도련님을 조롱했어요. 아르카디 페트로비치가 '자, 게르바시, 발랄라이카를 켜봐! 〈붉은 태양이 숲 너머로 지면……〉을 연주하는 법 좀 가르쳐줘, 제발'이라고 하면 게르바시카는 그를 쳐다본 후 콧구멍으로 김을 내뿜고는 '우선 내 손에 입맞춤부터 하시죠'라고 조롱하듯 말했어요. 아르카디 페트로비치는 얼굴빛이 하얗게 되어 자리에서 벌떡 일어나 그의 뺨을 힘껏 때렸죠. 그런데 게르바시카는 고개를 한 번 저을 뿐 강도처럼 불쾌한 낯짝을 하며 더 괴상하게 굴었어요.

'일어나, 이 나쁜 새끼야!'

그러면 게르바시카는 일어나서 보르조이 개처럼 몸을 쭉 뻗고 벨벳 바지를 흔들면서…… 아무 말도 하지 않다가 이렇게 말했어요.

'잘못했습니다, 주인님. 용서해주십시오.'

도련님은 기가 막혀서 뭐라고 대꾸해야 할지 알 수가 없었지요.

'주인님이라고?' 아르카디 페트로비치는 소리를 지르셨어요.

'나는 너 같은 나쁜 놈을 대등하게 대하려 하고 너를 위해서라면 영혼도 아깝지 않다고 생각하는데…… 그런데 너는 뭐야? 일부러 내 속을 긁어?'

말도 안 되는 일이었죠!" 나탈리야가 말했다. "게르바시카가 도련님과 할아버지를 조롱한 거예요. 아가씨는 저를 조롱했고요. 솔직히 말해서 도련님과 할아버님은 게르바시카를 무척 사랑했고 저도 아가씨

를 사랑했죠…… 죄를 지어 쫓겨갔던 소시키에서 돌아오자 저도 조금
은 정신을 차렸어요……"

5

할아버지가 돌아가시고, 게르바시카가 도망을 치고, 표트르 페트로
비치가 결혼하고, 토냐 고모가 머리가 이상해져 예수의 신부를 자처하
고, 나탈리야가 소시키에서 돌아온 후부터 사람들은 식사시간에 채찍
을 놓기 시작했다. 토냐 고모가 정신이 나간 것도 나탈리야가 쫓겨간
것도 모두 사랑 때문이었다.

할아버지의 지루하고 궁벽한 시간은 젊은 주인들의 시간으로 바뀌
었다. 모두 예상하지 못했지만, 표트르 페트로비치는 퇴역한 후 수호
돌로 돌아왔다. 그의 귀환은 나탈리야에게도 토냐 고모에게도 재앙이
되었다.

나탈리야와 토냐는 사랑에 빠졌다. 하지만 사랑에 빠진 것을 자각
하지 못했다. 처음에는 '그저 사는 것이 좀 즐거워졌다'고 생각했을 뿐
이다.

표트르 페트로비치는 돌아온 직후부터 수호돌의 일상을 새롭게 바
꾸었다. 축제 같고 귀족적인 분위기로. 그는 친구인 보이트케비치와
수염을 깎은 주정뱅이 요리사를 데려왔는데, 그 요리사는 푸르스름하
게 변색되고 흠집이 있는 젤리 틀, 조잡한 칼과 포크를 경멸하듯 흘겨
보았다. 표트르 페트로비치는 친구 앞에서 친절하고 후하고 부유한 사

람으로 보이고 싶어했지만 행동은 아이처럼 서툴렀다. 사실 그는 어린 애나 다름없었다. 겉보기에는 상냥하고 아름다웠지만, 예민하고 잔혹하고 오만방자한 소년 같았다. 쉽게 당황해서 눈물을 흘릴 뻔하다가도 자신을 당혹스럽게 만든 사람에 대한 악의를 오랫동안 잊지 않았다.

"아르카디, 기억나?" 그는 수호돌에 도착한 첫날 식탁에 앉자마자 말했다. "우리집에 나쁘지 않은 마데이라 포도주가 있었는데."

할아버지가 얼굴이 빨개져서 뭔가 말하려 했지만, 용기를 내지 못하고 외투의 가슴 부분을 잡아당기기 시작했다. 아르카디 페트로비치는 당황했다.

"무슨 마데이라 포도주?"

그런데 게르바시카가 표트르 페트로비치를 건방지게 쳐다보며 비웃었다.

"깜박하신 것 같습니다, 주인님." 그는 비웃음을 감추려 하지도 않고 아르카디 페트로비치에게 말했다. "우리집에는 마데이라 포도주가 있었지만 쓸모가 없었어요. 그래서 우리 하인들이 훔쳐먹었답니다. 포도주는 주인님의 것이지만 우리가 크바스 대신 다 마셔버렸지요."

"이건 또 무슨 소리야?" 표트르 페트로비치가 얼굴을 붉히며 소리질렀다. "입 닥쳐!"

그러자 할아버지가 기쁨에 차서 말했다.

"그래, 그렇지, 페텐카! 한번 더!" 그는 기뻐하며 가는 목소리로 소리질렀다. 거의 울 지경이었다. "저놈이 나를 얼마나 능멸했는지 너는 상상도 못할 거야! 몰래 다가가 쇠몽둥이로 내리쳐서 저놈의 목을 부러뜨릴까 하는 생각을 한두 번 해본 게 아니란 말이지…… 하지만 제기랄, 생각만 했어! 내 저놈의 옆구리에 단검을 박아 손잡이까지 쑤셔 넣을 테다!"

게르바시카는 당황하지도 않고 대꾸했다.

"제가 듣기로는, 주인님, 그런 일에는 중한 처벌이 따른다던데요." 게르바시카는 이마를 찌푸리며 반박했다. "나리가 천국으로 가실 때가 되었다는 생각이 자꾸 드네요."

이런 예상치 못한 불손한 말대답에도 참는 것은 오로지 손님이 있기 때문이라고 표트르 페트로비치가 말했다. 그는 게르바시카에게 이렇게만 외쳤다. "당장 나가!" 그러자 자신이 지나치게 열을 낸 것 같아서 부끄러워졌다. 그래서 서둘러 보이트케비치에게 사과하고 미소를 지으며 친구를 바라보았다. 그를 아는 모든 사람이 오랫동안 잊지 못한 그 매혹적인 눈동자로.

나탈리야도 그 눈동자를 오랫동안 잊지 못했다.

그녀의 행복은 너무 짧았다. 그 행복이 소시키로 떠나는 결말로 끝나리라고 누가 생각이나 할 수 있었겠는가? 그것은 그녀의 인생에서 가장 특기할 만한 사건이었다.

소시키 마을은 지금까지도 그대로다. 비록 오래전에 탐보프 출신 상인의 소유가 되었지만 말이다. 소시키의 텅 빈 평지 한가운데에는 기다란 농가와 곡물창고와 두레박이 있는 우물과 헛간이 있고 그 주위로는 참외밭이 있다. 할아버지 생전에도 마을은 그런 모습이었다. 수호돌에서 소시키로 가는 길에 있는 도시도 거의 변하지 않았다. 그런데 느닷없이 나탈리야가 표트르 페트로비치의 은테 둘린 작은 접이식 거울을 훔치는 사건이 벌어졌다.

그 거울을 보자 놀랄 만큼 아름답다는 생각에 참을 수가 없었던 것이다. 사실 그녀는 표트르 페트로비치의 것이라면 무엇이든 경탄했지만 말이다. 거울이 없어졌다는 사실이 발각되기까지 그녀는 자신이 죄를 범했다는 충격과 붉은 꽃 이야기*에서처럼 자신의 무시무시한 비밀과 보물에 매료된 채로 며칠을 보냈다. 그녀는 잠자리에 누워 밤이 지나고 빨리 아침이 오기를 신께 빌었다. 붉은색의 높은 옷깃이 달린 제복을 멋지게 차려입고 머리에 기름을 바르고 검게 그을렸지만 귀부인처럼 피부가 부드러운 잘생긴 도련님이 돌아오자 집안은 뭔가 새롭고 경이로운 분위기로 가득찬 것이 마치 축제 같았다. 심지어 나탈리야가 잠을 자는 현관방도 축제 분위기였다. 새벽에 궤짝 침대에서 잠을 깬 나탈리야까지 세상에 기쁨이 가득하다는 생각이 들었다. 황제의 아들 같은 분이 신게 될 가벼운 장화가 때마침 문지방에서 손질을 기다리고 있었기 때문이다. 그리고 정원 너머 버려진 목욕탕에 무엇보다도 두렵지만 흥분을 불러일으키는 무언가가 있었다. 은테 둘린 묵직한 이중 거울이 그곳에 보관되어 있었다. 모두가 아직 잠을 자고 있을 때, 나탈리야는 이슬이 내린 수풀을 따라 정원 너머로 몰래 달려갔다. 거기서 그것을 가지고 나와 뜨거운 아침해 아래에서 열고 어지럼증이 날 때까지 자신의 모습을 실컷 들여다보며 보물을 소유한 기쁨을 즐긴 후 다시 잘 감춰두고 돌아와 감히 눈도 마주볼 수 없는 사람의 시중을 아침

---

* 러시아의 소설가 세르게이 악사코프(1791~1859)가 1858년에 발표한 동화로, 『미녀와 야수』의 러시아 버전이다. 동화 속에서 아버지는 야수의 저택에서 붉은 꽃을 훔쳤다가 야수에게 발각되자 딸을 보내겠다고 약속하지만 집에 돌아와 가족과 친지들에게 차마 말하지 못하고 가슴만 졸인다.

내 들었다. 그의 마음에 들고자 하는 이루어질 수 없는 희망을 품고 거울을 들여다보곤 했다.

그러나 붉은 꽃 이야기는 아주 빠르게 끝이 났다. 나탈리야가 생각했던 것과는 달리 불명예와 수치로 끝나게 되었다…… 성장盛裝을 하고 거울 앞에서 눈썹을 그리며 그와 자신 사이에 있을 수 없는 친밀한 관계, 달콤한 비밀을 만들던 나탈리야는 결국 표트르 페트로비치에게 붙잡혀 머리를 깎이고 모양새가 흉해지는 벌을 받았다. 범죄를 발견한 그는 그것이 단순한 절도이자 계집종의 멍청한 장난이라고 판단했다. 모든 하인이 지켜보는 가운데 눈물에 젖어 얼굴이 붓고 허드레옷을 입은 나탈리야를 거름 마차에 태워 조롱거리로 삼더니 먼 초원의 두려운 마을로 보내 가까운 이들과 급작스럽게 떼어놓았다. 그 마을에 가면 병아리와 새끼 칠면조를 보살피고 참외밭을 지켜야 한다는 사실을 그녀도 이미 알고 있었다. 온 세상에서 잊힌 채 햇볕에 새카맣게 그을리게 되리라는 것도 잘 알고 있었다. 지평선이 흐릿한 안개에 잠기면 그곳에서는 하루가 일 년처럼 길게 느껴지며, 조용하고 무더운 대기 속에서 말라비틀어진 완두콩 깍지가 조심스레 갈라지고 뜨겁게 달궈진 땅속에서 어미 닭들이 야단법석을 떨고 새끼 칠면조들이 구슬픈 듯 조용히 소리치며 날아오르는 소리가 없다면, 그리고 '우-우' 하고 늘어지는 가녀린 소리로 고약한 매의 그림자를 쫓는 소리가 없다면 온종일 죽은 듯이 잠을 잘 수도 있다는 사실 또한 잘 알고 있었다. 그 마을에서는 그녀의 생살여탈권을 쥔 우크라이나 출신 노파가 희생양이 오기만을 기다리고 있었다! 사형장으로 끌려가는 사람들과 비교해 나탈리야의 처지가 좀더 나은 건 목을 맬 기회가 있다는 것뿐이었다. 그 사실만이 영원처럼 생각되는 유뱃길에서 유일하게 그녀를 위로해주었다.

　그 지역의 한쪽 끝에서 다른 쪽 끝으로 이동하면서 그녀는 진력이 나도록 많은 것을 보았다! 하지만 그 무엇도 그녀의 마음을 건드리지 못했다. 그녀가 생각한 것, 정확히 말해 그녀가 느낀 것은 오직 하나, 삶이 끝났다는 것뿐이었다. 삶으로 복귀할 수 있으리라 기대하기에는 저지른 과오와 수치가 너무나 컸다. 그녀의 곁에는 아직 지인인 예브세이 보둘랴가 있었다. 하지만 그가 노파에게 그녀를 데려다주고 하룻밤 묵은 뒤 떠나고 나면 낯선 곳에 영원히 남겨질 그녀에게 어떤 일이 일어날까? 실컷 울고 나니 배가 고팠다. 그런데 그 모습을 보며 예브세이가 아무렇지도 않다는 듯 음식을 먹고 아무 일도 없었다는 듯 이야기하는 것에 대해 나탈리야는 적잖이 놀랐다. 그녀는 잠이 들었다. 잠에서 깨어났을 때는 벌써 도시에 도착해 있었다. 도시의 권태와 메마름, 숨막히는 공기와 불투명한 공포, 그리고 애수가 설명할 수 없는 꿈처럼 그녀를 당혹스럽게 만들었다. 그녀의 머릿속에 아로새겨진 그날의 기억은 여름에 초원이 몹시 뜨겁다는 것, 여름날만큼 끝이 없고 대로大路만큼 긴 것은 세상에 없다는 것이다. 돌길 위에서 짐마차 움직이는 요란스러운 소리가 나고 멀리서부터 도시가 양철 지붕 냄새를 풍기던 기억도 난다. 쉬면서 말에게 먹이를 먹이는 광장 한가운데, 저녁 무렵이 되어 텅 빈 '먹거리' 차양 옆에서 농민들의 거처에 나온 지푸라기와 섞인 말똥덩어리들이 먼지와 타르, 썩은 짚 냄새를 풍겼던 것도 같다. 예브세이는 마구를 풀고 짐마차 앞쪽에 말을 세웠다. 볕에 달궈진 모자를 머리 뒤로 넘기고 옷소매로 땀을 닦은 그는 폭염에 온통 그을린 모습 그대로 술집으로 가버렸다. 그는 나타시카*에게 말을 '잘 감시'하고 필요할 때는 광장 전체가 울리도록 소리를 치라고 단단히 일렀다. 나타시카는 꼼짝도 하지 않고 앉아 어느 건물 뒤쪽으로 멀리 보이는, 이제 막 완공된 교회의 거대한 은색 별처럼 반짝이는 둥근 지붕에서 눈을 떼지 않았다. 예브세이가 들뜬 기분으로 뭔가를 씹으며 겨드랑이에 흰 빵을 끼고 돌아와 말을 다시 수레로 끌어 맬 때까지 그 자세 그대로 앉아 있었다.

"우리가 좀 늦겠군요, 여왕 마마." 예브세이가 딱히 말에게 하는 것도, 나탈리야에게 하는 것도 아닌 듯한 이야기를 활기차게 지껄였다. "뭐, 죽기야 하겠어! 불이 난 것도 아니고…… 서둘러 되돌아갈 것도 아니니. 나한텐 나리 댁 말이 소란 떠는 너보다 귀하다고." 그는 마치 집사 데미얀에게 하듯 말했다. "'너 조심해! 여차하면 네놈 바지 속에 뭐가 들어 있는지 내가 털어볼 거야……'라며 소란을 피웠겠다. 제길! 생각만 해도 분하네! 주인 나리도 내 바지를 벗긴 적이 없는데…… 별것도 아닌 놈이 '조심해!'라고 말하다니. 내가 조심할 게 뭐 있어? 너보다는 훨씬 낫지. 마음만 먹으면 돌아가지 않으면 그만이야. 얘만 데려다주고 나는 성호나 한 번 긋고 떠나면 그게 나를 보는 마지막이 될 거라고…… 그런데 얘가 날 또 놀라게 하네. 바보같이 뭘 슬퍼하는 거야? 세상은 넓다니까? 달구지꾼이든 눈먼 거지든 누가 그 마을 옆을 지나갈 때 한마디만 하면 돼. 그러면 단박에 로스토프까지 갈 수 있을걸…… 그리고 거기서 죽을 때까지 사는 거지!"

'목을 매겠다'는 생각은 나탈리야의 짧게 잘린 머리 안에서 도망쳐

---

* 나탈리야의 애칭.

야겠다는 생각으로 바뀌었다. 마차가 삐거덕거리는 소리를 내며 움직이기 시작했다. 예브세이는 아무 말도 하지 않고 광장 가운데에 있는 우물로 말을 몰았다. 그들이 도착한 그곳 커다란 수도원 정원 뒤로 해가 지고 있었다. 수도원 반대편 길 건너에 있던 노란 감옥의 창문이 금빛으로 반짝였다. 그곳의 울타리를 보니 도망쳐야겠다는 생각이 더욱 커졌다. '멀리 도망가서 사는 거야! 다만 노인들이 도둑질한 계집과 아이의 눈을 끓는 우유로 지진 후 거지들에게 준다고 하고, 달구지꾼들은 바다로 데려가 타타르족에게 팔아버린다고 하던데…… 주인이 도망친 농노를 붙잡아 족쇄를 채워서 감옥에 처넣는다던데…… 그래도 게르바시카 말처럼 감옥에는 황소가 아니라 사람이 있겠지!'

하지만 감옥의 창문이 어두워지자 생각이 혼란스러워졌다. '목을 매는 것보다 도망치는 게 더 무서워!' 가만히 있던 예브세이도 술이 깼다.

"좀 늦었네, 아가씨!" 그는 짐마차의 횡목을 밟고 옆으로 올라타며 불안한 기색으로 말했다.

포장도로로 들어서자 마차는 다시 흔들리기 시작했고 자갈 바닥 위를 소리를 내며 움직였…… '아아, 마차를 되돌려 수호돌로 돌아가 도련님의 발아래 엎드릴 수 있다면 얼마나 좋을까!' 생각인 듯 느낌인 듯, 무언가가 나탈리야의 마음속에 떠올랐다. 하지만 예브세이는 계속 마차를 몰았다. 이제 집들 너머로 별은 보이지 않았다. 앞에는 텅 빈 하얀 포장도로와 하얀 집들이 있었다. 그 모든 것이 양철로 된 하얗고 둥근 지붕 아래에서 거대한 흰색 교회와 합쳐졌다. 그 위의 하늘은 창백한 푸른빛으로 메말라 있었다. 이 시간이면 그녀가 떠나온 집에는 벌써 이슬이 내린다. 정원이 신선한 공기를 내뿜고 불 지핀 부엌 냄새가 난다. 넓은 들판 뒤 정원 가장자리에 심긴 은빛으로 반짝이는 미루나무 뒤에서, 오래된 비밀의 목욕탕 뒤에서 황혼이 절정을 이룰 때 거실 발코니의 문이 열리면 구석의 어둠과 붉은빛이 서로 섞인다. 할아버지 그리고 표트르 페트로비치를 닮은 그을린 노란 낯빛에 검은 눈동자를 가진 아가씨가 가볍고 풍성한 오렌지색 실크 원피스의 소맷부리를 연신 바로잡는다. 햇살을 등지고 앉은 그녀는 주의깊게 악보를 보며 누렇게 변색된 건반을 두드려 장엄하게 울리는 달콤하면서도 절망적인 오긴스키*의 폴로네즈로 거실을 가득 채운다. 다부진 체격에 얼굴이 까무잡잡한 장교가 뒤에서 왼손을 허리에 짚은 채 음울한 표정으로 그녀의 재빠른 손놀림을 집중해서 지켜보고 있다는 사실은 아랑곳하지 않는 듯……

'아가씨에게는 아가씨의 몫이, 나에게는 나의 몫이 있는 거지.' 심장이 조여드는 그런 저녁에 생각인 듯 느낌인 듯 무언가가 마음속으로 흘러들면 나탈리야는 이슬이 내려 차가워진 정원으로 달려가 짙은 향기가 나는 축축한 엉겅퀴와 쐐기풀 수풀에 숨어서 이루어지지 않을 어떤 일을 기다렸다. 도련님이 발코니에서 내려와 오솔길을 걷다가 그녀를 발견하고는 갑자기 빠른 걸음으로 다가오고 그러면 두려움과 행복감에 말문이 막히는 그런 일……

마차가 소리 내어 움직였다. 한때 마법 같다고 생각했던 그 도시는 덥고 냄새가 났다. 저택과 커다란 대문들, 문 열린 상점들 주변을 오가는 화려하게 치장한 사람들을 보며 나탈리야는 소스라치게 놀랐다……

---

* 미하우 오긴스키(1765~1833). 폴란드의 작곡가로, 외교관이자 정치인으로 활약하기도 했다.

'예브세이는 여기에 왜 온 거야? 어떻게 덜거덕거리는 마차를 몰고 여기에 올 생각을 했지?' 하는 생각이 들었다.

그러나 마차는 교회를 지나고 먼지 나는 울퉁불퉁한 비탈길을 따라 시커먼 대장간을 지나고 소시민의 퇴락한 오두막집을 지나서 작은 시냇물 쪽으로 내려갔다…… 다시 익숙한 따뜻한 물 냄새, 진흙 냄새, 저녁 들판의 신선한 공기 냄새가 났다. 멀리 반대편 산속 횡목으로 길을 막아놓은 외딴집에서 첫번째 불빛이 반짝였다…… 곧바로 길을 벗어나 다리를 건너 횡목 방향으로 올라갔다. 끝도 없이 먼 곳, 둔탁하게 희뿌연 빛을 내며 초원의 신선한 밤에 푸른빛으로 뻗어 있는 수도원의 자갈길이 눈에 들어왔다. 말은 잔걸음으로 천천히 달렸다. 횡목을 지나자 말의 걸음이 느려졌다. 그러자 곧 하늘과 땅 모두에 고요한 어둠이 내리는 소리가 들렸다. 멀리 어디선가 종소리가 났다. 그 소리는 더 크고 더 곱게 울렸다. 그리고 마침내 삼두마차의 익숙한 발굽소리와 포장도로를 달리는 균일한 바퀴 소리가 합쳐졌다…… 젊은 마부가 끄는 사륜 경마차 안에 한 장교가 모자 달린 외투에 턱을 파묻은 채 앉아 있었다. 짐마차와 나란히 지나치는 순간 그가 고개를 들었다. 붉은 옷깃, 검은 수염, 양동이를 닮은 전투모 아래에서 번뜩이는 젊은 눈동자가 갑자기 나탈리야의 눈에 들어왔다…… 그녀는 사색이 되어 소리를 지르고 정신을 잃었다……

그 사람이 표트르 페트로비치인 것 같다는 말도 안 되는 생각이 들었다. 그녀의 예민한 마음을 번개처럼 관통한 통증과 애틋함은 그녀로 하여금 자신이 잃어버린 것이 무엇인지 새삼 깨닫게 했다. 더는 그의 가까이에 있을 수 없게 되었다는 사실…… 예브세이는 여행용 단지에 담긴 물을 그녀의 짧게 자른 머리에 끼얹었다.

정신이 든 그녀는 구역질을 하며 급히 마차 옆 가름대 밖으로 머리를 내밀었다. 예브세이가 그녀의 차가운 이마에 서둘러 손등을 댔다……

그녀는 젖은 옷깃 때문에 오한을 느끼며 누워서 별을 바라보았다. 몹시 놀란 예브세이는 그녀가 잠들었다고 생각하고 아무 말도 없이 머리만 끄덕이며 다시 마차를 몰고 갔다. 마차는 덜컹이며 계속 움직였다. 이제 그녀는 육신은 없고 영혼만 남은 것 같았다. 그녀의 영혼은 '천국에 있는 것처럼 편안했다'……

동화 속 정원에 핀 붉은 꽃은 그녀의 사랑이었다. 하지만 그녀는 인적 드문 수호돌보다 훨씬 더 비밀스러운 초원으로 자신의 사랑을 가지고 갔다. 그녀는 그후로 오랫동안, 영원히, 관 속에 들어갈 때까지 그곳의 정적과 고독 속에서 첫사랑의 달콤하고 쓰라린 고통과 싸우며 수호돌이 자신에게 준 영혼 저 깊숙한 곳에 그 사랑을 묻어둘 것이다.

6

수호돌에서 사랑은 특별했다. 증오도 마찬가지였다.

자신의 살인자 그리고 수호돌에서 사망한 모든 사람처럼 어이없는 죽음을 맞은 할아버지는 그해에 살해당했다. 표트르 페트로비치는 수호돌의 교회 축일인 성모절*을 맞아 손님을 초대해 몹시 흥분해 있었

---

* 구력 10월 1일. 신력으로는 10월 14일.

다. 방문을 약속한 귀족단장이 정말 올 것인가? 누구 때문인지는 알 수 없으나 할아버지도 흥분하고 함께 들떠 있었다. 귀족단장이 도착했고, 식사는 성공적이었다. 집안이 시끌벅적하고 흥겨웠고, 그 누구보다 할아버지가 즐거워했다. 그리고 다음날인 10월 2일 이른아침, 그는 거실 바닥에서 죽은 채 발견되었다.

표트르 페트로비치는 퇴역하면서 흐루쇼프 가문의 명예와 가문의 보금자리인 저택을 구하기 위해 자신을 희생하기로 했다는 사실을 감추지 않았다. '어쩔 수 없이' 집안 살림을 맡아야 했다는 사실도 감추지 않았다. 그는 가장 교양 있고 유익을 가져다줄 귀족들과 교제하고 나머지 사람들과는 그저 관계를 유지하는 수준에서 인맥을 관리했다. 그래서 처음부터 모든 일을 정확하게 수행했다. 아무리 작은 영지를 가진 지주라도 모두 방문했다. 심지어 코담배에 절었고 기면증을 앓고 있는 큰어머니, 괴물처럼 뚱뚱한 노부인 올가 키릴로브나의 마을까지도 방문했다. 가을이 되자 표트르 페트로비치가 단독으로 영지를 관리한다는 사실에 놀라는 사람은 아무도 없게 되었다. 이제는 그도 잠시 고향에 다니러 온 잘생긴 군인이 아니라 젊은 지주 나리의 면모를 갖추게 되었다. 예전과 달리 그의 얼굴은 당혹감을 느껴도 그리 빨갛게 달아오르지 않았다. 그는 살뜰하게 자신을 챙겼고 살이 찌기 시작했다. 값비싼 아시아식 짧은 웃옷을 걸치고 작은 발에 빨간 터키산 신발을 신었으며 작은 손은 터키옥으로 치장했다. 아르카디 페트로비치는 그의 다갈색 눈을 똑바로 보지 못했고, 그와 무슨 말을 해야 할지도 알지 못했다. 그래서 처음부터 모든 면에서 양보했으며 사냥에 몰두했다.

표트르 페트로비치는 성모절에 친절을 베풀어 모든 사람의 마음을 빠짐없이 사로잡고 자신이 집안의 일인자라는 사실을 과시하고 싶었다. 하지만 할아버지가 모든 것을 망쳐버렸다. 할아버지는 천국에 있는 듯 행복했지만, 눈치가 없고 수다스러웠다. 유물인 벨벳 모자에 집안 재봉사가 지은 펑퍼짐하고 볼품없는 파란색 새 외투를 입은 그의 모습은 애처롭기까지 했다. 그 역시 자신을 친절한 주인으로 상상하고 이른 아침부터 손님맞이를 한다며 아둔한 예법으로 부산을 떨었다. 현관방에서 응접실로 통하는 한쪽 문은 닫히는 법이 없었다. 그는 철제 빗장을 위아래로 밀고, 의자를 옮기고, 온몸을 부르르 떨며 그 위에 올라서기도 했다. 표트르 페트로비치는 수치심과 분노로 온몸이 굳어버렸지만 참기로 했다. 그가 침묵하는 틈을 타 할아버지는 문을 열고는 문지방 위에 서서 마지막 손님이 도착할 때까지 그 자리에서 꼼짝하지 않았다. 현관에서 눈을 떼지 않았다. 옛 관습을 지켜야 한다는 듯 문들을 모두 열어놓았다. 흥분해서 발을 구르고 있다가, 멀리서 걸어오는 사람이 보이면 맞이하러 급히 달려가 양발을 앞뒤로 놓고 스텝을 밟듯 뛰어올랐다가 몸을 굽혀 절을 했다. 숨을 헐떡이며 모든 사람에게 말했다.

"이런, 정말 기쁘군요! 정말 기뻐요! 오랜만에 저를 찾아주셨네요! 들어오십시오, 어서 들어오세요!"

표트르 페트로비치를 더욱 화나게 만든 것은 할아버지가 무슨 이유에서인지 모든 사람에게 토네치카가 루네보에 있는 올가 키릴로브나에게 갔다고 떠벌린 일이었다. '토네치카가 우울증 때문에 가을 동안 큰어머니 집에서 지내러 갔다'는 것이다. 그런 달갑지 않은 이야기를 들으면 손님들이 무슨 생각을 하겠는가? 사실 보이트케비치와 관련된 사건을 모두가 잘 알고 있었다. 보이트케비치에게 진지한 의도가 있었을지도 모른다. 아니, 분명 그런 의도가 있었을 것이다. 그는 토네치카 옆에서 수수께끼 같은 한숨을 쉬며 그녀와 함께 피아노를 치기도 하고, 동굴처럼 깊고 낮은 목소리로 그녀에게 「류드밀라」*를 낭송해주거나 "당신은 말씀의 성물로 사자死者에게 약속된 사람……"**이라고 읊으며 깊은 생각에 잠긴 듯 음침하게 말을 건네기도 했다. 하지만 그가 아무런 사심 없이, 예컨대 꽃 한 송이로 자신의 감정을 표현해도 토네치카는 미친듯이 화를 냈다. 그러다 갑자기 보이트케비치가 떠났다. 그가 떠나자 토네치카는 밤마다 잠을 이루지 못하고 어둠 속 열린 창문 옆에 앉아 밤을 지새우기 시작했다. 울음을 터뜨려 표트르 페트로비치의 잠을 깨울 수 있는 시간만 기다리는 것 같았다. 한편 표트르 페트로비치는 그녀가 울부짖는 소리를 이를 악물고 들으며, 창 너머 캄캄한 정원에서 들려오는 포플러의 졸린 속삭임 소리를 들으며 오랫동안 그대로 누워 있었다. 그 소리는 쉼없이 내리는 빗소리와 흡사했다. 그런 다음 그는 그녀를 달래러 갔다. 실컷 자고 일어난 하녀들도 그녀를 달래볼 양으로 왔고, 가끔은 할아버지도 근심이 되어 뛰어오곤 했다. 그러면 토네치카는 발을 구르며 소리질렀다. "나를 내버려둬, 이 끔찍한 인간들아!" 결말은 거센 욕설로 싸우다시피 하는 상황이 되었다.

"정신 차려, 정신 좀 차리라고!" 표트르 페트로비치는 하녀들을 쫓아버리고 문을 세게 닫고는 문손잡이를 꽉 쥔 채 카랑카랑한 목소리로 맹렬하게 소리쳤다. "정신 차려, 이 뱀 같은 것. 사람들이 어떻게 생각

---

* 19세기 전반에 활동한 시인 바실리 주콥스키(1783~1852)의 발라드.
** 러시아 낭만주의를 대표하는 작가 미하일 레르몬토프(1814~1841)의 시 「사자(死者)의 사랑」(1841)의 한 구절.

하겠어!"

"악!" 별안간 토네치카가 미친듯이 새된 소리를 질렀다. "아버지가 내가 애를 뱄다고 했어."

그러면 표트르 페트로비치는 머리를 움켜쥐고 방에서 나가버렸다.

게르바시카도 성모절을 맞아 불안감을 증폭했다. 사람들은 혹여 그가 부주의한 말 한마디에 난폭하게 굴지나 않을까 불안해했다.

그는 엄청나게 커버렸다. 덩치는 모양새 없이 컸지만, 하인들 중 제일 잘생기고 똑똑했다. 그는 파란색 카자킨*에 양복바지를 갖춰 입고 부드러운 가죽으로 만든 굽 없는 장화까지 신었다. 가늘고 까무잡잡한 목에 소모사로 만든 연보랏빛 스카프를 매고, 검은색의 굵고 푸석한 머리는 가지런히 빗어 비스듬히 넘겼다. 머리를 짧게 깎고 싶지 않았던 그는 머리 타래를 돌돌 감아 위로 올려붙였다. 깎을 것도 없는 두세 뭉치의 꼬불꼬불하고 뻣뻣한 수염이 턱과 커다란 입 양쪽 끝에 거무스름하게 나 있었다. 그 입을 두고 사람들은 "입이 너무 커서 귀에 닿겠구먼. 줄도 맬 수 있겠어"라고 말하곤 했다. 앙상하게 말랐지만 넓은 가슴, 작은 머리, 안으로 푹 꺼진 두 눈, 검푸른 빛이 도는 얇은 입술, 푸르스름하고 커다란 이, 큰 키에 건장한 게르바시카는 고대 아리아인이자 수호돌 출신의 파시인**으로 벌써 '보르조이 개'라는 별칭으로 불렸다. 그의 주둥이를 보고 그의 기침소리를 들으면 많은 사람이 '보르조이, 너는 곧 뒈질 거야!'라고 생각했다. 물론 겉으로는 다른 이

---

* 등에 주름이 있고 호크로 채우는 남자용 덧옷의 한 종류.
** 8세기에서 10세기 사이 남아시아, 특히 이란에서 조로아스터교의 박해를 피해 탈출한 사람들의 후손.

들과 달리 그 코흘리개에게 게르바시 아파나시예비치라는 경칭을 사용했다.*

주인집 식구들도 그를 두려워했다. 주인들의 성격도 하인들의 성격과 똑같았다. 군림하거나 아니면 두려워했다. 표트르 페트로비치가 도착한 날 게르바시카가 할아버지에게 무례하게 굴었지만 하인들이 놀랄 정도로 별다른 응분의 조치가 없었다. 아르카디 페트로비치가 짧게 한마디 했을 뿐이다. "짐승 같은 놈!" 이 말에 대한 대답도 아주 짧았다. "참을 수가 없었어요, 나리!" 그런데 게르바시카가 혼자 표트르 페트로비치를 찾아갔다. 긴 다리에 통 넓은 바지를 입고 그만의 독특한 자세로 문지방에 거리낌없이 버티고 서서 왼쪽 무릎을 구석에 기댄 채 자신을 채찍으로 매질해달라고 청했다.

"제가 아주 버르장머리가 없는데다 성미가 급한 놈이거든요, 나리." 그는 아무렇지도 않은 듯 검은 눈깔을 굴리며 말했다.

그러자 '성미가 급하다'는 표현이 무언가를 암시하는 거라고 느낀 표트르 페트로비치는 겁을 먹었다.

"이봐, 서둘 것 없어! 서둘지 말라고!" 그는 짐짓 엄격한 척하며 소리질렀다. "저리 가! 버르장머리 없는 네놈을 참고 볼 수가 없으니까."

게르바시카는 잠시 입을 다물고 서 있다가 이렇게 말했다.

"나리의 분부시라면 따라야죠."

그런 다음 윗입술 주위의 뻣뻣한 수염 한 가닥을 손으로 돌돌 말면

---

* 하인의 경우 보통 이름 혹은 비하하는 어미를 붙인 비칭(卑稱)으로 불렸으며 정식으로 이름과 부칭(父稱)을 부르는 경우는 매우 드물었다. 부칭은 아버지의 이름에서 파생된 중간 이름이다.

서 잠깐 서 있더니, 아무런 표정도 없이 개처럼 푸르스름한 턱을 내밀고는 밖으로 나갔다. 이때부터 그는 얼굴에 아무런 표정을 드러내지 않고 가능하면 짧게 대답하는 것이 유리하다고 굳게 믿게 되었다. 그리고 표트르 페트로비치는 그와 말을 섞는 것뿐만 아니라 그의 눈을 쳐다보는 것도 피하기 시작했다.

성모절에도 게르바시카는 무심한 듯 수수께끼처럼 행동했다. 모두들 축일 준비 때문에 이런저런 지시를 내리기도 하고 받기도 하고, 서로 욕하며 말다툼을 벌이기도 했다. 바닥을 닦고, 성상화의 변색된 무거운 은장식을 연마제 가루로 문질러 닦아 광을 내고, 현관으로 들어오려는 개들을 발로 치워가며 생선묵이 식지나 않을지, 포크가 모자라지는 않을지, 파이랑 꽈배기가 너무 구워지지는 않을지 걱정하며 초주검이 되었다. 오직 게르바시카만이 태연하게 코웃음을 치며, 소동을 일으키면서 돌아다니는 술주정뱅이 요리사 카지미르에게 "살살 하시죠, 신부님, 사제복이 찢어지겠어!"라고 말했다.

"술 취하지 않도록 조심해." 귀족단장 때문에 흥분한 표트르 페트로비치가 게르바시카에게 생각 없이 말했다.

그러자 게르바시카는 마치 친구에게 하듯 그에게 쏘아붙였다. "술이라고는 입에 대본 적도 없어요. 관심 없다고요."

이후 표트르 페트로비치는 손님들이 있는 자리에서 집이 떠나갈 듯 큰 소리로, 심지어 아첨하듯 말했다.

"게르바시! 어디 가지 말고 집에 있어. 네가 없으면 일이 안 되니까."

그 말을 듣고 게르바시카는 몹시 예의바르면서도 품위 있게 대답하는 것이었다.

"걱정하지 마십시오, 나리. 잠시도 자리를 비우지 않겠습니다."

이후 그는 여태까지 볼 수 없던 태도로 훌륭하게 임무를 다했다. 손님들이 모두 듣도록 다음과 같이 말한 표트르 페트로비치의 찬사에 충분히 부응했다.

"이 껑다리 녀석이 얼마나 건방진지 여러분은 상상도 못하실 겁니다! 하지만 머리가 진짜 좋다니까요! 그리고 미다스의 손을 가졌죠!"

그 순간 그는 자신이 물이 가득찬 컵에 마지막 한 방울을 더했다는 사실을 상상이나 했을까? 할아버지가 그 말을 들었던 것이다. 할아버지는 카자킨의 가슴 부분을 바로잡으며 식탁 너머로 귀족단장을 향해 소리치기 시작했다.

"각하! 도와주십시오! 제 하인에 대한 불만이 있어 저에게 아버지나 다름없는 각하께 말씀 올립니다. 바로 이 녀석, 이 녀석, 게르바시 아파나시예프 쿨리코프 말입니다! 이놈이 번번이 저를 무시합니다! 이놈이……"

사람들이 그의 말을 가로막고 설득해 안정시켰다. 할아버지는 눈물이 날 만큼 흥분했지만, 사람들이 따뜻하게 존경을 표하며 할아버지를 안심시켰다. 물론 그 존경심에는 조소가 어려 있었지만, 할아버지는 마음이 풀리고 어린아이 같은 행복한 기분을 되찾았다. 게르바시카는 눈을 내리깔고 살짝 고개를 돌린 채 굳은 자세로 벽 쪽에 서 있었다. 할아버지의 눈에는 그 거인의 머리가 지나치게 작아 보였다. 머리를 깎으면 훨씬 더 작게 보일 터였다. 그의 뒷목이 가늘고, 그 가는 목 위쪽에는 되는대로 자른 검고 굵은 머리카락이 몰려 있는 것도 보였다. 사냥 때문에 햇볕과 바람에 검게 그을린 게르바시카의 얼굴은 군데군데 껍질이 벗어지고 희뿌연 연보랏빛 얼룩이 져 있었다. 할아버지는 두렵고 불안한 시선으로 게르바시카를 바라보았지만, 손님들을 향해 흥겹게 소리쳤다.

"좋아요, 저놈을 용서해주지요! 다만 귀빈 여러분, 앞으로 사흘 내내 여러분을 놔주지 않을 거예요. 절대로 놓아주지 않을 겁니다! 특히 저녁에는 꼭 자리해주시기를 당부드립니다. 저녁이 되면 저도 제가 어떻게 될지 모르겠습니다. 걱정되고 두려울 뿐입니다! 트로신 숲에 먹구름이 모여들고 있어요. 보나파르트의 병사인 프랑스인 두 명을 또 잡았다는 말도 있고…… 저는 틀림없이 저녁에 죽을 겁니다. 제 말을 기억해주세요! 마르틴 자데카가 저에게 그렇게 예언했지요……"

그런데 그가 죽은 시각은 이른아침이었다.

결국 그는 자기의 바람을 관철했다. '그를 위해' 많은 사람이 남아서 밤을 보낸 것이다. 저녁 내내 차를 마셨다. 잼도 다양하게 많아서 식탁에서 맛보고 또 맛볼 수가 있었다. 식탁을 차리고 고래기름으로 만든 양초에 불을 붙이자 모든 거울에 불빛이 반사되면서, 자욱한 주콥스키 담배 연기와 소음, 떠들썩한 말소리가 방들을 교회처럼 황금빛으로 물들였다. 중요한 건 많은 사람이 남아서 자고 갔다는 것이다. 이 말인즉슨, 이튿날은 새롭고 즐거운 날인 동시에 분주한 일과 걱정거리도 많아졌다는 뜻이다. 사실 표트르 키릴리치 할아버지가 아니었다면 그처럼 멋진 축일은 없었을 것이며, 그렇게 활기차고 풍요로운 식탁도 불가능했을 것이다.

"그래, 맞아." 흥분한 할아버지는 카자킨을 벗어던지고 자기 침대 옆 탁자 위에 놓인 밀랍 촛불 앞에서 거무스름한 메르쿠리우스 성상을 보며 밤새 생각했다. "그렇지, 죄인에게 죽음은 무자비한 것이지……
해가 지도록 분을 품지 말지어다!*"

곧 뭔가 다른 것을 생각하고 싶었다는 사실이 기억났다. 그는 등을
굽히고 시편 50편을 읊으며 방안을 오가면서 탁자 위에서 꺼져가는 향
초 불을 살려놓고, 성경을 손에 든 채 다시 깊고도 행복한 한숨을 몰아
쉬며 머리 없는 성자를 올려다보았다. 그러자 갑자기 생각하고 싶었던
것이 머릿속에 떠올랐고 이내 환한 미소를 지었다.

"맞아, 노인은 있으면 죽이고 싶고, 없으면 사서라도 갖다 두고 싶은
법이지!"

늦잠을 자느라 내려야 할 지시를 내리지 못할까봐 그는 거의 잠을
자지 못했다. 이른아침, 아직 정리되지 않아 담배 냄새가 나는 방에 축
일 직후에만 느낄 수 있는 특별한 적막감이 감돌고 있을 때, 그는 조심
스럽게 맨발로 거실에 나가 초록색 카드놀이용 탁자 옆에 아무렇게나
떨어져 있는 분필 몇 개를 꼼꼼하게 모두 주웠다. 유리문 너머의 정원
을 보니 환희에 찬 가벼운 탄성이 절로 나왔다. 차가운 푸른빛으로 반
짝이는 하늘과 발코니, 난간에 내린 은빛 아침이슬, 발코니 아래 앙상
한 풀숲의 갈색 이파리가 보였다. 그는 문을 열고 코를 내밀었다. 관목
에서 가을의 쌉쌀한 알코올 냄새가 났지만, 그 냄새는 겨울의 신선함
속에 사라져가고 있었다. 모든 것이 움직임 없이 고요했으며 거의 장
엄하기까지 했다. 멀리 마을 너머에서 살짝 모습을 드러낸 햇살이 황
금색이 소소하게 박혀 있는 그림 같은 흰 자작나무 가로수 위를 비추

---

* 에베소서 4장 26절.

었다. 그리고 푸른 하늘이 비치는 황금빛 도는 흰 자작나무 꼭대기가 밝고 아름다운 기운이 넘치는 연보랏빛으로 반짝였다. 발코니 아래 차가운 응달에는 서리가 소금처럼 뿌려진 풀 위를 개가 서걱거리며 뛰어가고 있었다. 버석거리는 그 소리는 겨울을 생각나게 했다. 할아버지는 만족스럽다는 듯 어깨를 움츠리며 거실로 향했다. 하늘이 드리운 거울을 멀리서 바라보며 숨을 죽인 채 무거운 가구를 마루 위로 끌어옮기기 시작했다. 갑자기 소리도 없이, 카자킨도 걸치지 않고 잠기운이 채 가시지 않은, 나중에 본인이 한 말에 따르면 '악마처럼 악에 받친' 게르바시카가 빠른 걸음으로 들어왔다.

방안으로 들어온 그는 귀엣말로 엄하게 말했다.

"조용히 좀 해! 왜 남의 일에 나서고 난리야!"

할아버지는 붉어진 얼굴을 들고 전날 온종일, 그리고 밤새 그랬듯이 부드러운 태도로 속삭여 대답했다.

"이봐, 게르바시, 그러면 그렇지! 어제 내가 용서해줬는데도 주인님에게 감사는커녕……"

"지긋지긋한 소리. 장맛비 오듯 침이나 흘리는 주제에!" 게르바시카가 할아버지의 말을 가로막았다. "비키기나 하시지."

할아버지는 흰 셔츠 깃 위로 솟은 그의 목덜미를 두려움에 떨며 쳐다보았고, 구석으로 옮기려 했던 카드놀이용 탁자로 자기 앞을 가로막고 얼굴을 붉혔다.

"네놈이나 비켜!" 할아버지가 잠깐 생각을 하고는 크지 않은 목소리로 말했다. "네놈이 주인에게 길을 비켜줘야지. 화를 부르는군. 칼로 네놈의 옆구리를 찔러버린다!"

"흠!" 게르바시카는 이를 갈면서 분한 듯 소리를 내뱉었다. 그러고는 힘껏 팔을 휘둘러 할아버지의 가슴을 쳤다.

반들거리는 참나무 바닥으로 미끄러지는 할아버지의 양손이 허공을 향해 버둥거렸다. 그리고 하필이면 날카로운 탁자 모서리에 관자놀이를 부딪혔다.

게르바시카는 할아버지의 얼빠진 사팔눈과 벌어진 입, 그리고 흘러내리는 피를 보면서 아직 따뜻한 할아버지의 목에서 금으로 만든 성상과 향주머니가 달린 낡아빠진 목걸이를 벗겨내고…… 주위를 둘러본 뒤 새끼손가락에서 할머니의 결혼반지도 빼냈다…… 그리고 소리도 없이 재빨리 거실에서 나가 흔적도 없이 사라졌다.

그후로 수호돌 사람 중에 그를 다시 본 사람은 나탈리야뿐이었다.

7

그녀가 소시키에 사는 동안 수호돌에서는 큰 사건 두 가지가 더 일어났다. 표트르 페트로비치가 결혼한 것과 두 형제가 '의용병'으로 크림전쟁에 참전한 일이었다.

그녀는 두 해나 지나서 수호돌에 돌아왔다. 모두가 그녀를 잊고 있었다. 수호돌이 그녀를 알아보지 못했듯 귀향한 그녀도 수호돌을 알아보지 못했다.

그 여름날 저녁, 지주 집에서 보낸 마차 소리가 마을 농가 인근에서 들리자 나타시카가 문지방으로 뛰쳐나갔고, 그녀를 본 예브세이 보둘라는 놀라서 소리를 질렀다.

"아니, 나타시카! 이게 누구야?"

"저 아니면 누구겠어요?" 나타시카는 상대방이 겨우 알아차릴 만큼 소심하게 미소 지었다.

그러자 예브세이는 고개를 흔들며 말했다.

"하, 못나졌는데!"

예전의 그녀가 아니었다. 머리를 바짝 깎고 동글동글한 얼굴에 선명한 눈빛을 가진 계집애였던 그녀는 이제 키는 크지 않지만 호리호리한 몸매에 조용하고 참을성 많고 다정한 처녀가 되어 있었다. 그녀는 격자무늬 치마에 수놓은 블라우스 차림이었다. 어두운색의 스카프를 러시아식으로 둘렀지만, 볕에 그을린 연한 구릿빛 피부에 조그마한 주근깨가 잔뜩 난 얼굴은 수수한 빛을 띠고 있었다. 그런데 수호돌에서 태어나고 자란 예브세이에게는 검은 스카프도, 그을린 피부도, 주근깨도 당연히 예쁘게 보이지 않았다.

수호돌로 가는 길에 예브세이가 말했다.

"음, 시집갈 때가 다 되었군. 시집가고 싶긴 해?"

그녀는 고개를 절레절레 흔들었다.

"아니요, 예브세이 아저씨. 저는 절대 결혼 안 할 거예요."

"시집을 안 가서 좋을 게 뭐가 있나?" 예브세이는 이렇게 물으며 입에 물고 있던 담뱃대를 빼서 손에 들었다.

그러자 그녀는 서두르지 않고 천천히 설명하기 시작했다. 모두가 시집을 가는 것은 아니며, 아마도 자신을 아가씨에게 보낼 텐데 아가씨는 본인을 신께 의탁했으니 자신이 결혼하도록 허락하지 않을 거라고 말했다. 벌써 여러 번 그런 꿈을 선명하게 꾸었다면서……

"꿈에 뭘 봤는데?" 예브세이가 물었다.

"그냥 그런 거죠, 별거 없어요." 그녀가 대답했다. "그나저나 게르바시카 때문에 무서워서 죽을 뻔했어요. 게르바시카가 온갖 소식을 전해 줬고 저는 골똘히 생각에 잠겼죠…… 그래서 그랬는지 꿈에 다 나왔다니까요."

"그러니까 게르바시카 그놈이 너희 집에 찾아와 식사를 했다는 게 사실이야?"

나타시카는 잠시 생각했다.

"식사를 했어요. 여기에 와서는 나리의 분부로 중요한 일을 보러 왔다면서 우선 먹을 것을 달라고 했어요. 당연히 한 상 잘 차려주었지요. 실컷 먹은 후 밖으로 나가며 게르바시카가 저에게 눈짓을 했어요. 제가 쫓아 나가니 모퉁이에서 이런저런 이야기를 모조리 하고는 가버렸어요……"

"왜 주인댁에 소리쳐 알리지 않았어?"

"어떻게 그래요. 그자가 죽여버린다고 협박했어요. 저녁까지는 입 다물고 있으라고. 자기는 곡물창고로 자러 간다고 했어요……"

수호돌에 도착하자 집안사람들 모두가 호기심 가득한 눈으로 그녀를 바라보았고, 어릴 적 친구와 동갑내기들은 온갖 질문으로 그녀를 귀찮게 했다. 하지만 그녀는 친구들에게도 짤막하게 답할 뿐이었다. 맡은 역할을 스스로 즐기는 것 같았다.

"좋았어." 그녀는 반복해서 말했다.

한번은 신심 깊은 목소리로 이렇게 말하기도 했다.

"모든 것이 주님의 뜻이지. 참 좋았어."

그러고는 지체 없이 일상의 노동으로 돌아갔다. 집에 할아버지가 없고 젊은 주인들은 의용병으로 전쟁에 나갔고 아가씨가 '정신이 나가서' 할아버지처럼 집안 곳곳을 헤매고 다니고 수호돌을 관리하는 새로운 안주인이 작은 몸집에 뚱뚱하고 매우 생기발랄한 임산부로 모두에게 낯선 인물이라는 사실에도 전혀 놀라지 않는 듯했다……

식사시간에 안주인이 소리쳐 말했다.

"이리로 좀 데려와요. 이름이 뭐랬죠? 음…… 나타시카."

그러자 나타시카가 소리도 없이 재빠르게 안으로 들어와 성호를 긋고 성상에 절하고 나서 안주인과 아가씨에게 인사한 후 질문과 명령을 기다렸다. 질문을 던진 사람은 안주인뿐이었다. 코가 뾰족하고 살이 빠진 아가씨는 완연한 어른이 되어 있었다. 믿을 수 없을 만큼 새카만 눈동자가 멍한 눈빛으로 뚫어지게 바라보았지만, 입에서는 한마디 말도 흘러나오지 않았다. 안주인은 그녀에게 아가씨를 보필하라고 명령했다. 그래서 그녀는 고개를 숙이며 간단히 답했다.

"그렇게 하겠습니다."

저녁 무렵 아가씨는 여전히 주의깊지만 무심한 눈으로 쳐다보더니 갑자기 그녀에게 달려들었다. 그녀를 맹렬하게 쏘아보더니 즐기듯 그녀의 머리채를 잔인하게 잡아 뜯었다. 그녀가 아가씨의 양말을 서툴게 벗겼다는 것이 이유였다. 나타시카는 어린애처럼 눈물만 흘리고 아무 말도 하지 않았다. 하녀방으로 돌아가 긴 의자에 앉아 뜯긴 머리카락을 정돈하며 눈썹에 맺힌 눈물 사이로 미소까지 지었다.

"너무해!" 그녀가 말했다. "앞으로 힘들겠어."

아침에 잠에서 깬 아가씨는 오랫동안 침대에 누워 있었다. 나타시카는 문지방에 서서 고개를 숙이고 그녀의 창백한 얼굴을 흘끔거렸다.

"무슨 꿈을 꿨지?" 아가씨는 자신이 아닌 다른 사람이 말하는 것처럼 무심하게 물었다.

나타시카가 대답했다.

"별거 없었는데요."

그러자 전날처럼 아가씨는 갑자기 침대를 박차고 일어나 차가 담긴 찻잔을 나타시카에게 미친듯이 던졌다. 그러고는 다시 침대에 몸을 던지고 큰 소리로 울부짖기 시작했다. 나타시카는 찻잔을 피했다. 곧 그녀는 놀랄 만큼 능숙하게 피하는 법을 익히게 되었다. 꿈에 대해 묻는 말에 "별거 없었어요"라고 대답하는 멍청한 하녀들에게 아가씨가 가끔 "거짓말이라도 좀 해!"라고 소리지르곤 했다는 사실을 알게 되었다. 하지만 나타시카는 거짓말을 못하는 사람이었기에 '피하기'라는 다른 능력을 계발해야만 했다.

결국 아가씨에게 의사를 모셔왔다. 의사는 환약과 물약을 한가득 처방했다. 독살당할까봐 두려웠던 아가씨는 그 환약과 물약을 나타시카에게 먹어보도록 했다. 그녀는 군말 없이 약들을 차례로 모두 먹었다. 집으로 돌아온 나타시카는 곧 아가씨가 자신을 몹시 기다렸다는 사실을 알게 되었다. 아가씨는 그녀를 기억하고 있었다. 눈에 불을 켜고 나타시카가 소시키에서 돌아오기만을 고대하면서 나타시카가 돌아오면 자신은 곧바로 완전히 건강해질 거라고 단언했다. 그러나 나타시카가 돌아왔지만 아가씨는 조금도 관심을 보이지 않았다. 아가씨의 눈물은 쓰디쓴 실망의 눈물이 아니었을까? 머릿속에 이런 생각들이 차오를 때면 나타시카의 심장이 조여들었다. 그녀는 복도로 나와 큰 궤 위에 앉아서 또 눈물을 흘리기 시작했다.

"어때, 좀 나아졌니?" 나중에 울어서 눈이 퉁퉁 부은 나타시카가 방에 모습을 나타냈을 때 아가씨가 물었다.

"네." 약 때문에 심장이 멎을 것 같고 머리가 어지러웠지만 나타시카는 작은 소리로 대답했다. 그리고 아가씨에게 다가가 손에 뜨겁게 입을 맞췄다.

그후 나타시카는 안쓰러운 마음에 아가씨를 쳐다보기가 힘들어 눈을 내리뜨고 오랫동안 서성였다.

"이 앙큼한 소러시아인* 같으니!" 한번은 하녀방을 같이 쓰던 친구 솔로시카가 이렇게 소리쳤다. 그녀는 나타시카의 비밀부터 감정까지 모조리 공유하는 친구가 되고 싶었지만, 줄곧 처녀들 사이의 아름다운 우정이라곤 찾아볼 수 없는 짧고 성의 없는 대답만 들었던 것이다.

나타시카는 서글프게 웃었다.

"맞아." 그녀가 생각에 잠겨 말했다. "가깝게 지내는 사람들은 서로 닮는다잖아. 때로는 부모님보다 그곳 소러시아 사람들이 더 애틋하더라……"

처음 소시키에 갔을 때 나타시카는 자신을 둘러싼 새로운 환경에 전혀 관심이 없었다. 아침녘에 도착했는데, 그 아침에 그녀가 유일하게 이상하다고 느낀 것은 주변 평지에서 길쭉한 흰색 농가가 유독 두드러진다는 것과 페치카**에 불을 피우던 소러시아 여자가 반갑게 인사했지

---

* 우크라이나 사람을 비하하는 말.
** 러시아식 벽난로. 취사 겸용으로 쓰이기도 한다.

만 소러시아 남자는 예브세이의 말을 듣지도 않는다는 점이었다. 예브세이는 실없는 소리를 쉬지도 않고 늘어놓았다. 주인댁 이야기, 데미얀 이야기, 오는 길의 더운 날씨 이야기, 도시에서 먹은 음식 이야기, 표트르 페트로비치 이야기, 그리고 물론 거울 이야기까지. 수호돌에서는 바르수크라고 불리는 소러시아인 샤리는 고개를 저을 뿐이었다. 그러다 갑자기 예브세이가 입을 다물자 샤리는 멍하니 그를 바라보더니 흥겨운 듯 콧노래를 부르기 시작했다. "맴을 돌아라, 눈보라야……" 이후 조금씩 정신을 차린 나타시카는 소시키에 매혹되었다. 소시키는 수호돌과 다르고 수호돌보다 더 아름다웠기 때문이다. 소러시아인의 농가를 무엇과 비교할 수 있을까. 고르고 매끄럽게 엮은 그 순백의 갈대 지붕. 수호돌 농가의 빈궁하고 조악한 살림에 비하면 그 농가의 살림살이는 얼마나 유복해 보이던지! 농가 귀퉁이에 걸린, 금속을 입힌 성상들이 얼마나 고귀해 보이며 그 성상 주위에 장식된 종이꽃들은 또 얼마나 감탄스럽던지. 성상 위에 걸린 알록달록한 수건은 또 얼마나 아름답던지! 식탁 위에 깔린 자수 식탁보는 말할 것도 없었다! 벽난로 옆 선반 위에 나란히 놓인 회청색 옹기와 작은 단지들도 마찬가지였다! 하지만 무엇보다 놀라운 건 그곳의 주인들이었다.

무엇이 그렇게 놀라웠는지는 그녀 자신도 알 수 없었다. 하지만 줄곧 그렇게 느껴졌다. 샤리처럼 정갈하고 조용하며 맵시 있는 남자를 그녀는 본 적이 없었다. 키는 크지 않았지만, 얼굴이 갸름하고 숱 많은 은발의 머리는 잘 다듬어져 있었으며, 흰 콧수염을 타타르식으로 가늘게 길렀고(그도 콧수염을 기르고 있었다) 볕에 그을린 목과 얼굴에는 깊게 주름이 파여 있었는데, 그 선명한 주름도 마침맞게 어울려 맵시가 있었다. 걷는 품새는 좀 서툴렀다. 장화가 무거워서인 듯했다. 거친 아마포 바짓단을 장화 안에 넣어 입었고, 같은 천으로 된 품이 넓고 깃이 달린 셔츠는 바지 안에 넣어 입었다. 걷는 자세가 살짝 구부정했지만 그런 습관도 주름도 흰머리도 그를 늙어 보이게 하지 않았다. 그의 얼굴에는 우리의 얼굴에 보이는 피곤함이나 시들시들함 같은 것이 전혀 없었다. 크지 않은 두 눈은 살짝 조롱하듯 날카롭게 주변을 응시했다. 나타시카는 그를 보고 예전에 바이올린 연주하는 소년과 함께 수호돌에 왔던 세르비아 노인을 떠올렸다.

소러시아 여인인 마리나를 수호돌 사람들은 코피요*라고 불렀다. 쉰 살인 이 여자는 키가 크고 날씬했다. 얼굴에 광대뼈가 넓게 튀어나왔고, 수호돌 사람들에게서는 보기 힘든 얇은 피부는 전체적으로 노르스름하게 그을려 있었다. 얼굴이 조금 거칠기는 했으나 아름다웠는데, 고지식하고 진지한 예민함으로 가득한 눈빛 때문이었다. 그 눈은 반짝이는 검은색도 어두운 호박색도 아닌 것이, 마치 고양이의 눈동자처럼 색이 변했다. 붉은 물방울무늬가 있는 어두운 황금빛의 커다란 스카프를 터번처럼 머리 위에 높게 둘렀고, 새하얀 속치마와 선명히 대조되는 검은색 격자무늬 천이 엉덩이와 긴 넓적다리를 치마처럼 빈틈없이 싸매고 있었다. 그녀는 맨발에 징 박힌 장화를 신었다. 맨살의 정강이는 가늘지만 둥그스름했는데, 볕에 그을려 반들반들해진 밝은 갈색의 나무 같았다. 가끔 그녀는 일하면서 양미간을 모으고 가슴에서 울려나오는 힘찬 목소리로 노래를 불렀다.

---

* '창(槍)'이라는 뜻.

포차이우 위로
석양이 지기 시작하면*

    이렇듯 그녀가 이교도들에게 함락된 포차이우에 대한 노래를 부를 때면, 마치 성모님이 스스로 성스러운 수도원을 '구원하시는' 것처럼 절망과 울부짖음이 가득한 그녀의 목소리에서 위엄과 힘, 그리고 위협이 느껴져서, 나타시카는 벅찬 감동이 느껴지고 소름이 돋아 눈을 뗄 수가 없었다.

    이 소러시아인들에게는 아이가 없었고 나타시카는 고아였다. 수호돌에 살 때 사람들은 그녀를 수양딸이라고 부르다가도 도둑년이라고 욕했고, 그녀를 안쓰러워하다가도 마음에 상처를 주었다. 하지만 소러시아인들은 차갑기는 했으나 그녀를 한결같이 대했으며, 호기심을 드러내지도 수다스럽지도 않았다. 가을이 되면 색색의 사라판** 때문에 '라스파숀카'***라고 불리는 칼루가의 아낙네와 처녀들이 풀을 베거나 탈곡을 하러 왔다. 하지만 나타시카는 그런 여자들이 낯설었다. 그녀들은 음탕하고 몹쓸 병이 있다는 소문이 돌았다. 부끄러움도 모르고 가슴을 불쑥 드러내며 방자하게 행동했으며, 추잡한 욕설을 즐기고 우스갯소리를 하며 남자처럼 말에 올라 미치광이처럼 내달렸다. 익숙한 일상이었다면 툭 터놓고 울고 노래하는 동안 나타시카의 슬픔도 옅

---

* 이 부분은 우크라이나어로 쓰여 있다.
** 점퍼스커트 형태의 여성용 러시아 민속의상.
*** 단추를 달지 않고 등 부분을 갈라놓은 셔츠.

어졌을 것이다. 그런데 누구와 마음을 터놓을까? 누구와 함께 노래를 부를까? 라스파숀카 여자들은 저급한 목소리로 노래를 뽑아냈다. 휘파람을 불면서 지나치게 급하고 날카롭고 강한 사투리로 노래를 불렀다. 샤리는 조롱조의 춤곡 비슷한 것을 대충 불렀다. 그런데 마리나의 노래는 사랑 노래일 때도 언제나 진지하고 당당하고 깊은 생각에 잠겨 있었다.

강둑 끝에 내가 심은
버드나무가 소곤거리네*

그녀는 노랫말을 늘이며 구슬프게 노래했다. 그러다 목소리를 낮추면서 단호하고 절망적인 목소리로 이렇게 덧붙였다.

그는 내가 사랑한
나의 연인이
아니니……**

나타시카는 첫번째 짝사랑의 쓰리고 달콤한 독을 홀로 천천히 전부 들이켜고, 수치심과 질투심에, 밤마다 꾸는 끔찍한 악몽과 달콤한 꿈에 넘치게 고통받았다. 고요한 스텝의 하루하루가, 이룰 수 없는 꿈과 기대가 그녀를 오래도록 괴롭혔다. 심장을 도려내는 듯한 원통한 감정

* 우크라이나어로 쓰였다.
** 우크라이나어로 쓰였다.

은 종종 그녀의 마음속에서 부드러운 감정으로 바뀌었다. 열정과 절망은 순종과 기대로 바뀌었다. 아무것도 원하거나 기대하지 않으면서 모든 사람에게 영원히 숨겨야 하는 사랑. 눈에 띄지 않는 가장 보잘것없는 존재로 그의 곁에 남고 싶은 마음. 수호돌에서 날아온 소식에 가끔은 정신이 들기도 했다. 하지만 소식은 오래도록 없었고, 수호돌 특유의 일상의 감각도 사라졌다. 그래서 수호돌이 너무나 아름답고 그리운 곳으로 여겨지기 시작했고 고독과 슬픔은 참을 수 없을 정도가 되었…… 그런데 갑자기 게르바시카가 나타났다. 그는 수호돌의 소식들을 서둘러 그녀에게 모두 쏟아냈다. 다른 사람이라면 하루 온종일이 걸려도 말할 수 없는 것들을 반시간 만에 모두 털어놓았다. 할아버지를 밀쳐서 죽게 했다는 이야기를 마친 그는 단호하게 덧붙였다.

"자, 그러니 이제 평생 보지 말자고!"

그는 당황한 그녀를 커다란 눈으로 태워버릴 것처럼 쏘아보다가 길을 나서며 소리를 질렀다.

"허튼 생각은 머리에서 털어버릴 때가 됐어! 그는 곧 결혼할 거야, 그에게 너는 애인도 못 된다고…… 정신 차려!"

그래서 나타시카는 정신을 차렸다. 끔찍한 소식들을 견뎌내고 제정신으로 돌아왔다. 그녀는 깨어났다.

그후로 시간은 기복 없이 지루하게 흘러갔다. 그녀는 길을 걷고 마을을 지나 걸어가는 순례자들이 걸음을 멈추고 잠시 쉬는 동안 그들과 긴 대화를 나누었다. 그들은 인내 그리고 그녀가 알아듣기 어려울 만큼 모호하고 또 애처롭게 부르던 주 하느님께 소망을 두는 법을 가르쳐주었다. 무엇보다 가장 큰 가르침은 '생각하지 말라'는 것이었다.

"생각하든 말든 달라지는 건 없어요."

순례자들은 짚신을 고쳐신으며 지친 얼굴을 찡그리고 쇠약해진 눈으로 저 먼 스텝을 바라보며 말했다.

"세상에 우리 생각대로 되는 일은 없으니까요. 모든 것은 주님의 뜻입니다…… 이제 우리에게 작은 양파 하나 슬쩍 뽑아다 주시지요……"

늘 그렇듯 어떤 순례자들은 죄악과 저세상을 들먹이며 겁을 주고 엄청난 불행과 공포를 예언하기도 했다. 어느 날엔가 그녀는 연달아 두 번이나 악몽을 꾸었다. 그녀는 늘 수호돌을 생각했다. 처음에는 생각하지 않는 것 자체가 어려웠다! 아가씨, 할아버지, 자신의 미래를 생각했고, 아가씨가 시집을 갈지, 간다면 언제 누구에게 갈지 생각했다. 그런 생각들이 어느 날 슬며시 꿈이 되었다. 먼지바람이 불안하게 부는 어느 무더운 날 이른 저녁 시간이었다. 꿈속의 느낌이 너무나 생생했다. 그녀는 양동이를 들고 연못으로 달려가고 있었는데, 갑자기 모자도 없이 찢어진 장화를 신고 새빨간 셔츠를 허리띠도 없이 풀어헤친, 덥수룩하고 헝클어진 붉은 머리카락을 바람에 날리며 마른 진흙 비탈 위에 서 있는 머리만 흉측하게 큰 난쟁이 농부를 만났다. "할아버지! 불이 난 건가요?" 그녀는 공포와 불안에 소리쳐 물었다. "이제 완전히 다 타버릴 거야!" 뜨거운 바람 때문에 눌린 목소리로 난쟁이가 고함을 질렀다. "듣도 보도 못한 먹구름이 몰려오고 있어! 시집갈 생각은 하지도 마!" 그러다 갑자기 꿈이 더 무섭게 바뀌었다. 그녀는 정오쯤 된 시간에 밖에서 누가 문을 걸어 잠근 아무도 없는 무더운 농가에서 무언가를 기다리고 있었다. 다음 순간 벽난로에서 거대한 회색 염소가 튀어나와 그녀의 코앞에 두 발로 곤추섰다. 몹시 흥분해 눈동자가 석탄처럼 뜨겁게 불타는 염소는 미칠 듯이 기뻐하며 갈구하는 눈으로 그녀를 바라보았다. "내가 너의 신랑이다!" 염소는 잰걸음으로 서툴게, 자그마한 뒷발굽으로 종종거리며 부자연스럽게 다가와 사람 목소리로 외쳤다. 그런 다음 앞발을 힘껏 쭉 내밀어 그녀의 가슴을 덮쳤다……

꿈에서 깬 나타시카는 자리에서 벌떡 일어났다. 심장이 고동쳤고, 믿고 의지할 사람이 아무도 없다는 생각이 들자 죽을 만큼 두려웠다.

"예수님, 천국의 여왕 성모님! 성자님들!"

하지만 그녀는 모든 성자를 성 메르쿠리우스처럼 머리 없는 갈색의 어떤 존재로 생각했기 때문에 더 무서웠다.

자신이 꾼 꿈에 대해 곰곰이 생각해본 나타시카는 처녀 시절은 끝이 났고 자신의 운명은 이미 결정되었다고 느꼈다. 주인 나리를 사랑한다는 특별하다고 할 수 있는 일이 그녀에게 일어난 건 우연이 아니었다! 아직도 어떤 시험들이 자신을 기다리고 있으며 그래서 소러시아인들의 절제와 순례자들의 소박함과 순종을 배워야 한다는 생각이 들었다. 그래서 자신들이 스스로 꾸며낸 것임에도 마땅히 그래야 한다고 생각하며 그 확고부동함을 자신에게 세뇌하면서 연극을 즐기는 수호돌 사람들처럼 나타시카도 연극을 시작했다.

8

페트로프 축일* 전날 문간에서 보둘랴를 보고 그녀는 너무 기뻐서 다리에 힘이 풀렸다. 먼지가 잔뜩 묻은 수호돌의 너저분한 수레와 텁수룩한 머리 위의 다 해진 모자, 볕에 닳고 빛바랜 지저분한 턱수염, 말할 수 없을 만큼 흉하게 뒤틀리고 늙은 얼굴, 지쳤지만 흥분한 표정의 보둘랴였다. 보둘랴뿐만 아니라 수호돌 전체와 어딘가 닮은 구석이 있는 낯익은 개도 있었다. 보둘랴가 열은 회색 등짝에 머리 쪽에는 긴 털이 텁수룩하게 나 있고 굴뚝 없는 집에서 나온 그을음이 목부터 가슴 부위까지 묻어 새까만 개와 함께 그녀를 데리러 온 것이다. 하지만 그녀는 곧바로 정신을 차렸다. 집으로 돌아가는 길에 보둘랴는 크림전쟁이 일어나서 기쁘다고 했다가 또 슬프다는 둥 머리에 떠오르는 대로 허튼소리를 했다. 그래서 나타시카는 신중하게 말했다.

"음, 그 프랑스인들을 몰아내야겠네요……"

수호돌로 돌아가는 하루는 몹시 길었다. 고향으로 가까이 가면서 오래된 익숙한 것들을 새로운 눈으로 바라보고 과거의 자신을 느끼고 길에서 만나는 사람들을 알아보는 것은 소름 돋는 일이었다. 큰길에서 수호돌로 접어드는 길목에 있는 냉이밭에 두 살 난 망아지가 뛰어다니고 있었다. 소년이 밧줄로 만든 말고삐 위에 한쪽 맨발로 올라서서 망아지의 목에 매달린 후 반대쪽 발을 망아지의 등 위로 올려 넘기려고 애썼지만, 망아지는 소년이 그렇게 하도록 내버려두지 않고 펄펄 뛰며 그를 흔들었다. 나타시카는 그 소년이 폼카 판튜힌이라는 걸 알아차렸고, 즐거운 마음에 가슴이 설렜다. 백 살은 먹은 나자루시카 할아버지도 만났다. 텅 빈 수레에 두 다리를 쭉 펴고 앉아 있는 모습이 남자라기보다는 이미 아낙네에 더 가까웠다. 힘없는 어깨가 긴장해서 높이

---

* 성 베드로와 성 바오로 사도의 축일. 구력 6월 29일로, 봄과 작별하며 첫번째 김매기를 시작하고 풀베기를 준비하는 날이다.

솟아 있었고 공허한 눈동자는 애처롭고 슬퍼 보였으며, 모자도 쓰지 않은 몸은 '관에 넣을 것도 없을' 정도로 바싹 말랐고, 기다란 낡은 셔츠는 늘 벽난로 옆에 누워 있는 까닭에 재투성이였다. 그녀의 심장이 다시 떨리기 시작했다. 삼 년 전쯤, 착하디착하고 태평하기 그지없는 아르카디 페트로비치가 나자루시카 할아버지를 매질하려고 했던 일이 생각난 것이다. 텃밭에서 무 꽁다리를 훔치다가 들키자 죽을 듯이 두려워하며 눈물을 흘리는 그를 둘러싸고 하인들이 요란하게 웃으며 소리쳤었다.

"아니야, 할배, 부끄러워하지 말고 기저귀 좀 내려보셔야겠는데! 이제 피할 수가 없다고!"

방목지와 줄지어 서 있는 농가들을 지나 마침내 저택이 보이자 나타시카의 심장이 세차게 고동쳤다. 정원과 높다란 지붕, 하인방과 곡물 창고, 마구간이 있는 뒷담. 그리고 수레국화가 가득 핀 노란 호밀밭이 잡초밭과 파밭, 그 뒤쪽 담까지 빈틈없이 이어져 있었다. 누구네 집 소인지 알 수 없는 갈색 반점이 있는 흰 송아지 한 마리가 귀리밭 한가운데에 파묻혀 곡식을 씹고 있었다. 사위는 온통 평화롭고 소박했다. 하지만 점점 예사롭지 않은 느낌이 들었고 불안한 마음이 계속 커졌다. 수레는 보르조이 개들이 여기저기 희끗희끗하게 잠들어 있어서 마치 공동묘지처럼 보이는 드넓은 마당을 재빨리 지나 저택 앞에 도착했다. 소러시아인들의 집에서 두 해를 지낸 후 다시 너무나 익숙한 밀랍 양초와 보리수꽃, 주방과 현관 의자 위에 널브러져 있는 아르카디 페트로비치의 카자크식 안장과 창문 위에 걸려 있는 텅 빈 메추리 새장이 냄새를 풍기는 그 서늘한 집안으로 들어서자 그녀의 정신은 완전히 혼미해졌다. 그래서 할아버지 방에서 꺼내 현관 구석에 걸어둔 성 메르쿠리우스의 성화도 간신히 눈에 들어왔다……

작은 창문을 통해 정원에서 들어오는 햇살이 예전처럼 어둑한 응접실을 밝게 비추었다. 그리고 이유는 알 수 없으나 집안에 들어와 있는 병아리가 거실을 누비며 고아처럼 빽빽거렸다. 타는 듯한 볕에 뜨거워진 창틀 위에서는 보리수꽃이 시든 향기를 내뿜고 있었다…… 고인을 떠나보낸 집들이 그렇듯이, 주위의 낡은 것들이 모두 젊어진 것 같았다. 그녀는 모든 것에서, 특히 꽃향기에서 자신의 영혼의 한 조각, 어린 시절과 소녀 시절, 그리고 첫사랑의 한 조각을 느꼈다. 다 커버린 아이들, 죽은 자들, 변한 사람들, 그리고 자신과 아가씨가 안타까워졌다. 그녀와 동년배인 남녀들은 모두 어른이 되었다. 노쇠해서 머리를 끄덕이며 가끔 하인방 문턱에서 신이 창조한 세계를 흐린 눈으로 바라보던 많은 노인이 이 세계에서 영원히 사라졌다. 다리야 우스티노브나도 사라졌다. 아이처럼 죽음을 두려워했던 할아버지는 두려운 그 시간을 준비할 수 있도록 죽음이 자신에게는 천천히 다가올 거라고 믿었지만, 어느새 그도 죽음의 낫에 휘둘려 순식간에 사라졌다. 그가 없다는 사실이, 그가 체르키조보 마을 교회 옆 묘지의 봉분 아래에서 썩고 있다는 사실이 믿기지 않았다. 날이 선 코에 비쩍 마른 새카만 여자가 어떨 땐 냉랭했다가 또 격분했다가 때로는 동등한 사람처럼 나타시카를 대하며 마음 터놓고 수다를 떨다가도 어느새 머리채를 죄 뜯어놓던 토네치카 아가씨라는 사실이 믿기지 않았다. 새된 목소리에 콧수염이 난 클라브디야 마르코브나라는 조그만 여자가 왜 이 집에서 안주인 노릇을 하고 있는지도 이해되지 않았다…… 언젠가 나타시카가 그녀의 침실을 소심하게 살펴본 적이 있는데, 은테가 둘린 그 운명의 거울이 거기에 있었다. 그 거울을 보자 과거의 공포와 기쁨, 애틋함과 부끄러움, 행복에 대한 기대감과 해질녘 이슬 맺힌 우엉 향기까지 모든 것이 그녀의 심장을 달콤하게 채웠다…… 하지만 그녀는 모든 감정과 생각을 마음속에 꾹꾹 눌러 간직했다. 그녀에게는 오래된 과거의 수호돌의 피가 흐르고 있었다! 그녀는 수호돌을 둘러싼 모래진흙 밭에서 자란 곡식으로 만든 소금기 없는 빵을 많이 먹었다. 할아버지들이 바싹 마른 강바닥을 마구 파서 만든 연못의 소금기 없는 물을 많이 마셨다. 극도로 힘든 평범한 나날은 두렵지 않았다. 두려운 것은 특별한 날이었다. 죽음조차 겁나지 않았다. 그녀를 소름 끼치게 한 것은 오로지 꿈과 밤의 어둠, 눈보라와 천둥, 그리고 불이었다. 피할 수 없는 어떤 불행이 찾아올 것 같은 예감이 들었다……

이 예감이 그녀를 늙게 했다. 계속해서 그녀의 청춘이 끝났다는 생각이 들게 만들었고, 모든 것에서 그 증거를 찾도록 만들었다. 수호돌에 돌아온 지 일 년도 채 되지 않았는데 수호돌 집의 문지방을 넘으면서 느꼈던 청춘의 감정은 흔적도 없이 사라졌다.

클라브디야 마르코브나가 아이를 낳았다. 닭을 기르던 페도시야를 유모로 들였다. 페도시야는 아직 젊지만 할머니나 입는 칙칙한 옷을 입고 맹목적으로 신을 믿는 순종적인 여자였다. 아무 생각 없는 둔탁한 눈동자를 겨우 뜨고 입에서는 침방울을 흘리며 자기 머리의 무게를 못 이겨 속수무책으로 앞으로 넘어지곤 하는 새로운 흐루쇼프 집안 사람이 사납게 소리를 질러댔다. 사람들은 벌써 그를 도련님이라고 부르기 시작했다. 아이방에서는 벌써부터 오래된 옛날 노래가 흘러나왔다.

"저리 가, 저리 가, 망태 할아범…… 할아범, 우리집에 오지 마! 우리 도련님은 못 줘. 우리 도련님은 울지 않을 거니까……"

나타시카는 자신도 유모라고 생각하며 페도시야를 따라 했다. 자신을 유모이자 아픈 아가씨의 친구라고 생각했다. 겨울에 올가 키릴로브나가 죽었다. 나타시카는 하녀방에서 평생을 산 노파들과 함께 장례식에 가겠다고 간청했다. 거기에 가서 소금기 없고 역하기만 해서 혐오감이 느껴지는 장례 음식을 먹었다. 그리고 수호돌에 돌아와서는 주인 마님이 '완전히 살아 있는 사람처럼' 누워 계셨다고 감동에 차서 말했다. 사실 노파들조차 그 괴물 같은 시체가 놓여 있는 관을 볼 엄두를 내지 못했다.

봄에 체르마시노예 마을에서 클림 예로힌이라는 유명한 주술사를 아가씨에게 데려왔다. 클림은 풍성한 잿빛 수염을 기르고 잿빛 곱슬머리를 가지런히 빗어 넘긴 단정한 외모의 남자였다. 땅을 가진 부자인데다 아주 똑똑하고 능숙한 경영자이기도 했다. 그가 하는 말은 평상시에는 특별할 것 없었지만 병자 옆에서는 고대 점성가의 주술로 바뀌었다. 그는 회색 나사천으로 지은 외투를 걸치고 붉은 허리띠를 매고 놀랄 만큼 꼭 맞는 장화를 정갈하게 신고 나타났다. 그리고 교활하고 영민해 보이는 작은 눈으로 성상이 있는 곳을 열심히 찾았다. 그는 균형 잡힌 몸을 조심스럽게 살짝 숙인 후 집안으로 들어와 능숙하게 대화를 시작했다. 곡식 작황과 비, 가뭄 등의 이야기로 대화의 물꼬를 트고는 오랫동안 조심스럽게 차를 마셨고, 그런 다음 다시 성호를 그었다. 그 모든 행동이 다 끝나자 바로 어조를 바꿔 병자에 관해 물어보았다.

"해질녘…… 어두워진다…… 시간이 되었다." 그는 신비롭게 말을 시작했다.

아가씨의 몸이 떨렸다. 경련이 와서 곧 바닥에 넘어질 것 같았다. 아가씨는 어스름한 시각에 침실에 앉아 문지방에 클림이 나타나기를 기다렸다. 그녀의 옆에 서 있던 나탈리야도 머리끝에서 발끝까지 소름이 끼쳤다. 집안 전체가 고요해졌다. 심지어 마님까지도 자기 방에 하녀들을 가득 모아두고 귓속말로 이야기했다. 그 누구도 촛불을 밝히거나 목소리를 낼 엄두를 내지 못했다. 클림이 부르거나 지시를 내릴 때를 대비해 복도를 지키고 서 있던 명랑한 솔로시카도 눈앞이 뿌옇게 흐려지고 목구멍에서 심장박동을 느꼈다. 클림은 마법의 뼛조각들이 달린 스카프를 풀면서 환자 곁을 지나갔다. 쥐죽은듯 고요하던 침실에 그의 범상치 않은 목소리가 크게 울려퍼졌다.

"일어나라, 신의 종이여!"

그리고 클림의 잿빛 머리가 방문 밖에 나타났다.

"널빤지를 가져오라." 그가 생기 없는 목소리로 내뱉었다.

그리고 두려움에 눈이 휘둥그레지고 죽은 사람처럼 냉기가 도는 아가씨를 그 널빤지 위에 세웠다. 벌써 날은 나탈리야가 클림의 표정을 간신히 알아볼 수 있을 정도로 어두워졌다. 갑자기 멀리서 나는 것 같은 기이한 목소리가 울리기 시작했다.

"필라트가 들어온다…… 창문을 연다…… 방문을 연다…… 소리 지르며 말한다. 슬프다, 슬프다!"

"슬프다, 슬프다!" 예기치 않은 힘으로 위협하듯 그가 권위적으로 외쳤다. "너 슬픔이여, 어두운 숲으로 가라. 그곳이 네 자리니!" 클림이 상서롭지 않은 주문을 낮고 빠르게 중얼거렸다. "바다에, 큰 바다에, 부안섬*에 암캐가 누워 있는데 회색 양모를 입었구나……"

그러자 나탈리야는 동화 속 야만적인 원시세계로 자신의 영혼을 데려가는 듯한 이 주문보다 겁나는 것은 예전에도 지금도 없는 것 같다는 느낌이 들었다. 질병에 걸린 사람들에게 이따금 기적을 일으키는 클림 자신도 믿지 않을 수 없는 것처럼 그 말의 힘을 믿지 않기란 불가능했다. 클림이 주술을 끝낸 후 현관에 앉아 이마에 난 땀을 손수건으로 닦고 다시 차를 마시며 소박하고 겸손하게 말했다.

"자, 이제 두 번 더 황혼 치료를 하면 되겠군요…… 신이 허락하시면 조금은 나아지겠지요…… 올해에는 메밀을 좀 심구셨지요, 마님? 요즘에 메밀 작황이 그리 좋다고 하데요! 지독시리 좋다네요!"

여름에는 크림에서 주인 나리들이 돌아오기를 기다렸다. 하지만 아르카디 페트로비치는 초가을 전에는 돌아갈 수 없다며 또 돈을 요구하는 '등기' 편지를 보내왔다. 표트르 페트로비치는 부상을 입었는데, 상태가 심각하지는 않지만 장기간의 안정이 필요하다고 했다. 그의 부상이 완쾌될지 알고 싶어서 케르키조보에 사는 예언자 다닐로브나에게 사람을 보냈다. 다닐로브나는 춤을 추며 손가락을 튕겼다. 다 잘될 거라는 의미였다. 그래서 마님은 마음을 놓았다. 그러나 아가씨나 나탈리야는 거기에 마음을 쓸 여유가 없었다. 처음에는 아가씨의 상태가 조금 호전되었다. 그러나 페트로프 축일이 끝날 무렵 병증이 다시 악화하기 시작했다. 다시 뇌우가 쏟아질까, 불이 날까 겁이 났으며 마음속에 감추고 있는 무언가로 인해 불안과 고통이 또 시작되었기 때문에

---

* 러시아 구비문학에 등장하는 섬. 알렉산드르 푸시킨(1799~1837)의 동화 「차르 술탄 이야기」를 통해 널리 알려졌다.

아가씨는 형제들을 생각할 겨를이 없었다. 그들을 생각할 겨를이 없었던 것은 나탈리야도 마찬가지였다. 나탈리야는 무덤에 들어갈 때까지 평생 표트르 페트로비치의 평안을 빌었다. 기도할 때마다 그의 건강을 기원했다. 하지만 이제 그녀와 가장 가까운 사람은 아가씨였다. 그리고 아가씨는 자신의 공포와 불행에 대한 예감과 가슴속에 숨겨둔 무언가로 나타시카를 점차 물들였다.

몹시 덥고 먼지가 날리고 바람이 불고 매일 뇌우가 퍼붓는 여름이었다. 새로운 전쟁이 일어났다거나 폭동이 터지고 큰 화재가 발생했다는 어둡고 흉흉한 소문이 사람들 사이에 돌았다. 어떤 사람들은 곧 모든 농민이 해방될 거라고 말했고, 또다른 사람들은 반대로 가을부터 농민들이 모조리 군대로 끌려갈 거라고 말했다. 늘 그렇듯 엄청나게 많은 수의 부랑자와 백치와 수도사가 등장했다. 그들 때문에 아가씨와 마님이 거의 싸울 뻔했다. 아가씨가 그들 모두에게 빵과 달걀을 나눠주었던 것이다. 키가 크고 몹시 남루한 차림에 긴 주홍색 머리를 한 드로냐가 왔다. 그는 술꾼에 불과했지만 자신이 성자인 척했다. 마당 안으로 들어오다 생각에 빠졌는지 집 벽에 머리를 부딪혔는데도 기쁜 얼굴로 펄쩍펄쩍 뛰었다.

"나의 어린 새들!" 그는 마치 태양을 가리는 방패인 듯 오른손과 몸 전체를 꺾으며 펄쩍 뛰고 소리를 질렀다. "나의 어린 새들이 하늘로 날아갔네, 날아갔어!"

다른 아낙네들이 세상 물정 모르는 사람을 볼 때 하듯 나탈리야도 불쌍하다는 표정으로 그를 멍하니 바라보았다. 하지만 아가씨는 창문에 매달려 눈물을 흘리며 가련한 목소리로 소리질렀다.

"드로냐, 신의 종이여, 죄 많은 나를 위해 신께 기도해줘!"

그 목소리를 듣자 나타시카의 눈은 무서운 예감으로 얼어붙었다.

클리친 마을에서 티모샤 클리친스키가 왔다 갔다. 그는 여자처럼 가슴이 크고 키가 작으며 사팔눈에 노란 머리였고 얼굴은 아기 같았다. 하얀 면 셔츠에 몽땅한 면바지를 입은 그는 뚱뚱한 몸집 때문에 숨을 헐떡거렸고 얼이 빠진 모습이었다. 그가 포동포동하고 작은 발뒤꿈치를 든 채 종종걸음으로 현관 안으로 들어왔다. 그의 자그마한 두 눈은 물에 빠졌다가 살아 나온 것처럼, 혹은 피할 수 없는 죽음에서 살아남은 것처럼 보였다.

"야단났어!" 그가 숨을 헐떡이며 말했다. "큰일이야……"

집안사람들은 그를 먹이고 달래며 그의 입에서 이야기가 나오기를 기다렸다. 하지만 그는 아무 말도 하지 않은 채 씩씩거리고 쩝쩝거리며 게걸스럽게 먹기만 했다. 그렇게 음식을 다 먹고 나서 자루를 다시 등에 걸머지더니 자기가 가져온 긴 지팡이를 불안스레 찾기 시작했다.

"언제 또 와, 티모샤?" 아가씨가 큰 소리로 그에게 물었다.

그러자 그는 어처구니없게 높은 알토 조의 목소리로 아가씨의 부칭을 이상하게 부르며 큰 소리로 대답했다.

"아, 루키야노브나 성녀님!"

그러자 아가씨가 그의 말을 받아 애처롭게 소리질렀다.

"신의 충실한 종이여! 죄 많은 나를 위해 하느님께, 이집트의 마리아 성녀님께 기도를 올려줘!"

날마다 사방에서 뇌우와 화재 같은 불행한 소식들만 날아들었다. 화재에 대한 깊은 공포심이 수호돌 사람들 사이에 커져만 갔다. 저택 뒤쪽에서 다가오는 먹구름 아래 노랗게 익어가는 곡식의 바다가 모래처럼 점차 빛을 잃기 시작하자, 방목지에 첫번째 회오리바람이 불고 멀리서 천둥이 둔탁하게 내리치자, 아낙네들은 재빨리 집으로 달려가 목판에 새긴 성상화를 문턱에 옮겨놓고 번개를 진정시키는 데 가장 용하다는 우유 단지를 준비했다. 저택에서는 쐐기풀 속에 가위를 던지고, 대대로 내려오는 수건을 꺼내 창문을 가리고, 떨리는 손으로 양초에 불을 붙였다…… 주인 마님도 두려운 척하는 건지 아니면 진짜로 두려워하는 건지 알 수 없었다. 예전에 주인 마님은 뇌우가 '자연현상'이라고 설명했다. 하지만 이제 그녀는 번개가 칠 때마다 소리를 지르고 실눈을 뜨며 성호를 그었다. 그러고는 자신과 주변 사람들을 더 무섭게 만들려는 건지 1771년 티롤에서 뇌우로 111명의 사람이 한꺼번에 세상을 떠났다는 놀라운 이야기를 시작했다. 그 이야기를 듣던 다른 여자들도 앞다투어 이야기를 쏟아냈다. 벼락을 맞아 완전히 불타버린 큰길가 버드나무 이야기, 수일 전 체르키조보에서 천둥에 치명상을 입었다는 아낙네 이야기, 굉음에 너무 놀라 길을 가던 삼두마차가 엎어졌다는 이야기…… 자칭 '죄지은 수도사'인 유시카라는 인물이 마침내 이러한 광란의 이야기에 말을 보탰다.

9

유시카는 농민 출신이었다. 하지만 평생 손가락 하나 까딱 않고 주님이 보내는 곳에 가서 자기의 무위도식하는 삶과 자신이 저지른 '허물'을 팔아 빵과 소금을 얻으며 허송세월했다. 그는 이렇게 말했다. "이보게, 나는 농민인데도 영리해. 그런데 곱사등이나 다름없어. 그러니 내가 어떻게 노동을 하겠나!"

그렇다. 그는 곱사등이처럼 신랄하고 교활한 눈빛을 가지고 있었다. 얼굴에 잔털 하나 없고, 구루병 때문에 어깨는 위로 말려 올라갔고, 손톱은 물어뜯어서 남아난 것이 없고, 긴 머리카락을 연신 뒤로 넘기는 손가락은 가늘지만 강단이 있었다. 그는 밭 가는 일을 '지루하고 상스러운 일'로 여겼다. 그러다가 키예프 수도원으로 갔고, 그곳에서 '철이 좀 드는' 것 같더니 죄를 지어 내쫓겼다. 성지聖地를 다니며 순례자인 척하거나 영혼을 구해주는 능력자인 척하는 낡은 방법으로는 별 이득이 없다는 판단이 들자 그는 다른 방도를 찾아보기로 했다. 그는 수도복을 입은 채 공공연하게 무위도식하며 음탕함을 자랑하고 담배를 피우고 거침없이 술을 마시기 시작했다. 그래도 결코 만취하는 법은 없었다. 뻔뻔하게 온갖 손짓 발짓을 해가며 자신이 수도원에서 쫓겨난 이유를 설명하고 수도원을 조롱했다.

"자, 알다시피, 지금의 나, 주님의 종을 바로 그런 이유로 내쫓았다네." 그는 눈짓을 하며 농부들에게 이렇게 말했다. "그래서 속세로, 루시로 나온 거야…… 뭐, 죽지는 않겠지!"

그 말이 맞았다. 그는 죽지 않았다. 루시가 그를 거두었다. 영혼을 구원하는 자들 못지않게 그 뻔뻔한 죄인을 친절하게 거두어주었다. 먹이고 재우고, 환호하며 그의 말에 귀를 기울였다.

"그럼 영원히 노동은 하지 않겠다고 맹세한 거요?" 농부들은 신랄하고 노골적인 말이 나오기를 기대해 눈을 반짝이며 물었다.

"이제 와서 누가 나에게 노동을 강요할 수 있겠나!" 유시카가 대답했다. "버릇이 나빠졌지, 형제여! 나는 수도원의 염소보다 해롭네. 처녀들이 말이야, 죽을 만큼 겁내면서도 나를 좋아한다네. 하지만 유부녀들은 공짜로 준대도 필요 없어. 아무튼 내가 말이야, 겉모습은 좀 그래도 속은 기가 막히거든!"

수호돌 저택에 나타난 그는 전에 와본 사람처럼 곧장 현관 안으로 들어왔다. 나타시카가 그곳 의자에 앉아 조용히 노래를 부르고 있었다. "어리고 사랑스러운 나는 달콤한 사람을 찾아냈다네……" 갑자기 그를 본 나타시카는 겁이 나서 자리에서 벌떡 일어섰다.

"누구세요?" 그녀가 소리질렀다.

"사람." 유시카는 재빨리 머리끝에서 발끝까지 그녀를 훑어보며 대답했다. "주인께 말씀드려."

"누가 왔나?" 마님도 거실에서 소리쳐 물었다.

유시카는 순식간에 그녀를 안심시켰다. 탈영병이라고 생각하시겠지만 절대 탈영병은 아니고 과거에 수도사였는데 지금 고향으로 돌아가는 중이라고 말했다. 그러면서 몸수색을 해도 좋으니 이 집에서 조금 쉬고 묵어갈 수 있도록 허락해달라고 청했다. 마님은 그의 거침없는 태도에 깊은 인상을 받았고, 그는 다음날로 하인방으로 자리를 옮겨 한식구가 되었다. 소나기가 내렸지만 그는 지치지도 않고 온갖 이야기로 안주인을 즐겁게 해주었고, 다락의 들창을 막아 번개가 쳐도 지붕을 지키는 기발한 방법을 생각해냈으며, 엄청난 천둥에도 조금도 겁나지 않았다는 걸 보여주려고 현관으로 달려가기도 했으며, 하녀들이 사모바르에 음료를 준비하는 걸 도와주기도 했다. 하녀들은 자신을 재빠르게 훑어보는 그의 음탕한 눈길을 느끼고 눈을 흘겼지만, 그의 농담에 웃음을 터뜨렸다. 하지만 나타시카는 어두운 복도에서 여러 차례 '나는 너한테 빠졌어'라며 치근덕거리는 그에게 눈도 맞추지 못했다. 수도복에 밴 마호르카 담배 냄새 때문에 그가 역겹고 또 두려웠다.

장차 어떤 일이 벌어질지 그녀는 이미 잘 알고 있었다. 아가씨의 침실 문 옆 복도에서 혼자 자는 그녀에게 벌써 유시카가 퉁명스레 이렇게 말했던 것이다. "내가 너한테 갈 거야. 누가 뭐라고 해도 갈 거야. 비명을 지르면 이 집을 깡그리 불태워버릴 테니 각오해." 피할 수 없는 어떤 일이 벌어지고 있고 소시키에서 꾼 악몽, 그 염소 꿈이 곧 현실이 될 거라는 생각에 그녀는 무기력했다. 자신은 태어날 때부터 아가씨와 함께 죽을 운명이라는 생각이 들었고 온몸의 힘이 빠졌다. 이제 모든 사람이 밤마다 악마가 이 집을 드나들고 있다는 걸 알게 되었다. 뇌우나 화재 말고도 무엇이 아가씨를 미치게 만들었는지, 그녀가 자는 동안 달콤하면서도 격하게 숨을 토해내도록 만들고 고막을 뒤흔드는 천둥소리가 무색할 정도로 무시무시한 울음을 터뜨리며 자리에서 벌떡 일어나게 하는 것이 무엇인지 모두가 알게 되었다. 그녀는 울부짖으며 소리쳤다. "에덴동산의 뱀, 예루살렘의 뱀이 내 목을 졸라 죽이려고 해!" 그 뱀이 악마가 아니라면, 밤마다 여자들과 처녀들을 찾아오는 바로 그 염소가 아니라면 과연 누구겠는가? 캄캄한 어둠 속에서, 천둥소리가 끊이지 않고 검은 성상 위로 번개가 번뜩이는 음산한 밤에 만나는 그의 존재보다 더 무서운 것이 세상에 있을까? 협잡꾼이 나타시카에게 속삭인 그 욕정과 색정 역시 인간의 것이 아니었다. 어떻게 그것에 저항할 수 있단 말인가? 피할 수 없는 운명의 시간을 생각하며,

밤새 복도 바닥에 모포를 깔고 앉아 쿵쾅거리는 가슴을 부여잡고 어둠을 응시하며, 모두가 잠든 집에서 나는 아주 작은 소리에도 귀기울이며 그녀는 이후 오랫동안 그녀를 괴롭히게 될 그 무거운 병이 시작되는 것을 느낄 수 있었다. 갑자기 발바닥이 간지럽기 시작하면서 찌르는 듯 극심한 경련이 일어나 발가락들이 발바닥 쪽으로 휘어 구부러졌다. 경련은 잔인하고 음탕하게 혈관을 비틀면서 다리로, 온몸으로, 목구멍까지 올라갔다. 결국에는 아가씨가 지르는 소리보다 더 격렬하고 더 음탕하며 더 고통스럽게 소리지르고 싶은 순간까지 도달했다……

그리고 피할 수 없는 일이 일어났다. 유시카가 그녀를 찾아온 것이다. 여름이 끝나갈 무렵, 고대의 불의 성자 일리야의 날,* 바로 그날 밤이었다. 그날 밤에는 천둥이 치지 않았다. 나타시카는 잠을 이루지 못했다. 살짝 졸다가 갑자기 충격을 받은 듯 눈을 떴다. 아주 깊은 밤임을 미친듯이 뛰는 자신의 심장 소리로 알 수 있었다. 그녀는 벌떡 일어나 한쪽 복도 끝을 바라보고 반대쪽도 바라보았다. 불과 신비로 가득한 침묵의 하늘이 사방에서 황금색과 창백한 하늘색 섬광으로 번쩍이며 불타올라 앞이 보이지 않았다. 그녀는 뛰기 시작했다. 그러다가 못 박힌 듯 그 자리에 멈춰 섰다. 창문 너머 마당에 오래전부터 있던 사시나무들이 섬광이 발할 때마다 눈부시게 새하얀 빛을 내고 있었다. 그녀는 거실로 들어갔다. 그곳에는 창문 하나가 열려 있어서 정원의 고요한 숨결이 느껴졌다. 주위가 칠흑같이 어두웠다. 그래서 유리창 너머의 불빛이 더욱 선명하게 번뜩였다. 어둠이 모든 것을 집어삼켰다가

---

* 예언자 일리야를 기리는 날이자 민중 축일. 구력으로 7월 20일(신력 8월 2일).

곧바로 소스라치듯 이곳저곳에서 다시 섬광이 번뜩였다. 이따금 정원 전체가 빛을 발하고 그 빛이 점점 커지더니, 황금색이 되었다가 연보랏빛을 띠기도 하는 지평선 위로 레이스를 두른 듯한 연녹색 자작나무와 미루나무 꼭대기의 희뿌연 윤곽이 모습을 드러냈다.

"바다에, 큰 바다에, 부안섬에……" 스스로 생각해도 이 마법의 주문이 너무나 무서워서 뒷걸음치며 나타시카는 이렇게 속삭였다. "암캐가 누워 있는데 회색 양모를 입었구나……"

이처럼 무시무시한 말을 입에 올리고 몸을 돌리니 바로 앞 두 발짝 떨어진 거리에 어깨가 높이 솟은 유시카가 서 있었다. 그의 검은 눈동자와 창백한 얼굴이 번개 빛을 받아 하얗게 번뜩였다. 그는 아무 소리도 내지 않고 그녀에게 곧장 달려들어 긴 손으로 몸을 재빨리 잡아채고 눌러서 순식간에 무릎을 꿇리고는 현관의 차가운 바닥에 넘어뜨렸다……

다음날에도 유시카는 그녀를 찾아왔다. 그러고도 더 많은 밤을 다녀갔다. 나타시카는 공포와 혐오감에 정신이 나가 순순히 그에게 굴복했다. 그에게 저항하거나 주인 또는 처지가 같은 하인들에게 도움을 청할 엄두도 내지 못했다. 아가씨가 밤마다 자신을 농락하는 악마에게 저항하지 못한 것처럼, 호통쟁이 할머니가 도둑질을 하다가 결국 시베리아로 유형을 간 무뢰한 하인 트카치에게 저항할 생각을 하지 못했던 것처럼…… 마침내 유시카는 나타시카에게 싫증이 났고 수호돌에도 싫증이 났다. 그래서 갑자기 나타난 것처럼 갑자기 사라졌다.

한 달 후 나타시카는 자신이 임신한 사실을 알게 되었다. 그런데 9월, 젊은 주인들이 전쟁터에서 돌아온 후 수호돌 저택에 화재가 발생했다.

불은 오랫동안 무섭게 타올랐다. 그녀의 두번째 꿈도 현실이 된 것이다. 해질녘에 비가 거세게 퍼붓는 가운데 벼락이 쳤다. 솔로시카가 말한 바에 따르면, 이때 벽난로에서 황금빛 불덩어리가 튀어나와 할아버지의 침실로 번졌고 이후 모든 방에 불이 옮겨붙었다. 목욕탕에서 밤낮으로 눈물바람을 하던 나탈리야는 연기와 불을 보자 서둘러 밖으로 뛰쳐나왔다. 나중에 그녀는 짧은 붉은색 웃옷을 입고 장식 끈이 달린 높다란 카자크 모자를 쓴 사람과 정원에서 마주쳤다고 말했다. 그 사람은 비에 젖은 관목과 우엉 사이로 부리나케 도망가고 있었다……그런 일이 정말 있었는지 아니면 착각인지 나탈리야는 확신할 수 없었다. 확실한 것은 그녀에게 충격을 준 공포심이 미래의 아이로부터 그녀를 해방했다는 사실이었다.

그 가을부터 그녀는 시들기 시작했다. 그녀의 삶은 일상의 쳇바퀴를 따라 굴러가기 시작했고 마지막날까지 거기서 벗어나지 못했다. 나탈리야는 토냐 고모를 성자의 유해가 안치된 보로네시에 데려갔다 왔다. 그후 악마는 토냐 고모에게 다가갈 엄두를 더는 내지 못했다. 그래서 그녀는 안정을 되찾고 다른 이들처럼 평범하게 살게 되었다. 사나운 눈동자와 단정치 못한 옷차림, 날씨가 좋지 않을 때 드러나는 포악한 신경질과 우울만이 그녀의 이성과 영혼이 훼손되었다는 사실을 말해주었다. 나탈리야도 아가씨와 함께 성자의 유해를 보러 갔다. 이 여행을 통해 그녀도 안정을 되찾았다. 탈출구가 전혀 없다고 여겨졌던 모든 일의 해답을 찾았다. 표트르 페트로비치와 만난다는 생각만으로도 그녀의 가슴은 얼마나 설레었던가! 아무리 마음의 준비를 한다고 해도 그 만남은 생각만 해도 그녀의 마음을 요동치게 했다. 그런데 유시카라니, 치욕이자 파멸이었다! 하지만 그 파멸이 극히 예외적이라는 사실이, 그 고통이 유난히 깊다는 사실이, 그 불행이 너무도 숙명적이라는 사실이(실제로 그 불행과 함께 화재라는 재앙이 등장한 데는 다 이유가 있었다), 그리고 성지순례가 그녀로 하여금 주변의 모든 사람, 심지어 표트르 페트로비치까지도 단순하고 편안한 마음으로 보도록 만들었다. 그래서 신께서 그런 일들을 아가씨와 함께 겪게 하신 것이다. 그들은 사람이 두렵지 않았다! 보로네시에서 수호돌의 집으로 돌아왔을 때 그녀는 임종 직전의 마지막 성찬식을 마친 것처럼, 수도원의 수녀처럼, 모든 사람에게 순종하는 소박한 하인이 되어 있었다. 다만 볕에 그을리고 옥반지를 낀 표트르 페트로비치의 작은 손에 입맞추는 순간, 그녀의 심장이 순결하게, 부드럽게, 청춘의 감정으로 떨렸다……

수호돌은 일상을 되찾았다. 농노해방에 관한 특정한 소문이 들려왔다. 그 소문이 하인들과 마을에 불안감을 불러일으켰다. 앞으로 무슨 일이 일어날 텐데 상황이 더 나빠지는 건 아닐까? 새롭게 산다는 건 말이 쉬울 뿐이다! 새롭게 살아야 하는 건 주인들도 마찬가지였다. 그런데 그들은 옛날 방식으로도 살아낼 능력이 없었다. 할아버지의 죽음, 뒤이은 전쟁, 나라 전체를 공포로 몰고 간 혜성, 연이은 화재, 그리고 농노해방에 대한 소문, 이 모든 것이 주인들의 얼굴과 영혼을 빠르게 바꿔놓았다. 그들의 청춘, 무사태평함, 쉽게 화를 내지만 뒤끝은 없었던 예전의 성격이 사라졌다. 악의가 그 자리를 차지했고 권태에 빠진 그들은 서로 트집잡지 못해 안달이었다. 아버지의 말처럼 '불화'가 시작되어 식사시간에 채찍을 올려놓기에 이른 것이다. 크림전쟁과 화재, 빚 때문에 어그러져버린 일들을 반드시 제자리로 돌려놓아야 한다는 점을 상기해야 했다. 가사를 운영하는 데 형제는 서로 방해가 될 뿐이었다. 한 사람은 어리석을 정도로 욕심이 많고 엄격하고 의심이 많았다. 다른 한 사람은 어리석을 정도로 너그럽고 선량하고 사람을 잘 믿었다. 그래도 어찌어찌 의견을 모은 그들은 사업체를 세워 이윤을 내보기로 했다. 영지를 저당잡혀 약 300마리의 야윈 말들을 사들였다. 일리야 삼소노프라는 집시의 도움을 받아 현 전체에서 말들을 사 모았다. 겨울 동안 말들의 건강을 회복시켜 봄에 이윤을 붙여 팔 계획이었다. 하지만 말들은 엄청난 양의 밀가루와 지푸라기를 먹어치운 뒤 이듬해 봄이 올 무렵 알 수 없는 이유로 차례차례 죽어버렸다……

형제 사이에 불화가 점점 커졌다. 가끔은 칼과 총을 드는 일도 있었다. 새로운 불행이 수호돌에 들이닥치지 않았다면 이 모든 일이 어떻게 끝났을지는 알 수 없다. 크림전쟁에서 돌아온 지 사 년째 되던 해의 어느 겨울날, 표트르 페트로비치는 애인이 있는 루네보로 갔다. 그 마을에서 이틀을 지내면서 내내 술을 마신 탓에 만취한 채 집으로 돌아왔다. 눈이 많이 쌓였고, 양탄자를 깐 썰매에는 말 두 마리를 맸다. 표트르 페트로비치는 푸슬푸슬한 눈에 배가 파묻힌 혈기왕성한 어린 말을 풀어 썰매 뒤쪽에 묶으라고 지시하고 자신은 잠을 자기 위해 말 쪽으로 머리를 놓고 누웠다. 안개 낀 회청색 어둠이 몰려왔다. 잠이 들면서 표트르 페트로비치는 마부 바시카 카자크 대신 자주 마부로 불러 쓰던 예브세이 보둘라에게 소리를 질렀다. 바시카가 명을 거역한 하인들에게 매질을 해서 악에 받치게 만든 자신을 죽일까봐 겁이 났던 것이다. "가자!" 이렇게 외치며 예브세이의 등을 발로 찼다. 힘센 밤색 말은 땀에 젖은 채 콧김을 내뿜고 비장에서 꾸르륵하는 소리를 내면서 그들을 싣고 눈 쌓인 힘든 길을 달렸다. 짙은 안개가 가득한 텅 빈 들판 속으로 점점 짙어지는 찌푸린 겨울밤을 향해 정면으로 나아갔다…… 수호돌의 모든 사람이 죽은듯 잠든 한밤중에 누군가가 나탈리야가 자고 있는 현관방 창문을 불안한 듯 빠르게 두드렸다. 나탈리야는 자리에서 벌떡 일어나 맨발로 현관으로 달려갔다. 현관 옆에는 말들과 썰매, 그리고 손에 채찍을 든 예브세이가 어렴풋이 보였다.

"이봐, 큰일났어, 큰일." 예브세이는 꿈꾸는 것처럼 낮은 목소리로 기이하게 웅얼거렸다. "말이 나리를 죽였어…… 뒤쪽에 매어둔 말이…… 달리다가 발굽으로…… 나리의 머리를 완전히 짓밟았어. 벌써 나리의 몸이 차갑게 식기 시작했어…… 내가 아니야, 내가 그런 게 아니야, 하느님께 맹세코 아니야!"

맨발의 나탈리야는 아무 말 없이 현관 아래로 내려가 눈을 밟으며 썰매로 가서 성호를 긋고 무릎을 꿇고는, 얼음처럼 차가운 주인의 피투성이 머리를 감싸안고 입을 맞추며 저택 전체에 다 들리도록 통곡과 웃음이 뒤섞인 기이한 절규를 토해냈다……

10

도시에서 벗어나 쉬기 위해 수호돌의 적막하고 궁핍한 오지로 갈 때면, 나탈리야는 자신의 파멸한 인생 이야기를 들려주고 또 들려주었다. 때로 그녀의 눈빛이 어두워지고 한곳에 멈추었다. 목소리는 진지하면서도 고른 속삭임이 되었다. 오래된 우리집 하인방 구석에 걸려 있던 조잡한 성상화를 나는 오래도록 기억하고 있다. 머리가 잘린 성인이 자기 이야기의 증거로 죽은 자기 머리를 손에 들고 동포들을 찾아온다……

예전에 우리가 수호돌에서 접했던 많지 않은 과거의 흔적들은 이미 사라졌다. 우리의 아버지들과 할아버지들은 초상화도, 편지도, 심지어 아주 단순한 일상용품들조차도 우리에게 남겨주지 않았다. 남은 것들은 불에 타서 사라졌다. 오랫동안 현관방에는 궤가 하나 놓여 있었다. 백 년은 더 된 듯한, 흰 반점이 있는 딱딱해진 물개 가죽 장식이 붙어 있는 할아버지의 궤였다. 그 궤에는 카렐리야 자작나무로 만든 서랍이 달려 있었는데, 서랍 안에 불에 그을린 프랑스어 단어집이라든가 촛농으로 누더기가 된 교회 서적 같은 것이 잔뜩 들어 있었다. 나중에는 이 궤도 없어졌다. 거실과 손님방에 있던 무거운 가구들도 부서져 흔적도 없이 사라졌다…… 집은 허물어져갔고 모든 것이 내려앉았다. 여기서 말한 마지막 사건들이 일어난 그때로부터 이어진 오랜 시간이 그 집에게는 천천히 죽어가는 시간이었다…… 과거는 점점 전설이 되었다.

수호돌 사람들은 궁벽하고 암울하지만 단단한 일상과 자산 비슷한 것을 가진 복잡한 삶 한가운데서 성장했다. 그런 보수적인 일상과 그것에 대한 수호돌 사람들의 애착으로 판단해본다면 그 일상이 영원하리라 생각될 수도 있다. 하지만 유순하고 허약하며 '우유부단한' 그들은 스텝 유목민의 후손들이었다! 비단털쥐의 땅속 통로나 굴 위의 둔덕들이 들판을 오가는 쟁기질에 하나둘씩 흔적도 없이 사라지는 것처럼, 수호돌의 둥지들도 우리 눈앞에서 그렇게 흔적도 없이 빠르게 사라져갔다. 둥지에 살던 사람들은 죽고, 어떻게든 살아남은 사람들은 사방으로 흩어져 남은 세월을 어떻게든 보냈다. 이제 우리가 마주할 수 있는 것은 일상도, 삶도 아니었다. 오직 그것에 관한 기억들, 야만과 다름없는 존재의 텅 빈 곳만 보게 되었던 것이다. 해가 갈수록 우리는 우리의 고향 스텝을 점점 더 찾지 않게 되었다. 시간이 갈수록 그곳이 낯설게 느껴졌고, 우리가 속했던 본연의 일상이나 신분과 연결되어 있다는 느낌도 점차 헐거워져갔다. 우리 동족들의 다수가 우리처럼 오래된 귀족이었다. 우리의 이름은 귀족들의 족보에 나와 있다. 우리 선조들 중에는 공신도 있고 시장도 많았으며, 공훈을 세운 자의 최측근이자 '고명한 인물들'도 있고 심지어 차르의 친척도 있었다. 우리가 더 서쪽에서 태어나 기사로 불렸다면 훨씬 오래 버텼을 것이며 우리도 그들에 관해 더 분명하게 기억했을 것이다. 기사의 후손들이라면 반백 년 만에 이 땅에서 그 신분이 거의 사라지고, 광기에 사로잡히고, 자살하고, 술독에 빠지고 모든 것을 놓아버려 어딘가에서 그냥 사라지는 일은 없었을 것이다! 그랬다면 나처럼 조상들만이 아니라 자기 증조부의 삶조차 어떠했는지 전혀 모른다고 고백하지는 않을 것이다. 그랬다면 나처럼 불과 반백 년 전에 있었던 일조차 점점 더 머릿속에 떠올리기가 힘들다고 고백하지는 않을 것이다!

루네보 저택이 있던 곳은 다른 많은 저택의 땅이 그랬듯이 이미 오래전에 농토로 바뀌어 씨앗이 뿌려졌다. 수호돌은 아직은 어떻게든 버텼다. 하지만 정원에 남은 마지막 자작나무들을 베어내고 경작지의 거의 전체를 조각조각 팔아치운 후, 그 땅의 주인 표트르 페트로비치의 아들조차 그 땅을 떠났다. 그는 철도 역무원이 되었다. 수호돌의 옛 여자들, 클라브디야 마르코브나, 토냐 고모, 그리고 나탈리야는 인생의 마지막 시간을 힘겹게 살았다. 봄이 여름으로 바뀌고 여름이 가을로, 가을이 겨울로 바뀌어도 그들은 계절의 변화를 느끼지 못했다. 그들은 기억들과 꿈, 다툼과 매일의 양식에 대한 걱정으로 살았다. 예전에 저택이 드넓게 자리하고 있던 장소는 여름이면 농부들의 호밀밭에 푹 파묻혔다. 호밀밭에 둘러싸인 저택이 멀리서 보였다. 남은 정원의 흔적인 관목들이 제멋대로 자라서 메추라기들이 발코니 바로 옆에서 울었다. 여름은 그래도 괜찮았다! '우리에겐 여름이 천국이지!' 노파들은 말하곤 했다. 수호돌의 비 내리는 가을과 눈 오는 겨울은 길고 힘겨웠다. 무너져가는 텅 빈 집은 춥고 배고팠다. 눈보라가 집을 뒤흔들었고 사르마티아*에서 불어오는 차가운 바람이 벽을 관통했다. 난방을 하는 일은 매우 드물었다. 저녁마다 나이든 마님의 방 창문에서 양철 램프 불빛이 희미하게 빛났다. 사람이 사는 유일한 방이었다. 안경을 쓰고 짧은 털 코트에 펠트 장화를 신은 마님은 램프 쪽으로 몸을 숙이고 긴 양말을 떴다. 나탈리야는 텅 빈 난로 옆 차가운 의자에 앉아 졸았고, 시베리아의 무당을 닮은 아가씨는 자기 오두막에서 담배를 피웠다. 고모가 클라브디야 마르코브나와 싸우지 않을 때면 클라브디야 마르코브나는 램프를 탁자가 아니라 창턱 위에 올려놓았다. 그리고 그런 밤이면 토냐 고모는 저택에서 얼음장 같은 자기 오두막 안으로 비쳐드는 기이하고 흐릿한 빛 속에 앉아 있었다. 그녀의 오두막에는 오래된 가구 파편들이 가득하고 깨진 접시가 산처럼 쌓여 있었으며, 한쪽에는 부서진 피아노가 있었다. 오두막 안은 토냐 고모가 온 힘을 다해 보살

---

* 고대 사르마티아인이 거주하던 러시아 남부 지역.

피는 닭들이 접시 조각 더미와 가구 조각들 위에서 잠을 자다가 다리에 동상이 생길 정도로 추웠다……

지금 수호돌의 저택은 텅 비었다. 이 연대기에서 언급된 모든 사람, 모든 이웃, 그들과 동년배였던 사람들은 모두 죽었다. 때로는 그들이 이 세상에 살기는 했나 하는 생각이 들기도 한다.

묘지에서나 그들이 정말로 존재했다는 걸 느낄 수 있다. 심지어 그들과 우리가 끔찍이도 가깝다고 느껴진다. 하지만 그렇게 느끼기 위해서는 노력을 해야 한다. 가까운 사람들의 무덤가에 앉아 생각을 해야 한다. 물론 무덤을 찾을 수 있다면 말이다. 부끄러운 일이지만 감추지 않겠다. 우리는 할아버지와 할머니, 표트르 페트로비치의 무덤이 어디인지 모른다. 우리가 아는 건 체르키조보 마을에 있는 오래된 교회의 제단 근처 어딘가라는 것뿐이다. 겨울에 그곳을 찾는 일은 불가능하다. 눈이 허리까지 쌓여서 드문드문 있는 십자가들과 앙상한 관목, 나뭇가지 윗부분만 보인다. 여름에 그곳을 찾아가게 되면 무덥고 고요하며 텅 빈 시골길을 지나 교회 울타리 옆에 말을 매어둬야 할 것이다. 울타리를 이루는 짙은 초록색 전나무들이 폭염 속에서 일광욕을 할 것이다. 열린 울타리 문 뒤, 적갈색의 둥근 지붕이 있는 새하얀 교회 뒤쪽은 가지가 많은 야트막한 느릅나무, 물푸레나무들이 그득해서 온통 그늘이 져 서늘할 것이다. 관목들 사이의 나지막한 봉분과 가녀린 풀이 난 구덩이를 따라, 땅 밑으로 움푹 꺼져 있고 퍼석거리는 검은 이끼가 긴 구멍난 묘비를 따라 오래도록 산책을 할 것이다…… 거기 철로 된 두세 개의 묘비가 있을 것이다. 누구의 묘비일까? 묘비들은 푸르스름한 황금빛을 띠는 것이, 위에 새겨진 묘비명이 읽히지 않는다. 할머

150

니와 할아버지의 유해는 어느 봉분 아래 있는 걸까? 주님만이 아실 것이다! 우리가 아는 건 오직 하나뿐이다. 이곳과 가까운 어딘가라는 것. 거기에 앉아서 잊혀버린 흐루쇼프가 사람들 모두를 떠올려본다. 그들의 시절이 때로는 끝없이 멀게, 때로는 가깝게 느껴진다. 그럴 때면 자신에게 이렇게 말한다.

"어렵지 않아, 상상하는 것은 어렵지 않지. 그들이 여기 있었을 때 금을 입힌 똑같은 십자가가 푸른 하늘을 향해 솟아 있었다는 걸 기억하면 돼. 그리고 지금, 폭염 속 들판에서 호밀이 누렇게 익어가고 그늘이 져서 서늘한 이 풀숲 사이로 푸르스름한 갈기가 듬성듬성 남아 있고 분홍색 발굽이 깨어진 늙은 백마가 풀을 뜯으며 어슬렁거리는 것을 기억하면 돼."

1911년 바실리옙스코예

가벼운 숨결

어느 묘지, 생긴 지 얼마 되지 않은 진흙 무덤가에 단단하고 묵직하면서도 매끈한 참나무로 만든 새 십자가가 서 있다.

4월의 잿빛 날들. 빈한한 나무들 사이 멀리로 넓은 시골 묘지 안의 비석들이 보인다. 십자가 아래 횡목*에 걸린 도자기 화관이 차가운 바람을 맞아 소리를 낸다.

십자가에는 꽤 큼직한 도자기 메달이 볼록하게 박혀 있다. 그리고 그 메달에는 놀라울 만큼 생기 넘치고 기쁨으로 반짝이는 눈동자를 가

---

* 러시아정교회에서 사용하는, 일반 십자가의 횡목 아래에 덧붙인 횡목. 러시아정교회에서는 일반 십자가에 그리스도의 명패('나사렛 예수, 유대의 왕')를 상징하는 위 횡목과 '정의의 잣대'를 상징하는 아래 횡목을 더해 가지 끝이 모두 여덟 개인 십자가를 사용한다.

진 여학생의 초상이 새겨져 있다.

그녀의 이름은 올랴 메세르스카야.

갈색 원피스 교복을 입은 학생들 사이에서 그녀는 그리 돋보이는 소녀는 아니었다. 그녀에 대해 뭐라고 말할 수 있을까? 그녀는 부유하고 행복하며 예쁘장하게 생긴 소녀 중 하나였으며 학생들의 품행을 감독하는 담임 여교사가 재능은 있지만 경박하다는 이유로 나무라도 별로 아랑곳하지 않았다는 정도. 하지만 그녀는 매일, 아니, 매시간 성장하고 꽃을 피웠다. 열네 살에 날씬한 허리와 쭉 뻗은 다리, 완전히 발달한 가슴까지 전체적으로 몸의 윤곽이 도드라졌고, 열다섯 살이 되자 이미 미인으로 통했다. 그녀의 친구들 몇몇은 머리 모양을 세심하게 매만지고 옷을 말쑥하게 차려입고 조신하게 행동했다! 하지만 그녀는 아무것도 두려워하지 않았다. 손가락에 잉크가 묻어도, 얼굴이 새빨개져도, 머리카락이 헝클어져도, 뛰다 넘어져 무릎이 벗겨져도. 죽기 전 마지막 이 년 동안, 그녀는 애쓰지 않았는데도 갑자기 여학교 전체에서 가장 특별한 존재가 되었다. 그녀는 우아했고, 맵시가 뛰어났고, 기민했으며, 눈동자가 선명하게 반짝였다…… 그 누구도 무도회에서 올랴 메세르스카야만큼 멋지게 춤을 추지 못했고, 그 누구도 승마장에서 그녀처럼 빠르게 말을 타지 못했고, 그 누구도 무도회에서 그녀처럼 많은 남성의 구애를 받지 못했으며, 그 누구도 그녀처럼 하급생들에게 큰 추앙을 받지 못했다. 그녀는 숙녀가 되었고, 학교에서의 명성도 커져갔다. 어느새 그녀가 행실이 가볍고 숭배자 없이는 하루도 살지 못한다는 소문이 돌기 시작했다. 심지어 셴신이라는 남학생이 그녀를 미친듯이 사랑했고 그녀도 자신을 사랑하는 줄 알았는데 그녀가 변심했다는 이유로 자살을 기도했다는 소문까지 돌았다……

　학교 사람들 말에 따르면, 올랴 메세르스카야는 죽기 전 마지막 겨울에 정신이 나간 듯 유쾌했다고 한다. 눈이 많이 내리고 햇살이 가득한, 쨍하게 추운 겨울이었다. 해가 춥고 청명하고 햇살 가득한 내일을 예고하며 눈 쌓인 학교 정원의 키 큰 가문비나무 너머로 일찍 저물었다. 사람들은 햇살과 서리 속에서 소보르나야 거리를 산책하고 시내 공원에서 스케이트를 탔다. 분홍빛으로 물든 황혼과 음악, 빙판 위에서 사방으로 미끄러지는 군중, 그 속에서 올랴 메세르스카야는 가장 태평하고 가장 행복해 보였다. 그러던 어느 날, 쉬는 시간에 환호성을 지르며 뒤를 쫓는 1학년 여학생들을 피해 질풍같이 강당으로 도망치던 중 갑자기 교장 선생의 호출을 받았다. 그녀는 곧바로 멈춰 서서 깊은 숨을 몰아쉬었고, 익숙한 여성스러운 몸짓으로 머리를 재빠르게 매만지고 교복 치맛자락을 바로잡더니 눈을 반짝이며 위층으로 뛰어올라갔다. 나이보다 젊어 보이지만 머리칼이 희끗희끗한 교장 선생이 책상 너머 황제의 초상화 아래에 앉아 조용히 뜨개질을 하고 있었다.

　"어서 와요, 마드무아젤 메세르스카야." 그녀는 뜨개질감에서 눈을 떼지 않은 채 프랑스어로 말했다. "유감스럽게도 행실 때문에 호출받은 일이 오늘이 처음은 아니지요."

　"네, 교장 선생님." 메세르스카야는 책상 쪽으로 다가가 교장 선생을 또렷하고 생기 가득한 눈빛으로, 하지만 무표정하게 바라보며 대답하고는 그녀 특유의 가볍고 우아한 자세로 의자에 사뿐히 앉았다.

　"학생은 내 말을 귀담아듣지 않겠지요. 유감스럽지만 분명 그럴 거라는 확신이 드네요." 교장 선생은 이렇게 말하고는 뜨개실을 잡아당긴 후 반들반들하게 왁스칠한 바닥에 실꾸러미를 굴렸다. 메세르스카야는 그 모습을 호기심 가득한 눈으로 바라보았다. 교장이 뜨개질감에서 고개를 들고 말했다. "이제 다시 말하지 않겠어요. 길게 이야기하지 않겠습니다……"

메세르스카야는 이 추운 날 놀랄 만큼 청결하고 널찍한 교장실이, 멋진 네덜란드식 벽난로의 온기와 책상 위에 놓인 신선한 은방울꽃 향기로 가득한 그곳이 마음에 쏙 들었다. 그녀는 그림 속 화려한 방안에 서 있는 젊은 황제의 모습과 교장의 곱슬거리는 우윳빛 머리의 가지런한 가르마를 차분하게 바라보며 잠자코 침묵을 지켰다.

"학생은 더이상 소녀가 아닙니다." 은근히 화가 나기 시작한 교장이 의미심장하게 말했다.

"네, 선생님." 메세르스카야는 담백한 표정으로 밝게 대답했다.

"그렇다고는 하지만 아직 어른도 아니지요." 교장이 더 의미심장하게 말했다. 그녀의 윤기 없는 얼굴이 살짝 붉어졌다. "무엇보다 머리 모양이 그게 뭐죠? 학생이 어른입니까?"

"머릿결이 좋은 것이 제 잘못은 아닌데요, 교장 선생님." 메세르스카야는 이렇게 대답한 후 예쁘게 손질한 머리를 양손으로 살짝 건드렸다.

"세상에, 학생 잘못이 아니다, 이 말이지요!" 교장이 말했다. "머리 모양도 잘못이 아니고, 값비싼 머리장식도 잘못이 아니고, 20루블짜리 구두를 사느라 부모님이 파산한다 해도 잘못이 아니다! 하지만, 다시 말하지만, 학생은 자신이 아직 학생이라는 사실을 완전히 망각하고 있어요……"

이 대목에서 메세르스카야는 미동도 하지 않고 솔직하게 예의를 갖추어 교장의 말을 가로챘다.

"죄송하지만, 교장 선생님. 선생님께선 잘못 알고 계세요. 저는 성인이거든요. 잘못한 사람이 있다면 그게 누군지 아세요? 바로 제 아버지의 친구이자 이웃이며 교장 선생님의 오빠인 알렉세이 미하일로비치 말류틴이에요. 그 일은 지난여름 시골에서 일어났어요……"

하지만 이 대화가 있은 지 한 달 후, 못생기고 상스러운 외모에 올랴 메세르스카야가 속한 사회계층과는 공통점이 조금도 없는 한 카자크 장교가 기차역 플랫폼에서 방금 기차와 함께 도착한 수많은 군중이 보는 가운데 그녀에게 총을 쏘았다. 그로써 교장 선생을 당혹스럽게 만들었던 올랴 메세르스카야의 놀라운 고백은 완벽하게 입증되었다. 장교가 법정의 예심판사에게 진술한 바에 따르면, 메세르스카야가 자신을 유혹해서 서로 친밀한 관계가 되었고, 그녀가 그의 아내가 되겠다고 맹세했지만, 살인이 벌어진 날 노보체르카스크로 떠나는 그를 배웅하러 기차역으로 나온 그녀가 돌연 자신은 한 번도 그를 사랑한다고 생각한 적이 없으며 결혼에 대한 모든 말은 그저 그를 조롱하기 위한 것이었다고 말하더니 자기 일기장을 펼치며 말류틴에 대해 쓴 부분을 읽어보라고 내밀었다고 한다.

"그래서 그 구절들을 쭉 읽어본 다음, 내가 일기를 다 읽기를 기다리며 플랫폼을 서성이던 그녀를 향해 총을 쏘았습니다." 장교가 말했다. "그 일기장이 바로 이겁니다. 지난해 7월 10일 날짜로 쓰여 있는 내용을 봐주십시오."

일기에는 다음과 같은 내용이 있었다.

지금은 새벽 한시가 넘었다. 나는 깊이 잠들었지만, 순간 잠에서 깨어났다…… 이제 나는 여자가 되었다! 아빠와 엄마, 톨랴, 모두가 시내에 나가 나 혼자 집에 남아 있었다. 혼자라는 사실이 너무나 행복했다! 아침에 정원을 거닐고 들판과 숲에도 갔다. 마치 이 세상에 나 혼자 있는 느낌이었다. 살면서 이렇게 좋은 순간이 없었다는 생각이 들었다. 혼자 점심을 먹고 그후 한 시간 동안 피아노를 연주했는데, 그 음악은 내가 영원히 살 것이고 그 누구보다 행복할 거라는 느낌을 주었다. 그러다가 아빠의 서재에서 잠이 들었다. 네시에 카탸가 나를 깨우며 알렉세이 미하일로비치가 왔다고 말했다. 나는 그가 와서 참 좋았다. 손님을 맞이하고 상대하는 것은 기분좋은 일이었다. 그는 무척 아름다운 뱌트카산 말 한 쌍을 타고 왔다. 계속 비가 와서 그는 말들을 현관 옆에 매어두고 우리집에 머물러야 했다. 그는 저녁이 되면 날이 개리라 기대했다. 아빠를 만나지 못해서 애석해했지만 생기가 넘쳤으며, 마치 구혼자처럼 굴면서 오래전부터 나를 좋아했다고 농을 걸었다. 차를 마시기 전에 우리는 정원을 산책했는데 날이 개어서 정말 아름다웠다. 완연히 추워지기는 했지만, 온통 습기 가득한 정원 사이로 햇살이 반짝거렸다. 그는 내 팔짱을 끼더니, 자신이 마르가레테와 함께 있는 파우스트 같다고 말했다. 그는 쉰여섯 살이지만 아직 잘생겼으며 항상 멋지게 옷을 입었다. 유일하게 마음에 들지 않은 것은 그가 구식 망토를 걸치고 왔다는 점이었다. 그에게서는 영국산 오드콜로뉴 향이 났으며 검은 눈동자가 젊은이의 그것 같았고 수염은 세련되게 양쪽으로 길게 나뉘어 있고 완벽하게 은빛이었다. 우리는 유리 베란다에 앉아 차를 마셨는데, 나는 몸 상태가 좋지 않은 것 같아 등받이 없는 소파에 살짝 누웠다. 그러자 담배를 피우던 그가 내 옆으로 자리를 옮겨 앉아 다시 뭔가 상냥한 말을 하더니, 내 손을 잡고 오랫동안 들여다보다가 입을 맞추기 시작했다. 나는 실크 스카프로 얼굴을 가렸고 그는 스카프를 사이에 두고 내 입술에 몇 차례 키스를 했다…… 어떻게 그런 일이 벌어질 수 있었는지 모르겠다. 정신이 나간 것이다. 내가 그런 사람이라고는 한 번도 생각해본 적이 없었다! 이제 나에게 탈출구는 하나뿐이다…… 그를 향한 혐오감이 너무나 커서 참을 수가 없다!……

4월의 도시는 깨끗하고 건조해졌다. 도시의 돌길이 다시 하얘졌고, 그 위를 걷는 건 수월하고 기분좋은 일이었다. 매주 일요일 미사가 끝나면 상복을 입은 작은 여자가 검은 염소 가죽 장갑을 끼고 검은 나무 우산을 든 채 도시 외곽으로 이어지는 소보르나야 거리를 걸어간다. 그녀는 연기 자욱한 대장간들이 즐비하고 들판의 신선한 공기가 불어오는 더러운 광장을 가로질러 걸어가고 있다. 조금 더 가면 수도원과 성벽 사이로 구름 낀 지평선이 희끗희끗 보이고 잿빛의 봄 들판도 보인다. 그리고 수도원 벽 아래 물웅덩이 사이를 건너 왼쪽으로 돌면 아래쪽이 새하얀 울타리에 둘러싸인, 키 작은 관목이 자라는 넓은 정원과 그 울타리 문에 그려진 성모승천상이 보인다. 작은 여자는 조그맣게 성호를 그은 뒤 넓은 가로숫길을 따라 익숙하게 걸어 참나무 십자가 건너편 벤치에 다다른다. 그리고 가벼운 신발을 신은 발과 꼭 맞는 장갑을 낀 손이 완전히 얼어붙을 때까지 봄의 냉기 속에 한 시간, 두 시간 동안 바람을 맞으며 앉아 있는다. 추위 속에서도 달콤하게 지저 귀는 봄날의 새소리를 들으며, 도자기 화관에 부딪히는 바람 소리를 들으며 이따금 눈앞에 있는 이 죽음의 화관이 없어진다면 자신의 반평생도 내줄 수 있다고 생각한다. 이 화관, 이 언덕, 이 참나무 십자가! 누구의 눈동자인들 그 아래 십자가의 볼록한 도자기 메달 속에 새겨진 그것처럼 죽지 않을 듯 영원히 반짝이겠는가? 그리고 바로 지금 누가 그 순수한 눈빛이 올랴 메세르스카야의 이름에 얽힌 그 끔찍한 일과 관련이 있다고 생각할 수 있겠는가? 하지만 열정적인 꿈에 사로잡힌 사람들이 모두 그렇듯 이 작은 여자도 마음속 깊은 곳에서는 행복했다.

이 여자는 다름 아닌 올랴 메세르스카야의 담임 선생이다. 오래전부터 현실이 아닌 상상 속에서 살아가는 나이든 처녀. 그녀의 첫번째 공상의 대상은 조금도 특출할 것 없었던 가난한 소위보, 바로 자신의 오빠였다. 그녀는 온 마음을 다해 자신과 그의 미래가 하나라고 생각했다. 이유는 알 수 없지만, 그 미래가 멋질 것만 같았다. 하지만 묵덴 전투*에서 그가 전사하자 그녀는 자신이 이데아를 좇는 사람이라고 확신했다. 그리고 올랴 메세르스카야의 죽음은 그녀로 하여금 다시 새로운 이상에 불타도록 만들었다. 이제는 올랴 메세르스카야가 그녀의 집요한 주목과 감정의 대상이 되었다. 그녀는 휴일마다 묘지를 찾아와 참나무 십자가를 몇 시간이고 바라보며, 꽃들 가운데 관 속에 잠든 올랴 메세르스카야의 작고 창백한 얼굴을 생각하며, 언젠가 우연히 엿들은

---

* 러일전쟁 당시였던 1905년 2월 만주의 봉천 근교에서 벌어진 치열했던 지상전. 우리나라의 역사에는 봉천 전투 혹은 선양 전투로 기록되어 있다.

이야기를 머릿속에 떠올렸다. 어느 날 올랴 메세르스카야는 쉬는 시간에 학교 정원을 걸으며 사랑하는 친구인 키가 크고 뚱뚱한 수보티나에게 빠르게, 아주 빠르게 말했다.

"내가 우리 아빠 책에서 읽은 건데, 여자는 이런 아름다움을 갖춰야 한대. 우리 아빠는 재미있는 옛날 책을 많이 갖고 있거든. 음, 그 책에는 온갖 말이 쓰여 있었는데, 다 기억나진 않지만, 당연히 눈동자는 끓어넘치는 타르처럼 새카만 색이어야 해. 에이, 진짜로 그렇게 쓰여 있었다니까. 끓어넘치는 타르! 깊은 밤처럼 검은 눈썹, 부드럽고 발그레한 뺨, 가냘픈 몸매, 보통보다 긴 팔. 꼭 보통보다 길어야 해! 그리고 작은 발, 적당히 큰 가슴, 균형이 잘 맞는 동그란 종아리, 진줏빛 무릎, 비스듬한 어깨. 내가 그 많은 걸 거의 다 외웠어. 전부 너무나 옳은 말 아니니? 그런데 뭐가 제일 중요한지 알아? 바로 가벼운 숨결이야! 그런데 그게 나한테 있어. 내 숨소리 좀 들어봐. 정말이지, 그렇지?"

이제 그 가벼운 숨결은 세상에서 사라져 구름 가득한 이 하늘에, 이 차가운 봄바람 속에 흩어져버렸다.

1916년

일사병

그들은 식사를 마친 뒤 덥고 눈부신 불빛이 가득한 식당에서 나와 갑판 위 난간 옆에서 걸음을 멈추었다. 그녀가 눈을 감고 자기 뺨에 손등을 대더니 순박하고 매혹적인 웃음을 터뜨렸다. 이 작은 여인은 모든 면에서 매혹적이었다. 그녀가 말했다.

　　"내가 술에 취했나봐요…… 그런데 어디서 나타나신 거죠? 세 시간 전만 해도 당신의 존재도 몰랐는데 말이죠. 당신이 어디서 탔는지도 몰라요. 사마라인가요? 뭐, 아무려면 무슨 상관이겠어요…… 그런데 내 머리가 어지러운 건가요? 아니면 배가 기수를 돌리고 있나요?"

　　그 앞에는 어둠과 불빛이 있었다. 어둠 속에서 강하면서도 부드러운 바람이 얼굴을 때렸다. 그런데 불빛들은 어딘가 한쪽으로 흘러갔다. 갑자기 기선이 볼가강의 드넓은 폭을 과시하듯 큰 아치를 그리며 작은 선착장을 향해 선회하고 있었다.

중위가 그녀의 손을 잡아 자기 입술에 댔다. 그녀의 작고 강단 있는 손에서는 햇볕에 그을린 냄새가 났다. 그녀는 한 달 내내 남부의 태양 아래 뜨거운 바닷가 모래사장에서 해수욕한 뒤라(그녀는 흑해의 아나파에서 왔다고 말했다) 이 가벼운 아마亞麻 드레스 아래의 몸은 아마도 온통 탄탄하고 건강하게 그을렸으리라는, 생각만 해도 행복하면서 심장이 멎을 만큼 두려운 마음이 들었다. 중위는 웅얼거리며 말했다.

"내립시다……"

"어디로요?" 그녀가 놀라서 물었다.

"여기 부두로."

"왜요?"

그는 입을 다물었다. 그녀가 다시 뜨거워진 뺨에 손등을 댔다.

"미친 짓이에요……"

"내립시다." 그가 둔탁한 목소리로 재차 말했다. "제발……"

"그래요. 원하신다면 그렇게 해요." 그녀는 그에게 등을 보이며 대답했다.

속력을 내어 항해하던 기선이 어둑하게 불을 밝힌 선착장에 가벼운 소리를 내며 부딪히는 바람에, 그들은 서로를 향해 넘어질 뻔했다. 밧줄 끝이 그들의 머리 위로 날아가고 다시 뒤로 날아갔다. 이윽고 수면이 요란하게 들끓고 잔교棧橋가 굉음을 내며 연결되었다…… 중위는 짐을 가지러 달려갔다.

얼마 후 그들은 잠이 덜 깬 정박지를 지나 마차 바큇자국이 푹 파인 모래사장으로 나간 뒤 아무 말 없이 먼지 가득하고 조잡한 마차에 올랐다. 드문드문 기우뚱하게 서 있는 가로등들 사이로 먼지 풀썩이는 길을 따라 산 쪽으로 난 오르막길은 끝나지 않을 것만 같았다. 하지만 곧 마차는 언덕을 넘어 삐걱거리는 소리를 내며 다리를 건너 달렸다. 이내 광장과 여러 개의 관청, 망루가 눈앞에 펼쳐지고 여름밤 지방 도시의 온기와 냄새가 풍겨왔다…… 마차꾼은 불이 환히 밝혀진 어느 건물 현관 옆에 마차를 세웠다. 열린 현관문 너머로 오래된 나무 계단이 가파르게 나 있었다. 분홍색 깃이 달린 셔츠와 프록코트를 입은, 수염을 깎지 않은 나이든 하인이 마뜩잖은 표정으로 짐을 받아들고 불편한 다리로 앞장서 걸었다. 그들은 넓지만 낮 동안 햇볕에 뜨겁게 달궈져 지독히도 후덥지근한 방안으로 들어갔다. 창문에 하얀 커튼이 쳐져 있고, 경대 앞에는 불을 붙이지 않은 양초 두 개가 놓여 있었다. 그들이 방에 들어서고 하인이 방문을 닫고 나가자마자 중위는 그녀에게 달려들었고, 두 사람은 이 순간을 오랫동안 기억할 만큼 숨막히도록 강렬하게 입을 맞췄다. 두 사람 모두 평생 이와 같은 일을 겪어본 적이 없었다.

화창하고 뜨겁고 행복한 아침 열시, 교회 종소리와 호텔 앞 광장의 시장, 건초와 타르 냄새, 그리고 러시아 지방 도시의 그 모든 복잡한 향취 속에서 그녀는, 그 이름 없는 작은 여자는 결국 자신의 이름도 말해주지 않고, 아름다운 미지의 여인이라고만 농담처럼 말하고 그곳을 떠났다. 조금밖에 자지 못했지만 침대 옆 병풍 뒤에서 나와 오 분간 세수하고 옷을 입은 그녀는 열일곱 살 소녀처럼 상큼했다. 그녀가 당황했던가? 아니, 거의 그렇지 않았다. 전처럼 단순하고 쾌활했으나 이제는 신중해져 있었다.

"아니, 안 돼요." 여행을 좀더 함께 하자는 그의 요청에 그녀는 이렇게 대답했다. "아니요, 당신은 다음 기선이 올 때까지 여기 남아 계세요. 우리가 함께 떠난다면 모든 게 망가질 거예요. 나는 무척 불편해질 거예요. 맹세하는데 나는 당신이 생각하는 그런 사람이 전혀 아니에요. 나에게는 이와 비슷한 일이 한 번도 없었고 앞으로도 절대 없을 거예요. 내 정신이 흐릿해졌던 것 같아요…… 아니면 우리 둘 다 일사병에 걸렸던 게 분명해요……"

중위는 선선히 그녀의 말에 동의했다. 그런 다음 가벼우면서도 행복한 기분으로 그녀를 선착장까지 바래다주었다. '비행기'라는 이름의 분홍색 기선이 막 떠나려는 참이었다. 그는 사람들이 있는 갑판에서 그녀와 입을 맞췄고, 잔교를 배에서 분리하는 순간 간신히 배에서 내렸다.

그는 가볍고 태평한 마음으로 호텔에 돌아왔다. 그런데 뭔가가 변했다. 그녀가 없는 방은 그녀가 있을 때와는 완전히 달랐다. 방은 아직 그녀로 가득한데 텅 비어 있었다. 이상했다! 그녀의 향기로운 영국산 오드콜로뉴 냄새가 났고 쟁반에는 그녀가 마시다 만 찻잔이 아직 있었지만 그녀는 없었다…… 부드러운 아픔에 갑자기 심장이 조여와 중위는 서둘러 담뱃불을 붙이고 방안을 몇 차례 서성거렸다.

"기이한 모험이었어!" 눈물이 핑 도는 것이 느껴지자 그는 미소를 지으며 소리 내어 말했다. '맹세하는데 나는 당신이 생각하는 그런 사람이 전혀 아니에요……' 이렇게 말한 뒤 그녀는 떠났다……

병풍이 한쪽으로 치워져 있고 침대는 아직 정리 전이었다. 그러나 지금 그는 침대를 볼 여력이 없었다. 그는 병풍으로 침대를 가리고 시장통의 소음과 삐걱거리는 마차 바퀴 소리가 들리지 않도록 창문을 닫고 하얀색 물방울무늬 커튼을 친 뒤 소파에 앉았다…… 그렇다, '여행 중의 모험'은 끝났다! 그녀도 떠났다. 아마 그녀는 벌써 유리창이 있는 하얀 살롱에 앉아 있거나 배의 갑판 위에 앉아 태양 아래 반짝이는 거대한 강물과 그 위에 떠 있는 뗏목, 노란 사구砂丘와 멀리서 반짝이는 수평선, 다시 말해 드넓은 볼가강 전체를 보고 있을 것이다…… 안녕, 영원히 안녕…… 이제 그들이 어디서 다시 만날 수 있을까? '그럴 수 없어.' 그는 생각했다. '그녀의 남편과 세 살 난 딸이 있는 그곳, 그녀의 가족들이 있고 그녀의 일상이 있는 그 도시에 무작정 갈 수는 없어.' 그곳은 그에게 특별히 금지된 도시처럼 느껴졌다. 그녀는 그 도시에서 그와 그들의 짧고 우연한 만남을 기억하며 외롭게 살아갈 것이고, 그는 이제 다시는 그녀를 만날 수 없다는 생각에 당혹감을 느꼈다. 아니, 그럴 수는 없다! 그건 너무 야만적이고 부자연스럽고 비현실적이다! 그녀가 없는 앞으로의 인생이 너무나 고통스럽고 헛되게 느껴지자 그는 공포와 절망에 사로잡혔다.

'제기랄!' 그는 소파에서 일어나 다시 방안을 서성이고 병풍 뒤의 침대를 보지 않으려고 애쓰며 생각했다. '대관절 무슨 일이 일어난 거지? 그녀에게 특별한 어떤 것이 있었나? 특별한 무슨 일이 있었지? 정말로 일사병 같군! 중요한 건 이제 그녀 없이 이 구석진 곳에서 어떻게 하루를 보내는가 하는 거야!'

그는 아직 그녀의 모든 것을, 아주 세세한 특징들까지도 모두 기억하고 있었다. 햇볕에 그을린 피부와 아마포 드레스의 향내, 탄탄한 육체, 생기 있고 단순하며 쾌활했던 그녀의 목소리까지 모두 기억했다……

그녀의 여성적 매력을 만끽했던 얼마 전의 감정이 아직도 놀랄 만큼 그의 안에 생생했으나, 지금 중요한 것은 완전히 새로운 두번째 감정이었다. 그것은 그들이 함께 있는 동안에는 전혀 느끼지 못했던 기이하고 이해할 수 없는 감정이었다. 어제 즐거운 만남으로만 생각하고 계획하는 동안에는 조금도 예상하지 못했던 감정이었으며, 이제는 결코 그녀에게 전할 수 없는 감정이었다! '중요한 건 이제는 절대로 말할 수 없다는 거야!' 그는 생각했다. '이 기억을 가지고, 해결할 수 없는 이 고통과 함께, 끝없는 오늘 하루를 무얼 하며 어떻게 견디지! 그녀가 분홍색 기선을 타고 떠나고 없는, 반짝이는 볼가강변의 신에게 잊힌 이 작은 도시에서!'

벗어나야 했다. 무언가 소일을 하며 생각을 다른 곳으로 돌리려면 어딘가로 가야만 했다. 그는 단호한 몸짓으로 모자를 쓰고 승마용 채찍을 손에 든 뒤 박차 소리를 내며 텅 빈 복도를 빠른 걸음으로 지나 가파른 계단 밑 현관으로 뛰어내려갔다…… 좋다. 그런데 어디로 가지? 편안한 짧은 외투를 입은 젊은 마부가 현관 옆에 차분히 앉아 담배를 피우고 있었다. 중위는 당황해서 넋을 잃고 그를 바라보았다. 어떻게 저토록 차분하게 마차에 앉아 담배를 피울 수 있을까? 도대체 어떻게 그토록 단순하고 태평하고 무심할 수가 있을까? '아마도 이 도시에서 오로지 나만 끔찍하게 불행한 것 같군.' 그는 시장 쪽으로 걸으며 이렇게 생각했다.

이미 장이 파할 시간이었다. 무슨 이유에서인지 그는 말똥을 피해가며 짐마차들 사이를, 오이를 실은 달구지들과 새로 만든 대접과 단지 더미 사이를 지나갔다. 바닥에 앉은 아낙네들이 앞다투어 호객을 하

며 항아리를 손에 들고 손가락으로 두드려 소리를 들려주고 물건의 품
질이 좋다고 자랑했다. 남자들은 귀가 먹먹할 정도로 소리를 질러댔
다. "나리, 최상품 오이입니다!" 모든 것이 너무나 어리석고 무의미하
게 느껴진 그는 시장을 빠져나와 교회로 갔다. 거기서 사람들은 임무
를 완수했다는 생각에 크고 즐겁고 단호한 목소리로 노래를 부르고 있
었다. 그는 교회에서 나와 다시 걷고 또 걸었다. 맹렬한 더위 속에 은
회색으로 반짝이는 끝도 없이 드넓은 강이 내려다보이는 절벽 위 버려
져 있는 작은 공원을 몇 번이고 맴돌았다…… 제복 견장과 단추가 뜨
겁게 달궈져 손을 대지도 못할 지경이었다. 제모의 테두리 안쪽이 땀
으로 흥건해졌고, 얼굴은 붉게 타올랐다…… 그는 호텔로 돌아와 아
래층에 있는 텅 비고 시원한 널찍한 식당 안에 기분좋게 들어가 기분
좋게 제모를 벗고 열린 창문 앞 식탁에 앉았다. 창밖의 열기가 전해졌
지만 그래도 바람이 들어왔다. 그는 얼음이 들어간 냉수프를 주문했
다…… 모든 것이 좋았다. 모든 것에 비할 수 없는 행복과 큰 기쁨이
함께했다. 이 폭염에도, 시장통에서 나는 그 모든 냄새에도, 처음 온
이 작은 도시 전체에도, 이 낡은 시골 호텔에도 그녀, 즉 행복이 존재
했다. 그런 생각이 들자 동시에 심장이 갈가리 찢겨나갔다. 그는 보드
카 몇 잔을 마셨다. 짜지 않게 절인 오이를 허브와 함께 씹으며 그는
어떤 기적이 일어나 그녀를 돌려보내 함께할 시간을 준다면, 오로지 자
신이 얼마나 고통스럽게 그리고 환희에 차서 그녀를 사랑하고 있는지
어떻게든 그녀에게 보여주고 증명하고 확신시킬 수 있는 단 하루가 주
어진다면 두말하지 않고 내일 죽어도 좋다는 생각을 했다…… 왜 증
명해야 하지? 왜 확신시켜야 하지? 이유는 알 수 없었지만 그에게는

그것이 목숨보다 중요했다.

"정신이 완전히 나갔어!" 다섯 잔째 보드카를 따르며 그는 중얼거렸다.

수프를 멀찍이 밀어놓고 커피를 주문한 후 담배를 피우며 곰곰이 생각하기 시작했다. 이제 어떻게 해야 하지? 어떻게 해야 이 예상치 못한 돌발적인 사랑에서 벗어날 수 있지? 그러나 벗어나는 것은 불가능했다. 그는 그걸 너무나 생생히 느끼고 있었다. 그러자 갑자기 자리에서 벌떡 일어나 제모와 승마용 채찍을 들고 우체국의 위치를 물은 후, 보낼 전보 문구를 벌써 머릿속에 모두 완성해놓고 서둘러 우체국으로 갔다. '지금부터 저의 생명은 관 속에 들어갈 때까지 영원히 당신의 손안에 있습니다.' 하지만 우체국과 전보국이 자리하고 있는 튼튼한 옛 건물에 도착하자 그는 놀라서 그 자리에 멈춰 섰다. 그녀가 사는 도시의 이름과 그녀에게 남편과 세 살 난 딸이 있다는 사실은 알았지만, 그는 그녀의 이름도 성도 알지 못했다! 그가 어제 식사를 하면서 물었고 호텔에서도 몇 번이나 질문했지만, 매번 그녀는 웃으며 이렇게 대꾸했다.

"내가 누군지, 내 이름이 뭔지 당신이 알아야 할 이유가 있나요?"

우체국 옆 길모퉁이에 사진관의 진열장이 있었다. 눈이 부리부리하고 이마가 좁으며 놀랄 만큼 멋진 구레나룻을 지닌, 훈장을 빽빽하게 단 넓은 가슴과 술 달린 견장이 빛나는 어떤 군인의 커다란 사진을 그는 오랫동안 바라보았다······ 가슴이 내려앉는 지금, 일상적이고 평범한 모든 것이 얼마나 야만적이고 무시무시하게 느껴지는지! 그렇다, 그는 가슴이 내려앉는다는 말을 이해하게 되었다. 이 두려운 '일사병'으로 인해, 너무나 큰 사랑으로 인해, 너무나 큰 행복으로 인해 가슴이 내려앉았다! 그는 사진 속 신혼부부도 바라보았다. 긴 프록코트를 입고 흰 넥타이를 맨 짧게 자른 머리의 젊은 남자가 화려한 레이스로 얼굴을 가린 여자의 어깨에 손을 두르고 꼿꼿이 서 있었다. 그러다 대학생 모자를 비스듬하게 쓴 생기발랄하고 예쁘장한 귀족 아가씨의 초상에 눈이 갔다…… 이윽고 그는 자신이 알지 못하는 이 모든 사람, 아픔을 모르는 사람들에 대한 질투심으로 괴로워하며 거리 너머 먼 곳을 긴장해서 바라보기 시작했다.

"어디로 가야 하지? 무엇을 해야 하지?"

거리는 텅 비어 있었다. 상인들의 집은 넓은 정원이 있는 2층짜리 흰색 건물들로 모양이 모두 같았고, 안에 사람이 살고 있는 것처럼 보이지 않았다. 포장도로에는 먼지가 켜켜이 쌓여 있었다. 거기서는 모든 것이 눈부시게 반짝였다. 기쁨이 가득하면서도 무심한 햇살이 모든 것에 뜨겁게 흘러넘쳤다. 멀리 뻗은 거리는 경사져 올라갔다가 굽어지더니 구름 한 점 없는 회색빛 역광의 지평선에 가로막혔다. 이곳에는 세바스토폴, 케르치…… 아나파를 연상시키는 남쪽 지방의 무언가가 있었다. 그것이 특히 견디기 어려웠다. 중위는 햇빛 때문에 눈을 가늘게 뜬 채 고개를 푹 숙이고 발아래를 뚫어지게 내려다보며 신발의 박차가 서로 부딪쳐 얽히는데도 아랑곳하지 않고 발을 끌면서 걸어, 왔던 길을 되돌아갔다.

녹초가 되어 호텔로 돌아온 그의 모습은 먼 투르키스탄이나 사하라라도 다녀온 것 같았다. 그는 마지막 남은 힘을 그러모아 커다란 텅 빈 객실로 들어갔다. 객실은 이미 깨끗이 정리되어서 그녀의 마지막 흔적도 사라지고 없었다. 그녀가 잊고 간 머리핀 하나만 침대 옆 탁자에 놓여 있었다! 그는 제복 윗옷을 벗고 거울에 비친 자신을 바라보았다. 평범한 장교의 얼굴이었다. 볕에 그을려 회색이 된 얼굴, 희끗희끗할 정도로 햇볕에 타버린 콧수염, 눈의 흰자가 푸르스름해서 그을린 피부 속에 도드라져 보였다. 그는 먼지가 잔뜩 묻은 장화를 바닥에 벗어놓고 침대에 누웠다. 열린 창문에 커튼이 내려져 있었다. 때때로 가벼운 바람이 커튼을 흔들면서 햇볕에 달궈진 양철 지붕의 열기와 빛은 여전하지만 이제는 완전히 텅 빈, 말없는 볼가강의 열기를 방안으로 몰고 들어왔다. 그는 양손으로 턱을 받치고 엎드려 앞을 뚫어져라 쳐다보았다. 그런 다음 이를 악물고 눈을 감았는데, 눈물이 뺨을 타고 흘러내리는 것이 느껴졌다. 그러다 잠이 들었고, 다시 눈을 떴을 때는 벌써 커튼 너머로 붉고 노랗게 노을이 지고 있었다. 바람이 잦아들었고, 방안은 마치 오븐 속처럼 답답하고 건조했…… 어제 하루도 오늘 아침도 그에게는 십 년 전의 일처럼 느껴졌다.

그는 천천히 일어나 천천히 세수하고 커튼을 올리고 사모바르와 계산서를 부탁한 후 레몬이 든 차를 오랫동안 마셨다. 그런 다음 마차를 부르고 짐을 옮겨달라고 요청한 뒤 마차가 오자 붉게 그을린 의자에 올라앉아 하인에게 5루블을 건넸다.

"지난밤에 제가 나리를 여기로 모셨던 것 같습니다!" 마부가 고삐를 잡으며 밝게 말했다.

선착장에 도착했을 때는 볼가강 위로 벌써 푸른 여름밤이 반짝였고 갖가지 색을 띤 배의 불빛들이 강물에 흩뿌려져 있었다. 도착하는 기선의 돛대에도 등불이 반짝였다.

"제시간에 도착했네요!" 마부가 아첨하듯 말했다.

중위는 그에게도 5루블을 건넨 뒤 배표를 받아 선착장 안으로 들어 갔다…… 어제처럼 배가 부두에 부딪혀 가벼운 소리를 냈고, 그는 발 아래가 흔들린 탓에 잠시 어지러움을 느꼈다. 이윽고 밧줄이 날아다니 고 뒤로 약간 후퇴하는 기선의 외륜外輪 아래에서 수면이 부글부글 끓 면서 물결이 앞으로 나아갔다…… 기선 안을 채운 수많은 사람의 분 주함과 온통 환하게 불을 밝히고 음식 냄새를 풍기는 주방의 모습이 놀랄 만큼 따뜻하고 기분좋게 느껴졌다.

곧 기선은 상류를 향해 멀리, 그날 아침 그녀를 싣고 떠났던 그곳으 로 출발했다.

여름날의 어두운 노을이 저멀리 사라지고 있었다. 노을 아래 멀리 일렁이는 잔물결이 군데군데 반짝이는 강물 위로 갖가지 빛깔의 그림 자가 잠에 취한 듯 어스레하게 드리워졌다. 사방 어두운 곳에 흩뿌려 진 불들이 다시 뒤로 흘러갔다.

갑판 위 차양 아래 앉은 중위는 십 년은 늙어버린 자신을 느꼈다.

1925년 알프마리팀

옐라긴 소위 사건

1

이 끔찍한 사건은 수수께끼처럼 기이하고 해결이 불가능하다. 한편으로 볼 때는 몹시 단순한 듯하나 다른 한편으로는 무척이나 복잡해서, 우리 도시에 사는 모든 사람이 말하듯 삼류소설 같기도 하지만 동시에 깊이 있는 예술작품으로 만들어질 수도 있는 그런 사건이었다…… 법정에서 변호사는 대체로 공정하게 말했다.

"이 사건은 저와 검찰측 사이에 논쟁이 필요 없을 정도로 단순합니다." 그는 이렇게 자신의 변론을 시작했다. "사실 피고인 스스로 자신의 죄를 고백했습니다. 그의 범죄와 신상은 그가 범했을 것으로 추정되는 희생자의 신상만큼이나 상당히 단순하며 범속한 까닭에 이 재판에 참석하신 거의 모든 분의 특별한 현명함을 요하지 않을 겁니다. 하지만 알려진 모든 내용은 사실과 전혀 다릅니다. 그 내용은 사건의 일

면만 본 것입니다. 이번 사건에는 논쟁이 필요한 사항들이 있으며 논쟁의 동기와 고민거리도 상당히 많습니다……"

그의 변론이 계속되었다.

"저의 목적이 피고인을 위해 관대한 처분을 받아내는 것이라고 가정해봅시다. 그렇다면 저는 할말이 많지 않을 겁니다. 입법자는 이런 경우에 재판관들이 무엇을 지침으로 삼아야 하는지 정확히 지시하고 있지 않아서, 결과적으로 행위를 처벌하는 법률의 틀을 선택하는 재판관들의 관점과 양심 그리고 통찰력에 광범위한 여지를 남겨두고 있습니다. 그리하여 저는 그 관점과 양심에 영향을 끼치려 애썼을 것이고 피고인이 가진 가장 훌륭한 장점과 그의 죄를 가볍게 할 수 있는 모든 것을 우선적으로 제시하려 애썼을 것이며 재판관들에게 선량한 감정을 불러일으키고 피고의 행동에서 오직 하나, 의식적인 악의만을 부정함으로써 그것을 더욱 확고하게 만들었을 것입니다. 하지만 그런다 하더라도 어찌되었든 죄인을 '흉악범'으로 규정한 검사와의 논쟁을 제가 피할 수 있었을까요? 모든 일은 어떤 경우든 다양하게 이해될 수 있으며 모든 것을 자기 나름의 방식으로 조명할 수 있고 다양한 방식으로 제시할 수도 있습니다. 그런데 도대체 우리는 이 사건에서 무엇을 보고 있습니까? 우리가 검사님과 똑같이 바라보고 동의할 수 있는 그 어떤 특징도, 그 어떤 세부적인 사항도 이 사건에는 없는 것 같습니다. 저는 매 순간 검사님께 '모든 것이 맞습니다만 사실 그렇지 않습니다!' 라고 말해야 했습니다. 그런데 여기서 무엇보다 중요한 것은 이 사건의 본질이 '모든 것이 그렇지 않다'는 사실입니다……"

사건의 시작은 끔찍했다.

지난해 6월 19일이었다. 이른아침 다섯시 무렵이었지만 경기병 부대 산하 친위대의 기병 대위 리하레프 집의 식당은 도시의 여름 햇살이 내리비쳐 벌써 환하고 숨막히게 건조하고 뜨거웠다. 하지만 집안은 아직 조용했다. 기병 대위의 거처는 도시의 후방 경기병 숙소동에 있어서 더욱 그랬다. 기병 대위는 그 고요함과 젊음으로 인해 깊은 잠에 빠져 있었다. 탁자 위에는 리큐르 술병과 마시다 만 커피잔들이 있었다. 옆의 거실에는 다른 장교인 참모부의 기병 대위 코시츠 백작이, 더 안쪽 서재에는 기병 소위 솁스키가 자고 있었다. 그 아침은 말하자면 상당히 일반적인 아침이었고 평범한 풍경이었다. 하지만 항상 그렇듯이 평범함 가운데 비범한 어떤 일이 벌어질 때 더 끔찍하고 더 놀라운 법이다. 6월 19일 이른아침 기병 대위 리하레프의 집에서 갑자기 벌어진 일은 정말이지 현실 같지 않았다. 그날 아침, 완벽히 고요한 와중에 예기치 않게 현관 벨소리가 울렸고, 졸병이 벗은 발로 가볍고 조심스레 몸을 움직여 문을 열러 뛰어나가는 소리가 들리더니, 일부러 그러는 듯 커다란 목소리가 울려퍼졌다.

"집에 계신가?"

그 사람은 의도적으로 소란스럽게 식당 문을 거침없이 열어젖히고 과감히 박차를 부딪쳐 장화 소리를 내며 안으로 들어왔다. 기병 대위는 잠이 채 가시지 않은 놀란 얼굴을 들었다. 그의 앞에는 부대 동료인 옐라긴 소위가 서 있었다. 옐라긴 소위는 붉은 머리에 주근깨투성이의 얼굴을 가졌고, 비상하게 가늘고 휜 다리에 스스로 즐겨 말하듯 그의 '최대' 약점인 멋진 신발을 신은 허약한 체격의 키 작은 남자였다. 그가 여름용 외투를 서둘러 벗어 의자에 던지더니 큰 소리로 말했다. "여기 내 견장이 달린 군복을 압수하게!" 그러고는 반대편 벽에 놓인 소파로 가서 손을 머리 뒤에 받치고 누웠다.

"잠깐, 잠깐." 기병 대위가 눈을 부릅뜨고 그를 바라보며 중얼거렸다. "자네 어디서 오는 길인가, 무슨 일이야?"

"내가 마냐를 죽였어." 옐라긴이 대답했다.

"자네 취했나? 무슨 마냐?" 기병 대위가 다시 물었다.

"배우 마리야 이오시포브나 소스놉스카야 말이야."

기병 대위가 소파에서 다리를 내렸다.

"무슨 소리야, 농담하나?"

"그럴 리가. 안타깝게도, 아니, 어쩌면 다행스럽게도 전혀 아니야."

"거기 누구야? 무슨 일 있어?" 거실에서 백작이 소리쳐 물었다.

옐라긴은 다리를 쭉 펴더니 발로 가볍게 건드려 문을 열었다.

"소리지르지 마." 그가 말했다. "나야, 옐라긴. 내가 총으로 마냐를 죽였어."

"뭐라고?" 백작은 이렇게 말한 뒤 한순간 말문이 막혔으나 이내 웃음을 터뜨렸다. "이것 봐라?" 그가 즐거운 듯 말했다. "좋아, 이번 한 번만 봐주지. 깨워준 건 잘했어, 그러지 않았다면 분명 늦잠을 잤을 테니까. 어제도 세시까지 놀았거든."

"맹세해, 내가 죽였어." 옐라긴이 다시 집요하게 말했다.

"거짓말이지, 이 친구야. 거짓말이야!" 집주인도 양말을 집으며 소리질렀다. "난 또 정말로 무슨 일이 벌어진 건 아닌가 하고 놀랐다고…… 예프렘, 차 가져와!"

그러자 옐라긴이 바지 주머니에 손을 넣어 작은 열쇠를 꺼내더니,

어깨 너머 책상 위로 능숙하게 던진 후 말했다.

"가봐, 가서 눈으로 직접 보라고……"

재판정에서 검사는 이 장면을 여러 차례 예로 들면서 옐라긴의 드라마를 구성하는 몇몇 장면의 끔찍함과 냉소주의에 대해 많은 말을 했다. 검사는 그날 아침 기병 대위 리하레프가 옐라긴의 창백한 얼굴이 '지나치게 자연스럽고' 눈에 '비인간적인' 뭔가가 있었다는 걸 처음에는 알아차리지 못했다가 나중에 알아차리고 '여러모로 놀랐다'는 사실을 잊고 있었다……

2

아무튼 지난해 6월 19일 아침에 벌어진 일이다.

반시간 후 코시츠 백작과 셉스키 소위는 벌써 소스놉스카야가 살던 집 입구에 서 있었다. 더이상 농담할 기분이 아니었다.

그들은 기진맥진할 만큼 마부를 재촉해 마차를 빠르게 몰도록 했고, 목적지에 도착하자마자 마차에서 뛰어내려 자물쇠 구멍에 열쇠를 집어넣으며 필사적으로 벨을 울렸다. 하지만 열쇠는 맞지 않았고 문 너머 안쪽은 고요했다. 인내심을 잃은 그들은 서둘러 마당 안으로 들어가 관리인을 찾기 시작했다. 관리인은 뒷문을 통해 주방으로 들어갔다가 돌아와 소스놉스카야는 간밤에 집에 돌아오지 않았다는 하녀의 말을 전했다. 어제저녁에 작은 꾸러미를 손에 들고 집에서 나갔다는 것이다. 백작과 소위는 어리둥절했다. 이럴 때는 뭘 어떻게 해야 하지?

그들은 잠시 생각한 후 어깨를 으쓱하며 관리인을 데리고 마차에 탄후 경찰서로 갔다. 경찰서에서 리하레프 대위에게 전화를 걸었다. 기병 대위는 전화기 너머에서 미친듯이 소리질렀다.

"이 한심한 바보 녀석이 그녀의 아파트가 아니라 그들의 밀회 장소로 가야 한다고 말하는 걸 잊어버렸네. 스타로그라드스카야 거리 14번지. 들리나? 스타로그라드스카야 거리 14번지라네. 파리식 독신자용 스튜디오 비슷한 건데, 도로에서 출입문을 통해 바로 들어가게 되어있다네……"

그들은 스타로그라드스카야 거리로 달려갔다.

관리인은 마부석에, 경찰관은 장교들 반대편에 꼿꼿하고 절제된 자세로 앉았다. 날이 무더웠고 거리는 인파로 북적여 소란스러웠으며, 그런 화창하고 생기 가득한 아침에 누군가가 모처에 죽어 있다는 것을 믿기 어려웠고, 그 일을 저지른 장본인이 스물두 살의 사시카 엘라긴이라는 사실이 당혹스러웠다. 어떻게 그는 그런 일을 저지를 생각을 한 것인가? 무엇 때문에 그녀를 죽인 것인가, 왜 그리고 어떻게 죽였는가? 아무것도 이해할 수 없었고 질문은 답 없이 그대로 남겨졌다.

마침내 스타로그라드스카야 거리에 자리한 침울해 보이는 낡은 이층집 인근에 도착했을 때, 백작과 소위는 그들의 말에 따르면 '완전히 낙심했다'. 여기에 정말 그것이 있는가? 보고 싶고 떨쳐낼 수 없을 만큼 끌리기는 하지만, 정말 그것을 봐야 하는가? 반면 경찰관은 자신이 엄격하고 용감하며 확신에 차 있다고 느꼈다.

"열쇠를 주십시오." 그가 건조하고 단호하게 말하자 장교들은 관리인이나 그랬을 법한 소심한 태도로 서둘러 그에게 열쇠를 건네주었다.

정면 한가운데에 철문이 있었고 그 안쪽으로 넓지 않은 마당과 작은 나무가 있었다. 나뭇잎의 색이 부자연스러울 정도로 선명했는데, 회색 돌벽 때문에 그렇게 보인 것일 수도 있었다. 철문 오른편에 거리로 곧장 통하는 그 수수께끼 같은 출입문이 있었다. 그 문을 열어야 했다. 경찰관이 미간을 찌푸리며 열쇠를 꽂자 문이 열렸고, 칠흑같이 어두운 복도 비슷한 것이 백작과 소위의 눈에 들어왔다. 경찰관은 어디를 뒤져야 하는지 직감적으로 알아차렸고, 손을 앞으로 내밀어 벽을 두드리며 좁고 어두운 공간에 불을 비추었다. 그 안쪽 깊은 곳 두 개의 의자 사이에 작은 탁자가 있고 그 위에 먹다 남은 들새 요리와 과일이 담긴 접시가 놓여 있었다. 하지만 그후 그들의 눈에 비친 것들은 훨씬 더 어두웠다. 복도 오른쪽 벽에 작은 입구가 있고 옆방으로 이어졌다. 천장에 달린 거대한 검은 실크 전등갓 아래의 우윳빛 등불이 비추고 있는 무덤처럼 캄캄한 방이었다. 방의 벽에는 창문이 전혀 없고, 검은 무언가가 위에서 아래까지 늘어져 있었다. 그리고 안쪽에 야트막하지만 커다란 터키풍의 소파가 있었는데, 그 위에 슈미즈만 걸치고 눈과 입술을 반쯤 벌린 채 가슴 쪽으로 고개를 숙인, 다리를 살짝 벌리고 사지를 늘어뜨린 드물게 아름다운 젊은 여자의 형체가 희끗하게 빛나고 있었다.

방안에 들어온 사람들은 걸음을 멈추었고, 공포와 당혹감으로 순식간에 온몸이 얼어붙었다.

3

　고인은 보기 드물게 아름다웠다. 말하자면, 이상적으로 예쁜 여자를 묘사하는 유행을 좇는 예술가들이 꼽는 조건들을 모두 충족하는 희귀한 경우였다. 그녀는 모든 것을 갖추고 있었다. 완벽한 골격, 아름다운 자태, 결함이 전혀 없는 작은 발, 아이처럼 천진하고 예쁜 입술, 균형이 꼭 맞는 자그마한 얼굴, 부드러운 머리칼…… 그러나 이제 이 모든 것이 죽었다. 모든 것이 돌처럼 딱딱하게 굳고 시들었다. 그녀의 아름다움이 죽음 앞에서 더욱 두려움을 느끼게 했다. 그녀의 머리 모양은 무도회에 나가도 될 만큼 완벽했다. 봉긋하게 솟아오른 소파 쿠션 위에 그녀의 머리가 놓여 있었는데, 아래턱이 가슴에 살짝 닿아 있어서 반쯤 열린 채 정지된 눈과 얼굴 전체에 당황한 듯한 느낌을 주었다. 천장에 달린 거대한 검은 갓 아래의 우윳빛 등불이 이 모든 것을 비추는 모습은 마치 맹금류가 얇은 막으로 된 날개를 죽은 여자의 몸 위에 펼치고 있는 것 같았다.

　아무튼 경찰관도 그 광경을 보고 놀랐다. 잠시 후 모두들 소심한 태도로 그녀를 좀더 자세히 살펴보기 시작했다.

　아무것도 걸치지 않은 아름다운 팔이 늘어져 있고 가슴 위의 레이스에는 옐라긴의 명함 두 장이 놓여 있었다. 발치에는 경기병의 긴 칼이 있었는데, 그것은 고인의 여성스러운 나신裸身 옆에서 몹시 저급해 보였다. 백작은 혹시나 피의 흔적을 발견할까 하는 어리석은 생각에 칼집에서 칼을 꺼내려고 손을 내밀었다. 그러나 경찰관이 그 불법적인 행동을 막아섰다.

"아, 안 되죠, 안 되고말고요." 백작이 낮은 소리로 웅얼거렸다. "물론 당분간은 절대 아무것도 건드리면 안 되지요. 하지만 피 한 방울도 어떤 범죄의 흔적도 전혀 보이지 않는다는 것이 놀랍습니다. 독살이 분명하겠죠?"

"인내심을 가지십시오." 경찰관이 훈계조로 말했다. "예심판사와 의사의 판단을 기다려봅시다. 하지만 확실히 독살처럼 보이는군요……"

확실히 그렇게 보였다. 그 어디에도 피는 없었다. 바닥에도 소파에도 그녀의 몸에도 슈미즈에도. 소파 옆 의자 위에 여성용 바지와 화장용 가운이 놓여 있고 그 아래에는 진줏빛이 도는 하늘색 블라우스와 품질이 매우 좋은 흑회색 천으로 만든 치마와 회색 실크 망토가 있었다. 이 모든 것이 되는대로 던져져 있었는데, 그 어디에도 피 한 방울 튄 자국이 없었다. 소파 위 벽의 선반에 있는 무언가가 독살에 대한 확신을 심어주었다. 선반 위에는 샴페인 병과 코르크 마개, 타다 만 양초와 여성용 머리핀, 글자가 쓰여 있고 갈기갈기 찢긴 종잇조각, 그리고 마시다 만 영국산 흑맥주 잔과 작은 유리병이 있었다. 유리병에 붙은 흰색 상표에 불길한 글자가 쓰여 있었다. 'Op. Pulv*'.

하지만 경찰관과 백작, 소위가 이 라틴어를 차례로 읽은 그 순간, 밖에서 의사와 예심판사가 탄 승용마차가 도착하는 소리가 들렸다. 그리고 몇 분 후, 옐라긴이 한 말이 사실임이 밝혀졌다. 소스놉스카야는 권총에 맞아 살해되었던 것이다. 슈미즈에는 핏자국이 없었다. 하지만 슈미즈 아래 가슴 부위에서 자줏빛 반점이 발견되었고, 그 반점 한가

---

* 아편 가루.

운데에 가장자리가 불에 탄 동그란 상처가 있었다. 상처에서는 검붉고 끈적이는 피가 배어나오고 있었지만, 손수건으로 상처를 잘 막아놓아 주변이 조금도 더럽혀지지 않았다……

의사의 검시로 더 밝혀진 것이 있는가? 많지는 않았다. 고인의 오른쪽 폐에 결핵의 흔적이 있다는 것, 총구를 몸에 바짝 접근시켜 발사했고, 고인이 총을 맞은 후 간단한 말을 할 수는 있었겠지만 곧 사망했다는 것, 살인자와 희생자 사이에 몸싸움이 없었다는 것, 그녀가 샴페인을 마시고 흑맥주와 함께 약간(치사량은 아닌 정도)의 아편을 복용했다는 것, 그리고 끝으로 그 운명의 밤에 그녀가 남성과 성관계를 했다는 것……

하지만 남자는 무슨 이유로 그녀를 살해한 것인가? 이 질문에 대해 옐라긴은 확고하게 대답했다. 그들, 즉 그 자신과 소스놉스카야 모두 '비극적인 상황'에 놓여 있었으며 죽음 외에는 다른 출구가 없었다는 것, 소스놉스카야를 죽인 건 그저 그녀의 명령을 이행했을 따름이라는 것이다. 하지만 죽음 직전 고인이 작성한 쪽지의 내용은 그의 말과는 전혀 달랐다. 사실 그녀의 가슴 위에서 발견된 옐라긴의 명함 두 장은 그녀가 폴란드어로 쓴 쪽지였다. 한 장에는 이렇게 쓰여 있었다.

'극장 행정국장이신 코노브니친 장군님께. 친애하는 장군님! 지난 몇 년간 보여주신 고결한 우정에 감사드리며…… 마지막 인사를 보냅니다. 최근 제가 참여한 공연들의 수익금을 제 어머니께 지급해주시기 바랍니다.'

다른 한 장에는 다음과 같이 쓰여 있었다.

'나를 죽이는 이 사람의 행동은 공정합니다…… 어머니, 가엾고 불행한 어머니! 용서를 구하지는 않을게요. 죽는 것은 내 의지에 따른 것이 아니니까요…… 어머니! 저 위 그곳에서 우리 다시 만나요…… 느껴져요. 이것이 마지막 순간이라는 것이……'

소스놉스카야는 같은 종류의 명함에 다른 내용도 써놓았다. 그것은 꼼꼼하게 찢겨 선반 위에 흩어져 있었다. 그 조각들을 모아 붙여 읽어보니 다음과 같았다.

'이 사람은 나와 자기의 죽음을 요구하고 있어요…… 나는 살아서는 이 방을 나갈 수 없을 거예요……'

'결국 나의 마지막 시간이 왔네요…… 맙소사, 나를 버리지 말아요…… 나의 마지막 생각은 어머니 그리고 성스러운 예술에 있어요……'

'나락이다, 나락! 이 사람은 나의 숙명이야…… 신이여, 구해주세요, 도와주세요……'

그리고 마지막은 가장 수수께끼 같은 내용이었다.

'캉 멤 푸르 투주르……'*

훼손되지 않은 채 고인의 가슴 위에서 발견된 것이든, 선반 위에서 작은 조각들로 발견된 것이든 모든 쪽지의 내용이 옐라긴의 주장과는 반대되는 듯 보였다. 하지만 그렇게 보였을 뿐이다. 소스놉스카야의 가슴 위에 놓여 있던 명함 두 장은 왜 찢기지 않고 그대로 있었는가? 왜 그중 하나에는 '내 의지에 따른 것이 아니'라는, 옐라긴에게 치명적인 말이 적혀 있었던 걸까? 그런데 옐라긴은 그 쪽지를 찢어버리지도 다른 데로 가져가 없애버리지도 않았으며, 심지어 스스로(그가 아니라

---

* 프랑스어로 '어쨌거나 영원히……'라는 뜻.(원주)

면 누가 그런 일을 할 수 있겠는가?) 가장 잘 보이는 곳에 놓아두기까지 했다. 서두르는 바람에 쪽지를 찢어버리지 못한 걸까? 물론 서두르다 잊어버렸을 수도 있다. 하지만 어떻게 서두르던 사람이 고인의 가슴에 자신에게 그토록 위험한 쪽지를 올려놓을 수 있었던 걸까? 그가 서두르기는 한 걸까? 아니, 그는 죽은 여인의 매무새를 단정히 해주었고, 그녀의 상처를 손수건으로 막고 슈미즈로 몸을 가려주었으며, 정리를 마친 뒤 의복을 갖추어 입었다…… 아니, 이 부분에서는 검사의 주장이 옳았다. 이 모든 일은 서둘러 벌어진 일이 아니었다.

4

검사가 말했다.

"범죄자는 두 종류로 나뉩니다. 첫째, 상황이 불행하게 흘러간 결과, 과학적으로는 '일시적 착란'이라고 불리는 흥분에 의해 악행을 저지른 우연한 범죄자들이 있습니다. 둘째, 고의적 의도를 가지고 범죄를 행하는 자들이 있습니다. 이들은 사회와 사회질서의 타고난 적들이지요. 이들은 흉악범입니다. 우리 앞의 피고석에 앉아 있는 저 사람은 어떤 종류의 범죄자일까요? 당연히 둘째 범주에 속합니다. 그는 분명 흉악범입니다. 그는 태만하고 방종한 삶으로 인해 인성을 상실하여 범죄를 저지른 것입니다……"

이런 장광설은 매우 이상했다(옐라긴에 대한 우리 지역사회 사람들 다수의 견해를 표하고 있긴 했지만 말이다). 법정에서 옐라긴이 한 손을 들어 방청객들의 시선으로부터 얼굴을 가린 채 시종일관 심장을 쥐어뜯을 듯 소심하고 구슬프게, 조용히, 끊어질 듯 말 듯 질문에 대답하는 모습 때문에 더욱 이상했다. 하지만 검사의 말이 옳았다. 피고석에 앉아 있는 범인은 '일시적 착란'이라는 말이 무색할 만큼 평범하지 않았다.

검사는 두 가지 문제를 제기했다. 그가 일시적인 발작성 정신이상 상태, 즉 흥분 상태에서 범죄를 저지른 것인가, 아니면 무의식적인 방조로 일어난 범죄인가? 검사는 확신에 찬 어조로 둘 다 아니라고 주장했다.

"아닙니다." 첫번째 문제에 대해 검사가 말했다. "일시적인 발작성 정신이상 상태를 고려할 수 없는 것이, 우선 그런 상태는 몇 시간 동안 지속되지 않는다는 점입니다. 그리고 무엇이 옐라긴에게 일시적인 발작성 정신이상을 불러일으킬 수 있었겠습니까?"

다음 문제를 설명하기 위해 검사는 스스로 수많은 자잘한 질문을 던지면서 부인하기도 하고 심지어 그 질문들을 조롱하기도 했다. 그는 다음과 같이 말했다.

"운명의 그날 옐라긴은 평소보다 술을 많이 마셨던가요? 아닙니다. 그는 원래 술을 많이 마시는데, 그날은 평소보다 더 마시지 않았습니다."

"피고인은 건강한 사람입니까? 그를 검진한 의사의 소견에 동의하며 말씀드릴 수 있는 것은 전반적으로 건강하다는 사실입니다. 하지만 자제하는 습관이 전혀 없는 인물임도 사실이지요."

"그가 그녀를 진정으로 사랑했다고 가정한다면, 자신이 사랑하는 여성과 결혼할 수 없다는 이유로 일시적인 발작성 정신이상이 생긴 걸까요? 아닙니다. 왜냐하면, 우리가 정확히 알고 있는 바와 같이 피고인은 그 결혼을 성사시키기 위해 그 어떤 결정적인 행동도 하지 않았으며 관심도 없었기 때문입니다."

검사는 계속 말을 이어갔다.

"소스놉스카야가 예기치 않게 외국으로 떠나려고 했던 일이 그를 그런 상황으로 몰고 갔을까요? 아닙니다. 그는 이미 오래전부터 그녀가 떠나리라는 사실을 알고 있었습니다. 그렇다면 소스놉스카야가 외국으로 떠나게 되어 그녀와 이별할 생각에 그가 그런 상태에 빠진 걸까요? 다시 말씀드리지만 그렇지 않습니다. 왜냐하면, 그들은 그날 밤까지 그 이별에 대해 수천 번도 더 이야기를 나누었기 때문입니다. 그렇다면 도대체 무엇 때문이었을까요? 죽음에 관한 대화 때문이었을까요? 아니면 그 무시무시하고 병적인 밤의 압박처럼 이상했던 그 방의 상태, 말하자면 환각을 부르는 분위기 때문에? 하지만 죽음에 관한 대화가 다 뭐란 말입니까? 그런 이야기는 옐라긴에게 조금도 새로운 것이 아니었습니다. 두 사람은 그간 줄곧 그런 이야기를 나눠왔기 때문에 오래전부터 그런 대화가 싫증이 날 정도였습니다. 환각을 부르는 분위기에 대해서라면 말하기도 우스울 정도입니다. 실제로 그 방안에는 환각을 부르는 분위기라고 하기엔 상당히 무미건조한 물건들만 있었습니다. 저녁식사 후 식탁 위에 남겨진 음식들, 병들, 그리고 실례이긴 합니다만, 요강 같은 것이 전부였습니다…… 옐라긴은 음식을 먹고 마시고, 대소변을 보기도 하고, 포도주를 가지러 가거나 연필 깎을 칼을 가지러 옆방을 오가기도 했습니다……"

마침내 검사는 다음과 같이 결론 내렸다.

"옐라긴이 저지른 살인이 고인의 뜻에 따른 것이라는 주장은 일고의 가치도 없습니다. 이 사건의 핵심은 소스놉스카야가 자신을 죽여달라고 요구했다는 옐라긴의 근거 없는 주장이 진실인가, 아니면 '내 의지에 따른 것이 아니'라는, 피고에게 치명적인 소스놉스카야의 쪽지가 진실인가 하는 것입니다⋯⋯"

5

검사가 한 말에는 사소한 부분에서 인정할 수 없는 것들이 많았다. '피고인은 전반적으로 건강한 사람이다.' 하지만 건강함과 건강하지 못함 사이, 정상적인 것과 비정상적인 것 사이의 경계는 무엇인가? '결혼을 성사시키기 위해 그 어떤 행동도 하지 않았다.' 하지만 첫째, 옐라긴은 결혼을 위한 행동이 전혀 의미가 없다고 굳게 믿었기에 그 어떤 행동도 하지 않았다. 둘째, 사랑과 결혼이 그토록 밀접한 연관이 있는가? 만약 그렇다면 옐라긴도 소스놉스카야와 결혼함으로써 안정을 찾고 자신의 사랑의 드라마를 모두 해결할 수도 있지 않았을까? 하지만 평범하지 않은 강력한 사랑에는 결혼을 회피하는 것 같은 기이한 특징이 있다는 걸 진정 모른단 말인가?

그러나 다시 말하지만 이 모든 것은 사건의 일부일 뿐이다. 기본적으로는 검사의 말이 옳았다. 일시적인 발작성 정신이상은 없었다.

검사가 말했다.

"의사는 옐라긴의 심신 상태가 일시적인 발작성 정신이상이라기보다는 평안한 쪽에 가까웠다는 결론을 내렸습니다. 저는 그가 단순히 평안한 정도가 아니라 놀랄 정도로 평안한 상태였다고 주장하고 싶습니다. 사건이 벌어진 후 옐라긴이 오랫동안 머물렀던 그 정돈된 방을 조사한 결과, 그 사실은 더욱 분명해졌습니다. 목격자인 야로센코 씨는 옐라긴이 스타로그라드스카야에 있는 독신자용 스튜디오를 나올 때 얼마나 초연한 태도를 보였는지, 문은 또 얼마나 아무 일도 없는 것처럼 세심하게 열쇠로 잠갔는지를 증언했습니다. 그리고 마지막으로 기병 대위 리하레프의 집에서 옐라긴이 보인 행동에 대한 증언이 이어졌습니다. 예를 들면 소스놉스카야 스스로 총을 쏜 것은 아닌지 기억해보라고, '정신 차리라'고 말한 셉스키 소위에게 옐라긴이 뭐라고 대답했는지 아십니까? 그는 '아니야, 친구, 나는 모든 것을 똑똑히 기억하고 있어!'라고 말하고는 자신이 어떻게 총을 쏘았는지 설명했습니다. 증인인 부드베르그 씨를 '불쾌할 만큼 놀라게 만든 것은 옐라긴이 그런 자백을 한 후 냉정한 태도로 차를 마셨다는 사실'이었습니다. 다른 증인인 포흐트 씨는 훨씬 더 놀랐습니다. 옐라긴이 '참모부 기병 대위 나리'라고 비꼬는 투로 그를 부르며 '바라옵건대 오늘 나를 훈련에서 제외해주세요'라고 말했다는 겁니다. 그 말이 너무 공포스러워서 셉스키 소위는 끝내 참지 못하고 울부짖었다고 포흐트 씨가 말했습니다. 사실 옐라긴이 울음을 터뜨린 순간도 있었습니다. 기병 대위가 부대에 옐라긴 사건에 관한 지시를 내리고 돌아왔을 때였습니다. 리하레프 씨와 포흐트 씨의 얼굴을 보고 이제 자신은 더이상 장교가 아니라는 사실을 깨달은 순간 말입니다. 바로 그 순간 옐라긴은 울음을 터뜨렸습니다. 오직 그때 한 번뿐이었습니다!" 검사는 이렇게 말을 마쳤다.

검사가 한 마지막 말도 아주 이상하다. 조금도 의미가 없어 보이던 사소한 어떤 것이 갑자기 행복했던 과거를 전부 떠올리게 하면서 사람을 현재 상황에서는 일말의 희망도 없다는 공포와 슬픔에 빠뜨리고 망연자실하게 만드는 일이 얼마나 빈번히 일어나는지 다들 알 것이다. 하지만 옐라긴에게 이런 각성을 불러일으킨 것은 의미 없고 우연한 것이 전혀 아니었다. 사실 그는 태어날 때부터 장교나 마찬가지였다. 그의 집안은 선대 10대조 때부터 군에 복무했다. 그런데 이제 그는 더 이상 장교가 아니게 된 것이다. 장교가 아닐 뿐만 아니라, 그가 자신의 생명보다 더 사랑했던 그녀가 세상에 없고 바로 자신이 그런 짐승 같은 짓을 저질렀기 때문에 장교가 아니게 된 것이다!

어쨌든 이 또한 사소한 일이다. 중요한 것은 '일시적인 착란'이 진짜로 없었다는 것이다. 그렇다면 도대체 어떻게 된 일인가? 검사는 '우선 옐라긴과 소스놉스카야의 성격을 밝히고 두 사람 사이의 관계도 밝혀내야 이 어두운 사건과 관련된 모든 일이 해명될 수 있다'고 말했다. 그리하여 그는 확신에 찬 어조로 선언했다.

"그 결론은 서로 공통점이 전혀 없는 두 사람이 만났다는 것입니다……"

정말 그럴까? 바로 여기에 모든 문제가 있다. 정말로 그러한가?

6

나였다면 옐라긴에 대해 말할 때 무엇보다 그가 스물두 살이라는 사실을 지적했을 것이다. 치명적인 나이, 한 인간의 미래를 좌우하는 두려운 시기. 일반적으로 인간에게 이 시기는 의학적으로는 성적 성숙기로 규정된다. 이 시기에 인간은 인생에서 상당히 가볍게, 대부분은 그저 시적으로 고찰되는 첫사랑이라고 불리는 것을 겪게 된다. 종종 이 '첫사랑'이 극적이거나 비극적인 사건들을 동반하기도 한다. 하지만 바로 이 시기에 인간이 일반적으로, 사랑하는 존재에 대한 열렬한 마음이라고 불리는 떨림이나 아픔보다 훨씬 깊고 복잡한 것을 경험한다는 사실을 생각하는 사람은 없다. 이 시기에 인간은 스스로 인지하지 못한 채 지독한 성性의 개화와 고통스러운 발견, 그리고 최초의 성의 미사를 경험한다. 그러므로 만약 내가 옐라긴의 변호인이었다면 나는 판사들에게 바로 이런 관점에서 그의 나이를 참작하고 특히 그런 의미에서 우리 앞에 앉아 있는 이 젊은이는 매우 특별한 사람이라는 점에 주목해달라고 요청했을 것이다. '젊은 경기병, 방탕한 미친 인간.' 검사는 전반적으로 이런 부류의 견해를 반복하면서 이를 증명하기 위해 또다른 증인인 배우 리숍스키의 증언을 언급했다. 어느 날 대낮에 옐라긴이 극장에 왔는데, 마침 그때 배우들이 연습하는 중이었다. 소스놉스카야는 그를 보자 도망쳐서 리숍스키의 등뒤로 몸을 숨기며 재빨리 말했다. "아저씨, 저 사람에게서 저를 보호해주세요!" 리숍스키가 말하길, 자신이 그녀를 보호했는데 술에 취한 그 경기병이 갑자기 걸음을 멈추고는 어찌할 바를 몰라했다. 옐라긴은 두 다리를 벌리고 선 채 소스놉스카야가 대체 어디로 사라진 것인지 알 수 없어 그저 보고만 있었다.

그렇다. 어찌할 바를 모르는 사람. 하지만 도대체 무엇 때문에 어찌

할 바를 모른다는 것인가? '무위도식하며 아무렇게나 살아가는 삶'이
정말 그 이유인가?

옐라긴은 유서 깊은 부유한 가문 출신으로, 매우 어린 나이에 어머
니(어머니가 열광적인 성격이었다는 점을 기억할 필요가 있다)를 여의
었다. 그리고 엄하고 가혹한 아버지로부터 얻은 것은 무엇보다 두려움
이었다. 그 두려움 속에서 성장했다. 검사는 옐라긴의 도덕적 형상뿐만
아니라 육체적 형상도 가혹할 만큼 과감하게 묘사했다. 그가 말했다.

"여러분, 그렇게 우리의 주인공은 근사한 경기병 제복을 입었지요.
하지만 그를 똑바로 보십시오. 지금 그를 미화하는 것은 아무것도 없
습니다. 우리 앞에는 희끗희끗한 콧수염에 극도로 불투명하고 보잘것
없는 표정을 한, 검정 프록코트를 입은 모습이 오셀로를 닮은 구석이
라곤 전혀 없는 구부정한 등의 키 작은 젊은 남자, 즉 제 생각에는 극
단적으로 퇴행적인 특징을 가진 사람이 서 있을 뿐입니다. 그는 아버
지가 있을 때는 전혀 용감하게 행동하지 못했지만 때로는 극도로 과감
해졌습니다. 예를 들어, 아버지의 시선에서 벗어나 자유롭다고 느끼거
나 처벌이 없으리라 기대되는 상황에서 그러했습니다……"

물론 이런 조잡한 설명에도 진실은 있다. 하지만 이 말을 들으면서
나는 우선 어떤 사람의 삶이나 인성을 유달리 특별하게 만드는 복잡하
고 비극적인 유전형질에 대해 어떻게 그토록 가볍게 접근할 수 있는지
이해할 수 없었고, 어쨌든 그 말에서는 진실의 아주 작은 일부만 보였
다. 옐라긴이 아버지에 대한 두려움 속에서 자란 것은 사실이다. 하지
만 두려움은 비겁함이 아니며, 부모님에 대한 것이라면 더욱 그렇다.
게다가 자신과 자신의 아버지와 할아버지들, 그리고 그 할아버지들을

이어주는 유산을 깊이 느끼는 능력을 지닌 사람은 더욱 그렇다. 실제로 옐라긴의 외모는 고전적인 경기병의 외모는 아니지만, 바로 그 점에서 나는 그의 본성이 지닌 비범함의 증거를 발견할 수 있었다. 나라면 검사에게 이렇게 말할 것이다. '붉은 머리에 구부정하고 허약한 다리를 가진 저 사람을 더 자세히 보십시오. 그러면 당신은 초록빛이 도는 작은(당신을 보지 않으려고 시선을 피하는) 눈을 가진 그 주근깨투성이 얼굴이 변변치 않은 얼굴이라고는 절대 말할 수 없다는 사실을 뼈저리게 느끼게 될 것입니다. 그런 다음 그의 퇴행적이고 강한 힘에 주목해주십시오. 그는 살인을 저지르기 전 아침부터 군사훈련을 받았습니다. 그리고 아침식사를 하며 보드카 여섯 잔과 샴페인 한 병, 코냑 두 잔을 마셨지만 거의 취하지 않았습니다!'

7

옐라긴에 대한 병영 동료들의 증언은 세간의 전반적으로 낮은 평가와는 사뭇 달랐다. 그들은 모두 그를 가장 훌륭한 인간이라고 평했다. 예를 들면 기병 중대장의 평가는 다음과 같았다.

"부대에 온 후 옐라긴은 장교들 사이에서 모범이 될 만큼 훌륭하게 처신했으며 언제나 지극히 선량하고 세심하게 주변을 살피고 낮은 계급의 병사들도 공정하게 대했습니다. 제 생각에 그의 성정은 한마디로 설명할 수 있다고 봅니다. 감정 기복이 심하다. 그는 쾌활했다가 우울했다가, 수다스럽다가 말이 없다가, 자기 확신이 강했다가 자신의 장점이나 자신의 운명 전체에 대해 절망적으로 생각하는 등 양극단 사이를 매우 빈번히 오락가락했습니다. 하지만 성격 자체가 불쾌한 편은 아니었습니다……"

그리고 기병 대위 리하레프의 평가다.

"옐라긴은 언제나 선량하고 좋은 동료였습니다. 다만 몇 가지 이상한 점이 있었습니다. 그는 내성적이고 얌전하고 부끄러움을 많이 탔지만, 때로는 난폭하게 허세를 부리기도 했습니다…… 저를 찾아와 소스놉스카야를 죽였다고 고백한 후 셉스키와 코시츠가 스타로그라드스카야 거리로 갈 때 그는 폭풍처럼 울다가 또 미친듯이 표독스럽게 웃었습니다. 체포되어 구금되자 기괴하게 웃으며 어느 재봉사에게 평복을 주문해야 할지 우리에게 묻기도 했습니다……"

그런 후 코시츠 백작의 말이 이어졌다.

"옐라긴은 보통은 쾌활하고 부드러운 사람이었습니다. 신경이 예민하고 감수성이 풍부하고 잘 감격하는 사람이었지요. 특히 종종 눈물을 흘릴 만큼 연극과 음악에 큰 영향을 받았습니다. 그 자신도 음악에 소질이 많았어요. 거의 모든 악기를 다룰 줄 알았죠……"

다른 증인들도 이와 비슷한 이야기들을 털어놓았다.

"그 사람은 무언가에 자주 몰두하는 사람이었습니다. 하지만 언제나 정말로 특별한 무언가를 기다리는 듯했지요."

"동료들과 함께하는 작은 파티에서는 거의 항상 쾌활했고, 성가시게 굴지만 도를 넘지 않았고, 누구보다 샴페인을 많이 주문했고 누구에게나 샴페인을 대접했습니다…… 소스놉스카야와 가까워진 후 그는 그녀에 대한 자신의 감정을 모든 사람에게 숨기려고 극도로 노력했습니다. 그런데 그녀와 관계를 맺은 후에 그가 많이 변했습니다. 생각이 많아지고 슬퍼하는 일도 많아졌지요. 죽고 싶다고 말하기도 했습니다……"

그와 가깝게 지냈던 사람들에게서 나온 옐라긴에 대한 정보는 이와 같다. 나는 재판정에 앉아 도대체 검사는 그를 중상모략하는 정보들을 어디서 얻은 걸까 하는 생각을 했다. 아니면 그는 다른 어떤 정보들을 가지고 있는 걸까? 아니, 그는 그런 정보를 가지고 있지 않았다. '금수저 젊은이'에 대한 그의 평소 생각이 그를 그런 중상모략 쪽으로 몰아갔거나 아니면 재판 과정에서 습득한 한 통의 편지 때문에 그렇게 된 것이 아닌가 추측할 따름이다. 그 편지는 옐라긴이 키시뇨프에 있는 한 친구에게 보낸 것이었다. 그 편지에서 옐라긴은 자기 인생에 대해 매우 스스럼없이 말하고 있었다.

"친구, 나는 아무것도 상관없는 지경이 되었어. 모든 것이, 전부 다 상관없어! 오늘은 좋다고 하자고, 다행히도. 하지만 내일이 어떻게 될지는 상관없어, 그저 침이나 뱉어줄 뿐. 아침이 저녁보다 더 현명한 법이지. 나는 명예로운 평판을 얻었어. 도시 전체에서 최고의 술꾼이자 최악의 바보가 되었어……"

옐라긴의 이런 자평은 '만족감을 취하려는 짐승 같은 싸움을 위해 옐라긴이 자신에게 모든 것을 바친 여성을 사회라는 심판대 위에 세우고 그녀의 생명을 빼앗았을 뿐만 아니라 마지막 명예인 그리스도교식 장례까지도 불가능하게 만들었다'는 검사의 그럴듯한 주장을 뒷받침해주는 것처럼 보이기도 한다. 하지만 정말 그럴까? 아니다. 검사는 그 편지 중 단지 몇 줄만을 인용했다. 편지의 전문全文은 다음과 같다.

"사랑하는 세르게이. 네 편지를 받고 비록 늦기는 했지만 답장을 쓴다, 어쩌겠는가? 아마 너는 내 편지를 읽으며 '이런 악필이 있나! 마치 잉크에 빠졌던 파리가 기어간 것 같군!' 하고 생각하겠지. 그래, 뭐, 필체가 성격을 비추는 거울까지는 아닐지 몰라도 사람의 성격을 어느 정도는 표현한다고들 하더군. 나는 예전처럼 여전히 건달이지. 어쩌면 더 심해졌다고 할 수도 있어. 독립해서 생활한 지난 이 년의 시간이 그 흔적을 어떻게든 남겼지. 친구, 솔로몬이 온다고 해도 표현할 수 없는 무언가가 있어! 그러니 어느 아름다운 날 내가 권총으로 생을 마감했다는 소식을 듣게 돼도 너무 놀라지 말아줘. 친구, 나는 아무것도 상관없는 지경이 되었어. 모든 것이, 전부 다 상관없어! 오늘은 좋다고 하자고, 다행히도. 하지만 내일이 어떻게 될지는 상관없어, 그저 침이나 뱉어줄 뿐. 아침이 저녁보다 더 현명한 법이지. 나는 명예로운 평판을 얻었어. 도시 전체에서 최고의 술꾼이자 최악의 바보가 되었어. 그런데 믿을 수 있겠나? 때때로 아름답고 고양된 모든 것―그게 뭔지 누가 알겠나―에 대한 애착과 고통, 그 힘이 마음속에 너무나 강하게 느껴져 가슴이 무너질 것만 같아. 너는 이것이 어린 나이 탓이라고 말하겠지. 하지만 어째서 나와 같은 나이의 다른 사람들은 이와 비슷한 것을 조금도 느끼지 못하는 거지? 나도 몹시 예민해졌어. 가끔 춥고 눈보라치는 겨울밤에 침대를 박차고 나와 말을 타고 거리를 달리면 산전수전 다 겪은 순경까지도 놀라곤 해. 내가 잔뜩 술에 취한 것도 아니고 심지어 취기조차 전혀 없는 것을 보고 말이야. 어디선가 들은 것 같은 모호한 멜로디를 붙잡고 싶은데 실제로는 전혀 그럴 수가 없지! 좋아, 네게 고백하지. 나는 사랑에 빠졌어. 그런데 그 사람은 도시 전체를 가득

메우고 있는 평범한 사람이 아니야. 여기까지만 말하겠어. 답장을 보내줘. 내 주소는 알고 있지? 네가 뭐라고 말했는지 기억하나? '러시아, 옐라긴 소위 앞……'"

놀랍다. 비록 한 통이지만 이런 편지를 읽고도 어떻게 '서로 공통점이 전혀 없는 두 사람이 만났다'고 말할 수 있는가!

8

소스놉스카야는 순수 폴란드인이었다. 옐라긴보다 연상으로 스물여덟 살이었다. 그녀의 아버지는 별 볼 일 없는 관리였는데, 그녀가 겨우 세 살이었을 때 자살했다. 어머니는 오랫동안 재혼하지 않고 있다가 나중에 다시 하급 관리에게 시집갔는데 또다시 과부가 되었다. 보다시피 소스놉스카야의 가족은 상당히 평균적이었다. 그런데 소스놉스카야의 그런 특이한 심리적 특성들은 도대체 어디서 나온 것일까? 또 우리가 알고 있듯이 매우 이른 나이부터 그녀에게서 발견된 무대에 대한 열정은 또 어디서 나왔을까? 가정교육이나 그녀가 성장한 사립 기숙학교에서 나온 것은 물론 아니라고 생각한다. 참고로 말하면 그녀는 공부를 매우 잘했으며 자유 시간에는 많은 책을 읽었다. 책을 읽으며 마음에 드는 생각이나 금언들을 때때로 베껴쓰곤 했다. 그런 경우 언제나 그것을 자신과 연관지어 생각했다. 또한 그녀는 늘 메모하고 일기를 썼다. 종이 뭉치라고 할 수도 있는 그 일기를 몇 달간 그냥 내버려두다가도 다시 거기에 자신의 꿈과 삶에 대한 시선들을 무질서하게 휘갈기듯 쓰기도 했고, 때로는 세탁부나 재봉사에게 줄 요금 같은 여타의 것들을 적어두기도 했다. 그녀는 특히 무슨 내용을 기록했을까?

—'태어나지 않는 것이 첫째 행복이요, 둘째 행복도 가능한 한 빨리 비존재로 돌아가는 것이다.' 주옥같은 생각!

—세상은 지루하고 죽을 만큼 지루한데, 내 영혼은 특별한 무언가를 갈망한다……

—'사람들은 죽음의 원인이 되는 고통만을 이해한다.' 뮈세.*

—아니, 나는 절대 결혼하지 않을 것이다. 모두가 결혼해야 한다고 말하지만, 신과 죽음을 두고 맹세한다.

—사랑이 아니면 죽음만 있을 뿐. 하지만 세상 어디에서 내가 사랑할 사람을 찾을 수 있을까? 그런 사람은 없어, 있을 수가 없지! 그런데 내가 이렇게 정신 나간 사람처럼 삶을 사랑하는데 어떻게 죽지?

—사랑보다 더 무섭고 매혹적이며 수수께끼 같은 것은 하늘에도 땅에도 없다……

—어머니는 예를 들면 내가 돈 때문에라도 결혼해야 한다고 말씀하신다. 내가, 이 내가 돈 때문에! 사랑이라는 천상의 단어, 그 안에는 얼마나 많은 독과 아름다움이 있는지. 비록 한 번도 사랑을 해보지는 못했지만 말이다!

—어렸을 때 가본 동물원의 동물들처럼 온 세상이 수백만 개의 포식성 눈으로 나를 바라본다.

—'인간이 될 만한 가치는 없다. 천사도 마찬가지다. 천사들도 불

---

* 알프레드 드 뮈세(1810~1857). 프랑스의 낭만주의 시인으로 낭만주의 소설가 조르주 상드(1804~1876)의 연인이었다.

평하며 신에게 맞섰다. 그러니 신이 되거나 비존재가 되는 것이 낫다.'
크라신스키.*

—'그녀가 생의 온 힘을 다해 자신의 깊은 내면을 감추고자 했다면, 누가 그녀의 마음을 꿰뚫어보았다고 주장할 수 있겠는가.' 뮈세.

기숙학교를 마치자마자 소스눕스카야는 예술에 모든 것을 바치겠다고 어머니에게 선언했다. 선량한 가톨릭신자였던 어머니는 처음에는 배우가 되고 싶다는 딸의 바람을 귀담아들으려 하지 않았다. 하지만 딸은 누구에게든 절대로 뜻을 굽히는 사람이 아니었으며, 예전부터 어머니에게 자신의 인생, 마리야 소스눕스카야의 인생은 절대 평범할 수 없고 자신의 이름을 세상에 남기지 못한다는 건 있을 수 없는 일이라고 기회가 될 때마다 말해둔 바 있었다.

그녀는 열여덟 살에 리보프로 가서 자신의 꿈을 빠르게 이루었다. 어려움도 없이 무대에 올랐으며 곧 남다른 재능을 보여주었다. 그녀는 관객들 사이에서 이름을 날렸으며 연극계에서도 진지한 명성을 얻게 되어 삼 년째 되는 해에는 우리 도시로 초청을 받았다. 하지만 리보프에서도 비슷한 내용의 일기를 썼다.

—'모두가 그녀에 대해 말하고 그녀로 인해 울고 웃지만, 대관절 누가 그녀를 알겠는가?' 뮈세.

—어머니만 아니었으면 나는 자살했을 것이다. 내가 언제나 원하는 건 바로 그것이다……

—어디든 교외로 나가면 너무나 아름답고 끝없는 하늘을 보게 될

---

* 지그문트 크라신스키(1812~1859). 폴란드의 낭만주의 시인.

텐데, 그때 나에게 무슨 일이 벌어질지 나도 모르겠다. 나는 소리지르고, 노래 부르고, 시를 낭독하고, 울고…… 사랑하고, 그리고 죽고 싶다……

─나는 아름다운 죽음을 선택할 것이다. 작은 방을 빌려서 내 시신을 장례용 천으로 덮어달라고 부탁할 것이다. 벽 뒤에서 음악이 나오는 가운데 내가 소박한 흰옷을 입고 수많은 꽃으로 감싸인 채 누워 있으면 그 향기가 나를 죽일 것이다. 아, 너무 멋질 것이다!

계속 이어진다.

─모든 사람이 내 영혼이 아니라 몸을 원한다……

─만약 내가 부유하다면 온 세상을 다니며 모든 곳을 사랑할 텐데……

─'인간은 자신이 무엇을 원하는지 알고 있는가? 자신이 생각하는 것을 확신하는가?' 크라신스키.

그리고 마침내

─나쁜 놈!

이 말이 무슨 뜻인지 모르기는 어렵다. 그런 일을 저지른 그 나쁜 놈은 누구인가? 그런 사람이 있었다는, 없을 수가 없다는 사실만 알려졌다. "리보프에서부터 그녀는 무대를 위해 옷을 입었다기보다는 벗었다고 말할 수 있었습니다. 그녀는 속이 비치는 실내복만 입고 다리를 다 드러낸 채로 지인들과 숭배자들을 맞이했어요. 그 아름다운 모습은 모든 사람, 특히 신출내기들을 황홀경에 빠뜨렸습니다. 하지만 그녀는 다리를 무릎 위쪽까지 보여주면서 '놀라지 마세요, 이건 제 것이랍니다'라고 말했지요. 동시에 때로 눈물까지 흘리며 자신의 사랑에 어울리는 사람은 없으며 자신의 유일한 희망은 죽음이라고 끊임없이 말했습니다⋯⋯" 리보프에서 소스놉스카야와 함께 일한 자우제라는 사람의 증언이다.

그리고 그 '나쁜 놈'이 나타났다. 그녀는 그와 함께 콘스탄티노플, 베네치아, 파리를 여행했고, 크라쿠프와 베를린에서는 그의 집에 머물기도 했다. 그 사람은 갈리치아*의 지주이고 큰 부자였다. 다음은 어린 시절부터 소스놉스카야를 알았던 볼스키의 증언이다.

"나는 언제나 소스놉스카야가 매우 부도덕한 여자라고 생각했습니다. 그녀는 우리 지역의 여배우나 평범한 여자들이 마땅히 지켜야 할 절제를 전혀 알지 못했습니다. 오직 돈, 돈과 남자만 좋아했습니다. 또한 파렴치하게도 아직 소녀였을 때 나이든 갈리치아 뚱보에게 몸을 팔았지요!"

소스놉스카야는 죽기 직전 옐라긴과의 대화에서 바로 그 '뚱보'에 대해 이야기했다. 그때 그녀는 더이상 조심하지 않고 허심탄회하게 말하며 이렇게 불평했다.

"나는 외롭게 자랐어요. 아무도 나를 보살펴주지 않았죠. 가족들이 있었지만 온 세상과 그렇듯 모두와 서먹했어요⋯⋯ 어떤 여자가 있었어요. 자자손손 저주받을 여자지요! 그 여자가 사람 잘 믿는 순진한 소녀였던 나를 타락시켰어요⋯⋯ 그러다가 나는 리보프에서 어떤 남자를 아버지처럼 진심으로 좋아하게 되었는데, 알고 보니 얼마나 나쁜 놈이었던지. 생각만 해도 끔찍해요! 그 남자가 나에게 대마초와 술

---

* 우크라이나 북서부에서 폴란드 남동부에 걸친 지역명.

을 가르쳐주었고, 콘스탄티노플에 있는 자신의 거대한 하렘에 나를 데려가 벌거벗고 누워 있는 여자 노예들을 보면서 나에게도 옷을 벗도록 강요했어요. 진짜 저질이었죠……"

9

우리 도시에서 소스놉스카야는 곧 화제가 되었다.

메시코프의 증언이다. "리보프에서부터 그녀는 많은 남자에게 자신과 하룻밤을 보내는 대가로 죽을 것을 제안했으며 진정한 사랑을 할 줄 아는 심장을 찾고 있다는 말을 계속 했습니다. 그녀는 그 사랑할 줄 아는 심장을 몹시 집요하게 찾았죠. 그러면서 '나의 최대 목표는 살아서 삶을 누리는 거예요. 코르크는 모든 포도주를 맛봐야 하며 포도주 하나에 취하면 안 되죠. 여자도 남자를 대할 때 그렇게 해야 해요'라고 끊임없이 말했습니다. 그리고 그렇게 행동했고요. 그녀가 정말로 모든 포도주를 맛보았는지는 단언할 수 없지만, 자기 주변을 수없이 많은 포도주로 채웠다는 것은 알고 있습니다. 하긴, 주변에 소음을 만들어내고 극장에 사람들을 끌어모으기 위한 목적으로 꾸민 일일 수도 있지요. 그녀는 '돈은 별거 아니에요. 나는 탐욕스럽고 때로는 최고의 속물처럼 인색하지만, 어쩐 일인지 돈 생각은 별로 하지 않아요. 중요한 건 명예고, 나머지 모든 것은 저절로 따라올 거예요'라고 말했습니다. 내 생각에 그녀가 죽음에 대해 끊임없이 말한 건 오로지 자신에게 관심이 집중되도록 하기 위함이었던 것 같습니다……"

리보프에서와 같은 일이 우리 도시에서도 반복되었다. 그녀는 거의 같은 내용의 일기를 썼다.

―세상에, 너무 우울하고 고통스럽다! 지진이라도 일어났으면, 일식이라도 벌어졌으면!

―어느 날 저녁에 나는 묘지로 갔다. 그곳은 너무나 아름다웠다! 그렇게 느껴졌다…… 하지만 아니다. 나는 그런 감정을 묘사할 능력이 없다. 나는 밤새 무덤 위에서 무언가를 낭송하다 지쳐서 죽어버리고 싶었다. 그다음날 나는 무대에서 그 어느 때보다 훌륭한 연기를 했다……

계속 이어진다.

―어젯밤 열시, 나는 묘지에 갔다. 보기 드문 풍경이었다! 묘비와 십자가 위로 달빛이 쏟아지고 있었다. 죽은 자 수천 명에 둘러싸인 기분이었다. 너무 행복하고 기뻤다! 아주 좋았다……

옐라긴을 만나고 얼마 안 되어 그로부터 부대의 기병 조장이 사망했다는 소식을 들은 그녀는 그에게 고인이 누워 있는 작은 예배당으로 자신을 데려가달라고 했다. 그런 다음 달빛이 드리운 예배당과 고인의 모습이 자신에게 '온몸이 떨릴 만큼 감격스러운 인상'을 주었다고 기록했다.

이 시기 사람들의 관심과 명예에 대한 그녀의 갈망은 최고조에 달했다. 실제로 그녀는 매우 어여뻤다. 사실 그녀의 아름다움은 평범했지만, 그녀에게는 순진함과 순결함이 짐승 같은 교활함과 뒤섞인 일반적이지 않고 드문 매력이 있었다. 끊임없는 유희와 진지함의 결합이라고나 할까. 그녀의 초상화를 보라. 특히 항상 입을 조금 벌린 채 살짝 치켜뜬 그녀만의 특별한 시선, 서글프지만 무엇보다 예쁘고 뭔가를 호소하고 약속하는 듯한, 비밀스럽고 부도덕한 무언가에 동의하는 듯한 그 시선을 보라. 그녀는 자신의 아름다움을 활용할 줄 알았다. 무대에서 그녀는 울림 있는 목소리와 생기 넘치는 동작, 웃음 혹은 눈물 등 모든 매력을 발산할 뿐만 아니라, 자신의 육체를 빈번하게 보여줄 수 있는 역할을 선택함으로써 많은 숭배자를 그러모았다. 집에서는 유혹적인 동양풍의 의상과 그리스식 의상을 걸친 채 많은 손님을 맞았다. 그리고 집의 방 하나를 그녀의 표현에 따르면, 특별히 자살용으로 꾸몄다. 거기에는 권총과 단검, 낫 모양의 긴 칼, 온갖 종류의 독약이 담긴 유리병들이 있었다. 그녀가 가장 좋아하는 화제는 늘 죽음이었다. 그뿐만 아니라, 온갖 자살 방법에 대해 이야기하다가 벽에 걸린 장전된 권총을 갑자기 집어들고 안전장치를 풀고는 자신의 관자놀이에 총구를 대고 이렇게 말하기도 했다. "빨리 나에게 키스하세요. 그러지 않으면 지금 바로 총을 쏠 거예요." 어떤 때는 스트리크닌* 알약을 입에 털어넣고는, 만약 손님이 바로 무릎을 꿇고 그녀의 맨발에 키스하지 않으면 약을 삼켜버리겠다고 협박하기도 했다. 그녀의 이런 행동과 언사는 손님을 공포에 사로잡히게 만들었고, 현관문을 나서는 순간 더욱 그녀에게 빠져들도록 만들었다. 도시 전체에 그녀에 대한 소문이 돌았다. 그 소문에 모든 사람이 흥분했다. 그것은 그녀가 그토록 원했던 소문이었다……

"보통 그녀는 자연스러운 상태가 아니었습니다." 오랫동안 그녀와 아주 가까이서 알고 지냈던 잘레스키가 법정에서 증언했다. "연기하고

---

* 맹독성 흥분제.

자극하는 것. 바로 이것이 그녀가 항상 몰두한 일이지요. 수수께끼처럼 부드러운 눈길과 의미심장한 미소, 아니면 보호본능을 자극하는 어린아이의 서글픈 한숨 같은 것으로 사람을 미치게 하는 것. 그녀는 이 방면에 재능이 아주 뛰어났습니다. 바로 그런 방식으로 옐라긴을 대했습니다. 그를 뜨겁게 만들었다가 다시 찬물을 끼얹었다가…… 그녀가 죽기를 원했다고요? 하지만 그녀는 음탕할 정도로 삶을 사랑했고 상상할 수 없을 만큼 죽음을 두려워했습니다. 그녀의 성정은 대체로 매우 낙천적이고 쾌활했습니다. 어느 날 옐라긴이 그녀에게 북극곰 모피를 선물로 보냈을 때가 기억나는군요. 그때 그녀의 집에는 손님들이 많았습니다. 그런데 그녀는 다른 사람들의 존재를 모두 잊어버리더군요. 그 모피에 푹 빠졌지요. 바닥에 모피를 펴고는 주변 사람들의 시선에 아랑곳하지 않고 그 위에서 공중제비를 돌며 여러 동작을 해치웠는데, 곡예사들이 봤다면 질투할 정도였습니다…… 정말 매력적인 여자였지요!"

그러나 잘레스키는 그녀가 돌발적인 우울감과 절망에 고통받았다고 말하기도 했다. 지난 십 년간 그녀와 알고 지냈으며 리보프로 떠나기 전―당시 그녀는 폐결핵을 앓기 시작했다―부터 그녀를 치료해준 의사 세로솁스키도 최근까지 그녀가 심각한 신경증과 기억상실, 환각으로 고통받았고 그래서 그녀의 정신건강에 대해 걱정했다고 말했다. 그녀의 신경증을 치료했던 의사 슈마헤르도 그녀가 자신은 자연사로 죽지는 않을 거라고 늘 단언했다고 말했다(어느 날 그녀가 이 의사에게서 쇼펜하우어의 책 두 권을 빌려갔는데 '매우 주의깊게 책을 읽어서 놀라울 만큼 훌륭하게 이해했다는 것이 나중에 밝혀졌다'). 또다른 의

사인 네드젤스키는 다음과 같은 증언을 했다.

"이상한 여자였습니다! 집에 손님들이 있을 때 그녀는 보통 매우 쾌활하고 애교가 넘쳤습니다. 하지만 갑자기 밑도 끝도 없이 침묵에 빠지고 기절한 듯 눈을 뒤집으며 탁자 위로 고개를 떨어뜨리는가 하면, 유리잔이나 술잔을 바닥에 마구 던지기도 했습니다. 그럴 때는 말리지 말고 오히려 더 심하게, 더 세게 하라고 그녀를 부추겨야 합니다. 그러면 다음 순간 바로 그런 행동을 멈추곤 했습니다."

그런 '이상한 매력이 있는 여자'와 알렉산드르 미하일로비치 옐라긴 소위가 마침내 만나게 되었다.

10

그들은 어떻게 만났을까? 어떻게 가까워졌으며 서로에 대한 감정과 관계는 어떤 것이었을까? 이에 대해 옐라긴 자신이 두 번에 걸쳐 설명했다. 처음에는 살인이 벌어지고 몇 시간 후 예심판사에게 짧고 간단하게, 두번째는 첫번째 신문이 있은 지 삼 주 후 진행된 신문에서 말했다.

"맞습니다." 그가 말했다. "나는 소스놉스카야의 생명을 빼앗는 죄를 저질렀습니다. 하지만 그녀의 뜻에 따른 일입니다……

내가 그녀를 만난 것은 일 년 반 전, 극장 매표소에서 육군 중위 부드베르그를 통해서였습니다. 나는 그녀를 열렬히 사랑했고, 그녀도 나와 같은 마음이라고 생각했습니다. 하지만 항상 그것을 확신했던 건 아닙니다. 때로 그녀는 내가 그녀를 사랑하는 것보다 훨씬 더 많이 나를 사랑하는 것 같기도 했지만, 때로는 그 반대로 여겨지기도 했지요. 게다가 그녀는 항상 숭배자들에게 둘러싸여 있고 교태를 부려서, 나는 끔찍한 질투심에 몹시 고통스러웠습니다. 하지만 어쨌든 그것이 우리의 비극을 초래한 원인은 아닙니다. 무언가 다른, 말로 표현할 수 없는 어떤 것이 있습니다…… 적어도 내가 질투심 때문에 그녀를 살해한 것은 아니라고 맹세할 수 있습니다.

거듭 말씀드리지만 나는 지난해 2월 극장 매표소 근처에서 그녀를 처음 만났습니다. 그녀의 집도 방문했지만, 10월까지는 한 달에 두 번 이상 찾아간 적은 없었습니다. 그리고 항상 낮에만 찾아갔습니다. 10월에 나는 그녀에게 사랑을 고백했고, 그녀도 내게 키스를 허락했습니다. 일주일 후 내 동료 볼로신과 함께 셋이서 교외의 레스토랑으로 식사하러 갔다가 돌아오는 길에 둘만 남게 되었습니다. 그녀는 쾌활하고 상냥하고 살짝 술에 취했지만, 그녀 앞에서 소심해진 나는 두려움 때문에 그녀의 손에 입을 맞추지 못했습니다. 그후 어느 날 그녀가 나에게 푸시킨의 책을 가져다달라고 했고, 그녀는 푸시킨의 『이집트의 밤』을 읽으며 물었습니다. '사랑하는 여자와 하룻밤을 보낼 수 있다면 생명을 내줄 수 있어요?' 그래서 나는 그럴 수 있다고 서둘러 대답했고, 그녀는 알 수 없는 미소를 지었습니다. 이미 나는 그녀를 너무나 사랑하게 되었고, 그것이 나에게 운명적 사랑이라고 확신하게 되었습니다. 우리가 서로 가까워질수록 나는 그녀에게 내 사랑을 더욱 자주 용감하게 말하기 시작했습니다. 내 아버지가 그녀와의 결혼을 절대로 허락하지 않을 것이고 결혼하지 않고 나와 함께 사는 것은 폴란드인 여배우인 그녀에게는 절대 불가능한 일이라는 사실만으로도 죽을 것 같다고 말했지요. 그녀가 속한 폴란드인 사회에서 러시아 장교와의 공공연한 혼외 관계는 결코 인정받지 못할 것이기 때문입니다. 그러자 그녀도 자신의 운명과 자신의 알 수 없는 마음에 대해 불평했고, 그런 불평과 친밀함으로 나에게 얼마간의 희망을 주는 듯했습니다. 하지만 나의 고백이나 나를 사랑하느냐는 내 끊임없는 질문에 대해서는 즉답을 피했지요⋯⋯

그후 올 1월부터 나는 매일 그녀의 집을 찾았습니다. 극장으로 꽃다발을 보내기도 하고, 집으로 꽃을 보내기도 하고, 선물도 했습니다⋯⋯ 만돌린 두 개, 북극곰 모피, 반지, 다이아몬드 팔찌를 선물했고, 해골 모양의 브로치도 선물하려고 했습니다. 그녀는 죽음을 상징하는 물건을 무척 좋아했고 '캉 멤 푸르 투주르! Quand même pour toujours!'라는 프랑스어 문구를 새긴 브로치를 선물받고 싶다고 여러 번 말했거든요.

올 3월 26일, 나는 그녀로부터 저녁식사 초대를 받았습니다. 저녁을 먹은 후 그녀가 일본식 방이라고 이름 붙인 그곳에서 처음으로 내게 자신을 허락했습니다⋯⋯ 그 방에서 우리의 만남은 계속되었지요. 저녁을 먹은 후 그녀는 잠을 자라고 하녀를 내보냈습니다. 그후 나에게 침실 열쇠를 주었습니다⋯⋯ 침실의 바깥쪽 문은 계단으로 연결되어 있었어요. 3월 26일을 기념해 우리는 약혼반지를 주문했습니다. 그녀의 뜻에 따라 반지 안쪽에 우리의 이니셜과 첫 관계 날짜를 새겼어요⋯⋯

어느 날 우리는 교외로 나가 시골의 한 가톨릭 성당에 도착했습니다. 나는 교회 십자가 앞에서 그녀에게 영원한 사랑을 맹세했습니다. 그녀가 나의 아내이며 죽을 때까지 그녀를 배신하지 않겠다고 신 앞에서 선언했지요. 그녀는 슬픈 듯 생각에 잠긴 채 잠자코 서서 아무 말도 하지 않았습니다. 잠시 후 그녀가 간단히, 그러나 단호하게 말했습니다. '나도 당신을 사랑해요. 캉 멤 푸르 투주르!'

5월 초 어느 날 그녀 집에서 저녁식사를 하는데 그녀가 아편 가루를 꺼내며 말했습니다. '죽는 건 정말 쉬운 일이에요! 조금만 뿌리면 끝이거든요!' 그런 다음 샴페인이 든 잔에 가루를 털어넣고 잔을 입으로 가져갔습니다. 나는 그녀의 손에서 잔을 빼앗아 벽난로에 술을 버린 후 잔을 던져 깨버렸습니다. 다음날 그녀가 나에게 말했습니다. '어제는 비극 대신 희극이 돼버렸어요!' 그리고 덧붙여 말했죠. '내가 뭘 할 수 있겠어요. 나 자신도 결심하지 못하고 당신도 하지 못하니…… 부끄러울 따름이에요!'

그날 이후 우리의 만남은 점점 줄어들었습니다. 그녀는 이제 저녁마다 자신의 집에서 나를 만나지 못할 거라고 말했습니다. 이유가 뭐지? 나는 미칠 지경이었습니다. 끔찍하게 고통스러웠지요. 나에 대한 그녀의 마음이 변했습니다. 조롱하는 말투로 차갑게 말했고, 때로는 모르는 사람처럼 데면데면하게 굴기도 하고, 자존심도 없다며 대놓고 나를 조롱했습니다…… 그러다가 또다시 모든 것이 변했습니다. 그녀가 나를 산책에 데려갔고 다시 나와 함께 시간을 보내기 시작했습니다. 나 역시 차갑고 절제된 모습으로 그녀를 대했기 때문일지도 모르지요…… 마침내 그녀가 나에게 우리가 만날 수 있는 독신자용 스튜디오를 구하라고 말했습니다. 그런데 그 스튜디오는 인적이 드문 거리의 오래되고 음침한 건물에 있어야 하고 반드시 어두운 곳이어야 하며 그녀가 지시하는 대로 꾸며져야 했습니다…… 그 스튜디오가 어떻게 꾸며졌는지는 당신도 잘 아시겠지요……

그리고 6월 16일 오후 네시, 내가 그녀에게 들러 스튜디오가 준비되었다고 말하고 열쇠 하나를 전해주었습니다. 그녀는 미소를 지었고, 내게 열쇠를 돌려주며 '나중에 이야기해요'라고 대답했지요. 그때 벨소리가 울리더니 시클랴레비치라는 사람이 들어왔습니다. 나는 서둘러 열쇠를 옷 주머니에 감춘 후, 쓸데없는 소리를 지껄이기 시작했습니다. 내가 시클랴레비치와 함께 집에서 나갈 때, 그녀는 현관에서 큰 소리로 그에게 말했습니다. '월요일에 오세요.' 나에게는 '내일 와요, 네시에'라고 속삭였지요. 그녀의 속삭임에 나는 머리가 어지러웠습니다……

다음날 나는 정확히 네시에 그녀의 집에 갔습니다. 그런데 문을 열어준 식모가 나를 집에 들일 수 없다는 소스놉스카야의 말을 전하며 그녀의 편지를 건네주었을 때 얼마나 당황스럽던지! 그녀는 편지에 건강이 별로 좋지 않아 어머니가 있는 다차*로 떠난다고 쓰고는 '이미 늦었다'고 덧붙였습니다. 화가 난 나는 처음 보이는 과자점에 들어가 늦었다는 말이 무슨 뜻인지 설명해달라는 형편없는 편지를 써서 심부름꾼 편에 보냈습니다. 하지만 심부름꾼은 내 편지를 도로 가져왔지요. 그녀가 집에 없었던 겁니다. 그래서 나는 그녀가 나와의 관계를 완전히 끝내고 싶어한다고 단정하고 집으로 돌아가는 길에 그녀에게 다시 편지를 썼습니다. 그 편지에서 나는 그녀가 나를 데리고 장난을 쳤다고 비난했으며, 그녀에겐 농담거리에 불과하겠지만 약혼반지는 내 인생에서 가장 중요하고 무덤까지 가져가야 하니 돌려달라고 요구했습니다. 그런 말로 우리 사이에 있었던 모든 일이 사실상 끝났으며 내게

---

* 여름 별장.

남은 건 죽음뿐이라는 점을 그녀에게 이해시키고 싶었습니다. 이 편지와 함께 그녀의 사진과 편지 그리고 내가 가지고 있던 그녀의 물건들, 장갑, 머리핀, 모자…… 등도 돌려보냈습니다. 그녀의 집에 다녀온 병사는 그녀가 집에 없어서 편지와 물건을 집사에게 전달하고 왔다고 말했습니다……

저녁에 나는 서커스를 보러 갔다가 시클랴레비치를 만났습니다. 나는 그를 잘 알지 못했지만, 혼자 있기가 두려워 그와 함께 샴페인을 마셨습니다. 갑자기 시클랴레비치가 말했습니다. '이봐요, 내가 보기에 당신은 몹시 고통스러워하고 있군요. 그 이유도 알겠습니다. 내 말을 믿으세요. 그녀는 그럴 가치가 없는 사람입니다. 우리 모두 그 과정을 거쳤어요. 그녀는 우리 모두를 기만했습니다……' 나는 군도를 움켜쥐고 그의 머리를 베어버리고 싶었지만, 그 비슷한 행동을 하거나 그런 종류의 대화를 하지 않았을 뿐만 아니라, 심지어 그가 한 말에 은밀한 기쁨을 느꼈습니다. 누구에게서든 공감을 얻을 수만 있다면 기뻐할 만한 상황에 부닥쳐 있었던 것입니다. 나에게 무슨 일이 벌어졌던 건지 나도 모르겠습니다. 물론 나는 그의 말에 한마디 대꾸도 하지 않았고 소스놉스카야에 대해서도 전혀 이야기하지 않았지만, 그를 스타로그라드스카야 거리로 데려가 내가 그녀와의 만남을 위해서 사랑을 담아 고르고 고른 그 스튜디오를 보여주었습니다. 몹시 고통스럽고 부끄러웠던 나는 그렇게 나 자신과 그 스튜디오를 놀림거리로 만든 것입니다……

그곳에서 다시 마차를 타고 네바롭스키 레스토랑으로 갔습니다. 비가 좀 내리고 있었고 마부는 매우 빠르게 마차를 몰았는데, 빗줄기와 눈앞의 불빛 때문에 아프고 두려웠습니다. 새벽 한시에 시클랴레비치와 함께 레스토랑에서 집으로 돌아와 막 옷을 벗기 시작하는데, 갑자기 병사가 메모를 전해주었습니다. 그녀가 길에서 나를 기다리고 있으며 바로 내려와달라고 부탁하는 내용이었습니다. 그녀는 하녀와 함께 왔는데, 나 때문에 몹시 놀라서 혼자 오기가 겁이 나 하녀를 데리고 온 거라고 했습니다. 나는 병사에게 하녀를 집에 데려다주라고 말하고 마차에 올라타 그녀 옆에 앉았습니다. 그리고 우리는 스타로그라드스카야 거리로 갔습니다. 가는 길에 나는 그녀가 나를 놀리고 있다고 말하며 그녀를 비난했습니다. 그녀는 아무 말도 하지 않고 앞만 바라보며 가끔 눈물을 훔쳤습니다. 아무튼 그녀는 평온해 보였습니다. 보통 그녀의 상태가 항상 나에게 전염되곤 했기 때문에 나도 평온을 되찾았습니다. 그곳에 도착했을 때 그녀는 완전히 쾌활해졌습니다. 그 스튜디오를 몹시 마음에 들어했지요. 나는 그녀의 손을 잡고 내 모든 잘못을 용서해달라고 빌었습니다. 그녀의 사진과 내가 화가 나서 그녀에게 보낸 것들을 돌려달라고 빌었습니다. 우리는 자주 싸웠는데, 항상 끝에 가서는 내가 잘못했다고 느꼈고 용서를 비는 것은 언제나 내 쪽이었습니다. 새벽 세시에 나는 그녀를 집에 바래다주었습니다. 가는 길에 우리의 대화가 다시 격해졌습니다. 그녀는 앞을 바라보며 앉아 있었고, 나는 그녀의 얼굴을 볼 수 없었습니다. 그녀의 향수 냄새와 냉랭하고 악의에 찬 목소리만 느껴졌지요. 그녀가 말했습니다. '당신은 남자도 아니야. 속도 없어. 그런데 나는 필요하면 언제든 당신을 화나게 할 수도 있고 마음을 풀어줄 수도 있지. 내가 남자라면 그런 여자를 산산조각 내버릴 텐데!' 그 말을 듣고 내가 소리질렀습니다. '그렇다면 당신

반지는 다시 가져가요!' 나는 그녀의 손에 억지로 반지를 끼워주었습니다. 그녀가 내 쪽을 향해 몸을 돌리고 당혹스러운 미소를 지으며 '내일 오세요'라고 말했지만 나는 절대로 가지 않겠다고 대답했습니다. 그러자 그녀는 어색하고 소심한 태도로 나를 달래며 말했어요. '아니, 당신은 올 거야, 올 거예요…… 스타로그라드스카야로……' 그러더니 단호하게 말했습니다. '아뇨, 당신에게 부탁할게요. 나는 곧 외국으로 떠나고, 마지막으로 당신을 만나고 싶어요. 당신에게 할 아주 중요한 말이 있거든요.' 그러더니 다시 눈물을 흘리며 말했어요. '나는 놀라울 뿐이에요. 나를 사랑한다고 말하고 나 없이는 살 수 없어 권총으로 자살하겠다고 말하면서 마지막으로 나를 보러 오지 않겠다니……' 그래서 나는 스스로를 억누르며 그렇다면 몇시에 시간이 날지 내일 알려주겠다고 말했습니다. 그녀의 집 현관에서 비를 맞으며 헤어질 때, 내 심장은 그녀에 대한 사랑과 연민으로 찢어질 것 같았습니다. 집으로 돌아온 나는 시클랴레비치가 내 집에서 자고 있는 것을 보고 당혹스러움과 혐오를 느꼈습니다……

6월 18일 월요일 아침, 나는 정오부터 시간이 난다고 그녀에게 쪽지를 보냈습니다. 그녀가 답장을 보내왔지요. '여섯시, 스타로그라드스카야에서……'"

11

소스놉스카야의 하녀인 안토니나 코반코와 식모 반다 리네비치의 증언에 따르면, 16일 토요일에 소스놉스카야는 스타킹을 약간 지지기 위해 알코올램프에 불을 붙이다가 어쩔 줄 몰라하며 실내복 끝자락에 성냥을 던졌는데, 그만 실내복에 불이 붙었고 거칠게 소리를 지르며 옷을 벗어던졌다고 한다. 몹시 놀란 그녀는 자리에 누워 의사를 부르러 사람을 보냈고, 확신에 차서 이렇게 말했다.

"이거 보라고. 큰 불행이 다가올 징조야……"

사랑스러운 불행한 여인이여! 실내복 이야기나 그녀가 어린아이처럼 겁을 냈다는 이야기가 특히 내 마음을 사로잡았다. 아무것도 아닌 듯 보이는 이 사건이 나에게는 우리가 그녀에 대해 줄곧 들어왔고 그녀의 죽음 이후 사회와 법정에서 신물나게 들은 모든 단편적이고 상호 모순적인 것을 놀랄 만큼 연결하고 밝혀주었다. 가장 중요한 것은 그 이야기가 나로 하여금 그녀에 대해 사람들이 가지고 있던 모든 관심과 그녀를 이해하고 파악하고자 했던 모든 열망, 그리고 지난 일 년 동안 끝도 없이 돌던 그녀에 대한 모든 소문에도 불구하고 거의 아무도 이해하지 못하고 진심으로 느끼지 못하던—이것은 옐라긴도 마찬가지였다—진짜 소스놉스카야를 생생하게 느낄 수 있도록 만들었다는 것이다.

다시 말하지만 인간의 판단력은 경악스러울 만큼 형편없다! 별로 의미가 없는 사건에 대해서도 사람들이 이해하고자 할 때면 언제나 똑같은 일이 반복된다. 보지만 보지 못하고, 듣지만 듣지 못하는 것이다. 그런 맥락에서 사람들은 겉으로 드러나는 분명함과는 달리 옐라긴과 소스놉스카야, 그리고 그들 사이에 일어난 모든 일을 마치 일부러인 듯 왜곡할 필요가 있었다! 모든 사람이 마치 약속이나 한 듯이 저급한 사실을 제외하고는 전혀 언급하지 않았다. 거기에 깊이 생각할 것이 뭐가 있냐고들 했다. 남자는 질투심 많은 주정뱅이 난봉꾼 경기병이고, 여자는 난잡하고 부도덕한 생활에 빠진 배우라고 했다……

"따로 마련한 스튜디오, 포도주, 교태와 음탕함." 그 사건에 대해 사람들이 말했다. 장검 부딪치는 소리가 모든 숭고한 감정을 억눌렀다.

숭고한 감정, 포도주! 옐라긴과 같은 성정의 사람에게 포도주는 어떤 의미인가? '때로 훌륭하고 숭고한 모든 것에, 가슴을 저미는 모든 것에 애착과 고통을 느낀다…… 어디선가 들은 것 같긴 한데 사실 존재하지 않는 붙잡을 수 없는 멜로디를 포착하고 싶다……' 그런데 술을 마시면 숨쉬기가 쉽고 편하다. 술을 마시면 포착할 수 없는 멜로디도 더 선명하고 가깝게 들린다. 그런데 술도 음악도 사랑도 궁극적으로는 기만적이며 세상과 삶에 대한 형언할 수 없는 감각을 더 첨예하고 과도하게 강화할 뿐이라면 어떻겠는가?

"그녀는 그를 사랑하지 않았어." 사람들은 그녀에 대해 말했다. "그를 두려워했을 뿐이야. 사실상 그는 자살하겠다고 끊임없이 그녀를 위협했어. 자기 죽음을 들먹여 그녀의 마음에 부담을 주었을 뿐만 아니라 그녀를 엄청난 추문의 여주인공으로 만들었어. 그녀가 그에 대해 심지어 '혐오감 비슷한 것'을 느꼈다는 증거도 있어. 그녀가 그에게 자신을 의탁했다고? 하지만 그렇다고 해서 사실이 변하는 것은 아니야. 그녀가 스스로를 의탁한 사람이 어디 한둘인가! 하지만 옐라긴은 그녀가 즐겨 연기했던 수많은 로맨틱 코미디를 묵직한 비극으로 만들고 싶어했지……"

그리고 이런 이야기들도 했다.

"그녀는 그의 끝없고 지독한 질투심 때문에 두려움에 떨었어. 그는 점점 더 질투심을 드러냈지. 한번은 그가 그녀의 집에 있는데 배우 스트라쿤이 왔어. 처음에 그는 조용히 앉아 있었지만 질투심에 얼굴이 창백해지더군. 그러더니 갑자기 옆방으로 가는 거야. 그녀가 그를 뒤쫓아갔는데 그의 손에 권총이 들려 있는 것을 보고 그의 앞에 무릎을 꿇고는 그녀와 그 자신을 가엾게 여겨달라고 애원했지. 아마 그런 비슷한 일들이 적잖게 벌어졌을 거야. 그러니 그녀가 그의 손아귀에서 벗어나 외국으로 떠나기로 했던 것도 이해가 가지 않나? 죽기 직전 그녀는 떠날 준비를 완전히 마친 상태였어. 그런데 그가 그녀에게 스타로그라드스카야 거리에 있는 스튜디오 열쇠를 건네주었지. 그 스튜디오를 마련하게 한 건 아마 그녀가 떠나기 전까지 자신의 집에서 그를 만나지 않으려고 생각해낸 일 같아. 그녀는 그 열쇠를 받지 않았어. 그러자 그는 열쇠를 받으라고 강권했지. 그녀는 이미 늦었다고, 자기는 열쇠를 받을 이유가 없다고, 떠날 거라고 선언했지. 하지만 그가 그녀에게 편지를 보냈는데, 그 내용은 그 편지를 받은 그녀가 공포에 질려 정신이 나가 밤중에 그에게 달려올 것이며 그때 자신은 이미 죽어 있으리라는 것이었지……"

이 이야기들이 모두 사실이기를 바란다(비록 옐라긴의 고백과 완전히 대립되는 이야기지만 말이다). 하지만 왜 옐라긴은 그토록 '지독하게' '끝도 없이' 질투를 했을까? 왜 코미디를 비극으로 바꾸려 한 걸까? 도대체 무엇 때문이었을까? 그리고 왜 질투가 폭발했을 때 바로 그녀에게 총을 쏘지 않았을까? 왜 '살인자와 희생자 사이에 몸싸움이 없었을'까? '그에 대한 그녀의 감정은 때로 혐오감에 가까웠고…… 그녀는 다른 사람들이 있을 때 종종 그를 조롱했다. 예를 들면 안짱다리 강아지 같은 모욕적인 별명으로 불렀다……' 하지만, 아, 소스놉스카야는 원래 그런 사람이었다. 리보프에서 쓴 일기에도 누군가에 대한 혐오감을 나타낸 기록이 있었다. '그렇게도 나를 사랑한단 말이지! 그러면 나는? 나는 그에게 어떤 감정을 느끼지? 사랑, 그리고 혐오!' 그녀가 옐라긴을 모욕했다고? 그렇다, 어느 날 그녀는 그와 싸운 후—그런 일이 자주 벌어졌다—하녀를 부른 뒤 약혼반지를 바닥에 던지고는 소리쳤다. '이 더러운 건 네가 가져!' 하지만 그 직전에 그녀가 어떤 행동을 했던가? 그 직전에 그녀는 부엌으로 달려가 하녀에게 말했다.

"내가 곧 너를 부를 거야. 이 반지를 바닥에 던지고 너에게 가지라고 할 거야. 하지만 그건 그냥 코미디일 뿐이라는 걸 명심해. 반지는 바로 나에게 돌려줘야 해. 이 반지로 내가 저 바보와 약혼을 한 거니까. 이 반지는 나에게 이 세상 무엇보다 소중해……"

그녀를 '행실이 가벼운' 여자라고 부르는 데는 이유가 있었다. 가톨릭교회가 '부도덕하고 방탕한 인간'이라는 이유로 그녀의 장례식을 그리스도교식으로 행하지 못하게 한 데도 이유가 있었다. 그녀의 본성은 거리의 직업여성이나 자유연애 추종자들의 그것과 흡사한 점이 많았다. 하지만 그 본성이라는 것은 무엇인가? 그것은 강렬하게 표현되고 만족을 모르는 음욕의 본성이다. 그 이유는 무엇인가? 하지만 그 이유가 무엇인지 내가 어떻게 알겠는가? 항상 일어나는 일이 어떠한지 생각해보길. 성정이 격렬하고(어느 정도는) 끔찍이도 복잡하고 심각할 정도로 흥미로운 유형의 남자, 여자에 대해서뿐만 아니라 세상 전체에 대해 감수성이 극도로 발달한 남자, 매번 영혼과 육신의 힘을 다해 그런 여자에게 끌리는 남자들이 엄청난 수의 연애 드라마와 비극의 주인 공이 된다. 왜? 저급한 취미 때문에? 그 자신의 퇴폐성 때문에? 아니면 그냥 그런 여자들이 손에 넣기 수월해서? 물론 아니다, 절대로! 그런 남자들은 그런 여자와의 관계가 언제나 고통스럽고 때로는 몹시 두려우며 치명적이라는 사실을 예민하게 감지하고 충분히 이해하고 있다는 사실 하나만으로도 그렇지 않다고 대답할 수 있다. 그들은 이런 사실을 느끼고 보고 알고 있지만, 여전히 그런 여자들에게 매료된다. 고통스러울 뿐만 아니라 사망에 이를 수 있음에도 스스로를 제어하지 못한다. 왜일까?

물론, 이제 정말로 자신의 마지막 순간이 왔다고 스스로 암시하면서 죽기 전에 그런 메모를 썼을 때 그녀는 코미디 연기를 한 것이다. 그녀의 일기가 이를 뒷받침하고 있다. 그 일기 자체도 통속적이고 미숙한 면이 있기는 하다. 묘지에 간 이야기도 마찬가지다······

그녀가 자신이 마리야 바시키르체바 또는 마리 베체라*와 공통점이 있다고 즐겨 암시했던 것처럼, 그녀의 일기 내용이 미숙하고 묘지 산책 이야기도 몹시 연극적이라는 사실을 누구도 부정할 수는 없다. 하지만 그녀는 왜 그런 일기를 썼고, 왜 하필이면 그런 여자들과 비슷해지고 싶어했을까? 그녀는 아름다움, 젊음, 명예, 돈, 수많은 숭배자 등 모든 것을 갖고 있었다. 그리고 그 모든 것을 열정적으로 즐겼다. 하지만

---

* 마리야 바시키르체바(1860~1884)는 화가로 활동하다가 결핵으로 일찍 사망했고, 19세기 말에서 20세기 초에 일기가 출판되어 큰 주목을 받았다. 일기에서 그녀는 자신이 자존심 강하고 아직 경험한 적 없는 사랑과 예술로 명성을 얻으려는 '수수께끼' 같은 성정을 가진 사람이라고 기술했다. 마리 베체라(1871~1889)는 연인이었던 오스트리아의 루돌프 황태자와 함께 자살로 생을 마감해 사회 풍속에 큰 반향을 일으켰다.

그녀의 삶은 언제나 마땅치 않고 옳지도 않은 역겨운 지상 세계를 벗어나고자 하는 끊임없는 열망과 고통의 연속이었다. 왜 그랬을까? 그녀가 끊임없이 스스로에게 그런 가면을 씌웠기 때문이다. 하지만 왜 다른 어떤 것도 아닌 그런 가면을 선택한 걸까? 그녀가 표현한 것처럼 스스로를 예술에 바친 여성들 사이에서는 그 모든 것이 특별한 일이 아니기 때문이었을까? 하지만 왜 그것이 특별한 일이 아닌가? 왜?

12

일요일 아침 여덟시, 그녀의 침실에서 탁상시계가 울렸다. 그녀는 잠에서 깨어나 평소보다 훨씬 이른 시간에 하녀를 불렀다. 하녀가 쟁반에 코코아 한 잔을 가지고 들어와 커튼을 젖혔다. 그녀는 언제나처럼 침대에 앉아 입술을 반쯤 벌리고 눈을 치켜뜬 채 생각에 잠긴 듯 멍한 표정으로 하녀의 뒷모습을 바라보았다. 그리고 말했다.

"토냐, 어제 의사가 다녀간 후 곧바로 잠이 들었거든. 아, 세상에, 정말 놀라운 일이지! 그냥 의사가 왔을 뿐인데 몸 상태가 좋아져서 너무 편안했어. 밤에 잠을 깨서는 침대 위에 무릎을 꿇고 앉아 한 시간이나 기도를 드렸어…… 생각해봐, 나를 통째로 불에 태운다면 내 모습이 어떻게 될지! 눈이 움푹 들어가고 입술은 부풀어오르겠지. 보기만 해도 끔찍할 거야…… 얼굴은 온통 솜으로 덮이고……"

그녀는 오랫동안 코코아에는 손도 대지 않고 앉아 계속 무언가를 생각했다. 그런 다음 코코아를 마시고 목욕한 후 흐트러진 머리에 목욕

가운 차림으로 작은 책상 앞에 앉아 장례용 장식이 있는 종이에 편지 몇 통을 썼다. 그녀는 이미 오래전에 그런 종이를 준비해두었다. 그런 다음 옷을 입고 아침을 먹은 후 집을 떠나 어머니가 있는 다차에 갔다가 밤 열한시가 넘어서야 '항상 그녀의 사람인' 배우 스트라쿤과 함께 집으로 돌아왔다.

"두 분 다 기분좋게 돌아왔습니다." 하녀가 말했다. "현관에서 두 분을 맞은 저는 바로 아가씨가 없는 동안 옐라긴 님이 보낸 편지와 물건들을 아가씨에게 전달했습니다. 아가씨는 물건들을 보고는 '스트라쿤이 보지 못하게 빨리 감춰!'라고 속삭였습니다. 그런 다음 서둘러 편지를 개봉했는데, 곧 얼굴이 창백해지면서 당황해서는 스트라쿤이 거실에 앉아 있는데도 '어서, 서둘러 마차를 불러줘!'라고 소리쳤습니다. 제가 마차를 불러왔더니 아가씨는 벌써 현관에 서서 기다리고 있었습니다. 우리는 전속력으로 달려갔는데, 가는 내내 아가씨는 성호를 그으며 같은 말을 반복했어요. '아, 제발 살아만 있기를!'"

월요일 아침에 그녀는 교외 강가의 목욕탕에 다녀왔다. 그날 그녀의 집에서 스트라쿤과 영국 여자(영어 수업을 하러 거의 매일 그녀의 집에 오지만 수업은 거의 하지 않았다)가 함께 점심을 먹었다. 점심식사 후 영국 여자는 가고 스트라쿤은 한 시간 반 정도 더 남아 있었다. 그는 소파에 누워 안주인의 무릎을 베고 담배를 피웠다. 그녀는 '맨발에 일본 신발을 신고 실내복만 걸치고 있었다'. 마침내 스트라쿤이 떠나려 하자 그녀는 그와 인사하면서 '그날 밤 열시'에 다시 와달라고 부탁했다.

"너무 자주 오는 거 아닐까?" 스트라쿤은 미소를 띤 채 현관에서 지팡이를 찾으며 말했다.

"오, 아니에요, 와줘요!" 그녀가 말했다. "그리고 혹시 내가 없더라도, 류샤, 화내지 마세요……"

그런 다음 그녀는 벽난로에 편지와 종이를 넣고 오랫동안 태웠다. 그러면서 노래를 부르기도 하고 하녀와 농담을 주고받기도 했다.

"이제 다 태워버릴 거야, 내가 불에 타 죽지 않으려면! 하지만 내가 타 죽는다 해도 좋아! 온전히 몽땅 다 타기만 한다면……"

그후 말했다.

"반다에게 열시까지 저녁식사를 준비해달라고 말해줘. 나는 좀 나갔다 올게……"

그녀는 '종이로 포장한 권총 비슷한 뭔가를' 가지고 다섯시가 넘은 시간에 집을 나섰다.

그녀는 스타로그라드스카야로 갔는데, 가는 길에 토요일에 불에 그을린 실내복을 짧게 고치기 위해 재봉사 레신스카야의 가게에 잠시 들렀다. 레신스카야의 말에 따르면 그녀는 '사랑스럽고 쾌활했다'. 그녀는 수선된 실내복을 살펴본 후 집에서 가져온 꾸러미와 함께 종이로 포장했지만, 자리를 뜨지 않고 숙련된 여공들 사이에 앉아 줄곧 이렇게 말했다. '아, 너무 늦었네, 가야 하는데!' 그러면서도 자리에서 일어서지 않았다. 마침내 그녀가 한숨을 쉬며 결연하게 자리에서 일어나 즐거운 듯이 말했다.

"안녕히 계세요, 레신스카야 부인. 언니들도 안녕. 같이 수다 떨어줘서 고마워요. 여기서 이렇게 사랑스러운 여성들과 함께 있는 것이 나는 너무 좋아요. 하지만 항상 남자, 또 남자들과 함께해야 한다니!"

그녀는 문지방을 나서며 고개를 떨구더니 다시 미소를 짓고 그곳을 떴다……

그녀는 왜 권총을 가지고 간 걸까? 그 권총은 원래 옐라긴의 것으로, 옐라긴이 그것으로 자살할까 두려워 그녀가 자기 집에 두었다. 검사는 '그녀는 이제 그것을 주인에게 돌려주기로 마음먹었던 것입니다. 며칠 후면 오랫동안 외국으로 떠나 있을 예정이었기 때문이지요'라고 말하고 다음과 같이 덧붙였다.

"그렇게 그녀는 운명적인, 하지만 그녀 자신은 분명 운명적이라고 생각하지 않았던 그 만남을 향해 나아간 것입니다. 일곱시에 그녀는 스타로그라드스카야 거리 14번지 1호실 스튜디오에 도착했습니다. 그리고 그 스튜디오의 문이 닫힌 후 6월 19일 아침에야 그 문이 다시 열린 것이지요. 거기서 무슨 일이 벌어졌던 걸까요? 옐라긴을 제외하고 이것을 우리에게 말해줄 수 있는 사람은 없습니다. 그의 말을 다시 한 번 들어봅시다……"

13

그리고 우리, 법정을 가득 채운 방청객들은 깊은 침묵 속에서 범죄 행위와 관련된 낱낱의 사실에 다시 귀를 기울였다. 검사는 그 사건을 우리의 머릿속에 재구성할 필요가 있다고 생각했다. 옐라긴의 진술은 다음과 같이 끝을 맺었다.

"6월 18일 월요일 정오부터 시간이 있다는 내용의 쪽지를 내가 그녀에게 보냈습니다. 그녀는 '여섯시, 스타로그라드스카야에서'라는 내용의 답장을 보내왔고요.

여섯시 십오 분 전에 나는 그곳에 도착했습니다. 안주 약간과 샴페인 두 병, 포터* 두 병, 작은 잔 두 개와 오드콜로뉴를 가지고 갔지요. 하지만 오래 기다려야 했습니다. 그녀는 일곱시가 돼서야 왔습니다……

집안으로 들어선 그녀는 정신이 나간 듯 나에게 키스했습니다. 그런 다음 옆방으로 들어가 가져온 짐꾸러미를 소파 위에 던졌습니다. 그녀는 '나가요'라고 내게 프랑스어로 말했습니다. '옷을 벗고 싶어요.' 나는 방에서 나와 다시 오랫동안 혼자 의자에 앉아 있었습니다. 모든 것이 끝났다는, 지금 끝나고 있다는 것이 어렴풋이 느껴졌지요. 그때 나는 정신이 충분히 맑았고 극도로 의기소침해 있었습니다…… 아무튼 상황은 기이했습니다. 나는 마치 밤처럼 등불 아래에 앉아 있었는데, 그와 동시에 그 외지고 어두운 스튜디오 벽 너머 마당은 아직도 해가 걸려 있는 멋진 여름날 저녁이었습니다. 그것을 알고 느낄 수 있었지요…… 그녀는 오랫동안 나를 부르지 않았습니다. 나는 그녀가 무엇을 하고 있는지 알지 못했어요. 문 뒤에서는 아무 소리도 나지 않았습니다. 마침내 그녀가 큰 소리로 불렀습니다. '들어와요, 이제 됐어요……'

그녀는 스타킹도, 신발도 신지 않은 채 아무것도 입지 않고 실내복만 걸치고 소파에 누워 아무 말 없이 눈을 들어 천장과 등불을 바라보고 있었습니다. 그녀가 가져온 꾸러미가 열려 있고 그 안에 내 권총이

---

* 어두운 빛깔의 에일 비슷한 영국식 맥주.

보였습니다. 내가 물었습니다. '이걸 왜 가져온 거요?' 그녀는 바로 대
답하지는 않았습니다. '그냥…… 내가 떠나니까…… 여기에 두는 게
내 집에 두는 것보다 나을 것 같아서요……' 내 머릿속에 무시무시한
생각이 떠올랐습니다. '아니, 이건 단순한 우연이 아니야!' 하지만 나
는 아무 말도 하지 않았습니다……

그후 우리 사이에 시작된 대화는 꽤 오랫동안 억지로 건조하게 이
어졌습니다. 나는 내심 아주 흥분해 있었습니다. 줄곧 그 상황을 파
악하고 싶었고, 곧 생각을 가다듬어 그녀에게 뭔가 중요하고 결정적
인 말을 하려고 기회를 엿보았습니다. 사실 나는 그것이 우리의 마지
막 만남일 수도 있으며 그렇지 않다면 적어도 오랫동안 이별할 수 있
다는 걸 알고 있었습니다. 그런데 아무것도 할 수가 없었어요. 나에게
아무런 힘이 없다고 느꼈습니다. 그녀가 말했습니다. '담배 피워요, 그
러고 싶으면……' 내가 대답했지요. '하지만 당신은 좋아하지 않잖아
요.' 그녀가 말했습니다. '아니, 이제는 다 상관없어요. 샴페인 한 잔 주
세요……' 나는 그 말이 구원이나 되는 듯 너무도 기뻤습니다. 우리는
몇 분 사이에 샴페인 한 병을 모두 마셨습니다. 나는 그녀 옆에 앉아
손에 입을 맞추며 내가 그녀와의 이별을 견디지 못할 거라고 말했습니
다. '그래요, 맞아요…… 내가 당신의 아내가 될 수 없다는 건 정말 불
행한 일이에요…… 모든 것이, 모든 사람이 우리를 반대하고 있어요.
오직 신만이 우리 편인 것 같아요…… 나는 당신의 영혼을 사랑해요,
당신의 판타지를 사랑한다고요……' 그 마지막 문장으로 그녀가 무슨
말을 하고 싶었던 건지는 나도 모릅니다. 나는 전등갓 아래에서 위를
바라보며 말했지요. '이거 봐요, 마치 우리가 무덤 안에 있는 것 같지

않나요? 정말 조용하군요!' 그녀는 대답 대신 슬픈 미소만 지었습니다……

열시경 그녀가 배고프다고 말했고, 우리는 옆방으로 갔습니다. 하지만 그녀는 별로 먹지 않았고 나도 그랬습니다. 우리는 술을 더 많이 마셨습니다. 그런데 갑자기 그녀가 내가 가져온 음식을 보며 소리를 질렀습니다. '어리석기는, 이렇게 많이 사면 어떻게 해요! 다음에는 이러지 말아요.' '하지만 다음이 언제란 말인가요?' 내가 물었습니다. 그녀는 이상한 표정으로 나를 쳐다보더니 머리를 떨구고 눈을 굴렸습니다. '하느님, 성모님, 우리는 어떻게 해야 할까요?' 그녀가 속삭였습니다. '아, 나는 당신을 미친듯이 원해요! 어서, 지금.'

시간이 흘렀고, 나는 시계를 봤습니다. 벌써 새벽 한시가 넘어 있었지요. '오, 너무 늦었어요.' 그녀가 말했습니다. '지금 바로 집으로 가야 해요.' 하지만 그녀는 꿈쩍하지 않았고 이렇게 덧붙여 말했습니다. '가능한 한 빨리 떠나야 한다는 생각이 들지만 자리에서 움직일 수가 없네요. 여기서 나갈 수 없다는 생각이 들어요. 당신은 나의 운명이고 숙명이에요. 신의 뜻대로……' 하지만 나는 그 말이 무슨 뜻인지 알 수가 없었어요. 아마도 나중에 쪽지에 쓴 '죽는 것은 내 의지에 따른 것이 아니'라는 내용과 비슷한 말을 하고자 했던 것 같습니다. 그녀가 그 문장을 통해 자신이 내게서 아무런 보호를 받지 못하고 있다는 사실을 표현했다고 생각하시겠지요. 하지만 내 생각에 그녀는 다른 것을 말하고 싶었던 겁니다. 우리의 불행한 만남이 숙명이고 신의 의지이며 그녀는 자기 뜻이 아니라 신의 뜻에 따라 죽는다는 것 말이에요. 어쨌든 그때 나는 그녀의 말에 특별한 의미를 두지는 않았습니다. 오래전부터 그녀의 이상한 점들에 익숙해 있었으니까요. 그후 그녀가 갑자기 말했습니다. '혹시 연필 가지고 있어요?' 나는 다시 놀랐습니다. 왜 연필이 필요하지? 하지만 재빨리 연필을 꺼내주었습니다. 메모장에 연필이 있었거든요. 그녀는 또 명함을 달라고 했습니다. 그녀가 명함에 뭔가를 쓰기 시작했을 때 내가 말했습니다. '그런데 내 명함은 무언가를 쓰기에 적당하지 않아요.' 그녀가 대답했습니다. '아니, 그냥 나를 위한 거니까 괜찮아요. 잠시 생각하고 눈 좀 붙일 시간을 주세요.' 그러고는 뭔가를 쓴 명함을 가슴 위에 얹고 눈을 감았습니다. 너무나 고요해서 나도 감각을 잃은 것 같았지요……

그런 상태로 적어도 삼십 분 이상 시간이 흐른 게 분명했습니다. 그녀가 갑자기 눈을 뜨더니 차갑게 말했습니다. '잊고 있었네요. 사실 내가 여기 온 건 당신에게 반지를 돌려주기 위해서였어요. 당신이 어제 모든 걸 끝내고 싶어했잖아요.' 그러고는 몸을 살짝 일으켜 반지를 벽 선반으로 던졌습니다. '당신은 나를 사랑하긴 하나요?' 그녀는 거의 고함을 쳤습니다. '어떻게 그토록 아무렇지도 않게 나더러 계속 살아가라고 하는지 나는 정말 이해가 되지 않아요! 나는 여자라고요. 나에게는 결단력이 없어요. 나는 죽음은 두렵지 않지만 고통은 두려워요. 그런데 당신은 총 한 발로 내 인생을 끝내고 그후 당신의 인생도 끝낼 수 있잖아요.' 그 순간 나는 우리의 상황에 출구가 전혀 없다는 걸, 그리고 그 상황이 어떻게든 끝나야 한다는 걸 기이할 정도로 분명히 깨닫게 되었습니다. 하지만 그녀를 죽인다고? 아니요, 나는 그 일을 할 수 없다고 느꼈습니다. 내가 느낀 건 결정의 순간이 나에게 다가왔다는 것이었습니다. 나는 권총을 들고 안전장치를 풀었습니다. '뭐예요? 자기만 죽으려고?' 그녀는 자리에서 벌떡 일어나 소리를 질렀습니다. '안 돼, 예수님께 맹세코 절대로 안 돼!' 그녀가 내 손에서 권총을 잡아챘습니다……

그리고 다시 고통스러운 침묵의 시간이 계속되었습니다. 나는 앉아 있었고, 그녀는 꼼짝하지 않고 누워 있었습니다. 갑자기 그녀가 폴란드어로 뭔가 불분명하게 중얼거리더니 내게 말했습니다. '내 반지 이리 주세요.' 내가 반지를 건넸습니다. '자기 것도 줘요!' 그녀가 말했습니다. 나는 서둘러 그녀의 말에 따랐습니다. 그녀는 손가락에 자기 반지를 끼고 나에게는 내 반지를 끼라고 명령한 뒤 말을 시작했습니다. '나는 항상 당신을 사랑했고 지금도 사랑하고 있어요. 내가 당신을 미치게 하고 괴롭혔지만, 그건 내 성격이 원래 그렇고 우리 운명이 그래서지요. 내 치마를 주세요. 그리고 포터를 가져와요……' 나는 그녀에게 치마를 건넸고 포터를 가지러 방에서 나갔습니다. 다시 방으로 돌아왔을 때 그녀 옆에 아편이 든 유리병이 보였습니다. '이봐요.' 그녀가 단호한 어조로 말했습니다. '이제는 이 코미디도 끝이에요. 당신은 나 없이 살 수 있나요?' 나는 그렇지 않다고 대답했습니다. '맞아요, 내가 당신의 영혼과 정신을 모두 가졌으니까요.' 그녀가 말했습니다. '당신은 자살한다는 결심에 흔들림 없지요? 그렇다면 나도 데려가요. 나도 당신 없이는 살 수가 없어요. 그러니 나를 죽이면 당신은 내가 마침내 온전히 그리고 영원히 당신 것이 되었다는 생각을 가지고 이 세상을 떠날 수 있어요. 이제 내가 어떻게 살아왔는지 들어주세요……' 이렇게 말한 뒤 입을 다물고 마음을 가라앉힌 그녀는 다시 누워 어린 시절부터 자신의 인생 전체를 천천히 이야기하기 시작했습니다…… 그 이야기는 거의 기억나지 않습니다……"

14

"우리 가운데 누가 먼저 글을 썼는지는 기억나지 않습니다…… 내가 연필을 반으로 부러뜨렸습니다…… 우리는 아무 말도 하지 않고 계속 썼습니다. 나는 우선 아버지에게 편지를 썼던 것 같습니다…… 그녀와의 결혼을 허락해줄 건지 한 번도 물어본 적이 없으면서 '내 행복을 원하지 않았다'고 내가 아버지를 비난하는 이유를 물으시겠지요. 모르겠습니다…… 실제로 아버지는 그 결혼을 절대 허락하지 않았을 겁니다…… 그다음에는 같은 부대에 근무하는 전우들에게 이별의 편지를 썼습니다…… 그리고 또 누가 있었을까요? 부대 지휘관에게 격식에 걸맞게 내 장례를 치러줄 것을 부탁했습니다. 그렇다면 자살하겠다는 확신이 있었던 것 아니냐고 물으시겠지요. 물론입니다. 그런데 어찌된 일인지 나는 죽지 않았습니다. 모르겠어요……

그런데 그녀는 중간중간 멈추고 무언가를 생각하며 천천히 편지를 썼습니다. 단어를 쓰고 벽을 쏘아보았지요…… 쪽지를 찢은 사람은 그녀이지 내가 아닙니다. 그녀는 글을 쓰고 찢고 아무렇게나 버렸습니다…… 우리가 그토록 적막한 가운데 불빛 아래 그 모든 불필요한 메모를 쓰고 있던 그 늦은 시간보다 더 무서운 순간은 없을 거예요…… 쪽지를 쓴 것은 모두 그녀의 뜻이었습니다. 그날 밤 나는 마지막 순간까지 그녀가 나에게 하는 모든 명령에 절대적으로 복종했습니다……

갑자기 그녀가 말했습니다. '충분해요. 이제 서둘러요. 나에게 포터를 주세요, 신의 가호가 있기를!' 나는 포터를 잔에 따랐고, 그녀는 몸을 일으켜 단호한 태도로 그 잔에 아편 가루 한 줌을 넣었습니다. 그리고 그것을 반 이상 마신 후 나에게 남은 걸 마시라고 했습니다. 나는 마셨지요. 곧 그녀는 몸을 버둥거렸고, 내 팔을 붙잡더니 애원하기 시작했습니다. '지금이에요, 나를 죽여줘요, 죽여주세요! 나를 사랑한다면 죽여주세요!'

내가 어떻게 했을까요? 아마도 왼팔로 그녀를 안고, 그렇지요, 왼팔이었어요, 그녀의 입술에 매달렸던 것 같아요. 그녀가 말했습니다. '잘 있어요, 잘 가요…… 아니, 아니야. 안녕, 이제 영원히…… 여기서 이룰 수 없다면 저기 위에서……' 나는 그녀의 몸에 바짝 다가가 권총의 방아쇠에 손가락을 댔습니다…… 내 몸 전체가 바르르 떨리던 것을 기억합니다…… 그후 손가락이 저절로 움직였습니다…… 그녀는 폴란드어로 마지막 말을 남겼습니다. '내 연인 알렉산드르!'

몇시였을까요? 세시 정도였던 것 같습니다. 그후 두 시간이 넘는 동안 나는 무엇을 했을까요? 무슨 이유에서인지 나는 그녀 옆에 앉아 있다가 주변을 정리하기 시작했습니다……

나는 왜 자살하지 않았을까요? 하지만 어떻게 된 일인지 잊어버리고 말았습니다. 그녀가 죽은 것을 보았을 때, 나는 이 세상의 모든 것을 잊어버렸습니다. 그저 앉아서 그녀를 바라보기만 했습니다. 그러다가 아무 생각 없이 그녀와 방을 정돈하기 시작했습니다…… 나는 그녀가 죽은 후 자살하겠다고 했던 맹세를 지키지 않을 수 없었을 겁니다. 하지만 이제는 전혀 상관이 없어졌습니다…… 지금 내가 살아 있다는 사실은 나에게 전혀 의미가 없습니다. 하지만 나를 마치 형리처럼 여기는 것만은 참을 수 없습니다. 아니요, 아닙니다! 인간의 규범과 신 앞에서 나는 죄인일 수 있지만, 그녀 앞에서는 아닙니다!"

1925년 9월 11일

알프마리팀

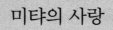

미탸의 사랑

1

3월 9일은 모스크바에서 미탸*가 행복했던 마지막날이었다. 적어도 그에게는 그렇게 생각되었다.

오전 열한시경, 카탸**와 그는 트베르스코이 길을 따라 올라가고 있었다. 갑자기 찾아온 봄에 겨울이 밀려났고 햇볕이 뜨거웠다. 정말로 종달새가 온기와 기쁨을 몰고 온 것 같았다. 주변은 온통 진창이 되었고, 모든 것이 녹아 지붕에서 물이 떨어졌다. 청소부들은 인도 위의 얼음을 깨뜨려서 치우고 지붕에서도 반쯤 녹은 눈을 쓸어내렸다. 주위는 온통 사람들로 활기가 가득했다. 높게 뜬 구름은 가벼운 흰 연기처럼 물기 머금은 파란 하늘 속으로 흩어지고 있었다. 저멀리 자애로운 생

* 드미트리의 애칭.
** 예카테리나의 애칭.

각에 잠긴 푸시킨 동상이 우뚝 솟아 있고, 수난절 수도원 건물이 햇빛에 반짝였다. 하지만 무엇보다 좋았던 것은 이날 카탸가 특별히 예쁘고 더없이 순박하고 가깝게 느껴졌다는 점이다. 그녀는 어린애처럼 의심 없는 태도로 미탸의 팔짱을 끼고 그의 얼굴을 올려다보았다. 행복감에 가득찬 그가 조금은 오만해 보일 정도로 성큼성큼 걸음을 내디뎌서 그녀가 따라 걷기 힘들 정도였다.

푸시킨 동상 근처에서 갑자기 그녀가 말을 꺼냈다.

"당신이 웃을 때, 사랑스러운 어린애처럼 서툴게 큰 입을 벌릴 때 당신이 얼마나 우스운지 알아요? 화내지 말아요, 그 미소 때문에 당신을 사랑하는 거니까. 아, 그래, 당신의 비잔틴풍 눈 때문이기도 하고……"

미탸는 은밀한 만족감과 약간의 모욕감이 교차하는 것을 느끼며 웃음을 참은 뒤 눈앞 가까이에 우뚝 솟아 있는 동상을 바라보며 다정하게 대답했다.

"어린애 같은 행동이라면 우리 둘이 그리 다르지 않은 것 같은데. 내가 비잔틴 사람을 닮았다면 당신은 중국 황녀를 닮았겠군요. 당신은 비잔틴이니 르네상스니 하는 것에 빠져서…… 당신 어머니를 도무지 이해할 수가 없어요!"

"만일 당신이 우리 엄마였다면 나를 저택에 가둬놓았겠지?" 카탸가 물었다.

"저택에 가둬놓는 게 문제가 아니라, 예술가인 척하는 그 보헤미안들, 스튜디오니 음악원이니 연극학교니 하는 곳에 다니는 미래의 모든 유명인들이 집 문지방도 넘지 못하게 할 거요." 미탸는 평정을 지키려 애쓰며 태연한 척 다정하게 대답했다. "부코베츠키는 스트렐나에서 식사하자고 당신을 초대했고, 예고로프는 무슨 죽어가는 바다의 파도 형상으로 누드상을 만들자고 제안했다고 당신 입으로 말했잖아요. 물론 당신은 그런 영광에 무척이나 으쓱했겠지만 말이야."

"아무튼 나는 당신 때문에라도 예술을 거부하지는 않을 거예요. 아마 나는 당신이 자주 말하듯 더러운 인간이겠지." 미탸는 한 번도 그런 말을 한 적이 없지만, 그녀는 계속 말했다. "타락한 인간이더라도 나를 있는 그대로 받아줘요. 그리고 우리 싸우지 말자고요. 이렇게 근사한 날 이 순간만이라도 질투는 그만! 아무튼 당신은 나에게 그 누구보다 훌륭한 유일한 사람이라는 걸 왜 이해하지 못하지?" 이제 그녀는 의도적으로 유혹하듯 그의 눈을 바라보며 나지막한 목소리로, 그러나 집요하게 물었다. 그러더니 생각에 잠긴 듯 천천히 연설조로 낭송하기 시작했다.

우리 사이에는 잠자는 비밀이 있다네,
마음이 마음에게 반지를 주었지……

이것이 결정적이었다. 이 시로 인해 미탸의 마음은 완전히 상처를 입었다. 실제로 이날도 많은 것이 거슬리고 아팠다. 어린애처럼 서툴다는 농담도 마음에 들지 않았었다. 카탸에게 그런 농담을 들은 것이 한두 번이 아니었고 매번 우연한 농담도 아니었다. 카탸는 이런저런 상황에서 자신이 미탸보다 어른임을 늘 강조했고 자신이 그보다 우월하다는 것을 상기시키는 일이 드물지 않았는데(의도적이지는 않게, 지극히 자연스럽게), 그럴 때면 그것이 그녀의 타락한 은밀한 경험을 증명하는 듯해서 마음이 쓰라렸다. '아무튼'이라는 말도 귀에 거슬렸다 ("아무튼 당신은 나에게 그 누구보다 훌륭해"). 웬일인지 갑자기 낮은 목소리로 말하는 것도 마음에 걸렸다. 특히 그 시, 일부러 꾸민 듯한 어투는 영 마음에 들지 않았다. 하지만 이날 미탸는 시 자체도, 카탸를 빼앗아간 수요일, 그의 증오와 질투심을 예민하게 자극한 그 수요일을 떠올리게 하는 낭송의 어투도 비교적 가볍게 넘겼다. 나중에 그에게 3월 9일은 모스크바에서 행복하게 보낸 마지막날처럼 여겨졌다.

이날 카탸는 치머만 악기점에서 스크랴빈의 악보 몇 편을 사서 쿠즈네츠키 다리를 통해 돌아오면서 밑도 끝도 없이 미탸의 어머니에 대해 말하기 시작했다. 그녀는 웃으며 말했다.

"내가 만나기도 전에 벌써 당신 어머니를 얼마나 무서워하고 있는지 당신은 상상도 못 할 거야!"

무슨 이유에서인지 그들은 서로 사랑하는 동안 미래에 대해, 그들 사랑의 결말에 대해 한 번도 이야기해본 적이 없었다. 그런데 갑자기 카탸가 이렇게 그의 어머니에 대한 말을 꺼냈고, 당연한 듯 그녀를 미래의 시어머니라고 불렀다.

2

모든 것이 전과 다르지 않았다. 미탸는 예술극장의 스튜디오로, 콘서트로, 문학의 밤으로 카탸를 데려다주거나 키슬롭카에 있는 그녀의 집에 가서 그녀의 어머니가 허락해준 이상한 자유를 만끽하며 새벽 두

시까지 눌러앉아 있었다. 그녀의 어머니는 줄담배를 피우고 항상 진하게 화장하고 있는 붉은 머리의 사랑스럽고 친절한 부인이었다(두번째 남편과는 오래전부터 별거중이었다). 카탸도 몰차놉카에 있는 미탸의 기숙사로 그를 만나러 오곤 했다. 그들의 만남은 언제나처럼 키스에 취한 시간의 연속이었다. 하지만 미탸는 갑자기 두려운 어떤 것이 시작되었고 무언가가 변했으며 카탸 안에서도 뭔가 변하기 시작했다는 생각을 지울 수 없었다.

그들이 처음 만났을 때, 겨우 인사만 나눴을 때, 두 사람은 함께(아침부터 저녁까지) 이야기하는 것이 즐겁다고 느꼈다. 어릴 때부터 은밀히 꿈꿔온 사랑이라는 동화의 세계로 갑자기 들어선 느낌을 받았다. 하지만 그 잊을 수 없고 깃털처럼 가벼운 시간은 어느새 날아가버렸다. 그날은 야트막이 걸쳐진 태양의 붉고 텁텁한 햇살과 두터운 서리가 모스크바를 매일같이 장식하는 쨍하게 춥고 청명한 12월이었다. 1월과 2월에도 미탸의 사랑은 계속되는 행복의 회오리 안에 있었다. 그 행복은 실현된 것 같기도 했고, 아니면 적어도 곧 실현될 듯했다. 하지만 그때도 벌써 당혹스러운 어떤 것이 느껴졌고 그것이 그 행복에 그림자를 드리우기 시작했다(갈수록 더 빈번히). 그때도 이미 두 명의 카탸가 있는 듯한 느낌이 들었다. 처음 만난 순간부터 집요하게 미탸를 원하고 갈구하던 카탸가 있었다. 그리고 안타깝지만 그런 카탸와 전혀 닮지 않은 평범한 원래의 카탸가 있었다. 그러나 그때만 해도 미탸가 지금과 같은 느낌을 경험하지는 않았다.

모든 것이 설명되기는 했다. 봄에 하는 여자들의 소일거리, 쇼핑과 주문, 끊임없는 옷 수선 따위로 카탸는 엄마와 함께 재단사를 방문하는 일이 잦아졌다. 그 밖에도 그녀는 재학중인 사립 연극학교에서 시험을 앞두고 있었다. 그러니 그녀가 불안하고 부주의하다고 해서 이상할 것은 없었다. 미탸는 그런 식으로 매 순간 자신을 위로했다. 그렇지만 위로가 큰 도움이 되지는 않았다. 오히려 의심하는 마음의 속삭임이 갈수록 커지고 확실해졌다. 카탸는 그에 대해 점점 무심해졌고 그래서 그의 근심과 질투도 커져만 갔다. 연극학교 교장이 카탸에게 칭찬을 늘어놓았는데, 그 말에 정신이 혼미해진 그녀가 참지 못하고 미탸에게 그 말을 전달했다. 교장은 그녀에게 말했다. "너는 우리 학교의 자랑이다." 그런데 그는 모든 여학생에게 '너'라고 말하곤 했다. 아무튼 교장은 그녀가 특별히 시험에서 빛을 발할 수 있도록 사순절 기간에 일반 수업 외의 개별 수업을 별도로 해주었다. 소문에 따르면 교장은 여학생들을 건드리는데, 매년 그중 한 명을 캅카스*나 핀란드 등 외국으로 데리고 나간다고 했다. 이번에 교장이 카탸를 마음에 두고 있으며 본인 잘못은 아니지만 카탸도 그의 흉계를 느끼고 있으리라는 생각에 이르자 미탸는 교장과 카탸 사이가 벌써 더러운 죄악의 관계처럼 느껴졌다. 게다가 카탸가 지나칠 정도로 눈에 띄게 그를 멀리하자 그의 마음은 더욱 고통스러웠다.

무언가가 그녀를 그에게서 멀어지도록 만드는 것 같았다. 미탸는 교장에 대해 편안하게 생각할 수 없었다. 하지만 교장은 큰 문제가 아니었다! 교장 말고도 또다른 관심사들이 카탸의 마음을 차지한 것 같았다. 누가? 무엇이? 미탸는 알지 못했다. 그는 카탸 때문에 모든 것에

---

* 러시아 남부 카스피해와 흑해 사이의 지역.

대해, 모든 사람에 대해 질투심을 느꼈는데, 특히 그녀가 그 몰래 무언가를 시작한 것이 분명하다고 상상하며 질투심에 불타올랐다. 그가 느끼기에는 뭔가 불가항력적인 힘이 카탸를 그에게서 먼 어딘가로, 혹은 생각만 해도 끔찍한 어떤 것으로 끌어가고 있는 것 같았다.

한번은 카탸가 자기 어머니가 있는 곳에서 농담 반 진담 반으로 그에게 말했다.

"미탸, 당신은 여자들을 저 옛날 『도모스트로이』*를 기준으로 판단하고 있어요. 진짜 오셀로가 따로 없다니까요. 그래서 난 당신을 사랑하지 않을 거고 당신과 결혼하지도 않을 거예요!"

그녀의 어머니가 반박했다.

"그렇지만 질투 없는 사랑은 있을 수 없어. 질투하지 않는 사람은, 내 생각에는, 사랑하지도 않는 거야."

"아니죠, 엄마." 카탸는 습관처럼 다른 사람의 말을 되뇌며 말했다. "질투는 사랑하는 사람을 존중하지 않는 거예요. 말하자면, 나를 믿지 않는다면 나를 사랑하지도 않는 거고요." 그녀는 일부러 미탸를 쳐다보지 않고 말했다.

어머니가 반박했다.

"내 생각에는 질투도 사랑이란다. 어디선가 읽은 적도 있어. 거기에 아주 잘 증명되어 있지. 심지어 성경에 하느님도 질투하고 복수하는 분으로 나오잖니……"

미탸의 사랑은 이제 완전히 질투로만 표현되었다. 그 질투는 단순

---

* 16세기 중반에 러시아에서 출간된 가정 규범집. 그리스도교인으로서 지켜야 할 전통적인 규칙과 덕목이 담겨 있다.

한 것이 아니었다. 그에게는 특별한 어떤 것으로 느껴졌다. 단둘이 있는 시간에 카탸와 그는 서로에게 많은 것을 허용하긴 했지만, 아직 마지막 선은 넘지 않았다. 그런데 카탸가 그런 둘만의 시간에 전보다 훨씬 열정적인 태도를 보였다. 그러나 미탸는 이제 그런 태도도 의심스러웠으며 때로는 끔찍한 생각을 떠올렸다. 미탸의 질투를 이루는 모든 감정은 끔찍했다. 그 가운데 가장 끔찍하면서도 뭐라고 규정할 수 없고 심지어 이해할 수도 없는 것이 하나 있었다. 그것은 너무나 복되고 달콤한 어떤 것, 미탸와 카탸에게는 세상에서 가장 고귀하고 아름다운 그것이 카탸와 다른 남성을 생각할 때는 극도로 혐오스럽고 부자연스럽게 느껴진다는 것이었다. 그런 감정을 느낄 때면 카탸가 그의 마음속에 격렬한 증오심을 불러일으켰다. 그녀와 함께 일대일로 하는 모든 것은 천국의 아름다움과 순결함으로 가득했다. 그러나 자신이 아닌 다른 누군가가 그녀와 함께 있을 거라고 생각하는 순간, 모든 것이 순식간에 변했다. 그것은 목을 조르고 싶은 열망을 불러일으키는 파렴치한 어떤 것이 되었다. 그런데 그때 미탸가 죽이고 싶은 대상은 상상 속의 맞수가 아니라 바로 그녀였다.

3

마침내 다가온 카탸의 시험 날(사순절 여섯째 주), 그간 미탸가 느껴온 모든 고통에 이유가 있었음이 확인된 것 같았다.

시험장에 선 카탸는 그를 보지도 알아차리지도 못했다. 그녀는 완전히 낯선 사람이었으며 매춘부처럼 보였다.

그녀는 대성공을 거두었다. 새 신부처럼 온통 하얀 옷을 입고 흥분해 있는 그녀는 더욱 매혹적이었다. 사람들이 그녀에게 호의적인 태도로 뜨겁게 박수갈채를 보냈다. 첫째 줄에 앉은 교장은 무심한 듯 서글픈 눈을 하고 자기만족에 빠진 배우처럼 그저 자신의 오만함을 드러낼 요량으로 몇 가지를 지적했다. 크지는 않지만 시험장에 있는 모든 사람에게 들리도록 말했는데 참기가 힘들었다.

"책을 읽듯 말하는 버릇을 버려." 그는 무게를 잡으며 태연하지만 힘 있는 어조로 말했는데, 그런 어조 때문에 마치 카탸가 그의 개인 소유물처럼 보였다. "연기하지 말고 느껴!" 그는 말을 끊어가며 내뱉었다.

정말 참을 수 없었다. 박수갈채를 받은 그녀의 연기도 참을 수 없었다. 당황한 카탸의 뺨이 붉어졌다. 그녀의 목소리는 때때로 끊기기도 하고 호흡이 모자라기도 했는데 그것이 매혹적으로 마음을 울렸다. 하지만 그녀가 속물적인 음조로 대사를 읊으며 내는 소리 하나하나가 거짓되고 어리석게 들렸다. 그런데 미탸가 그렇게도 증오하는 사람들 사이에서는 그런 특징들이 최고의 기교로 여겨졌다. 그녀 자신도 이미 그런 사람들 속에 자리잡고 살고 있었다. 그녀는 말하는 것이 아니라 줄곧 큰 소리로 외쳤다. 집요하고 열렬하며 끈적거리는 대사에 근거도 없이 강력하게 애원하는 동작이 적절해 보이지도 않았다. 미탸는 그녀 때문에 부끄러워져서 눈을 어디에 두어야 할지 몰랐다. 무엇보다 나빴던 것은 천사 같은 순수함과 퇴폐미가 그녀의 내면에, 그녀의 붉어진 얼굴에, 그리고 그 새하얀 드레스에 혼재되어 있다는 점이었다. 그녀의 드레스는 무대에서 더 짧아 보였다. 무대 아래에 앉은 사람들은 카탸를, 그녀의 흰색 구두와 하얀 실크 스타킹에 감싸인 다리를 올려다 보았다. '처녀가 교회에서 합창하네.' 카탸는 천사처럼 순진무구해 보이는 처녀에 대한 대사를 가식적으로 무절제하게 읊었다. 미탸는 카탸에 대해 격한 애정을 느끼는 동시에 사랑하는 사람을 대중 속에서 볼 때 늘 느껴지는 감정도 느꼈다. 동시에 악의적인 적대감도 경험했다. 어찌되었든 그녀는 자신의 것이라는 생각에 그녀가 자랑스럽기도 했지만 동시에 가슴이 찢어질 듯 아프기도 했다. 이제 그녀는 그의 것이 아니었다!

시험이 끝나자 행복한 나날이 다시 돌아왔다. 하지만 미탸는 그 행복을 전처럼 쉽게 믿을 수 없었다. 카탸가 시험 날을 떠올리며 말했다.

"당신은 정말 바보 같았어요! 내가 바로 당신만을 위해 그렇게 멋지게 대사를 읊었다는 걸 알지 못했다고요!"

그러나 미탸는 시험 날 받은 느낌을 잊을 수 없었고 그런 감정이 아직 자신을 떠나지 않고 있다는 걸 인정할 수 없었다. 카탸도 그의 감춰진 마음을 읽었다. 어느 날 둘이 다투던 중 그녀가 소리를 질렀다.

"이해할 수가 없어요. 당신은 왜 나를 사랑하는 거죠? 당신 생각에 내 모든 것이 그렇게 천박하다면 말이에요! 도대체 나에게 뭘 원해요?"

그러나 그 자신도 그녀를 사랑하는 이유를 알지 못했다. 그녀 때문에, 그 사랑 때문에, 그 사랑의 긴장된 힘으로 인해 점차 늘어만 가는 요구 때문에 그는 누군가를 혹은 무언가를 끊임없이 질투했고, 질투로 인한 갈등이 커질수록 그의 사랑은 줄어들기는커녕 더욱더 커져가는 듯했다.

"당신은 내 영혼이 아니라 내 몸만을 사랑하고 있어요!" 어느 날 카탸가 쓸쓸하게 말했다.

이 말도 연극 속 누군가의 대사였다. 그 말들이 터무니없고 진부하기 짝이 없긴 했지만 해결되지 않는 고통스러운 무언가를 건드린 것도 사실이었다. 그는 그녀를 사랑하는 이유를 알지 못했고 자신이 원하는 것이 무엇인지도 정확하게 말할 수 없었다…… 사랑한다는 건 도대체 무슨 의미일까? 그가 사랑에 대해 읽고 들은 것에 그 단어에 대한 정확한 규정이 없었으므로 그 질문에 대답하기란 더욱 불가능했다. 책이나 실제 인생에서는 거의 육체를 초월한 사랑 아니면 소위 정열 또는 관능에 대한 사랑 둘 중의 하나로 단번에 결정이 나는 것 같았다. 하지만 그의 사랑은 전자와도 후자와도 달랐다. 그가 그녀에게 느끼는 감정은 무엇인가? 사랑이라 불리는 것인가, 아니면 정열이라 불리는 것인가? 그녀의 외투 단추를 끄르고 천국처럼 매혹적인 가슴에 입을 맞출 때, 그 가슴이 영혼을 뒤흔들 만큼 순종적이고 순진무구할 정도로 부끄러움을 모르는 듯 열려 있을 때 그를 거의 기절할 정도로 죽음 직전의 황홀경으로 이끄는 것은 카탸의 영혼인가 아니면 육체인가?

4

그녀는 점점 더 변해갔다.

시험장에서 그녀가 거둔 성공이 큰 역할을 했다. 하지만 다른 원인도 여럿 있었다.

어떻게 된 일인지 봄이 오자 카탸는 화려한 차림을 하고 늘 어딘가에 가려고 서두르는 사교계의 젊은 부인처럼 보였다. 이제 미탸는 그녀가 자신을 보러 올 때면 기숙사의 컴컴한 복도가 부끄러웠다. 그녀는 더이상 걸어서 오지 않았다. 항상 마차를 타고 왔다. 실크 드레스 자락을 사각거리며 베일로 얼굴을 가린 채 빠른 걸음으로 복도를 지났다. 그녀는 늘 그에게 상냥하게 굴었지만 항상 늦게 왔고, 다시 엄마와 재봉사에게 가야 한다며 그와 만나는 시간을 줄였다.

"우리는 마음껏 멋을 부리고 있어요!" 미탸가 자신의 말을 믿지 않는다는 걸 정확히 알면서도 할말이 별로 없었기에 그녀는 눈을 동그랗게 뜨고 쾌활한 어투로 놀랄 만큼 눈을 반짝이며 말했다.

이제 그녀는 모자를 거의 벗지 않았고 우산도 내려놓지 않았다. 거리를 두고 침대 위에 앉은 그녀의 실크 스타킹에 감싸인 종아리가 미탸를 미치게 했다. 그녀는 자신이 저녁에 집에 없을 거라고—또다시 엄마와 함께 누군가의 집에 가야 한다고!—말하고 그의 방을 나서기 전에 항상 똑같은 행동을 했다. 그녀의 표현에 따르면 그 행동은 그의 '어리석은' 모든 고통에 대한 보상이라지만 그를 바보로 만들려는 목적에서 나온 것이 분명했다. 그녀는 도둑처럼 문을 흘끔 쳐다보고는 침대 위를 미끄러져 그가 앉은 쪽으로 다가와 그의 다리 위에 엉덩이를 비비며 재빨리 속삭였다.

"자, 어서 나에게 키스해요!"

5

4월 말, 마침내 미탸는 자신에게 휴식을 주기로 하고 시골로 떠날 결심을 했다.

자신에게도 카탸에게도 충분히 고통을 주었다. 그 고통에 아무런 이유가 없는 것 같아서 더욱 참을 수가 없었다. 실제로 무슨 일이 있었던가? 카탸가 무슨 죄라도 지었는가? 어느 날 카탸는 절망에 차서 그에게 말했다.

"그래요, 떠나요, 떠나세요. 나는 더이상 버틸 힘이 없어! 우리 잠시 떨어져서 우리의 관계를 따져봐야 할 것 같아요. 당신이 너무 말라서 우리 엄마는 당신이 폐병에라도 걸린 줄 알고 있어요. 나도 더는 못하겠어요!"

그렇게 미탸의 출발이 결정되었다. 하지만 놀랍게도 떠날 무렵에 미탸는 다시 거의 행복한 상태가 되었다. 출발이 결정되자마자 모든 것이 갑자기 예전처럼 변했다. 사실 그 역시 어찌되었든 밤낮으로 그를 괴롭히던 카탸의 배신에 관한 그 끔찍한 일을 절대 믿고 싶지 않았다. 그녀의 아주 작은 변화만으로도 그의 눈에는 모든 것이 바뀌는 것처럼 느껴졌다. 카탸가 다시 상냥해졌고 조금의 거짓도 없이 그에게 열정을 보였다. 그는 질투심 많은 예민한 성정으로 그걸 느낄 수 있었다. 다시 그는 그녀의 집에 새벽 두시까지 머물렀고, 다시 서로 할말이 생겼고, 출발 날짜가 점점 다가올수록 '관계를 따져볼' 필요나 이별이라는 것이 어리석게 느껴졌다. 어느 날 카탸는 울기까지 했다. 원래 그녀는 우는 법이 없었다. 그 눈물이 그로 하여금 그녀를 아주 가까운 사람처럼 느끼게 했고 그의 마음에 애틋한 감정을 불러일으켰다. 그래서 오히려 자신이 그녀에게 죄를 지은 것만 같았다.

카탸의 어머니가 6월 초에 여름을 보내러 크림 지방으로 떠나면서 카탸도 데려가고 싶어했다. 두 사람은 미스호르에서 만나기로 약속했고, 미탸도 그곳으로 가기로 했다.

미탸는 떠날 준비를 했다. 그는 두 발로 간신히 땅을 디디고 서 있기는 했지만 깊은 병을 앓는 사람처럼 기이한 섬망 상태로 모스크바를 돌아다녔다. 뭔가에 취한 듯 병적으로 불행했지만, 동시에 되돌아온 카탸의 상냥한 태도와 자신에게 보이는 관심에 감동해 병적으로 행복하기도 했다. 심지어 카탸는 그의 약혼녀나 아내라도 된 듯 여행용 물건들을 묶을 끈을 사러 같이 다녀주기도 했다. 그들이 처음 사랑을 시작하던 순간을 떠올리게 하는 모든 것이 되돌아왔다는 생각이 들자 미탸는 마음이 먹먹해졌다. 주위의 사물도 전부 그렇게 느껴졌다. 집, 거리, 그 거리를 오가는 사람들, 계속되는 흐린 봄 날씨, 먼지와 비 냄새, 작은 거리의 담장 너머 새싹이 돋아나고 있는 미루나무의 교회를 생각나게 하는 향기. 이 모든 것이 이별의 슬픔과 크림에서의 재회와 여름에 대한 달콤한 희망을 이야기했다. 그곳에서는 아무것도 그들을 방해하지 못할 것이며 모든 것이 잘될 것이다(모든 것이 정확히 무엇인지는 그도 알지 못했다).

떠나는 날 프로타소프가 인사를 하러 들렀다. 김나지움 고학년 학생이나 대학생들 가운데는 나이와 경험이 세상 누구보다 많은 것처럼 관대하면서도 음울하게 비웃는 태도가 몸에 밴 젊은이가 드물지 않다. 프로타소프가 바로 그랬다. 그는 미탸가 말없고 성격이 폐쇄적임에도 미탸의 가장 가까운 친구이면서 미탸의 사랑이 지닌 모든 비밀을 알고 있는 단 한 명의 진정한 친구였다. 프로타소프는 가방을 꾸리는 미탸의 손이 떨리는 것을 보았다. 그가 슬프면서도 현명하게 가벼운 웃음을 지으며 말했다.

"세상에, 넌 정말 어린아이 같아! 탐보프에서 온 나의 친애하는 베르테르. 이젠 카탸가 전형적인 여성이라는 것, 그러니 경시총감도 그 사실을 바꿀 수 없다는 것을 이해할 때가 되었어. 남자인 너는 벽을 기어올라가 그녀에게 종족 보존이라는 최고의 요구를 하지. 물론 그 모든 것은 지극히 당연하고 어떤 의미에서는 심지어 성스럽기도 해. 니체가 공정하게 지적했듯 육체는 최고의 이성이라고 할 수 있으니까. 하지만 그 성스러운 길에서 네 목이 부러질 수 있다는 사실도 자명해. 동물의 세계에는 태생적으로 최초이자 마지막 사랑의 행위의 대가로 자신의 목숨을 지불해야 하는 개체가 있거든. 하지만 그 태생이라는 것이 네 본성은 결코 아니야. 주위를 돌아봐, 너 자신을 아끼란 말이야. 아무튼 서두르지 마. '슈미트 생도, 여름은 반드시 돌아온다네. 맹세할 수 있네!'* 세상은 넓고, 카탸라는 쐐기 말고도 세상에 신경쓸 일은 많아. 네가 가방을 싸는 모습을 보니 내 말에 전혀 동의하지 않는 것 같다. 그리고 그 카탸라는 쐐기가 꽤나 네 마음에 드나보군. 그렇다면 주제넘은 내 충고를 용서해줘. 성자 니콜라와 그의 모든 동조자가 너를 보호해주시길!"

프로타소프가 미탸의 손을 꼭 잡은 후 방에서 나가자 미탸는 베개와

---

* 코지마 프루트코프의 시 「사관생도 슈미트」의 한 구절.

담요를 끈으로 묶었다. 마당 건너편 창문에서 아침부터 저녁까지 늘 노래 연습을 하는 앞집 음대생이 〈아즈라〉*를 부르는 소리가 들려왔다. 미탸는 손 가는 대로 서둘러 끈을 묶은 후 모자를 움켜쥐고 카탸의 어머니와 작별인사를 하러 키슬롭카로 갔다. 음대생이 부른 노래의 선율과 노랫말이 집요하게 그의 머릿속에 맴돌아서 거리를 오가는 사람들도 알아보지 못하고 전날보다 더 몽롱한 상태로 걸어갔다. 사실 세상은 좁고 사관생도 슈미트는 권총으로 자살하려고 하지 않았는가! 미탸는 좁다면 좁은 거지, 라고 생각하며 술탄의 딸이 '그 아름다움을 빛내며' 정원을 산책하다 흑인 포로를 만나는 노래에 다시 정신이 팔렸다. 어느 날 그 포로가 '죽음보다 더 창백하게' 분수 옆에 서 있을 때, 공주는 그가 누구인지, 어디에서 왔는지 물었다. 포로는 악의에 차서 입을 열었지만 기분이 침울했음에도 차분하고 솔직하게 대답했다.

내 이름은 마호메트입니다……

그런 다음 정열적이고 비극적인 어조로 탄식하며 말을 맺었다.

나는 가난한 아즈라 출신,
우리는 사랑에 빠져 죽어갑니다!

카탸는 그를 배웅하러 역으로 가려고 옷을 갈아입고 있었다. 그녀는

---

* 러시아 작곡가 안톤 루빈시테인(1829~1894)이 독일 낭만주의를 대표하는 서정시인 하인리히 하이네(1797~1856)의 시를 바탕으로 해서 만든 로망스.

기차의 출발을 알리는 첫번째 종이 울리기 전까지 가겠다고 상냥한 목소리로 자기 방에서 말했다. 미탸가 잊을 수 없을 만큼 수많은 시간을 보낸 그 방에서! 붉은 머리의 예쁘고 친절한 부인이 혼자 앉아서 담배를 피우며 매우 슬픈 표정으로 그를 바라보았다. 아마도 그녀는 오래전부터 이 모든 것을 예상한 것 같았다. 속으로 떠느라 얼굴이 온통 붉어진 그는 아들처럼 고개를 숙여 피부가 늘어졌지만 아직 부드러운 그녀의 손에 입을 맞추었고, 그녀는 어머니처럼 다정하게 그의 관자놀이에 몇 번이나 입을 맞추며 성호를 그었다.

"아, 이봐요, 웃으며 살아요!" 그녀는 소심한 미소를 지으며 그리보예도프*의 말을 건넸다. "그럼 주님이 함께하시길. 어서 떠나요, 떠나……"

6

미탸는 기숙사 안에서 할 일을 모두 마친 후 급사의 도움으로 기우뚱한 짐마차에 짐을 싣고 마침내 짐 옆에 거북스레 자리를 잡았다. 마차가 움직이기 시작하자 미탸는 늘 그렇듯이 어딘가로 떠날 때 느껴지는 그 독특한 상태에 빠져들었다. 삶의 한 장이 영원히 끝났다! 동시에 갑자기 뭔가 가벼워진 듯한 느낌이 들면서 새로운 시작에 대한 기대감 같은 것이 느껴졌다. 그는 처음 보는 것처럼 주변을 바라보았고, 힘을

---

* 알렉산드르 그리보예도프(1795~1829). 러시아의 시인·극작가.

내어 몇 번이고 마음을 가다듬었다. 이곳 모스크바와 이곳에서 겪어야 했던 모든 것과는 이제 정말 작별이다! 빗방울이 조금씩 떨어지며 날이 음산해졌다. 거리는 텅 비었고 도로의 자갈들은 쇠붙이처럼 검게 번쩍였다. 집들도 쾌활함을 잃고 불결하게 서 있었다. 마차꾼은 진절머리날 만큼 천천히 말을 몰면서 미탸가 계속해서 몸을 돌리고 숨을 참게 만들었다. 크렘린을 지나 포크롭카를 거쳐 비 내리는 저녁 정원에서 까마귀가 쉰 목소리로 울고 있는 골목으로 들어섰다. 온통 봄이었다. 공기에서 봄 냄새가 났다. 이윽고 목적지에 도착했다. 미탸는 혼잡한 역사 안, 육중한 무게의 기다란 기차가 벌써 도착해 서 있는 3번 승강장으로 짐꾼을 부르러 달려갔다. 그때 기차를 에워싸고 두서없이 서 있는 군중 가운데에, 길을 비키라고 고함치며 수레를 끄는 짐꾼들 사이 저멀리에 '아름다움을 반짝이며' 서 있는 어떤 존재가 미탸의 눈에 들어왔다. 그 존재는 이 인파 속에서뿐만 아니라 온 세상에서 가장 특별해 보였다. 벌써 첫번째 종이 울렸다. 이번에는 카탸가 아니라 그가 늦은 것이다. 그녀는 그보다 먼저 도착해 애틋한 마음으로 그를 기다리고 있었고, 아내나 약혼녀라도 되는 듯 걱정스러운 마음으로 그에게 달려왔다.

"어서 자리를 잡아요! 곧 두번째 종이 울릴 거예요!"

두번째 종이 울린 후, 그녀는 이미 발 디딜 틈도 없는 냄새나는 열차 삼등칸 입구에 서 있는 그를 올려다보며 한층 안쓰러운 얼굴로 승강장에 서 있었다. 그녀의 모든 것이 아름다웠다. 사랑스럽고 어여쁜 얼굴, 작은 몸, 신선함, 성숙함과 아이 같은 성정이 아직 혼재해 있는 젊음, 위로 치켜 올라간 반짝이는 눈, 도전적인 세련미가 미묘하게 엿보이는 검소한 하늘색 모자, 심지어 옷감과 실크 안감의 느낌이 너무나 좋은 짙은 회색 정장까지도 모두 매혹적이었다. 반면 미탸 자신은 모양새 없이 말라 있었다. 그는 굽이 있는 흉한 여행용 부츠를 신고 마모된 구릿빛 단추가 달린 낡은 모자를 쓰고 있었다. 아무튼 카탸는 진정으로 사랑하는 슬픈 눈빛으로 그를 바라보았다. 세번째 종이 너무나 갑자기, 날카롭게 심장을 때려서 미탸는 미친 사람처럼 열차 입구의 계단을 뛰어내려갔다. 카탸도 똑같이 미친듯이 놀라서 그에게 달려왔다. 미탸는 그녀의 장갑을 꼭 쥐고 입을 맞춘 후 다시 열차로 뛰어올라갔다. 열렬한 기쁨으로 눈물을 흘리며 그녀에게 모자를 흔들었다. 손으로 치맛자락을 붙잡고 시선을 줄곧 그에게 향한 그녀는 승강장과 함께 멀어져갔다. 그녀의 모습이 점점 더 빠르게 멀어졌고, 바람은 점점 더 강하게 불어 창밖으로 내민 미탸의 머리칼을 세차게 때렸다. 기관차는 뻔뻔할 정도로 위협적인 굉음으로 길을 내놓으라 호령하며 더욱 빠르고 더욱 가혹하게 앞으로 내달렸다. 그리고 갑자기 승강장도 그녀도 사라졌다……

7

비구름으로 어두워진 봄의 긴 해질녘은 이미 오래전에 시작되었다. 육중한 열차는 벌거벗은 냉랭한 들판을—들판에 봄은 아직 일렀다—울리며 달렸다. 차장이 불을 밝히고 표를 검사하며 복도를 누비고 있었지만, 미탸는 입술에 남은 카탸의 장갑 냄새를 여전히 느끼며 흔들리는 창가에 서 있었다. 여전히 이별하던 마지막 순간의 격렬한 불꽃에 휩싸여 있었다. 길었던 모스크바의 겨울은 행복하고 고통스러웠으며 그의 인생을 온통 바꿔놓았다. 이제 인생은 완전히 새로운 빛으로 그의 앞에 서 있었다. 그리고 그런 새로운 시각에서, 카탸가 다시금 새롭게 서 있었다…… 그런데 그녀는 누구인가, 그녀는 무엇이란 말인가? 사랑, 정열, 마음, 몸은 또 뭐지? 그것들은 또 무엇이란 말인가? 그런 건 이제 없다. 완전히 다른 무언가가 있을 뿐이다! 바로 이 장갑의 냄새 말이다. 바로 이것이 카탸이고 사랑이고 마음이며 몸이 아닌가? 열차 안의 농민들, 노동자들, 못생긴 어린아이를 화장실로 데려가는 여자, 흔들리는 불투명한 촛불, 봄 해질녘의 황량한 들판, 이 모든 것이 사랑이고 영혼이고 고통이며 말할 수 없는 기쁨이다.

아침에 오룔에 도착했다. 멀리 떨어진 승강장에서 기다리고 있는 지역 열차로 갈아탔다. 미탸는 느꼈다. 이제는 외롭고 가엾고 다정스럽기만 한 사랑하는 카탸가 그 중심에 있는 머나먼 모스크바와 비교하면 이 얼마나 소박하고 평화로운 고향의 세계인가! 창백하게 푸르스름한 비구름이 군데군데 칠해진 하늘도, 바람까지도 더 순박하고 더 평온했다…… 오룔에서 출발한 열차는 서두르지 않고 달렸다. 미탸는 거의 텅 빈 객실에 앉아 툴라 지방의 특산품 과자를 천천히 먹었다. 이후 기차는 전속력으로 달려 그를 감싸고 잠재웠다.

베르호보에 도착해서야 겨우 잠에서 깼다. 기차는 정차중이었고 사람이 상당히 많아서 번잡스러웠지만 그래도 시골이었다. 기차역의 주방에서 기분좋은 탄내가 났다. 미탸는 양배추 수프 한 그릇을 기분좋게 먹고 맥주 한 병을 마신 후 다시 잠들었다. 깊은 피로감이 몰려왔다.

다시 잠에서 깨어났을 때 기차는 종착역 바로 전에 있는 익숙한 봄날의 자작나무 숲을 달리고 있었다. 봄에 그렇듯 주변이 다시 어스름하게 어두워졌다. 열린 창밖에서 비 냄새와 버섯 비슷한 냄새가 났다. 나무에는 아직 잎사귀 하나 없었지만 어쨌든 기차의 굉음은 들판에서보다 숲에서 더 선명하게 울렸다. 봄에 그렇듯 기차역의 슬픈 불빛이 벌써 멀리서 반짝이고 있었다. 곧 신호기의 높은 초록색 불빛이 보였다. 벌거벗은 자작나무 숲에서 보면 그 불빛은 해질녘에 특히 매혹적이다. 기차가 툭 소리를 내며 다른 선로로 들어섰다…… 세상에, 승강장에서 주인을 기다리는 일꾼은 얼마나 촌스럽고 가엾고 사랑스러운지!

　기차역에서 나와 아직 초봄이라 지저분한 큰 마을을 지나는 동안 땅거미와 구름은 점점 두터워졌다. 모든 것이 그토록 특별하게 부드러운 땅거미 속으로, 대지의 깊은 적막 속으로, 낮게 깔린 흐릿한 비구름의 어둠과 합류한 따뜻한 밤 속으로 빠져들었다. 미탸는 다시금 기쁨과 놀라움에 사로잡혔다. 평온하고 소박하고 초라한 마을, 이미 오래전에 잠에 빠져든, 굴뚝 없는 농가들(신앙이 있는 사람들은 성모수태고지축일* 이후로 불을 피우지 않는다), 컴컴하고 따뜻한 이 초원의 세계가 정말 좋았다! 마차는 땅이 움푹 팬 곳과 진흙탕을 오르내리며 달렸다. 부유한 농부의 집 마당 뒤 참나무는 아직도 완전히 벌거벗은 채 무뚝뚝하게 서 있었고, 높이 솟은 나뭇가지 위에는 까마귀 둥지가 얼기설기 자리해 있었다. 옛날 사람 같은 모습의 이상한 농부 한 사람이 농가 옆에서 어스레한 어둠을 바라보았다. 그는 맨발에 다 떨어진 나사 외투를

---

* 3월 25일.

걸치고 뻣뻣한 긴 머리 위에는 양가죽 모자를 쓴 모습이었다…… 그리고 따뜻하고 달콤하며 향기로운 비가 내렸다. 미탸는 그 농가 안에서 자고 있을 처녀들, 젊은 부인네들, 지난겨울 동안 카탸로 인해 알게 된 여자들의 모든 것에 대해 생각했다. 그리고 모든 것이 하나로 합쳐졌다. 카탸, 처녀들, 밤, 봄, 비 냄새, 곡식을 심기 위해 개간한 땅 냄새, 말의 땀냄새, 새끼 염소 가죽으로 된 장갑 냄새의 기억까지.

8

농촌에서의 삶은 평화롭고 매력적으로 시작되었다.

기차역을 떠난 그날 밤에 카탸는 흐릿해져 주위의 모든 것 속으로 융해된 것 같았다. 그러나 아니다, 그냥 그렇게 생각되었을 뿐이다. 그런 느낌은 며칠 만에 사라졌다. 미탸는 잠에서 깨어나 정신이 들었고, 어린 시절부터 익히 알고 있던 고향집과 마을, 그 마을의 봄과 다시 새롭게 꽃피울 준비가 된 초봄의 헐벗고 텅 빈 세계에 새삼 익숙해졌다.

영지는 크지 않았고 저택은 오래되고 소박했으며 살림도 단출해서 하인들을 많이 쓸 필요가 없었다. 미탸의 삶은 조용하게 시작되었다. 김나지움 2학년인 여동생 아냐와 유년학교 생도인 동생 코스탸는 아직 오룔에서 공부하고 있었다. 그 아이들은 6월 초나 되어야 집에 온다고 했다. 엄마 올가 페트로브나는 언제나처럼 살림살이에 바빴다. 하인 중 촌장이라고 불리는 영지 관리인만 그녀를 도와주고 있었다. 그녀는 자주 들에 나갔고 어두워지면 곧바로 잠이 들었다.

도착한 다음날 열두 시간을 자고 일어난 미탸는 깨끗하게 씻고 볕이 잘 드는 자기 방—그 방은 동쪽인 정원 쪽으로 창이 나 있었다—에서 나와 다른 방들을 거쳐 밖으로 나왔을 때 자신이 그 모든 것에 속한다고 느꼈다. 몸과 마음을 위로하는 평화로운 순박함이 생생하게 느껴졌다. 주위의 모든 것이 원래 자리에 그대로 있었다. 오래전 그날처럼 익숙하고 좋은 느낌이 들었다. 그의 도착에 맞춰 모든 것이 정돈되어 있었다. 방바닥도 모두 깨끗하게 닦여 있었다. 아직도 하인방으로 불리는 현관의 큰 방과 붙어 있는 식당만 여태 청소하는 중이었다. 마을에서 하루 동안 품을 팔러 온 주근깨 처녀가 발코니 문 옆에 서서 휘파람을 불며 위쪽으로 팔을 뻗쳐 창문을 닦고 있었는데, 마치 먼 곳에 있는 듯 푸르스름한 그녀의 그림자가 창 아래쪽까지 이어졌다. 새하얀 맨발의 하녀 파라샤는 뜨거운 물이 담긴 양동이에서 커다란 걸레를 꺼내더니, 작은 발뒤꿈치로 물이 흥건한 바닥을 걸어다니고 소매를 걷어올린 팔꿈치로 붉어진 얼굴의 땀을 닦으며 비위도 좋게 격의 없이 재빨리 지껄였다.

"가서 차 드세요. 어머니는 동도 트기 전에 촌장과 함께 기차역에 가셨어요. 아직 못 들으셨을 거예요……"

그 순간 카탸의 느낌이 강하게 느껴졌다. 소매를 걷어붙인 이 여자의 팔과 창문 위로 몸을 뻗치고 있는 처녀의 여성적인 발꿈치, 치마 밖으로 보이는 단단한 장롱 다리 같은 종아리에 미탸는 욕정이 치밀어오르는 것을 느꼈다. 그러자 자신이 카탸의 힘 속에, 그녀의 지배 아래에 있다는 느낌이 들어 기뻤으며, 그 아침이 부여하는 모든 인상 속에서 그녀의 은밀한 존재를 즐겼다.

그 존재감은 날이 갈수록 더욱 생생하고 아름답게 느껴졌다. 미탸가 안정을 되찾고 편안해지면서, 그의 기대에 빈번히 어긋나 그토록 고통을 주던 모스크바의 평범한 카탸는 그의 머릿속에서 잊혀갔다.

9

그는 성인이 된 후 처음으로 집에서 시간을 보냈다. 심지어 어머니도 그를 전과 다르게 대하는 것 같았다. 어린 시절과 청소년 시절부터 그의 온 존재가 은밀히 기다려온 그것이 실현되었다는 게 중요했다. 진정한 의미의 첫사랑 말이다.

아기 때부터 인간의 언어로 표현할 수 없던 무언가가 기적처럼 신비롭게 그의 마음속에서 움직였다. 언젠가, 아마 봄이었을 텐데, 정원의 라일락 덤불 옆에서 가뢰*의 시큼한 냄새가 났다. 매우 어린 아이였던 그는 아마 유모인 것 같은 어떤 여자와 함께 있었는데, 갑자기 천상의 빛처럼 밝게 비치는 무언가가 보였다. 그건 그녀의 얼굴이었을까, 아니면 그녀의 풍만한 가슴 위의 사라판이었을까. 마치 어머니 뱃속에 있는 아기처럼 그의 내면에 뭉클하고 뜨거운 파도 같은 것이 밀려왔다…… 그런데 그게 또 꿈같기도 했다. 어린 시절, 청소년 시절, 김나지움 시절의 모든 것이 마치 꿈같았다. 어린 시절 축일이면 어머니들과 함께 왔던 소녀들도 무엇과도 비슷하지 않은 독특한 감동을 주었

---

* 딱정벌레목에 속하는 곤충.

다. 원피스에 단화를 신고 머리에는 실크 리본을 단 그 매혹적인 소녀들의 몸짓 하나하나가 말할 수 없을 만큼 강렬한 호기심을 불러일으켰다. 그가 더 성장한 후 현청이 있는 도시에서 지내던 시절에는 저녁마다 이웃 정원의 울타리 너머 나무 위로 올라가던 한 김나지움 소녀에게 거의 가을 내내 의식적으로 빠지기도 했다. 맹랑하고 조롱하기를 즐기는 그녀의 성격과 갈색 원피스와 머리에 꽂은 둥근 핀, 더러운 손, 웃음, 낭랑한 목소리, 이 모든 것이 미탸로 하여금 아침부터 밤까지 그녀에 대해 생각하고, 슬퍼하고, 때로는 그녀에게 뭔가를 기대하며 울게 했다. 시간이 흐르자 그런 상태도 저절로 끝나서 잊히고 또 얼마간 새로운 매혹에 빠졌다. 그것 역시 신비로운 매혹이었다. 김나지움 무도회에서 예기치 않게 사랑에 빠져 격렬한 기쁨과 슬픔을 느꼈다…… 무언가를 기대하는 마음에 막연한 예감이, 육체에는 나른한 열망이 솟아올랐다……

그는 시골에서 태어나 성장했지만, 도시에서 김나지움을 다녔기 때문에 하는 수 없이 도시에서 봄을 보냈다. 예외적으로 재작년 마슬레니차*를 보내려고 시골에 내려온 후 병이 나서 회복하느라 3월과 4월의 절반을 집에서 보내야 했던 적이 있었다. 잊을 수 없는 시간이었다. 이 주 정도 침대에 누워 세상에 빛과 온기가 커지고 하늘과 눈, 정원, 나무줄기와 가지들이 매일 변하는 모습을 창문을 통해 지켜보았다. 아침이었고, 방안에는 햇빛이 선연하고 따뜻했으며, 유리창에는 벌써 기운이 팔팔한 파리들이 기어다녔다…… 다음날 오후, 해가 이미 집 뒤

* 겨울이 끝나고 사순절이 시작되기 전, 봄을 맞이해 먹고 마시며 즐기는 러시아의 축제. 2월 말이나 3월 초에 시작해 일주일간 계속된다.

로 넘어가고, 창에 남아 있던 눈은 창백한 푸른빛을 띠었으며, 하늘 저편 나무 꼭대기 위에는 둥글고 흰 구름이 떠 있다…… 그다음날에는 구름 사이로 조각난 푸른 하늘이 보이고 나무껍질에 물기가 반짝였으며, 지붕에서 창문 위로 빗물이 드는 모습은 아무리 봐도 좋고 또 보고 싶었다…… 그러다가 따뜻한 안개와 비가 내린 후 며칠 동안 밤낮으로 눈이 녹아 사라지면서 샛강이 생기고, 정원에도 마당에도 맨땅이 즐거운 듯 거뭇거뭇하게 다시 드러나기 시작했다…… 처음으로 말을 타고 들판을 달린 3월 말의 어느 하루가 미탸의 마음속에 오래도록 기억되었다. 하늘이 맑지는 않았지만, 무채색의 창백한 나무들 사이로 햇빛이 생기발랄하게 반짝였다. 들판에는 아직 선선한 바람이 불었고, 지난가을 추수한 밭은 황량하고 퇴색한 빛을 띠고 있었다. 귀리밭을 벌써 갈아놓았는데, 그래서인지 기름져 보였다. 처음 갈이를 한 밭은 원시적인 짙은 색을 띠었다. 그는 농지를 따라 숲을 향해 말을 달렸다. 저멀리 깨끗한 대기 속에 숲이 보였다. 이쪽 끝에서 저쪽 끝까지 다 보이는, 가지만 앙상한 나무들로 이루어진 작은 숲이었다. 숲을 지나 저지대로 내려가 지난해의 낙엽이 깊이 쌓여 있는 곳으로 발굽소리를 내며 천천히 말을 몰았다. 바싹 마른 연황색의 낙엽 무더기와 축축하게 젖은 갈색의 낙엽 무더기가 곳곳에 있었다. 나뭇잎으로 덮인 계곡을 건넜다. 계곡에는 이제 물의 흐름이 완연했다. 말발굽 바로 아래 관목 뒤에서 짙은 황금색 멧도요가 큰 소리를 내며 날아올랐다…… 들판에서 신선한 바람이 그를 향해 불어오고, 그가 탄 말이 습기를 가득 머금은 들판과 개간한 경작지를 달리면서 경이로울 만큼 엄청난 힘으로 울부짖고 넓은 콧구멍으로 소란스럽게 숨을 쉬던 그날, 그 봄은 그에게 어떤 의미였을까? 그때가, 바로 그 봄이 그의 진짜 첫사랑이었다. 누군가 혹은 무언가에 줄곧 빠져 있던 시간이었고, 모든 김나지움 여학생과 세상의 모든 처녀를 사랑하게 된 시절이었다. 하지만 지금의 그에게 그 시간은 얼마나 멀게 느껴지는가! 그 시절 그는 아직 순진하고 선량했으며, 소박한 슬픔과 기쁨, 기대로 불행한 완연한 소년이었다! 그 시절 그의 막연하고 육체가 없는 사랑은 꿈이라기보다는 기적 같은 꿈에 대한 기억이었다. 이제 세상에는 모든 것에 승리를 거두고 그를 지배하며 자신 안에 세계를 담고 있는 카탸라는 영혼이 있었다.

10

카탸와 관련해 불길한 생각이 든 적은 처음 단 한 번뿐이었다.

어느 날 늦은 저녁 미탸는 뒤쪽 현관으로 나갔다. 주위가 몹시 어둡고 조용했으며 습한 들 냄새가 났다. 밤하늘의 구름 사이 어슴푸레한 정원의 윤곽 위로 작은 별들이 눈물처럼 흘렀다. 그런데 갑자기 어딘가 먼 곳에서 거칠고 악의에 찬 소리가 났고, 울부짖는 찢어질 듯한 소리가 울려퍼졌다. 흠칫 놀라고 어리둥절해진 미탸는 조심스럽게 현관에서 내려와 온통 적대적으로 느껴지는 캄캄한 가로숫길로 들어갔다. 그리고 다시 걸음을 멈추고 기다리며 귀를 기울였다. 무슨 일이지? 어디서 나는 소리지? 무엇이 갑자기 정원을 이토록 공포로 뒤흔드는 거지? 숲속에서 작은 부엉이나 큰 부엉이가 사랑을 나누는 소리일 뿐이라고 생각하긴 했지만, 그 암흑 속에 알아보기 힘든 악마가 있는 것처럼 느껴지고 숨이 멎을 것 같았다. 그러다 또다시 미탸의 영혼을 뒤흔드는 둔탁한 노호가 울려퍼졌다. 가까운 가로수 위쪽 어디에선가 우지끈하는 소리가 나더니 소란스러워졌다. 악마가 소리도 없이 정원의 다른 곳으로 옮겨간 것 같았다. 악마는 처음에는 개처럼 짖다가 아이처럼 불쌍하게 애원하듯 울면서 꼬리를 까딱거리고 고통에 찬 만족감으로 사납게 울부짖기 시작했다. 마치 누군가 간지럽히고 고문이라도 하는 것처럼 새된 소리를 내며 방탕한 웃음을 퍼뜨렸다. 미탸는 온몸을 떨며 눈과 귀로 어둠 속을 꿰뚫었다. 하지만 갑자기 소리가 뚝 끊기고 움직임도 그쳤다. 그런 다음 지표면을 뚫고 아래로 툭 떨어지는 것처럼 죽을 만큼 지친 울음소리가 캄캄한 정원을 갈랐다. 미탸는 이 정사情事의 공포가 반복되기를 몇 분 더 헛되이 기다리다가 조용히 집으로 돌아왔다. 지난 3월 모스크바에서 사랑 대신 느낀 병적이고 역겨운 생각과 감정들로 그는 밤새도록 괴로워했다.

그러나 아침이 되어 해가 뜨자 지난밤의 고통은 어느새 사라졌다. 그가 잠시 모스크바를 떠나 있는 게 좋겠다고 두 사람이 동의했을 때 카탸가 울음을 터뜨렸던 것이 기억났다. 6월 초에는 그도 크림으로 올 거라 생각하며 그녀가 얼마나 기뻐했는지, 그의 출발 준비를 얼마나 애틋하게 도와줬는지, 또 역에서는 어떻게 그를 배웅했는지…… 그는 그녀의 사진을 꺼내 그녀의 직설적이고 개방적인(거의 둥근) 눈의 순수함과 분명함에 놀라며 그녀의 작고 화려한 얼굴을 오랫동안 바라보았다…… 그리고 그녀에게 그들의 사랑에 대한 믿음이 가득한, 특별히 길고 정성스러운 편지를 썼다. 그런 다음 자신이 살면서 기쁨을 얻는 모든 것에서 그녀라는 사랑스럽고 밝은 존재를 끊임없이 느끼는 상태로 다시 돌아갔다.

구 년 전 아버지가 세상을 떠났을 때 경험한 일이 생각났다. 그때도 봄이었다. 아버지가 사망한 다음날 그는 어리둥절하기도 하고 겁이 나기도 해서 소심한 걸음으로 거실을 지나갔다. 성긴 턱수염이 거뭇하고 코가 하얗게 빛나는 아버지가 귀족의 제복을 화려하게 차려입고 높이 솟은 가슴 위로 창백한 커다란 팔을 포개 올린 채 탁자 위에 누워 있었다. 미탸는 현관으로 나가 문 옆에 세워둔 황금빛 실크 천에 싸인 거대한 관뚜껑을 보았다. 그러자 갑자기 '세상에 죽음이 있다!'는 것이 느껴졌다. 죽음은 모든 곳에 있었다. 햇살에, 봄의 풀이 돋아난 마당에, 하늘에, 정원에…… 그는 정원으로 나가 햇빛이 얼룩덜룩하게 비치는 보리수 길을 지나 햇빛이 더욱 잘 드는 가로숫길로 들어가, 나무들과 갓 나온 흰나비를 보며 이른봄을 맞아 달콤하게 속삭이는 새소리를 들었다. 그런데 아무것도 이해할 수가 없었다. 온 세상에 죽음이 있고 거실에는 무시무시한 탁자가 있고 현관에는 실크 천에 감싸인 기다란 관뚜껑이 있었다! 모든 것이 전과 달랐다. 태양이 빛나는 모습도 달랐고, 풀도 예전의 녹색이 아니었고, 아직 위쪽만 뜨거운 봄의 풀밭 위를 날아다니는 나비의 모습도 달랐다. 모든 것이 이십사 시간 전과 달랐다. 모든 것이 세상의 종말이 다가오고 있는 것처럼 변했고, 봄의 아름다움도 그 영원한 젊음의 아름다움도 가련하고 슬퍼졌다! 이후에도 그 상태가 오랫동안 계속되었다. 봄 내내 그랬다. 깨끗하게 청소하고 수없이 환기한 집안에서 두렵고 혐오스러운 들큰한 냄새가 오래도록 느껴졌다……

지금도 미탸는 그런 환상을 경험하고 있었다. 물론 지금은 완전히 다른 방식이긴 하지만. 이 봄, 그의 첫사랑의 봄도 과거의 모든 봄과 전혀 달랐다. 세상이 다시 변모하고 전혀 관련이 없는 무언가로 다시 가득찬 것 같았다. 그런데 그것은 적대적인 어떤 것은 아니었을 뿐만 아니라 공포와도 전혀 상관없었고, 반대로 봄의 기쁨이나 젊음과 기적처럼 화합하는 것이었다. 그것은 카탸였거나 더 정확히 말하면 미탸가 그녀에게 원하고 요구하는, 세상에서 가장 멋진 것이었다. 봄날이 지나감에 따라 그는 그녀에게 더욱더 많은 것을 요구하게 되었다. 그리하여 그녀가 없는 지금, 그녀가 실재하지 않고 그가 원하는 그녀의 형상만이 존재하는 지금, 그녀는 그 순결한 아름다움이 조금도 훼손되지 않은 채 미탸가 바라보는 모든 것에서 더욱 생생하게 느껴졌다.

11

집에 도착한 후 처음 일주일 동안 미탸는 그 사실을 확신하며 기쁨을 느꼈다. 때는 봄이 오기 직전이었다. 그는 거실의 열린 창문 옆에 책을 들고 앉아 작은 정원의 전나무와 소나무 줄기 사이 목초지에 흐르는 지저분한 작은 강과 강 너머 언덕 위의 마을을 바라보았다. 아침부터 저녁까지 더없이 분주하게 종종거리느라 기운을 쏙 뺀 까마귀들이 이른봄을 맞아 이웃 지주 정원의 오래된 벌거벗은 자작나무에서 목청을 돋워 노래 부르듯 큰 소리로 울어댔다. 언덕 위의 마을은 아직 어두운 잿빛으로 흐릿했지만, 버드나무에 노르스름한 싹이 나 있었다…… 그는 정원으로 나갔다. 아직 싹도 잎도 나오지 않은 정원은 나지막하고 헐벗어 속이 들여다보였다. 오직 덤불만 연두색 싹으로 덮여 있었다. 가로숫길을 따라 자라난 아카시아나무들에 연한 잎이 막 돋아나 있었고, 정원 남쪽 낮은 지대의 옴폭 파인 곳에 있는 야생 벚나무 한 그루에 보일 듯 말 듯 하얀 꽃이 피어 있었다…… 그는 들판으로 나갔다. 들판은 풀이 아직 나지 않아 잿빛이었다. 지난가을 추수가 끝난 들판은 여전히 황량했고, 들판을 지나가는 건조한 길은 여전히 울퉁불퉁하고 자줏빛이었다…… 이 모든 것이 날것의 젊음이자 기대의 시간이었고, 이 모든 것이 카탸였다. 그런데 실상은 그렇게 보인 것뿐이다. 사실 그의 이목을 끈 것은 날품팔이 처녀들이나 하인방의 일꾼들, 독서와 산책, 아니면 안면이 있는 농부를 만나러 마을에 가거나 어머니와 대화를 나누거나 작업반장(투박한 성격의 키 큰 퇴역 병사)과 함께 무개 사륜마차를 타고 들로 나가는 일 따위였다……

한 주가 더 지났다. 어느 날 밤 굳은비가 내린 후 곧바로 햇빛이 뜨거워지면서 초봄의 창백함은 어느새 간곳없이 사라지고, 주변의 모든 것이 하루 단위도 아니고 시간 단위로 변하기 시작했다. 그루터기에 잎이 움트고, 검은빛의 폭신폭신한 솜털이 가지를 뒤덮고, 들판의 경계들이 푸른빛을 띠고, 마당의 어린 풀들이 물기를 가득 머금기 시작했다. 하늘은 더 깊고 선명한 푸른빛이 되었고, 정원은 신선해지면서 보기에도 부드러운 초록 옷으로 재빨리 갈아입었으며, 회색빛 라일락 송이가 보라색 꽃망울을 터뜨려 향기를 발했고, 진초록의 반들반들한 나뭇잎과 길 위에 드리워진 뜨거운 햇살 자국 위로는 벌써 금속성의 파란빛을 번뜩이는 커다란 흑파리들이 수없이 보이기 시작했다. 사과나무와 배나무의 가지는 아직은 맨살이었지만 회백색의 부드럽고 자잘한 이파리들이 달리기 시작했다. 하지만 다른 나무들 아래쪽에 그물망처럼 펼쳐진 사과나무, 배나무의 구불구불한 가지들은 벌써 우윳빛으로 뽀얗게 물이 오르기 시작했다. 하루하루 더 하얗게 피어올라 색이 짙어지고 향도 강해졌다. 이 신비로운 시간에 미탸는 자신을 둘러싸고 벌어지는 봄날의 모든 변화를 즐거운 마음으로 주의깊게 관찰했다. 그러나 카탸는 그 속에 없는 것도 사라진 것도 아니었다. 오히려 그녀는 모든 것 안에 있었으며 모든 것에서 자신을 보여주었다. 절정으로 치달아가는 봄과 점점 더 화려한 색채로 하얗게 피어나는 정원과 점점 더 짙어가는 푸른 하늘과 함께 자신의 꽃피는 아름다움을 보여주었다.

12

그러던 어느 날, 저녁이 되기 직전에 햇살 가득한 거실로 차를 마시러 온 미탸는 예기치 않게 사모바르 옆에 놓인 우편물을 보았다. 오전 내내 하릴없이 기다린 편지였다. 재빨리 탁자로 다가갔다. 카탸는 이미 오래전에 그가 보낸 편지들 가운데 한 통에라도 답장을 보냈어야 했다. 자그마하고 세련된 편지봉투가 무서울 만큼 선명하게 그의 시선을 끌었다. 봉투 위에는 볼품없는 익숙한 필체의 서명이 있었다. 그는 봉투를 손에 들고 집밖으로 나가 정원과 중앙 가로숫길을 걷기 시작했다. 정원의 가장 깊숙한 곳, 건너편에 낮은 분지가 지나가는 곳까지 가서 멈춰 선 후 주위를 둘러보고 서둘러 봉투를 열었다. 편지는 몇 줄

안 되는 분량으로 간략했지만, 미탸는 그 뜻을 제대로 이해해보려고 대여섯 번 반복해서 읽었다. 심장이 요동을 쳤다. '내가 사랑하는 유일한 사람!' 읽고 또 읽었다. 편지 속 느낌표에 발아래의 땅이 물결쳤다. 그는 눈을 들었다. 정원 위로 하늘이 따뜻하고 장엄하게 반짝였다. 주위의 숲이 나무의 새하얀 꽃눈으로 반짝였고, 저녁 직전의 한기를 이미 감지한 꾀꼬리는 기쁨에 차 관목에 새로 돋아난 초록색 잎을 힘차게 쪼았다. 그의 얼굴에서 핏기가 사라지고 몸에 소름이 돋고 머리카락이 쭈뼛 솟았다……

천천히 집으로 돌아왔다. 그의 사랑의 잔은 찰 대로 찼다. 다음 며칠 동안 그는 그 잔을 조심스럽게 간직한 채 행복한 마음으로 다음 편지를 조용히 기다렸다.

13

정원은 갖가지 모양으로 옷을 갈아입었다.

정원 남쪽에 우뚝 솟아 사방에서 보이는 오래된 거대한 단풍나무가 새로 돋아난 초록색 잎으로 울창하게 뒤덮이고 자꾸 자라서 멀리서도 잘 보이게 되었다.

미탸가 자기 방 창문에서 줄곧 내다보던 중앙 가로숫길의 가로수들도 크게 자라서 더 잘 보였다. 아직은 투명한 어린 잎사귀로 뒤덮인 오래된 보리수들의 꼭대기도 높아져 밝은 초록색 이랑처럼 정원 위에 펼쳐졌다. 단풍나무와 보리수 아래에는 좋은 향이 나는 크림색의 몽실몽실한 무언가가 자라고 있었다.

북슬북슬하고 거대한 단풍나무 꼭대기, 가로수들이 이루는 밝은 초록색의 선, 새하얀 사과나무와 배나무, 벚나무, 태양과 푸른 하늘, 정원의 저지대와 분지, 양쪽 가로수와 오솔길을 따라 저택의 남쪽 벽 토대 밑에 무성하게 자라는 라일락, 아카시아, 까치밥나무, 엉겅퀴, 우엉, 검은 쑥까지 모든 것이 놀랄 만큼 울창하고 신선하고 새로웠다.

깨끗하고 푸른 마당은 사방에서 몰려드는 식물들 때문에 비좁아진 듯했고, 집은 더 작고 예뻐진 것 같았다. 마치 손님을 기다리는 것 같았다. 몇 날 며칠 동안 모든 방의 문과 창을 하루종일 열어두었다. 흰색 거실에서 파란색의 구식 응접실, 타원형 세밀화 여러 점이 걸린 역시 파란색의 작은 소파방, 전면 구석에 오래된 성상화 여러 점이 있고 야트막한 물푸레나무 책장이 벽을 따라 둘러서 있는, 구석에 자리해 있고 햇빛이 잘 드는 서재까지. 색조가 밝기도 하고 어둡기도 한 각양각색의 초록빛 나무들이 가지 사이로 선명한 파란 하늘을 담고 집으로 다가와 신나는 듯 방안을 들여다보았다.

하지만 편지는 더이상 오지 않았다. 카탸에게 편지 쓰는 재주가 없다는 걸 미탸는 알고 있었다. 책상에 앉으려고 마음먹는 것, 펜과 종이, 봉투를 찾는 것, 우표를 사는 것…… 이것들이 그녀에게는 언제나 어려운 일이라는 것도 알고 있었다. 하지만 이런 이성적인 판단이 상황을 좋게 만들어주지는 않았다. 지난 며칠 동안 두번째 편지를 기다리며 가진 행복하고 자신감 넘치던 확신이 사라졌다. 그는 점점 더 불안해지고 점점 더 힘겨워졌다. 첫번째와 같은 편지에 뒤이어 오는 편지는 분명 좀더 아름답고 기쁨을 듬뿍 안겨주는 것이어야 했다. 하지만 카탸는 말이 없었다.

그가 마을을 찾는 일도, 들판에 나가는 일도 적어졌다. 그는 서재에 앉아 수십 년 동안 책장에 꽂힌 채 빛바래고 푸석해진 잡지들을 넘겨보았다. 잡지에는 오래된 시인들의 아름다운 시들이 많았다. 언제나 거의 하나만 이야기하는 기적 같은 시구들. 세상이 시작될 때부터 모든 시와 노래를 가득 채워온 것. 지금 그의 영혼을 살게 하는 것. 그것은 그 자신과 그의 사랑, 그리고 카탸에 대한 것이라고 말할 수 있는 시들이었다. 그래서 그는 열린 책장 옆 의자에 앉아 그 시들을 몇 시간씩 읽고 또 읽으며 자신을 괴롭혔다.

사람들이 자고 있어, 친구여, 어두운 정원으로 가자!
사람들이 자고 있어, 오직 별들만 우리를 보고 있어……

마법 같은 이 모든 단어, 그 모든 호소가 그 자신의 것인 듯했다. 시구들이 마치 모든 것 속에서 미탸가 발견했던 그녀를 향한 말처럼 느껴졌다. 그래서 때로 위협적으로 들렸다.

거울 같은 물 위에서
백조가 날갯짓하네
그러면 강물이 떨리네
오, 이리로 와다오! 별들이 반짝이고
나뭇잎이 흔들리네
그리고 구름이 몰려드네……

그는 눈을 감고 한기를 느끼며 승리와 행복한 결말을 갈망하는 사랑의 힘으로 가득찬 심장의 부름을, 그 요청을 몇 번이나 되뇌었다. 오래도록 그 자리에 선 채로 앞을 응시하며 자신의 집을 감싸고 있는 마을의 깊은 침묵에 귀기울이고 쓸쓸하게 고개를 저었다. 아니, 그녀는 응답하지 않았다. 그녀는 저기 어딘가 멀고 낯선 모스크바라는 세상에서 침묵을 지키며 반짝이고 있었다! 그의 심장에서 다시 부드러움이 흘러넘쳤다. 그러다가 또다시 불길한 주술의 말들이 무섭게 커지고 또 커졌다.

오, 이리로 와다오! 별들이 반짝이고
나뭇잎이 흔들리네
그리고 구름이 몰려드네……

14

어느 날 미탸는 정오에 점심을 먹고 잠시 낮잠을 잔 후 집에서 나와 천천히 정원으로 갔다. 종종 처녀들이 정원에서 사과나무 둘레를 팠는데 지금도 그 일을 하고 있었다. 미탸는 그녀들 근처에 앉아 수다를 떨 요량이었다. 이미 습관이 된 일이었다.

한낮은 무덥고 고요했다. 그는 가로수 그림자 속을 걸어가며 멀리 새하얗게 꽃잎이 북실거리는 가지들을 보았다. 특히 배꽃이 두드러져 보였다. 하얀 꽃과 선명한 하늘의 색깔이 겹쳐 보랏빛 음영을 만들어 냈다. 배나무와 사과나무의 꽃이 떨어진 나무 아래 파헤쳐진 땅 위에는 시든 꽃잎이 온통 내려앉았다. 따뜻한 대기에서는 달큰하고 부드러운 꽃향기가 날씨가 더워 축사에서 부패한 거름 냄새와 함께 느껴졌다. 이따금 구름이 몰려들어 새파랗던 하늘의 색이 옅어지면, 따뜻한 대기도 부패한 냄새도 더 부드럽고 달콤해졌다. 천국 같은 봄의 향기로운 온기가 몽실몽실한 크림색 더미에 파묻힌 꿀벌과 호박벌들의 윙윙대는 소리로 졸음이 올 만큼 기분좋게 소란해졌다. 그리고 낮에는 늘 그렇듯 꾀꼬리 한 마리, 또 한 마리가 이쪽저쪽에서 안온하고 권태롭게 울어댔다.

가로숫길은 멀리 창고 문까지 이어져 있었다. 저멀리 왼편, 정원 둔덕 구석에는 가문비나무가 보였다. 가문비나무 옆 사과나무 사이로 두 명의 처녀가 보였다. 미탸는 언제나처럼 가로숫길 중간쯤까지 가다가 돌아서서 그들에게 다가갔다. 그의 얼굴을 여성스럽게 건드리며 꿀 냄새와 레몬 비슷한 향기를 뿜어내는 무성한 낮은 가지들을 헤치며 몸을 숙인 채 그들에게 다가갔다. 두 처녀 중 마르고 머리칼이 붉은 손카가 그를 보자 언제나처럼 야단스럽게 웃음을 터뜨리며 소리쳤다.

"어머, 주인님이 오셔!" 그녀는 짐짓 놀란 척하며 소리를 질렀다. 그러고는 앉아서 쉬고 있던 굵은 배나무 가지에서 벌떡 일어나 삽을 들었다.

반대편에 앉아 있던 다른 처녀 글라시카는 미탸가 온 것을 전혀 알아차리지 못한 듯 검정 펠트 천으로 된 가벼운 신을 신은 발로 철삽을 꾹 눌러 하얀 꽃잎으로 뒤덮인 땅을 힘차게 천천히 뒤집으며 기분좋고 힘있는 목소리로 노래를 부르기 시작했다. "정원, 나의 정원, 누굴 위해 그렇게 꽃을 피우니!" 글라시카는 키가 크고 용감하고 항상 진지한 처녀였다.

미탸는 손카 쪽으로 다가가 두 갈래로 갈라진 오래된 배나무 가지 사이에 앉았다. 손카는 빛나는 눈으로 그를 보고는 거리낌없고 유쾌한 척하며 큰 소리로 물었다.

"어머나, 이제 일어나셨어요? 조심하세요, 그러다 기회를 놓치겠어요!"

그녀는 미탸를 좋아했는데, 어떻게든 감추려 했지만 그러지 못했다. 그가 옆에 있을 때면 행동이 부자연스러워졌고 미탸가 괜히 이렇게 왔다갔다하는 것이 아닐 거라고 넘겨짚어 뭔가를 암시하며 아무 말이나 내뱉었다. 미탸가 파라샤와 함께 살고 있거나 적어도 그러기를 강력하게 원하고 있을 거라고 지레짐작하고는 질투를 했다. 어떤 때는 부드럽게 말하다가도 또 어떤 때는 신랄하게 쏘아붙였다. 상대방이 자신의 마음을 느끼도록 아련한 눈으로 바라보는가 하면, 또 어떤 때는 적의에 차서 차가운 눈길로 바라보기도 했다. 이 모든 것이 미탸에게 기이한 만족감을 주었다. 편지는 계속 오지 않았고, 이제 그는 살아 있는 것 같지 않은 끝없는 기다림 속에서 하루하루를 보내고 있었다. 자신의 사랑과 고통의 비밀을 나누거나 카탸에 관해, 크림반도 여행에 기대하는 바에 관해 이야기할 사람이 아무도 없었기 때문에 기다리는 동안 그의 괴로움은 더욱 커졌다. 그래서 그의 사랑에 대한 것이라면 손카의 그런 암시조차 좋았다. 손카와의 대화가 그의 영혼이 고통스러워하는 그 비밀을 어떤 식으로든 언급하는 것 같았다. 손카가 그를 좋아한다는 사실도 그를 흥분시켰다. 그건 그와 손카의 사이가 어느 정도 가깝다는 뜻이며, 그래서 미타는 그녀를 자기 연애사의 비밀 참가자로 생각하게 되었다. 심지어 손카를 고민을 공유하는 친구나 카탸의 대체재 같은 것으로 생각하기도 했다.

손카가 자신도 모르는 사이에 그의 비밀을 건드린 것이다. '조심하세요, 그러다 기회를 놓치겠어요!' 그는 사방을 둘러보았다. 그의 앞에 빽빽이 들어찬 짙푸른 가문비나무 숲이 한낮의 선명함과 대조되어 검게 보였고, 나무들의 날카로운 꼭대기 위로 푸르른 하늘이 특히 멋지게 빛났다. 햇빛을 받아 더욱 밝게 빛나는 보리수나무, 단풍나무, 느릅나무의 어린 나뭇잎들이 정원 전체에 가볍고 경쾌한 차양을 드리웠고 풀밭과 오솔길에 선명하고 화려한 그림자를 만들었다. 그 틈새로 하얗게 비치는 향기롭고 뜨거운 빛은 도자기처럼 반짝였다. 미타는 의지와는 달리 미소를 지으며 손카에게 물었다.

"내가 무슨 기회를 놓친다는 거지? 기회라고 할 만한 일이 전혀 없다는 것이 애통하긴 하군."

"가만히 계세요, 맹세하지 않으셔도 믿을 수밖에 없으니까요!" 손카는 흥이 나서 거칠게 외쳤다. 그녀가 그에게 연애 상대가 없다고 생각하지 않는 것이 그에게 만족감을 안겨주었다. 그때 갑자기 가문비나무 숲에서 이마에 곱슬거리는 흰 털이 난 밤색 송아지가 천천히 걸어나와 그녀의 뒤로 다가와서는 주름 장식이 있는 치맛자락을 씹어대기 시작했고, 그녀는 손으로 송아지를 쫓으며 또 소리를 질렀다.

"이런 몹쓸 것을 봤나! 하느님이 아들을 보내셨네!"

"네가 청혼을 받았다고 하던데, 맞아?" 미타는 자신이 무슨 말을 하

는지도 모른 채 그저 대화를 이어가고 싶은 마음에 이렇게 말했다. "잘
생긴 부잣집 아들인데 네가 거절했다며…… 아버지의 말을 듣지 않는
군……"

"부자이긴 한데 좀 머저리예요. 머릿속이 캄캄해 보여요." 흐뭇해진
손카가 호기롭게 대답했다. "내 마음속에는 다른 누군가가 있을 수도
있고요……"

말수가 적고 진지한 글라시카가 그 말을 듣고는 작업을 멈추지 않은
채 고개를 저었다.

"허튼소리하고는!" 그녀는 조용히 말했다. "네가 그렇게 터무니없
는 말을 하지 않아도 마을에 곧 소문이 돌 거라고……"

"입 닥치고 주절대지 마!" 손카가 소리질렀다. "내 일은 내가 알아
서 하니까!"

"그런데 네 마음속에 있는 다른 누군가가 누구야?" 미탸가 물었다.

"그럼 실토할게요!" 손카가 말했다. "나리 집의 늙은 목동을 좋아하
지요. 그렇게 오래도록 열렬히! 내가 나리의 그 사람보다 못하지 않은
데 나리처럼 늙은 말이나 타고 있네요." 손카는 마을에서는 이미 늙은
처녀로 여겨지는 스무 살의 파라샤를 분명하게 암시하며 도발적으로
말했다. 그러고는 주인 나리를 비밀스럽게 좋아해서 권리 비슷한 것이
라도 생긴 듯이 갑자기 과감하게 삽을 내던지더니, 바닥에 앉아 낡고
거친 반장화와 얼룩진 털양말을 신은 다리를 쭉 펴서 살짝 벌리고는
양팔을 바닥에 떨구었다.

"아이고, 한 일도 없는데 벌써 지쳐버렸네!" 그녀가 웃으며 소리쳤
다. "내 장화가 해졌네." 그녀는 새된 소리로 노래하기 시작했다.

내 장화가 해졌네
양말은 반들반들하네

그런 다음 다시 웃으며 소리쳤다.

"나랑 같이 초막에 가요, 뭐든 다 해줄게요!"

그 웃음이 미탸의 마음을 감염시켰다. 그는 어색한 미소를 활짝 지으며 앉아 있던 나무에서 일어나 손카에게 다가가 그녀의 무릎을 베고 누우려고 했다. 손카가 그의 머리를 밀어냈고, 그는 다시 그녀의 무릎에 머리를 올려놓으며 지난 며칠 동안 실컷 읽은 시구를 다시 생각했다.

나는 장미꽃을, 행복의 힘을 보네,
선명한 꽃잎을 활짝 펼치고
이슬에 젖어 있네
무궁하고 이해할 수 없는,
향기 그윽하고 기쁨에 찬
사랑의 세계가 내 앞에 있네……

"만지지 마세요!" 그제야 진짜로 겁이 났는지 손카가 그의 머리를 무릎에서 떼내려고 하면서 소리질렀다. "안 그러면 숲속 늑대들이 모두 따라서 울 만큼 소리칠 거예요! 난 나리에게 드릴 것이 없어요, 다 타버렸어요!"

미탸는 눈을 감고 아무 말도 하지 않았다. 나뭇잎, 나뭇가지, 배꽃

사이로 갈라진 뜨거운 햇살이 그의 얼굴을 간지럽혔다. 손카가 그의 뻣뻣한 검은 머리카락을 부드럽게 그리고 세차게 잡아당겼다. "꼭 말털 같아!" 그녀는 소리를 지르고는 그의 눈을 모자로 가렸다. 머리 뒤로 그녀의 다리가 느껴졌다. 세상에서 가장 두려운 것, 여자의 다리! 그녀의 복부가 그의 머리에 닿았고 면으로 된 스커트와 블라우스 향기가 났다. 그리고 이 모든 것이 꽃 피는 정원과 카탸와 합쳐졌다. 멀리서 그리고 가까이에서 들리는 꾀꼬리들의 애틋한 울음소리, 나른하고 음탕한 수많은 꿀벌의 웅웅거림, 꿀 냄새가 나는 따뜻한 대기, 심지어 어깨 밑에 느껴지는 단순한 땅의 촉감까지도 초인적인 행복에 대한 어떤 열망을 불러일으켜 그에게 고통을 주고 그를 괴롭혔다. 그러다 갑자기 가문비나무 숲에서 무언가 바스락거리는 소리가 나더니 유쾌하고 심술궂게 웃는 소리가 크게 울려퍼졌다. "쿠-쿠! 쿠-쿠!" 그 소리가 소름 끼치도록 또렷하고 가깝게 느껴졌다. 날카로운 혀에서 나는 쉰 소리와 떨림도 들렸다. 그러자 어떤 일이 있어도 그 초인적인 행복을 반드시 카탸가, 그것도 곧바로 주기를 바라는 기대와 열망이 그를 너무나 맹렬하게 사로잡아서 미탸는 손카가 몹시 놀랄 만큼 돌발적으로 벌떡 일어나 성큼성큼 걸어서 자리를 떴다.

그리고 그 맹렬한 희망과 희열에 대한 기대와 함께 가문비나무 숲에서 그의 머리 바로 위로 무서울 만큼 뚜렷하게 들려온 소리, 마치 이 봄의 세상 전체를 밑바닥까지 갈라 벌려내는 것처럼 들린 그 소리를 갑자기 다시 떠올린 그는, 앞으로 편지가 오지 않을 것이고 올 수도 없으며 모스크바에서 어떤 일이 벌어졌거나 곧 벌어질 예정이고 그는 파멸했고 죽게 될 거라는 생각이 들었다!

15

집에 돌아온 그는 거실에 있는 거울 앞에 한순간 멈춰 섰다. '그녀 말이 옳아. 내 눈은 비잔틴풍의 눈이라고 할 수는 없더라도 적어도 광기 어린 눈이야. 여위고 거칠고 뼈가 앙상한 볼품없는 외모에 시커먼 수염, 그리고 뻣뻣한 검은 머리카락은 손카가 말한 대로 말털 같잖아?'

그때 그의 뒤에서 누군가 맨발로 재빠르게 걸어오는 소리가 들렸다. 그는 놀라서 몸을 돌렸다.

"필경 사랑에 빠지신 거죠, 거울을 계속 보시네요." 파라샤가 김이 나는 사모바르를 들고 그의 옆을 지나 발코니로 뛰어가며 농담조로 상냥하게 말했다.

"어머니께서 찾으세요." 파라샤는 이렇게 덧붙이며 준비해둔 차 탁자에 사모바르를 애써 올려놓은 후, 몸을 돌려 주의깊은 눈으로 재빨리 미탸를 쳐다보았다.

'모두 알고 있어. 모두 눈치를 챈 거야!' 이렇게 생각한 미탸는 힘겹게 질문을 했다.

"어머니는 어디 계시지?"

"마님 방에 계세요."

벌써 태양이 집 뒤편 서쪽 하늘로 저물어가면서 소나무와 전나무 같은 침엽수 가지들을 비집고 발코니를 비추고 있었다. 그 아래에서는 화살나무 관목이 완연한 여름인 양 유리처럼 반짝였다. 가벼운 그림자와 뜨거운 햇살이 얼룩진 탁자에서는 식탁보가 반짝였다. 나나니벌들이 흰 빵이 담긴 바구니 위로, 각진 잼병 위로, 찻잔 위로 꼬여들었다.

그 장면 전체가 아름다운 시골의 여름을, 그리고 원하기만 한다면 얼마나 행복하고 태평할 수 있는가를 말해주었다. 미탸는 다른 사람들만큼 그의 상황을 느끼고 있는 어머니보다 먼저 나서기 위해, 그리고 그의 마음속에 그 어떤 무거운 비밀도 없다는 것을 보여주기 위해 거실에서 나와 그의 방과 어머니의 방, 그리고 여름에 아냐와 코스탸가 자는 다른 두 방의 문들이 나 있는 복도로 나왔다. 복도는 어둑했고, 올가 페트로브나의 방은 푸르스름하고 집에서 가장 오래된 가구들로 빼곡하니 편안하게 꾸며져 있었다. 작은 옷장들, 서랍장들, 커다란 침대와 촛불이 켜져 있는 성상함. 그러나 올가 페트로브나의 신앙심이 특별히 깊다고 볼 수는 없었다. 열린 창문 너머 중앙 가로숫길로 가는 입구 앞에 방치된 채 버려진 화단 위로 그림자가 드넓게 드리워져 있고, 그림자 뒤 햇빛 비치는 정원은 화려한 녹음을 자랑하며 반짝였다. 큰 몸집에 수척한 얼굴, 검은 피부를 가진 마흔 살의 올가 페트로브나는 오래전부터 익숙한 이 광경에 눈길을 주지 않은 채 안경을 쓰고 창문 옆 안락의자에 앉아 빠른 손놀림으로 코바늘 뜨개질을 하고 있었다.

"저를 찾으셨어요, 어머니?" 미탸가 방에 들어가다 문지방 앞에 멈춰 서서 말했다.

"아니, 그냥 네가 보고 싶었지. 이제는 식사 때 외에는 너를 전혀 볼 수가 없구나." 올가 페트로브나는 뜨개질을 멈추지 않은 채 왠지 지나칠 정도로 평온하게 대답했다.

미탸는 3월 9일에 카탸가 웬일인지 그의 어머니가 무섭다고 말했던 것이 기억났다. 그녀의 말 속에 분명히 숨겨져 있던 비밀스럽고 매혹적인 뉘앙스가 머릿속에 떠올랐다…… 그는 무안한 듯 웅얼거렸다.

"저에게 뭔가 하고 싶은 말씀이 있었던 거죠?"

"아니, 그냥 요 며칠 네가 좀 지루해하는 것 같아서 말이다." 올가 페트로브나가 말했다.

"어디라도 좀 다녀오는 것이 어떨까…… 메세르스키 집에라도 말이야…… 그 집에 신붓감이 가득 있잖니." 어머니는 미소 지으며 이렇게 덧붙였다. "내 생각에 그 가족은 전체적으로 아주 사랑스럽고 친절한 사람들이란다."

"일간 꼭 다녀오도록 할게요." 미탸는 어렵게 대답했다. "그런데 차 마시러 가시죠. 저기 발코니가 참 좋네요…… 저기서 이야기해요." 그는 날카로운 판단력과 절제력을 가진 어머니가 그런 쓸모없는 대화를 더 이어가지는 않으리란 걸 잘 알고 있었기에 이렇게 말했다.

그들은 거의 해거름까지 발코니에 앉아 있었다. 어머니는 차를 마신 후 뜨개질을 계속하면서 이웃 사람들, 살림살이, 아냐와 코스탸에 대해 말했다. 아냐가 8월에 또 재시험을 봐야 한다고 했다! 미탸는 이야기를 들으며 종종 대답도 했지만, 모스크바에서 떠나기 전에 느낀 것과 비슷한 무언가를 계속 느꼈다. 다시 심각한 병 때문에 정신이 멍한 것 같았다.

저녁이 되자 그는 거실과 응접실, 소파방과 서재를 지나 정원을 향해 열려 있는 남쪽 창까지 집안 곳곳을 두어 시간 동안 걸어다녔다. 거실과 응접실의 창문 너머 소나무와 전나무 가지 사이로 노을이 살짝 붉어지고 있었고, 하인방 근처에서는 저녁식사를 위해 모여든 일꾼들의 말소리와 웃음소리가 들려왔다. 미동도 하지 않는 분홍빛 별이 뜬 흐릿하게 고른 푸른 저녁 하늘이 방들과 서재의 창문을 들여다보고 있었다. 그 푸른 하늘에 단풍나무의 파란 꼭대기가 그림처럼 걸려 있고, 정원에 피어난 모든 꽃이 마치 겨울인 듯 하얗게 반짝거렸다. 그는 계속 걸어다녔다. 집안사람들이 뭐라고 할지는 전혀 상관없었다. 미탸는 머리가 아파올 만큼 이를 악물었다.

16

이날부터 그는 주변에 완연한 여름의 변화들을 전혀 살피지 않게 되었다. 그 변화들을 보고 심지어 느꼈지만 그것은 그에게 특별한 의미가 없어졌고 오직 고통으로 느껴질 뿐이었다. 그 변화가 좋을수록 더 고통을 느꼈다. 카탸는 이미 진짜 환영幻影이 되었다. 이제 카탸는 모든 곳에 있었고 어처구니없을 만큼 곳곳에서 느껴졌다. 새로운 하루하루가 지나갈수록 그녀가 그에게 이미 존재하지 않는 사람이라는 확신, 그녀가 이미 다른 누군가의 손안에 들어가 있어서 미탸에게 온전히 향해야 할 그녀 자신과 그녀의 사랑을 그 사람에게 내주었을 거라는 확신이 더욱 강해졌다. 그래서 세상에 있는 모든 것이 불필요하고 고통스럽게 느껴지기 시작했다. 더 불필요하고 더 고통스러울수록 모든 것이 더욱 아름답게 느껴졌다.

밤마다 그는 거의 잠들지 못했다. 그런 달밤의 아름다움은 비할 데 없었다. 밤의 우윳빛 정원이 고요했다. 황홀감에 녹초가 된 밤꾀꼬리들이 누가 더 달콤하고 섬세하게 노래하는지, 누가 더 청아하고 정성 들여 낭랑하게 노래하는지 조심스럽게 서로 겨루었다. 고요하고 부드러우면서 완전히 창백한 달이 정원 위에 야트막하게 떠 있었고, 형언할 수 없을 정도로 아름다운 하늘색의 작은 구름이 변함없이 달을 뒤쫓았다. 미탸는 창에 커튼을 치지 않고 잠을 청했는데, 정원도 달도 밤새 그 창 안을 들여다보았다. 눈을 뜨고 달을 쳐다볼 때마다 미탸는 무언가에 홀린 사람처럼 곧바로 '카탸!'라고 마음속으로 되뇌었다. 황홀감과 고통이 너무나 커서 그 자신도 이상할 정도였다. 실제로 달의 무엇이 그로 하여금 카탸를 떠올리게 했을까. 사실 무언가가 분명히 그녀를 떠올리게 했는데, 놀라운 것은 그것이 시각적인 어떤 것이라는 점이었다! 때때로 그는 아무것도 보지 못했다. 카탸를 원하는 마음과 모스크바에서 그들 사이에 있었던 일들이 그를 너무 강력하게 사로잡아서 온몸이 떨렸다. 그래서 신께 기도를 올렸다. 언제나 그렇듯 헛된 일이지만, 꿈에라도 좋으니 바로 이 침대에서 자신과 함께 있는 그녀를 볼 수 있기를 기도했다. 어느 겨울 저녁 그는 소비노프와 샬랴핀이 출연하는 오페라 〈파우스트〉를 보기 위해 그녀와 함께 볼쇼이극장에 갔다. 무슨 이유에서인지 그날 저녁에는 모든 것이 특히 매혹적으로 느껴졌다. 인파로 벌써 무덥고 숨이 막히는 아래층 객석, 반짝이는 의상들로 가득한 금장식의 붉은 벨벳 특별석, 객석 위 거대한 샹들리에의 진줏빛 반짝임과 저 아래쪽 지휘자의 손짓에 맞춰 요란하게 울려퍼지다가 끝없이 부드럽고 애처롭게 흘러나오는 서곡까지. "옛날 툴레에 선한 왕이 살았다네……" 공연이 끝나고 미탸는 차가운 달밤의 한기를 뚫고 카탸를 키슬롭카에 데려다준 후 유난히 늦게까지 그녀의 집에 머물렀다. 끝없는 키스로 지친 그는 카탸가 밤에 머리를 묶을 때 사용하는 실크 리본을 들고 그녀의 집을 나섰다. 그리고 이 고통스러운 5월의 밤에 자신의 책상 속에 들어 있는 그 리본을 생각하기만 해도 온몸에 전율이 일었다.

그는 낮에 잠을 잤고 잠에서 깨어나면 말을 타고 철도역과 우체국이 있는 읍내에 갔다. 청명한 날들이 이어졌다. 비가 후둑후둑 떨어지기도 했고, 뇌우와 폭우가 쏟아지기도 했으며, 정원에서, 들판에서 그리고 숲에서 긴급한 자기 일을 쉼없이 하던 뜨거운 태양이 다시 작열하기도 했다. 정원에 꽃이 져서 꽃잎이 모두 떨어졌지만 푸르름은 더욱 짙어졌다. 숲은 이미 꽃과 풀의 바다가 되었고, 숲 깊은 곳에서는 꾀꼬리와 뻐꾹새 소리가 쉼없이 이어졌다. 이제 벌거벗은 들판은 사라졌다. 들판이 갖가지 곡식의 싹으로 뒤덮였다. 미탸는 그런 숲과 들판을 온종일 쏘다녔다.

매일 아침 촌장이나 일꾼들이 우체국에서 돌아오기를 보람도 없이 기다리며 발코니나 마당에서 빈둥거리는 것이 부끄럽게 느껴지기 시작했다. 게다가 촌장이나 일꾼들이 하찮은 일로 8베르스타*나 되는 곳을 다녀올 시간이 항상 있는 것도 아니었다. 그래서 그는 직접 우체국에 가기 시작했다. 하지만 그가 우체국에서 받아오는 것은 늘 오룔의 신문이나 아냐 또는 코스탸의 편지 한 통이 전부였다. 이제 그의 고통은 극한에 달했다. 그가 오가는 들판과 숲이 너무 아름답고 황홀해서 그를 압박했고, 그래서 그는 심장 어딘가에 물리적 통증까지 느끼기 시작했다.

어느 날 그는 저녁이 되기 전 우체국에 갔다가 돌아오는 길에 이웃

---

* 약 8킬로미터. 1베르스타는 1067미터이다.

집 영지를 가로질렀다. 자작나무 숲과 하나가 된 오래된 공원에 있는 아무도 살지 않는 영지였다. 농부들은 그 영지의 주 가로숫길을 일과 표 거리라고 불렀다. 검은색의 거대한 가문비나무들이 양쪽으로 늘어선 길이었다. 층층이 두껍게 뻗은 반들반들한 주홍색 가지들로 뒤덮인 칠흑같이 어둡고 넓은 그 가로숫길은 길 맨 끝에 있는 오래된 집으로 이어졌다. 공원과 숲 뒤 왼편으로 내려앉는 붉고 건조하면서 고요한 햇빛이 나무줄기 사이로 새어들어와 그 길의 아래쪽을 비스듬히 물들이고 가지 표면을 황금빛으로 반짝이게 했다. 마법 같은 고요가 사방을 감싸고 있었다. 오직 꾀꼬리들만 공원의 한쪽 끝에서 반대쪽 끝으로 요란스레 날아다녔다. 집을 빙 둘러싼 가문비나무와 재스민이 너무나 달콤한 향기를 내뿜었다. 이 모든 것에서 미탸는 타인의 오래된 커다란 행복을 느꼈다. 그리고 재스민 관목 사이 다 쓰러져가는 커다란 발코니에서 갑자기 젊은 아내의 모습을 한 카탸의 모습이 너무나 생생하게 느껴졌다. 그의 얼굴에서 핏기가 한꺼번에 사라지는 것 같았다. 그래서 그는 가로숫길 전체에 들리도록 큰 소리로 확실하게 말했다.

"만약 일주일 후에도 편지가 오지 않으면 총으로 자살할 거야!"

17

다음날 그는 아주 늦게 일어났다. 식사를 마친 후 발코니에 앉아 무릎 위에 책을 올려놓고 글자들이 빽빽이 찍힌 페이지를 보며 멍하니 생각했다. '우체국에 갈까 말까?'

날씨가 더웠다. 흰나비들이 쌍으로 꼬리를 물고 뜨거운 풀밭과 거울처럼 반짝이는 화살나무 위를 날아다녔다. 그는 나비를 관찰하며 다시 자신에게 물었다. '갈까? 아니면 이 부끄러운 여정을 완벽하게 끝낼까?'

산 아래를 지나 말을 타고 대문으로 들어오는 촌장이 보였다. 촌장은 발코니를 바라보더니 곧장 그를 향해 달려왔다. 다가와서 말을 멈춰 세우고 말했다.

"안녕하십니까! 여전히 책을 읽으시는군요?"

그런 다음 미소를 지으며 주변을 둘러보다가 조용히 물었다.

"마님은 주무십니까?"

"주무시는 것 같네." 미탸가 대답했다. "그런데 무슨 일이지?"

촌장은 잠시 입을 다물더니, 갑자기 진지한 태도로 말을 꺼냈다.

"나리, 책 참 좋습지요. 그런데 책이야 언제든 읽을 수 있는 것 아니겠습니까? 나리는 왜 수도사처럼 사시지요? 혹시 처녀들이 부족합니까요?"

미탸는 대답하지 않고 책으로 눈을 돌렸다.

"어디에 갔다 오는 길이지?" 미탸는 촌장을 쳐다보지도 않고 물었다.

"우체국에 갔다 왔습지요." 촌장이 대답했다. "물론 신문 말고 편지라고는 전혀 없었습니다."

"왜 '물론'이라고 말하는 거지?"

"나리께서 아직 편지를 쓰시는 중이고 다 쓰지 못하셨다는 뜻에서 드린 말씀입니다." 미탸가 그와 말을 섞으려 하지 않는 데 마음이 상한 촌장은 조롱하듯 불손하게 대답했다. "분명 편지를 받게 되실 겁니다.” 그가 미탸에게 신문을 건네며 말했다. 그리고 다시 말을 움직여 자리를 떴다.

'죽을 거야!' 책을 보고 있지만 실상은 아무것도 보지 않고 있는 미탸는 이렇게 마음먹었다.

18

총으로 자살하는 것만큼 미친 짓이 없다는 걸 미탸는 잘 알고 있었다. 총으로 자신을 쏜다, 머리가, 뼈가 부서진다, 젊고 건강한 심장박동을 곧바로 끊어낸다, 생각과 감각이 중단된다, 귀가 들리지 않는다, 눈이 보이지 않는다, 그의 앞에 열린 말할 수 없을 만큼 아름다운 세상에서 처음으로 그가 사라진다. 카탸와 함께 시작된 여름이 있는 삶, 하늘과 구름과 태양과 따뜻한 바람과 들판의 곡식과 읍내와 마을과 처녀들과 어머니와 저택과 아냐와 코스탸와 오래된 잡지에 실린 시와 저멀리 세바스토폴과 바이다르 문, 소나무와 너도밤나무 숲이 있는 연보랏빛으로 불타는 산들, 눈부시게 하얗고 더운 거리, 리바디야와 알루프카,* 반짝이는 바닷가의 불타듯 뜨거운 모래, 햇볕에 그을린 아이들, 햇볕에 그을린 해수욕하는 여자들이 있는 삶에 즉시, 그리고 영원히 참여할 수 없게 된다. 그리고 이유 없는 행복에 저절로 미소를 띠게 만드는 파도, 반짝임으로 눈이 부시게 하는 그 파도 옆 바위 위에 흰 양산

---

* 세바스토폴, 바이다르 문, 리바디야, 알루프카 모두 크림반도에 있는 장소들이다.

을 들고 하얀 드레스를 입은 카탸가 있는 삶도…… 이보다 더 끔찍한 일은 상상할 수 없다는 것을 미탸 자신도 모를 수가 없었다.

알고 있지만 어떻게 하겠는가? 참기 힘들고 고통스러울수록 더 좋은 그런 마법의 고리에서 어떻게, 어디로 탈출할 수 있겠는가? 그의 세상을 압도하는 행복 자체가 힘겨웠다. 꼭 필요한 무언가가 결핍된 행복이 힘에 부쳤다.

그가 아침에 눈을 뜨면 가장 먼저 그의 눈을 자극하는 것이 기쁨에 찬 태양이었고, 가장 먼저 듣는 것은 저기 빛과 그림자, 꽃과 새들로 가득한 이슬 맺힌 정원 뒤 먼 곳, 어렸을 때부터 익숙한 마을 교회의 기쁨에 찬 종소리였다. 누렇게 바랜 벽지도 기쁨에 차 있고 보기 좋았는데, 그것은 어린 시절에도 똑같았다. 그러다가 바로 그 순간 한 가지 생각이 환희와 공포로 그의 심장을 찔렀다. 카탸! 아침의 태양이 그녀의 신선함으로 반짝였고, 정원의 상쾌함은 그녀의 상쾌함이었으며, 교회 종소리에 담긴 유쾌한 모든 것이 그녀의 아름다움과 우아함으로 한들거렸다. 할아버지의 벽지는 여기 이 저택, 이 집에서 살고 죽은 그의 아버지와 할아버지들의 삶, 고향, 시골의 옛 시절 전부를 그녀가 미탸와 공유하기를 요구하고 있었다. 미탸는 담요를 내던지고 옷깃을 풀어헤친 셔츠 차림으로 침대에서 벌떡 일어났다. 긴 다리가 여위었지만 여전히 탄탄한 젊은 몸매에 잠자리의 온기로 몸이 따뜻한 미탸는 책상 서랍을 열고 제일 귀한 사진 한 장을 꺼내 손에 쥐고는 그것에 애타게 묻기라도 하려는 듯 들여다보며 멍하니 서 있었다. 처녀와 여성에게 있는 아름답고 우아하고 형언할 수 없을 만큼 반짝이고 매혹적인 모든 것이 그 뱀 같은 얼굴에, 머리칼에, 도발적이면서도 순진한 시선 속에 들어 있었다! 하지만 그녀의 시선은 수수께끼 같고 도저히 이길 수 없는 유쾌한 침묵으로 반짝였다. 이 시선을 이겨낼 힘을 도대체 어디서 가져오겠는가? 가깝고도 먼 그것, 지금은 영원히 타인의 소유일 수도 있는 그것, 그의 삶에 커다란 행복을 주었고 또한 부끄러움 없이 그를 처절하게 기만한 그것.

검은 가문비나무 가로숫길이 있는 오래된 빈 영지 샤홉스코예를 거쳐 우체국에서 돌아오던 그날 저녁, 그는 피곤이 극에 달해 자기도 모르게 소리를 크게 질렀다. 말을 탄 채 우체국 창문 아래에서 우체국 직원이 산더미 같은 신문과 편지 사이를 쓸데없이 뒤지는 모습을 보다가 등뒤에서 역으로 들어서는 기차 소리를 들었다. 증기 냄새와 그 소리가 쿠르스크역과 나아가 모스크바 전체에 대한 기억으로 그를 행복에 취해 전율하게 만들었다. 우체국에서 읍내를 거쳐 집으로 올 때 앞에 가는 키 작은 처녀의 모습에서, 그녀의 엉덩이의 움직임에서 카탸를 연상시키는 무언가가 느껴져서 당혹스러웠다. 들판에서 그는 어느 집의 삼두마차를 만났다. 세 마리 말이 재빠르게 끌고 있는 마차 안에 모자 두 개가 힐끗 보였다. 그중 하나가 여성용 모자였는데, 그 순간 그는 소리를 지를 뻔했다. '카탸!' 밭이랑 위의 흰 꽃들이 순식간에 그녀의 하얀 장갑을 연상시켰으며, 파란 우단담배풀은 그녀의 베일을 떠올리게 했다. 해질 무렵 샤홉스코예로 들어서자 가문비나무의 건조하고 달콤한 향기와 재스민의 화려한 향기가 여름을 예민하게 느끼도록 만들고 이 풍요롭고 아름다운 저택에서 보낸 옛 시절 여름의 삶을 느끼도록 만들었다. 가로숫길에 붉은 황금빛으로 물든 저녁노을을 바라보며, 그 깊숙한 곳에 서 있는 집을 바라보며 그는 저녁의 그늘 속에서 불현듯 카탸를 보았다. 발코니에서 정원으로 내려오는, 여성의 매력이 절정에 달한 그녀의 모습은 그가 재스민과 집을 보는 것처럼 거의 완벽하게 선명했다. 그는 이미 오래전에 그녀에 대한 생생한 느낌을 상실했으며, 이제 그녀는 그에게 매일 더 특별해지고 변형되었다. 바로 이날 저녁 그녀의 변모는 특히나 강력하고 또 대단했다. 그래서 미탸는 머리 위에서 갑자기 뻐꾹새가 울던 정오보다 훨씬 더 큰 공포를 느꼈다.

19

그는 우체국에 가는 일을 그만두었다. 우체국에 가지 않기 위해서는 극한의 의지를 발휘해야 했다. 편지 쓰는 것도 그만두었다. 사실 할 수 있는 일은 다 해봤고 편지도 다 써서 보냈다. 지상에서 절대 볼 수 없을 만큼 열렬하게 사랑을 호소해봤고, 그녀의 사랑, 아니, '우정'이라도 얻기 위해 굴욕을 감수하고 애걸하기도 했으며, 동정심도 좋고 관심도 좋으니 뭐라도 불러일으킬 목적으로 아프다고 하거나 침대에 누워 편지를 쓴다고 뻔뻔하게 꾸며내기도 했다. 심지어 이제 하나만 남았다고 협박조로 암시하기도 했다. 그것은 카탸와 그의 '행복한 경쟁자'를 이 세상에 존재하는 상황으로부터 해방해주겠다는 것이었다. 그러나 편지 쓰기를 그만두고 집요하게 답장 구걸하기를 멈춘 후에는 스스로 아무것도 기다리지 않으려고 온 힘을 다했으며, 어떻게든 그녀를 생각하지 않으려고 애쓰면서 그녀에게서 벗어나게 해줄 구원을 찾으려 다시 손에 잡히는 것은 무엇이든 읽고 촌장과 함께 이웃 마을을 다니며 집안일을 보았다. 그러면서 쉼없이 마음속으로 되뇌었다. '상관 없어, 될 대로 되라지!'

어느 날 그는 촌장과 함께 마을에서 돌아오고 있었다. 마차는 언제나처럼 빠르게 달렸다. 두 사람은 대각선 방향에 앉아 있었다. 촌장은 앞좌석에서 마차를 몰고 미탸는 뒷좌석에 앉았는데, 마차의 반동에 두 사람 모두 몸이 들썩였다. 특히 방석을 꼭 쥐고 앉아 촌장의 붉어진 뒷덜미나 눈앞에 들썩이는 들판을 보던 미탸의 몸이 더 세차게 흔들렸다. 집에 다 와가자 촌장은 고삐를 늦추고 말을 천천히 걷게 하고는 종이로 담배를 말기 시작했다. 그런 다음 열린 담배쌈지를 보며 가볍게 웃음 지으며 말했다.

"그때 나리께서는 제 말에 기분이 상하셨겠지만, 공연히 그러신 겁니다. 제가 진실을 말씀드리지 않았습니까? 책, 좋지요. 그래도 들놀이에서 책을 읽을 수는 없는 일 아닙니까. 책이 어딜 가나요. 책이야 언제든 읽으면 되지요."

미탸는 발끈했지만 자신도 모르게 아무렇지도 않은 척 어색하게 미소를 지으며 대답했다.

"마음 가는 사람이 전혀 없더군……"

"그럴 리가요?" 촌장이 말했다. "처녀, 아낙네들이 얼마나 많은데요!"

"처녀들은 눈짓만 하지." 미탸는 촌장과 같은 어조로 말하려고 애쓰며 대답했다. "그러니 가망이 없어."

"눈짓만 하는 게 아니에요. 나리께서 눈치채지 못하시는 겁니다요."

촌장의 말투가 더욱 강경해졌다. "또 인색하게 구시네요. 맨입으로는
어렵지요."

"상황이 쓸 만하고 믿음직하게 돌아가면 돈은 조금도 아끼지 않겠
네만." 갑자기 미탸가 뻔뻔하게 말했다.

"아끼지 않으신다면 일이 아주 잘될 겁니다요." 촌장이 담배를 피
우며 말했다. 그리고 조금 기분이 상한 듯 말을 이었다. "제가 돈 한
푼, 선물 하나 얻으려고 이러는 게 아닙니다. 저는 나리께 즐거움을 드
리고 싶습니다요. 볼 때마다 나리가 그토록 지루해하시니! 이렇게 놔
둘 수는 없다고 생각했습죠. 저는 언제나 나리님들을 생각합니다. 나
리 댁에서 일한 지 이 년째인데 다행히 나리께도 마님께도 나쁜 말 한
마디 들은 일이 없습니다요. 다른 녀석들이야 나리 댁 가축들이 어떻
게 되든 무슨 상관이겠습니까? 가축들이 배부르면 좋고 아니면 마는
거죠. 하지만 저는 다릅니다. 저한테는 가축이 가장 귀해요. 아이들에
게도 말하지요. 나한테는 아무렇게나 해도 되지만 내가 돌보는 가축은
잘 먹여야 한다!"

이제 미탸는 촌장이 얼큰하게 취했다고 생각했는데, 촌장이 갑자기
의심스러운 듯 어깨 너머로 미탸를 바라보며 기분이 상한 것처럼 솔직
하게 말했다.

"들어보세요, 알룐카보다 나은 애가 어디 있나요? 젊고 육감적인데
다 남편은 광산에 일하러 가고 없어요…… 음, 물론 뭐라도 찔러줘야
겠지만 말입니다. 전부 합쳐 5루블이면 충분할 겁니다. 1루블로 맛난
거 좀 사주시고 2루블은 손에 쥐여주시면 그만이지요. 그리고 저한테
는 담뱃값이나 좀 주시면……"

"그건 어렵지 않은 일이야." 미탸는 또 자기 의지와는 반대로 대답했다. "그런데 어떤 알룐카를 말하는 거지?"

"산지기네 집요." 촌장이 대답했다. "아니, 그 여자를 모르세요? 산지기의 며느리 말입니다. 지난 일요일에 교회에서 보셨을 텐데요······ 그때 저에게 이런 생각이 들었습니다. 우리 나리께 안성맞춤이다! 결혼한 지 이 년밖에 안 되었고 행실도 깨끗하답니다······"

"뭐, 그렇다면, 음, 자리 한번 만들어보게." 미탸는 웃으며 대답했다.

"그럼 제가 애써봅지요." 촌장이 고삐를 잡고 말했다. "조만간 그 여자에게 물어보겠습니다요. 그러니 당분간 나리도 신경 좀 써주세요. 내일 그 여자가 정원 흙 작업을 하러 처녀들과 함께 옵니다요. 그때 나리께서도 정원으로 오시면 됩니다····· 책 같은 건 도망가지 않습니다요, 책은 모스크바에서 실컷 읽으시면 돼요······"

말이 다시 움직였고, 마차가 다시 크게 흔들렸다. 미탸는 방석을 손으로 꼭 잡은 채 촌장의 붉어진 굵은 목덜미를 보지 않으려고 애쓰며 멀리 정원의 나무들과 강가 목초지로 이어지는 비탈에 자리한 마을의 버드나무 너머를 바라보았다. 전혀 예상하지 못했던 어처구니없는 일, 그로 인해 온몸에 오한과 통증이 느껴지는 일이 벌써 절반쯤 성사되었다. 이제 그의 앞에는 어린 시절부터 잘 알고 있는 종탑이 예전과는 좀 다르게 늦은 오후의 햇살 속에 십자가를 반짝이며 정원 위쪽 저 뒤편에 우뚝 솟아 있었다.

20

마을 처녀들은 미탸를 몸이 말랐다는 이유로 보르조이라고 불렀다. 검은 눈을 늘 크게 뜨고 있고 성숙한 나이에도 턱수염이나 콧수염이 거의 없는, 있다고 해도 조금뿐이고 뻣뻣한 털이 곱슬거리는 그런 종류의 인간. 하지만 그는 촌장과 대화를 나눈 다음날 아침부터 수염을 깎고 노란색 실크 루바시카*를 입었다. 루바시카는 그의 극도로 쇠약하지만 영감에 찬 듯한 얼굴을 기이하면서도 아름답게 빛내주었다.

열시가 넘은 무렵, 그는 조금 지루하기도 하고 할일도 없어서 산책하는 것처럼 보이려고 애쓰며 천천히 정원으로 나갔다.

그는 북쪽 출입구로 나왔다. 북쪽, 마차 창고와 가축우리의 지붕 위, 항상 종탑이 보이는 정원 위쪽에 옅은 청회색 안개가 끼어 있었다. 그랬다. 모든 것이 흐릿했다. 대기에서는 하인방의 연통을 통해 나오는 연기 냄새가 났다. 미탸는 정원 위쪽과 하늘을 보면서 집 뒤로 돌아가 보리수 가로숫길로 방향을 틀었다. 남동쪽, 정원 뒤쪽으로 흘러가는 흐릿한 구름 아래에서부터 약하지만 뜨거운 바람이 불어왔다. 새들은 조용했으며 심지어 꾀꼬리조차 울지 않았다. 수많은 꿀벌들만 소리 없이 정원을 오가며 꽃가루를 옮기고 있었다.

처녀들은 둔덕을 정리하며 가문비나무 근처에서 일을 시작했고, 가축들이 밟아서 생긴 웅덩이를 흙으로 메웠다. 기분좋은 냄새와 김이 모락모락 나는 분뇨와 흙을 가축우리에서 가로숫길로 날라와 그것을

---

* 러시아 남자들이 입는 블라우스풍의 윗옷.

덮었다. 가로숫길이 축축하고 반짝이는 분뇨 덩이로 뒤덮였다. 처녀들은 여섯 명 정도였다. 이번에 손카는 없었다. 어찌되었든 그녀는 결혼하기로 했고, 그래서 집에서 결혼 준비를 하고 있었다. 가냘픈 몸매의 처녀 몇 명이 있었고, 예쁘장하게 생긴 뚱뚱한 아뉴트카가 있었고, 무뚝뚝하고 남성적인 글라시카가 있었고, 마지막으로 알룐카가 있었다. 미탸는 나무들 사이에서 그녀를 보았고, 한 번도 본 적이 없음에도 그녀가 바로 알룐카라는 걸 대번에 알아차렸다. 알룐카가 가진 카탸와 닮은 어떤 부분이 섬광처럼 강렬하게 그의 눈을 찔렀다. 그에게만 그렇게 느껴진 것일 수도 있지만, 그는 놀라서 걸음을 멈추고 순간적으로 멍해졌다. 그런 다음 그녀에게서 눈을 떼지 않고 단호하게 그녀를 향해 곧장 다가갔다.

그녀도 몸집이 자그마하고 행동이 재빨랐다. 지저분한 작업을 하러 나왔지만 면으로 만든 예쁜 재킷(빨간색 물방울무늬가 있는 하얀 재킷)에 검은 허리띠를 매고 재킷과 같은 천으로 된 치마를 입고 분홍색 실크 머릿수건을 두르고 붉은색 모직 스타킹과 가벼운 검은색 가죽신을 신고 있었는데, 그 신(아니, 그녀의 자그마한 발)에도 뭔가 카탸와 비슷한 점, 말하자면 어린아이 느낌이 섞인 여성스러움이 있었다. 그녀의 얼굴은 자그마했고, 어두운 눈동자는 거의 카탸의 눈동자처럼 움직이지 않고 반짝였다. 미탸가 다가갔을 때, 그녀는 다른 사람들 속에서 자신만 다르다는 듯 혼자 일을 하지 않고 있었다. 오른쪽 발로 둔덕을 디디고 서서 촌장과 이야기하고 있었다. 촌장은 안감이 해진 재킷을 사과나무 아래에 깔고 그 위에 팔꿈치를 고인 채 엎드려 담배를 피우고 있었다. 미탸가 다가가자 촌장은 미탸가 재킷 위에 앉을 수 있도록 몸을 움직여 예의바르게 자리를 만들어주었다.

"앉으십시오, 미트리* 팔리치. 담배 한 대 피우시지요." 그는 친절하면서도 거리낌없는 어투로 말했다.

미탸는 앉아서 알룐카를 슬쩍 훑어보았다. 머리에 쓴 분홍색 머릿수건이 그녀의 얼굴을 아주 예쁘게 빛내주었다. 그는 눈을 내리깔고 담배를 피우기 시작했다(지난 겨울과 봄에 여러 차례 담배를 끊었지만 이제 다시 담배를 피우기 시작했다). 알룐카는 그를 보지 못한 것처럼 그에게 인사도 하지 않았다. 촌장이 미탸로서는 그 시작도 내용도 알 수 없는 이야기를 알룐카에게 계속했다. 그녀는 웃음을 터뜨렸는데, 그 웃음은 그녀의 마음이나 머리와는 상관없어 보였다. 촌장은 말 한마디 한마디마다 멸시하듯 조롱조로 상스러운 암시를 덧붙였다. 그녀 역시 그가 누군가와의 만남을 염두에 두고 그렇게 바보처럼 지나치게 불손하게 굴고 있지만 한편으로는 그가 아내를 무서워하는 겁쟁이라는 걸 잘 알고 있다는 눈치를 주며 그의 말에 가볍게 조롱조로 대답했다.

"뭐, 너를 이길 순 없지." 마침내 진절머리가 나고 더이상 득 될 것이 없다는 듯 논쟁을 끝내면서 촌장이 말했다. "이리 와서 우리랑 같이 앉아봐. 나리께서 너에게 하실 말씀이 있대."

알룐카는 어디론가 시선을 돌리고는 관자놀이에 있는 돌돌 말린 짙은 색 머리칼을 매만지며 그 자리에서 움직이지 않았다.

"이리 오라잖아, 모자란 것!" 촌장이 다시 말했다.

생각을 마친 알룐카가 갑자기 가벼운 몸놀림으로 둔덕에서 튀어나

---

* 드미트리를 친근하게 부르는 애칭.

와 재킷 위에 누운 미탸에게서 두 걸음 떨어진 곳에 쪼그리고 앉아서
는 검은 눈을 한껏 크게 뜨고 유쾌하고 흥미로운 듯 그의 얼굴을 바라
보았다. 그러더니 웃음을 터뜨리며 물었다.

"그런데 나리께서는 여자들과 함께 시간을 보내지 않는다는 게 사
실인가요? 수도사처럼요?"

"그런 건 어떻게 아는 거지?" 촌장이 물었다.

"그냥 알지요." 알룐카가 대답했다. "들었어요, 여기 여자들하고는
상대 안 한다고. 모스크바에 여자가 있다고요." 그녀는 갑자기 눈을 굴
리며 말했다.

"나리한테 어울리는 여자가 없어. 그래서 아무하고도 어울리지 않
으시는 거야." 촌장이 대답했다. "나리에 대해 아는 게 꽤 많구먼!"

"어떻게 어울리는 여자가 없을 수가 있어요?" 알룐카가 웃으며 말했
다. "아낙이나 처녀들이 얼마나 많은데! 저기 아뉴트카를 보세요, 좋잖
아요? 아뉴트카, 이리 와, 일이 있어!" 그녀는 요란하게 소리를 질렀다.

팔이 짧고 등이 넓고 살집이 있어 푸근해 보이는 아뉴트카가 몸을
돌렸다. 그녀는 얼굴이 예쁘장했고, 미소가 선하고 보기 좋았다. 그녀
는 무언가에 대답하듯 노래하는 목소리로 소리치고는 더욱 열심히 일
하기 시작했다.

"너를 말한 거야, 이리 와봐!" 알룐카가 더 요란하게 말했다.

"난 거기에 갈 일이 없어. 그런 일은 몰라." 아뉴트카는 밝게 노래하
듯 대답했다.

"우리에게 필요한 사람은 아뉴트카가 아니야. 더 깨끗하고 단정한
사람을 원한다고." 촌장이 고집스럽게 말했다. "누가 필요한지는 우리

가 더 잘 알아."

그러고는 매우 은근한 눈빛으로 알룐카를 바라보았다. 그녀는 조금 당황하더니 살짝 얼굴을 붉혔다.

"아니요, 안 돼요." 그녀가 미소로 당혹감을 감추며 대답했다. "아뉴트카가 제일 나을 거예요. 만일 아뉴트카가 마음에 들지 않으시면 나스티카도 깨끗하고 도시에 산 적도 있고……"

"됐어, 그만해." 갑자기 촌장이 거칠게 말했다. "네 일이나 알아서 해. 허튼소리 하고 있네. 마님이 나를 얼마나 야단치시는데. 너희가 다들 망나니짓만 한다고 말이야……"

알룐카는 벌떡 일어나 놀랄 만큼 빠르게 둔덕으로 가서 다시 일을 시작했다. 그때 마지막으로 마차를 들어 분뇨를 내린 일꾼이 소리쳤다. "아침식사!" 그런 다음 마차의 고삐를 당긴 후 텅 빈 상자를 덜거덕거리며 가로숫길을 따라 아래로 내려갔다.

"아침, 아침식사!" 처녀들도 소리를 지르기 시작했다. 삽을 내던지고, 둔덕을 건너뛰고, 둔덕에서 뛰어내리기도 하면서 맨발과 색색의 양말들이 움직이더니 가문비나무 아래 보따리가 있는 곳으로 모였다.

촌장이 곁눈질로 미탸를 보며 일이 잘되어가고 있다고 말하고 싶은 듯한 눈짓을 했다. 그러더니 몸을 일으켜 거만하게 말했다.

"그럼 아침식사를 하도록……"

처녀들은 벽처럼 늘어선 어두운 가문비나무 아래에서 화려한 색을 뽐내며 풀밭 위에 되는대로 즐겁게 흩어져 앉아, 보따리를 풀어 빵을 꺼내 곧게 편 다리 사이 치마 위에 올려놓고 먹기 시작했다. 누구는 크바스를, 누구는 우유를 병째 마시며 두서없이 큰 소리로 말하고, 말하는 사이사이 큰 소리로 웃고, 호기심어린 도발적인 눈으로 미탸를 쉴 새 없이 쳐다보며 빵을 씹기 시작했다. 알룐카가 아뉴트카 쪽으로 몸을 숙여 그녀의 귀에 대고 무언가 말했다. 그러자 아뉴트카는 매혹적인 웃음을 참지 못하고 그녀를 힘껏 떠밀었고(알룐카도 웃음을 참으려는 듯 머리를 무릎으로 숙였다), 화가 난 듯 가문비나무들이 울리도록 노래하는 듯한 목소리로 외쳤다.

"바보! 쓸데없이 왜 웃는 거야? 뭐가 그렇게 즐거워?"

"불쾌한 일이 생기지 않도록 그만 가시지요, 미트리 팔리치." 촌장이 말했다. "아이고, 저것들 속을 누가 알겠어요!"

21

다음날은 일요일이었고, 정원에서 작업이 없었다.

밤에 비가 내렸고, 지붕 위에서 축축하게 젖는 소리가 났고, 정원은 줄곧 흐릿했지만 사위가 놀라울 만큼 넓고 밝아졌다. 그러다가 아침 무렵에 다시 날씨가 사나워졌고, 또다시 날이 개고 편안해졌다. 미탸는 햇살같이 경쾌한 종소리를 들으며 잠에서 깨어났다.

천천히 세수하고 옷을 입고 차 한 잔을 마신 뒤 미사에 참석하려고 밖으로 나갔다. "마님은 벌써 가셨어요. 그런데 나리 얼굴이 꼭 타타르인 같네요……" 파라샤가 상냥하게 그를 힐난했다.

교회로 가는 길은 저택 대문을 나와 오른쪽으로 돌아 방목장을 통과해서 가는 방법과 정원을 가로질러 주 가로숫길을 따라가다가 왼쪽으로 돌아 정원과 창고 사이의 길로 가는 방법이 있었다. 미탸는 정원을 가로질러갔다.

　이제 모든 것이 완연한 여름이었다. 미탸는 곡식 창고와 들판 위에서 건조하게 빛나는 해를 정면으로 보며 가로숫길을 따라 걸었다. 반짝이는 시골의 아침, 아주 조화롭게 잘 어울리는 종소리와 방금 세수를 해서 물에 젖어 반들거리는 잘 손질한 검은 머리와 그 위에 쓴 학생모까지 모든 것이 갑자기 너무나 좋게 느껴졌다. 지난밤에도 내내 잠들지 못하고 여러 가지 생각과 감정 때문에 밤을 지새웠지만, 갑자기 결국에는 행복하게 끝날 거라는 기대감에, 고통에서 해방되어 구원받게 될 것 같은 기대감에 휩싸였다. 종소리가 울리고, 앞쪽에 보이는 곡식 창고가 열기로 반짝였다. 딱따구리가 잠시 멈춰 서서 머리 깃을 살짝 들어올리더니, 구불거리는 보리수 줄기를 따라 밝은 녹색의 햇살이 가득한 위쪽으로 재빨리 날아갔다. 벨벳처럼 검붉은 호박벌이 작은 초원 위 뙤약볕 아래에서 꽃들에 주의깊게 얼굴을 파묻고 있었고, 새들은 근심도 걱정도 없이 정원에서 달콤하게 노래 부르기 시작했다……모든 것이 어린 시절 그리고 소년 시절과 똑같았다. 아름답고 평안했던 과거의 모든 것이 너무나 생생하게 머릿속에 떠오르자, 갑자기 신은 자비로우시며 카탸가 없는 세상에서도 살 수 있을 것 같다는 확신이 들었다.

　'메세르스키 집에 정말로 가야겠어.' 갑자기 미탸의 머릿속에 이런 생각이 떠올랐다.

　하지만 눈을 들었을 때 그는 그의 앞 스무 걸음쯤 되는 곳에서 마침 대문 앞을 지나가는 알론카를 보게 되었다. 오늘도 그녀는 분홍색 실크 머릿수건을 쓰고 소매에 주름 장식이 있는 하늘색 나들이옷을 입고 징이 박힌 새 장화를 신고 있었다. 그녀는 그를 보지 못한 듯 엉덩이를 흔들며 빠르게 걸었고, 그는 얼른 나무 뒤로 비켜섰다.

그녀가 사라진 후, 그는 쿵쾅거리는 마음으로 서둘러 집으로 돌아갔다. 자신이 교회에 가려 한 것이 그녀를 몰래 보기 위해서였음을 깨달은 것이다. 그런데 교회에서 그녀를 보면 안 되고 그럴 필요도 없다는 걸 갑자기 알게 되었다.

22

점심식사를 하고 있는데, 배달원이 역에서 전보를 가져왔다. 아냐와 코스탸가 내일 저녁에 도착한다는 소식이었다. 미탸는 그 소식에 전혀 관심을 보이지 않았다.

식사 후에 그는 발코니에 있는 소파에 바로 누웠다. 눈을 감고 발코니에 내리쬐는 여름의 뜨거운 태양을 느끼며 파리가 윙윙거리는 소리를 들었다. 심장이 떨리고 머릿속에는 해결되지 않는 질문이 떠올랐다. 알룐카와의 일은 어떻게 될까? 언제쯤 그 일이 완전히 결정될까? 왜 촌장은 그녀가 승낙하는 건지, 만약 그렇다면 언제 어디서 만날지 같은 질문을 어제 곧바로 그녀에게 하지 않은 거지? 그런데 이 문제 말고도 그를 괴롭히는 것이 또 있었다. 다시는 우체국에 가지 않기로 한 굳은 결심을 깨야 할까, 깨지 말아야 할까? 오늘 마지막으로 한번 더 가는 건 어떨까? 그건 자신을 조롱하는 무의미한 행동일까? 하지만 거기에 가는 것이(실제로는 단순한 산책일 뿐이다) 이제 와서 그의 고통에 무엇을 더 보탤 수 있을까? 저기 모스크바에서 있었던 모든 일이 영원히 끝났다는 사실은 이제 완전히 분명해진 것 아닌가? 그렇다면 도대체 그는 무엇을 해야 할까?

"나리!" 갑자기 발코니 근처에서 크지 않은 목소리가 들렸다. "나리, 주무십니까?"

그는 서둘러 눈을 떴다. 새 면 셔츠 차림에 새 모자를 쓴 촌장이 그의 앞에 서 있었다. 그의 얼굴은 마치 잔칫날 같았고, 취기가 오른 듯 살짝 졸린 표정이었다.

"나리, 서둘러 숲으로 갑시다요." 그가 속삭였다. "마님께는 꿀벌 문제로 트리폰과 만날 일이 있다고 말씀드렸습니다. 마님께서 주무시는 동안 서둘러 가시지요. 잠에서 깨어나시면 상황을 파악하실 수도 있으니…… 접대할 뭔가를 챙겨가서 트리폰에게 먹이면 그자는 술에 취할 테고, 나리가 그자를 설득하시는 동안 저는 기회를 봐서 알룐카에게 슬쩍 한마디 건네보겠습니다요. 서둘러 나오세요, 벌써 말을 준비해놓았습니다……"

미탸는 벌떡 일어나 하인방을 가로질러 학생모를 들고 마차가 있는 창고로 급히 달려갔다. 그곳의 마차에 젊고 혈기왕성한 종마가 매여 있었다.

23

종마는 그 자리에서 대문까지 쏜살같이 달렸다. 그들은 교회 맞은편 가게 옆에 잠시 멈춰서 살로* 1폰드**와 보드카 한 병을 산 뒤 다시 출발했다.

마을 어귀에 농가가 보였다. 농가 옆에 아뉴트카가 옷을 차려입고 할 일 없이 서 있었다. 촌장은 그녀를 향해 농담이지만 뭔가 무례한 말을 했다. 그는 취기 때문인지 쓸데없이 악의에 차서 호기를 부리며 고삐를 홱 당기고는 말의 궁둥이를 휘갈겼다. 종마는 더욱 속력을 냈다.

마차 안에 앉은 미탸는 반동 때문에 엉덩이를 들썩이며 온 힘을 다해 버티고 있었다. 목덜미에 기분좋은 온기가 느껴졌고, 벌써 져버린 호밀꽃 향기와 길의 먼지, 바퀴의 기름 냄새가 섞이고 들판의 열기를 머금은 따뜻한 바람이 얼굴로 불어왔다. 호밀밭에서 멋진 모피 같은 은회색의 물결이 춤을 추었고, 그 위로 종달새들이 계속 빙빙 날아오르며 노래를 하고 비스듬히 날다가 아래로 내려앉았다. 멀리 앞쪽에는 숲이 조금 푸르스름하게 보였다……

십오 분이 지나자 벌써 숲속에 들어와 있었다. 마차는 그루터기와 나무뿌리에 부딪히면서 햇살이 비치고 수많은 꽃으로 수놓인 그늘 길을 따라 키 큰 초록색 풀밭 위로 질주했다. 하늘색 원피스를 입은 알룐카가 파수막 옆 싹이 움트는 어린 참나무 위에 앉아 반장화를 신은 발을 나란히 뻗친 채 뭔가를 꿰매고 있었다. 촌장은 그녀 옆을 쏜살같이

---

* 돼지비계.
** 러시아의 옛 무게 단위. 1폰드는 409그램이다.

지나가며 채찍으로 위협하더니 문턱에서 급히 말을 세웠다. 미탸는 숲과 어린 참나무 잎의 쌉싸래하고 신선한 향기에 놀라고, 마차를 둘러싼 채 숲 전체에 들리도록 큰 소리로 짖어대는 요란스러운 개들의 소리에 귀가 먹먹해졌다. 털이 복슬복슬한 개들은 그 자리에 멈춰 서서 맹렬하게 짖어댔지만, 표정이 선량했고 꼬리는 반가운 듯 흔들리고 있었다.

그들은 마차에서 내려 창문 아래 서 있는 뇌우에 불타 말라버린 나무줄기에 말을 묶고는 어두운 입구를 지나 파수막으로 들어갔다.

파수막 안은 매우 깨끗하고 안락했으며 무척 좁았다. 숲 쪽으로 난 두 개의 작은 창문으로 들어오는 햇볕과 아침에 빵을 굽느라 불을 지핀 페치카 때문에 매우 더웠다. 알룐카의 시어머니인 페도시야는 깔끔하고 단정해 보이는 노파였는데, 날파리들이 다닥다닥 붙은 작은 창문을 등지고 식탁 앞에 앉아 있었다. 나리를 보자 그녀는 일어나서 낮은 자세로 인사를 올렸다. 인사를 나눈 그들은 앉아서 담배를 피우기 시작했다.

"트리폰은 어디 있어요?" 촌장이 물었다.

"골방에서 쉬고 있지요." 페도시야가 대답했다. "제가 지금 가서 찾아볼게요."

"잘되어가는군요!" 그녀가 밖으로 나가자마자 촌장이 두 눈을 깜빡이며 속삭였다.

하지만 미탸는 일이 잘되어간다는 걸 조금도 믿을 수 없었다. 참기 어려울 만큼 불편했다. 그들이 왜 왔는지 페도시야는 벌써 너무나 잘 알고 있는 것 같았다. 벌써 사흘째 그를 두렵게 만들던 생각이 다시 머릿속에 떠올랐다. '내가 무슨 짓을 하고 있지? 정말 미쳤군!' 자신이 누군가 타인의 의지에 굴복해 치명적이지만 비할 데 없이 매혹적인 나락으로 점점 더 빠르게 걸어들어가는 광인처럼 느껴졌다. 하지만 그는 태평하고 침착한 모습을 유지하려고 애쓰며 자리에 앉은 채 담배를 피우면서 파수막 안을 둘러보았다. 특히 곧 트리폰이 들어오리라는 생각에 부끄러웠다. 트리폰은 페도시야보다 훨씬 빠르게 모든 것을 알아차릴 만큼 머리가 좋고 성격이 사납다고 알려진 사내였다. 하지만 동시에 다른 생각도 들었다. '그런데 그녀는 어디서 잘까? 이 판자 침대? 아니면 골방?' 물론 골방일 거라고 생각했다. 여름밤의 숲, 창틀도 없는 골방의 창문, 밤새 고요한 숲의 속삭임이 들리고 그녀는 잠을 잘 것이다……

24

트리폰은 파수막 안으로 들어오며 머리를 깊이 숙여 미탸에게 인사했지만, 말을 하지 않았고 그의 눈을 쳐다보지도 않았다. 그런 다음 탁자 앞에 놓은 작은 벤치에 앉아서 기분 나쁜 듯 건조한 태도로 촌장과 대화하기 시작했다. 무슨 일인지, 왜 찾아오신 것인지. 촌장은 마님이 자신을 보내 트리폰이 양봉장 일을 봐주었으면 한다는 부탁을 전하라고 했다고, 마님 댁 꿀벌지기는 나이가 많고 귀도 먹은 바보이며 머리로 보나 지식으로 보나 현_縣 전체에서 트리폰이 가장 뛰어난 꿀벌지기라고 할 수 있다고 서둘러 말을 늘어놓았다. 그러고는 곧바로 한쪽 주머니에서 보드카 한 병을 꺼냈고, 다른 주머니에서는 벌써 기름이 흠뻑 밴 꺼칠꺼칠한 회색 종이에 싸인 살로를 꺼냈다. 트리폰은 비웃듯이 차갑게 곁눈질을 했지만, 자리에서 일어나 선반에서 술잔을 꺼냈다. 촌장은 우선 미탸의 잔에, 다음으로 트리폰의 잔에, 그다음에는 페도시야의 잔에, 마지막으로 자신의 잔에 술을 따랐다. 페도시야는 기꺼이 잔을 받아 단숨에 마셨다. 촌장은 술을 모두 들이켠 후 빵을 씹고 콧구멍을 벌름거리며 곧바로 두번째 잔을 나눠주기 시작했다.

트리폰은 상당히 빨리 취했지만 냉랭한 태도와 적의를 품은 비웃음을 멈추지 않았다. 촌장은 두번째 잔부터 완전히 총기를 잃었다. 오가는 대화는 겉으로는 호의적이었으나 눈은 모두 의심하는 듯 적대적이었다. 페도시야도 예의는 지켰지만 아무 말도 하지 않고 앉아서 불만스러운 표정으로 그를 바라보고 있었다. 알룐카는 나타나지 않았다. 미탸는 그녀가 오리라는 기대를 완전히 접었고, 그녀가 온다 하더라도 촌장이 그녀에게 '한마디' 슬쩍 건넬 수 있으리라는 기대는 완전히 바보 같은 꿈이었음을 분명히 깨달았다. 미탸는 자리에서 일어나 이제 돌아갈 시간이라고 엄격한 어조로 말했다.

"잠시만, 잠시만 기다리세요. 성공할 겁니다요!" 촌장이 음침하고 뻔뻔한 태도로 말했다. "나리께 드릴 비밀스러운 말씀이 있습니다요."

"뭐, 자네가 그렇다면." 미탸는 절제된 음성이긴 했지만 훨씬 더 엄격한 어조로 말했다. "가면서 이야기하지."

하지만 촌장은 술에 취해 손바닥으로 탁자를 치며 수수께끼 같은 말을 반복했다.

"그런데 가면서 드릴 말씀이 아닙니다요! 잠깐만 저 좀 보시죠……"

촌장이 힘겹게 자리에서 일어나 파수막의 문을 열었다.

미탸가 그를 뒤따라 나왔다.

"무슨 일인데?"

"말씀하지 마세요!" 촌장은 몸을 흔들며 미탸 뒤로 문을 살짝 닫고 비밀스럽게 속삭였다.

"무슨 말을 하지 말라는 거야?"

"말씀하지 마시라니까요!"

"무슨 말인지 모르겠군."

"가만히 계세요! 그 아이가 올 겁니다! 틀림없어요!"

미탸는 촌장을 밀어내고 밖으로 나와 문턱에 멈춰 섰다. 어떻게 해야 할지 알 수 없었다. 조금 더 기다릴까, 아니면 혼자 갈까. 그런데 걸어가기도 쉽지 않은 길인데?

그의 앞 십여 걸음쯤 되는 곳, 녹음이 짙은 숲에 저녁 그림자가 내려앉아 있었다. 그래서 숲이 더 신선하고 깨끗하고 아름다워 보였다. 깨끗하고 청명한 태양이 숲 뒤로 내려앉고, 그 위로 붉은 황금색 햇빛이 쏟아지고 있었다. 그런데 갑자기 숲 안쪽 어딘가, 골짜기 너머 반대편인 듯한 곳에서 노래하는 듯한 여자 목소리가 들려왔다. 그 목소리는 여름날 저녁노을 무렵의 숲에서나 울릴 법하게, 너무나 호소력 넘치고 매혹적으로 울려퍼졌다.

"어이!" 산울림을 즐기는 듯 그 목소리는 길게 울려퍼졌다. "어이!"

미탸는 문턱에서 벌떡 일어나 꽃밭을 따라 숲으로 달려갔다. 숲은 아래쪽 암반 골짜기 쪽으로 이어져 있었다. 골짜기 아래에서 알룐카가 새끼 양을 먹이고 있었다. 미탸는 절벽 위로 달려가 멈춰 섰다. 그녀가 놀란 눈으로 그를 올려다보았다.

"거기서 뭐하는 거야?" 미탸가 작은 목소리로 물었다.

"우리 마루시카랑 암소를 찾고 있어요. 왜요?" 그녀도 작은 목소리로 대답했다.

"좋아, 그런데 올 거야?"

"공짜로 오라는 건가요?" 그녀가 물었다.

"도대체 누가 공짜라고 한 거야?" 미탸는 이제 거의 속삭이듯 물었다. "그거에 대해서라면 안심해."

"그럼 언제 갈까요?" 알룐카가 물었다.

"내일…… 언제 올 수 있어?"

알룐카는 잠시 생각했다.

"내일은 양털을 깎으러 어머니한테 가요." 그녀가 잠시 말을 멈추고는 언덕 위 미탸 등뒤의 숲을 조심스럽게 둘러보며 말했다. "저녁에 어두워지면 갈게요. 그런데 어디로 가죠? 곡식 창고는 안 돼요. 누가 올 수도 있어요…… 나리 댁 정원 저지대에 있는 초막 어떠세요? 다만 속이지 마세요. 그냥은 안 돼요…… 여기는 나리가 살던 모스크바가 아니라고요." 알룐카는 웃는 눈으로 그를 올려다보며 말했다. "거기서는 여자들이 스스로 돈을 낸다면서요……"

25

그들은 꼴사나운 모습으로 돌아왔다.

트리폰은 빚을 지지 않으려고 자기 쪽에서도 술을 꺼냈다. 촌장은 만취한 나머지 마차에 한 번에 앉지 못했다. 처음에는 마차 위에 고꾸라지듯 엎어졌는데, 이에 놀란 종마가 갑자기 달려서 빈 마차로 갈 뻔했다. 미탸는 아무 말도 하지 않고 무감각한 표정으로 촌장을 보며 그가 자리에 앉기를 인내심을 가지고 기다렸다. 촌장은 다시 멍청할 만큼 맹렬하게 마차를 몰았다. 미탸는 아무 말도 하지 않고 단단히 버티면서 저녁 하늘과 그의 눈앞에서 빠르게 흔들리고 튀어오르는 들판을 바라보았다. 해질 무렵의 들판 위에는 종달새의 짤막한 지저귐이 울려 퍼졌다. 이미 밤이 가까워져 푸르스름해진 동쪽 하늘에는 좋은 날씨 말고는 아무것도 예상할 수 없는 평화로운 번갯불이 번뜩이고 있었다. 미탸는 저녁의 이 모든 아름다움을 알고 있었지만 지금 그에게 그것은 완전히 낯설게만 느껴졌다. 머릿속에는 오직 하나의 생각만 있었다. 내일 저녁!

집에서는 아냐와 코스탸가 내일 저녁 기차로 온다는 사실을 확인해주는 편지가 도착했다는 소식이 그를 기다리고 있었다. 그는 몹시 걱정스러웠다. 동생들이 저녁에 도착해 정원에 나오면 저지대에 있는 초막으로 올 수도 있었다…… 하지만 곧 그는 밤 아홉시 전에 그들을 역에서 데려올 수는 없을 테고 그들이 도착한 후에는 식사하고 차를 마시느라 정신없을 거라고 생각했다……

"마중나갈래?" 올가 페트로브나가 물었다.

그는 얼굴이 창백해지는 것을 느꼈다.

"아니요. ……왠지 그러고 싶지가 않아요…… 앉을 자리도 없고요……"

"말을 타고 갈 수도 있을 것 같은데……"

"아니요, 모르겠어요…… 그런데 왜 그래야 하죠? 적어도 지금은 그러고 싶지 않아요……"

올가 페트로브나가 유심히 그를 쳐다보며 물었다.

"혹시 어디 아프니?"

"전혀요." 미탸는 거칠다 싶게 대답했다. "그냥 자고 싶을 뿐이에요……"

그는 곧 자기 방으로 가서 옷도 벗지 않은 채 어둠 속에서 소파에 누워 잠이 들었다.

꿈에서 그는 먼 곳에서 들려오는 느릿한 음악소리를 들었고, 햇빛이 흐릿하게 비치는 거대한 깊은 골짜기에 자신이 매달려 있는 것을 보았다. 골짜기는 점점 환해지고 선명해졌으며, 바닥은 그 깊이를 알 수 없을 만큼 깊어졌다. 온통 황금색으로 빛나고, 선명해지고, 사람들이 늘어났다. 그리고 이제는 분명하게, 형언할 수 없을 만큼 슬프고 부드러운 노랫소리가 들렸다. "옛날 풀레에 선한 왕이 살았다네……" 감동으로 온몸이 떨렸다. 그는 옆으로 돌아누워 다시 잠이 들었다.

26

낮은 끝나지 않을 것만 같았다.

미탸는 목석처럼 차를 마시고 식사하러 나왔다가는 다시 방으로 가서 또 자리에 누워 이미 오래전에 책상 위에 올려둔 피셈스키*의 책을 집어들었지만, 한 글자도 이해하지 못하고 그냥 읽어나갔다. 오랫동안 천장을 바라보았으며, 창 너머 햇살 가득한 정원에서 들려오는 고르고 매끈한 여름날의 소음을 들었다…… 한번은 자리에서 일어나 다른 책으로 바꾸러 서재에 갔다. 하지만 서재 창문 밖으로 대대로 내려오는 오래된 단풍나무가 보였고 나머지 창문들 밖으로는 환한 서쪽 하늘이 보였다. 예스러운 멋과 고요함을 가진 아름다운 방은 이곳에서 오래된 잡지에 실린 시를 읽었던 때를 강렬히 연상시키며 카탸를 떠오르게 했고, 그는 재빨리 뒤돌아 자기 방으로 돌아왔다. '제길!' 그는 격분하며 생각했다. '이런 시적인 사랑의 비극 따위는 지옥에나 가버리라지!'

그는 만일 카탸로부터 편지가 오지 않으면 권총으로 자살하겠다던 계획을 떠올리고는 당혹감을 느끼며 다시 자리에 누워 피셈스키의 책을 읽기 시작했다. 하지만 전처럼 읽기는 해도 아무것도 이해하지 못했다. 책을 읽으며 알룐카를 생각하니 점점 복부에 소름이 돋고 온몸이 떨리기 시작했다. 저녁이 가까워올수록 더 자주 소름이 돋고 떨렸다. 집안에서 목소리와 발소리들이 들려왔고, 마당에서는 기차역으로 갈 마차를 벌써 매어두었다는 소리가 들려왔다. 이 모든 것이, 병이 나서 혼자 침대에 누워 있는데 주변의 일상은 아무렇지도 않은 듯 평소처럼 흘러가고 내게 관심을 가지는 사람은 아무도 없고 그래서 낯설고 심지어 적대적으로 느껴지는 소리 같았다. 마침내 어디선가 파라샤가 소리를 질렀다. "마님, 말이 준비됐어요!" 메마른 방울소리, 그다음에는 말발굽소리, 현관을 향해 들어서는 마차 소리가 들렸다…… "에

---

* 알렉세이 피셈스키(1821~1881). 러시아의 소설가·극작가.

이! 도대체 이 모든 것이 언제 끝나는 거야!" 인내심을 잃은 미탸는 하인방에서 마지막 지시들을 내리는 올가 페트로브나의 목소리에 귀를 쫑긋 세우며 움직이지도 않고 이렇게 중얼거렸다. 갑자기 방울소리가 울리기 시작했고, 점차 산 위를 달리는 마차 소리와 겹치며 서서히 잦아들기 시작했다……

　미탸는 재빨리 자리에서 일어나 거실로 나갔다. 거실에는 아무도 없었고 샛노란 노을빛으로 환했다. 집안이 텅 비어 있었는데, 좀 이상하고 무서울 만큼 황량했다! 미탸는 마치 작별하는 듯한 기이한 마음으로 열린 문 안에 보이는 고요한 공간들, 응접실과 소파방, 그리고 서재를 바라보았다. 저녁이라 서재의 창밖으로 남쪽 하늘이 파랗게 물들어 있고, 멋진 단풍나무 꼭대기가 초록빛을 띠었으며 그 위로 안타레스 별이 분홍빛 점처럼 떠 있었다…… 미탸는 파라샤가 없는지 하인방을 들여다보았다. 거기도 텅 비어 있다는 것을 확인한 후 옷걸이에 걸린 모자를 들고 돌아나와 자기 방으로 달려가 창밖으로 훌쩍 뛰어내렸다. 그의 긴 다리가 화단에 닿았다. 그는 한순간 화단에 멈춰 섰지만, 몸을 숙여 정원을 가로질러 달려나가 아카시아와 라일락 관목이 빽빽한 옆쪽 가로숫길로 곧바로 들어섰다.

27

　이슬이 내리지 않았다. 그러니 저녁 정원의 향기가 날 리 없었다. 하지만 이날 저녁 그의 모든 행동이 무의식적으로 이루어졌음에도 불구하고 미탸는 지금처럼—어린 시절은 예외로 하고—강하고 다양한 향기를 느껴본 적이 없는 것 같았다. 모든 것이 향기를 발했다. 아카시아나무, 라일락 잎, 까치밥나무 잎, 우엉, 검은 쑥, 꽃, 풀, 흙……

재빨리 몇 발짝을 떼는데 무서운 생각이 들었다. '만약 그 여자가 속인 거라면? 오지 않는다면?' 그러자 인생 전체가 알룐카가 오느냐 오지 않느냐에 달린 것처럼 여겨졌다. 초목의 향기들 사이로 마을 어딘가에서 풍겨오는 저녁연기 냄새를 맡으며 미탸는 다시 한번 멈춰 서서 주위를 돌아보았다. 저녁 딱정벌레가 천천히 날아와 그의 옆 어딘가에서 웅웅거리며 고요와 평온과 어둠을 흩뿌리는 것 같았다. 하지만 오랫동안 가시지 않는 초여름의 고른 노을빛이 하늘 반쪽에 걸려 있어서 주변은 아직 환했다. 나무들 뒤로 군데군데 보이는 지붕 위 아무것도 없는 투명한 하늘에 방금 나온 날카로운 초승달이 높이 걸려 있었다. 달을 본 미탸는 재빨리 명치끝에 작게 성호를 그은 후 아카시아나무들 쪽으로 발을 내디뎠다. 가로숫길은 초막이 아니라 저지대로 이어졌다. 초막으로 가려면 왼쪽으로 비스듬히 걸어가야 했다. 그래서 미탸는 아카시아나무들을 지나 낮고 넓게 펼쳐진 나뭇가지들 사이로 머리를 숙이고 손으로 가지들을 밀쳐가면서 줄곧 뛰었다. 그리고 얼마 지나지 않아 벌써 약속한 장소에 도착했다.

미탸는 두려웠지만, 마른 짚 썩는 냄새가 나는 어두운 초막 안으로 들어가 주변을 잘 살펴보았다. 아직 아무도 없는 것을 보니 기쁨 비슷한 것이 느껴졌다. 하지만 운명의 순간이 가까워지고 있었다. 미탸는 온몸의 신경을 곤두세우고 극도로 긴장한 채 초막 옆에 서 있었다. 특별한 육체적 흥분이 하루종일 한시도 가시지 않았고, 이제 그 흥분은 절정에 달했다. 그런데 이상하게도 그 흥분은 낮에도 그랬듯이 지금도 그와는 상관없는 독립된 존재로서 그의 모든 것을 관통하지는 못했다. 그의 영혼을 사로잡지는 못한 채 오직 육체만을 지배했다. 하지만 심장은 세차게 뛰었다. 주변이 놀랄 만큼 고요해서 그에게는 오로지 심장 뛰는 소리만 들렸다. 사과나무의 회색 잎사귀들이 저녁 하늘에 다양한 모습으로 보이고 가지들 위에는 가벼운 무채색의 나비들이 소리 없이 맴돌며 쉼없이 날아다녔다. 나비들 때문에 주위가 더 고요하게 느껴졌다. 마치 나비들이 마법을 걸어 그를 홀리는 것 같았다. 갑자기 그의 뒤 어딘가에서 무언가가 바스락거리는 소리를 냈고, 그 소리가 마치 천둥처럼 그를 놀라게 했다. 그는 와락 몸을 돌려 둔덕 방향의 나무들 사이를 살펴보았고, 사과나무 가지 아래에서 뭔가 검은 물체가 그를 향해 움직여 오는 것을 보았다. 그것이 무엇인지 그가 파악할 새도 없이, 그를 향해 달려오는 그 검은 물체가 크게 움직였다. 알론카였다.

짧은 검정 모직 스커트 자락을 얼굴에서 내리자, 미소로 반짝이는 그녀의 놀란 얼굴이 보였다. 그녀는 맨발이었고, 거칠고 소박한 블라우스를 스커트 안에 넣어 입고 있었다. 블라우스 아래로는 처녀 같은 가슴이 솟아 있었다. 옷깃이 깊게 파여서 목과 어깨의 일부가 드러나 있고, 소매를 팔꿈치 위까지 걷어올린 탓에 둥근 맨팔이 보였다. 노란색 머릿수건을 쓴 자그마한 얼굴에서 여성스러운 동시에 아이 같은 작은 맨발에 이르기까지, 그녀의 모든 것이 몹시 예쁘고 재치 있고 매혹적이었다. 여태껏 그녀의 차려입은 모습만 본 미탸는 처음으로 그녀의 소박한 아름다움을 보고 마음속으로 감탄했다.

"좀 서두르는 게 좋겠어요." 그녀는 유쾌하면서도 교활한 어조로 속삭였다. 그리고 주변을 살피더니 초막 안, 냄새나는 어스름 속으로 쑥 들어갔다.

그녀가 잠시 걸음을 멈췄다. 미탸는 떨리는 것을 참으려 이를 악물었고 서둘러 주머니 안에 손을 넣었다. 너무 긴장한 나머지 다리가 나무토막처럼 딱딱해졌다. 그가 구겨진 5루블짜리 지폐를 꺼내 그녀의 손에 쥐어주었고, 그녀는 재빨리 그것을 품에 숨기고 바닥에 앉았다. 미탸는 그녀 옆에 앉아 그녀의 목을 감싸안았다. 입을 맞춰도 되는지 아닌지 알 수 없었다. 그녀의 머릿수건과 머리카락 냄새, 그녀의 몸에서 나는 양파 냄새가 초막 냄새, 연기 냄새와 섞여 머리가 어지러울 만큼 황홀했다. 미탸는 그걸 느끼고 인정했다. 모든 것이 예전과 똑같았다. 정신적 갈망이나 더없는 행복, 환희와 존재 전체의 나른함으로 바뀌지는 않는 무시무시한 육체적 갈망의 힘. 그녀가 몸을 뒤로 젖히고 아무렇게나 누웠다. 그는 옆에 누워 그녀에게 몸을 기대고 손을 뻗었다. 그녀는 조용히 신경질적으로 웃으며 그의 손을 잡고 아래로 끌어내렸다.

"절대 안 돼요." 그녀는 농담인 듯 진담인 듯 알 수 없는 말을 했다.

그녀가 작은 손으로 그의 손을 꼭 잡았다. 그녀의 눈은 초막의 삼각형 창 너머 사과나무 가지와 그 가지 뒤 이미 어두워진 푸른 하늘과 그 하늘에 아직도 혼자 떠서 미동도 하지 않는 붉은 안타레스 별을 응시하고 있었다. 그 눈은 무슨 말을 하고 있었을까? 그가 무엇을 해야 했을까? 목에, 아니면 입술에 입을 맞춰야 했을까? 갑자기 그녀가 짧은 검은색 스커트를 만지며 빠르게 말했다.

"좀 빨리……"

그들이 몸을 일으켰을 때―미탸는 환멸을 느끼며 일어났다―, 그녀는 머릿수건을 다시 쓰고 매무새를 가다듬으며 생기 있는 목소리로 속삭여 물었다. 마치 가까운 사람이나 된 듯, 애인이라도 된 듯 굴었다.

"수보티노에 가신다면서요. 그곳 신부님이 새끼 돼지를 싸게 판다는데. 아니에요? 들어본 적 없으세요?"

28

그주 토요일에는 수요일부터 시작된 비가 아침부터 저녁까지 세차게 퍼부었다.

특히 이날 줄곧 날씨가 음울하고 폭풍우가 몰아쳤다.

미탸는 하루종일 지치지도 않고 정원을 쏘다니고 하루종일 울었다. 때때로 그 눈물의 양과 세기에 스스로 놀랐다.

파라샤가 마당과 보리수 가로숫길에서 그를 찾아다니며 식사하러 오라고, 그다음에는 차를 마시러 오라고 불렀지만 그는 응답하지 않았다.

춥고 심하게 축축하고 먹구름 때문에 어두운 날이었다. 그 어둠 속에서 비에 젖은 정원의 녹음이 유독 짙고 신선하고 선명했다. 때때로 바람이 불어와 나무에서 또다른 소낙비를 내리게 했다. 그것은 물방울들의 폭포였다. 하지만 미탸는 아무것도 보지 못했고 아무것에도 관심이 가지 않았다. 비 때문에 그의 흰색 학생모가 축 처지고 회색빛으로 변색되었고 학생용 재킷은 시커메졌으며 장화는 무릎까지 흙으로 지저분해졌다. 비를 흠뻑 맞아 뼛속까지 물에 젖고 얼굴에는 핏기 하나 없고 너무 울어서 눈에 광기가 어린 그의 모습은 무섭기까지 했다.

그는 줄담배를 피우며 진흙탕이 된 가로숫길을 걸었다. 때로는 사과나무와 배나무 사이 비에 젖은 키 큰 풀밭 위를 발 가는 대로 아무렇게나 걷다가 초록 이끼가 낀 구불구불 옹이진 나뭇가지에 발이 걸리기도 했다. 그는 물기를 머금어 거무스름해진 벤치에 앉았다가 저지대 쪽으로 걸어가 초막의 축축한 지푸라기 위에 누웠다. 알룐카와 함께 누웠던 바로 그 자리였다. 추위와 차가운 습기를 머금은 공기 때문에 그의 큰 손이 파래졌고 입술은 보랏빛이 되었으며, 죽을 것처럼 창백하고 뺨이 홀쭉한 얼굴은 자줏빛을 띠었다. 그는 다리를 포개고 양팔을 머리 뒤에 괸 채 등을 대고 누워 굵은 녹물이 떨어지는 검은 초가지붕을 두려운 마음으로 응시했다. 그의 광대뼈가 수축하고 눈썹이 꿈틀거리기 시작했다. 그는 벌떡 일어나 어제저녁 늦게 받아와 벌써 백번은 읽어 잔뜩 구겨진 편지를 바지 주머니에서 꺼냈다. 용무상 며칠 일정으로 저택에 온 토지측량 기사가 가져온 것이었다. 그는 백한번째로 편지를 삼킬 듯이 훑었다.

'사랑하는 미탸, 나쁘게 생각하지 말아주세요. 전에 있었던 모든 일을 잊어주세요! 나는 어리석고 추잡하고 타락한 여자라서 당신에게 어울리지 않아요. 나는 예술에 미쳤어요! 나는 결정했어요. 주사위는 던져졌고, 이제 나는 떠나요. 누구와 함께 떠나는지는 알겠지요…… 섬세하고 영리한 당신이 나를 이해해주세요. 제발 당신 자신과 나를 괴롭히지 말아주세요! 더는 편지를 보내지 마세요, 소용없어요!'

여기까지 읽은 후 미탸는 편지를 구겨서 뭉쳤다. 그런 다음 축축한 짚더미에 얼굴을 파묻은 채 이를 악물고 맹렬히 울었다. 생각지도 못했던 '당신'이라는 말, 그들의 친밀한 관계를 상기시키고 심지어 그것을 복구하는 듯한 그 말이 참을 수 없는 부드러움으로 가슴을 가득 채웠다. 그건 인간의 힘을 넘어서는 것이었다. 그런데 동시에 그녀는 이제 그녀에게 편지를 쓰는 것조차 무의미하다고 선언하고 있다! 아, 그렇다. 그는 무의미하다는 걸 알고 있었다! 모든 것이 끝났다. 영원히!

저녁이 가까워오자 빗줄기가 열 배는 거세졌고, 예상치 못했던 천둥을 몰고 왔다. 그런 바람에 그는 결국 집으로 가야 했다. 머리에서 발끝까지 비를 맞은 그는 온몸에 차가운 소름이 돋은 채 벌벌 떨면서 나무 위를 바라보며 아무도 그를 보지 않는다는 것을 확인한 후 자기 방 창문 밑으로 달려가 밖에서 창문을 올리고—절반을 들어올리게 되어 있는 오래된 창문이었다—방안으로 들어가 방문을 잠그고 침대로 뛰어들었다.

어둠이 빠르게 내리기 시작했다. 지붕 위와 집 주변, 정원, 사방에서 빗소리가 났다. 그 소리는 서로 다른 두 가지 소리였다. 하나는 정원에 쏟아지는 빗소리였고, 다른 하나는 배수관에서 집 주변 물웅덩이로 빗물이 쏟아지는 소리였다. 그 소리가 순간적인 마비 상태에 빠진 미탸에게 설명할 수 없는 불안감을 불러일으켰다. 그 소리는 그의 콧속, 호흡, 머리를 달구는 열감과 함께 그를 마취 상태에 빠뜨렸다. 그러면서 다른 세계, 무시무시한 뭔가를 예감하게 하는 낯설어 보이는 어느 집에서의 또다른 해질녘의 시간을 만들어냈다.

비가 내리고 있으며, 벌써 저녁이 되었고, 자신이 거의 컴컴해진 자기 방에 있다는 사실을 그는 깨달았다. 거실에서 어머니와 아냐, 코스탸, 토지측량 기사가 차를 마시며 이야기하는 소리가 들렸다. 하지만 그와 동시에 예전에 그의 곁을 떠난 젊은 유모의 뒤를 따라 어느 낯선 집안을 걷고 있는 것 같기도 했다. 설명할 수는 없지만, 점점 커지는 공포가 어떤 사람과의 친밀한 관계에 대한 예감 혹은 갈망의 감정과 뒤섞이면서 그를 사로잡았다. 그 친밀감에는 자연을 거스르고 구역질나는 무언가가 있었지만, 어떤 식으로든 그가 스스로 가담하고 있는 친밀감이었다. 젊은 유모가 뒤로 몸을 기울인 채 팔에 안고 흔들어 재우고 있는 얼굴이 하얗고 커다란 아이를 통해 이 모든 것이 느껴졌다. 미탸는 서둘러 그녀를 따라잡았고, 이제 그녀의 얼굴이 보고 싶었다. 알룐카인가? 하지만 불현듯 정신을 차리고 보니, 창문에 분필이 잔뜩 칠해진 어둑한 김나지움 교실이었다. 그곳 서랍장 앞, 거울 앞에 여자가 서 있었는데, 그녀는 그를 볼 수가 없었다. 그가 갑자기 투명인간이 된 것이다. 그녀는 동그란 엉덩이가 그대로 드러나는 노란색 실크 스커트를 입고 굽이 높은 구두를 신고 속이 비치는 섬세한 망사스타킹을 신고 있었다. 그녀는 달콤하게 몸을 떨며 곧 무슨 일이 시작될지 알고 부끄러워했다. 벌써 그녀는 아이를 성공적으로 서랍 안에 숨겼다. 그런 다음 머리를 어깨 너머로 넘기고 재빨리 머리를 땋으며 문을 흘끔거리면서 거울을 보았다. 거울에 분을 바른 그녀의 작은 얼굴과 드러난 어깨, 분홍 젖꼭지와 파란 기가 도는 작은 우윳빛 가슴이 비쳐 보였다. 문이 열리고 말끔하게 면도한 핏기 없는 얼굴에 짧고 곱슬거리는 검은 머리를 하고 턱시도를 입은 신사가 주변을 둘러보며 당당하게 들어왔다. 그는 평평한 금제 담뱃갑을 꺼내 거리낌없이 담배를 피우기 시작했다. 머리를 다 땋은 그녀는 소심하게 그를 바라보았다. 그의 목적을 알고 있는 그녀는 머리 타래를 어깨 위로 넘기고 맨팔을 들어올렸다. 그가 거만하게 그녀의 허리를 안았다. 그러자 그녀는 어두운 겨드랑이를 보이며 그의 목을 그러안고 매달리면서 그의 가슴에 얼굴을 감추었다……

29

미탸는 잠에서 깨어났다. 몸이 온통 땀에 젖어 있었다. 그는 자신이 끝났고 세계는 몹시 추악하고 희망이라곤 없이 캄캄하며 무덤 너머에는 이미 지옥도 없다는 사실을 놀랍도록 선명하게 깨달았다. 방안은 어두웠고 창문 너머에서 철썩거리는 소리가 났다. 그 소리는(소리 하나만으로도) 오한으로 떨고 있는 그의 육체가 견뎌낼 수 없는 성질의 것이었다. 무엇보다 참을 수 없을 정도로 끔찍했던 것은 인간의 성교가 지니는 괴물 같은 반자연적 성격이었다. 면도한 신사와 그가 방금 공유한 것과 같은 그것. 거실에서 말소리와 웃음소리가 들려왔다. 그 소리는 그와 동떨어져 있다는 점에서, 그리고 삶이 저급하고 무감하며 그에게 가차없다는 점에서 끔찍하고 반자연적이었다.

"카탸!" 침대에서 다리를 내리고 앉으며 그가 말했다. "카탸, 이게 대체 뭐야!" 그는 소리 내어 말했다. 그는 지금 그녀가 여기에 있으며 그의 말을 듣고 있지만 침묵하며 응답하지 않고 있는데, 그 이유는 자신이 저지른 모든 일이 불러일으킨 돌이킬 수 없는 끔찍함을 자신도 이해하고 있으며 그로 인해 억눌려 있기 때문이라고 굳게 믿었다. "에

이, 상관없어, 카탸." 그는 씁쓸하면서도 부드러운 어조로 속삭였다. 그녀가 전처럼 그에게 달려오기만 한다면, 그들이 함께 구원받을 수만 있다면, 바로 얼마 전 그 천국 같고 최고로 아름다웠던 봄의 세계 속 자신의 아름다운 사랑을 구원할 수만 있다면 그녀를 깨끗이 용서할 수 있다고 말하고 싶었기 때문이다. 하지만 "에이, 상관없어, 카탸!"라고 속삭인 직후 그는 괜찮지 않다는 것을, 이제는 언젠가 재스민이 무성한 샤홉스코예의 발코니에서 그에게 주어졌던 그 놀라운 광경으로 돌아갈 수도 구원받을 수도 없다는 것을 깨달았다. 그는 가슴을 찢는 고통을 느끼며 조용히 울음을 토해냈다.

그 고통은 너무나 극심하고 견디기 힘든 것이었다. 그는 자신이 무엇을 하는지 생각하지 않고, 어떤 결과가 일어날지 의식하지도 않고, 오직 한순간이라도 고통에서 벗어나 그가 보낸 그날 하루 같은 무시무시한 세계로, 방금 세상에서 가장 두렵고 혐오스러운 꿈을 꾼 그 세계로 다시 돌아가고 싶지 않다는 단 하나의 소망으로 손을 더듬어 침대 옆 탁자의 서랍을 열고 차갑고 무거운 쇳덩어리를 찾아내 기쁨에 찬 숨을 깊게 내쉰 후 입을 열고 기꺼운 마음으로 힘차게 방아쇠를 당겼다.

1924년 9월 14일
알프마리팀

어두운 영혼의 내면을 파고든
부닌이 그린 인간, 사랑, 삶

부닌의 생애와 작품세계

이반 알렉세예비치 부닌은 러시아 구력으로 1870년 10월 10일, 러시아의 보로네시에서 오래된 귀족 가문의 자손으로 태어났다. 선대가 15세기까지 거슬러올라갈 정도로 유서 깊은데다, 여러 유명 시인을 배출한 가문 출신이라는 사실은 부닌의 큰 자랑이었다. 그러나 현실은 녹록지 않았다. 태어났을 때 가문은 이미 몰락했으며 지주 귀족으로서 누리는 편안한 삶은 '풍문'으로만 들었을 뿐 실제로는 전혀 경험하지 못했다. 1881년 옐레츠에 있는 김나지움에 입학하지만 1886년 학교를 그만둔 부닌은 정규 교육과정을 마치지 못하고 이른 나이에 직업전선에 나서야만 했기에 상처를 받았다고 고백하기도 했다.

1886년 가을에 부닌은 중편소설 「매혹」을 쓰기 시작해 1887년 봄에 완성하지만 출판하지는 않았다. 그러다가 1887년 인민주의자 세묜 나드슨의 때 이른 죽음을 안타깝게 생각하며 쓴 시 「나드슨의 무덤에서」를 페테르부르크의 주간지 〈조국〉에 게재했다. 1889년 가을부터는 〈오룔 통보〉 신문사에 근무하면서 시와 단편, 문학비평을 발표했다. 1891년 첫 시집 『1887~1891년 시』를 출간했으나 큰 주목을 받지는 못했다. 1898년 모스크바에서 시집 『창공 아래』를 발표해 주목을 받은 부닌은 1900년 내놓은 시집 『낙엽』으로 큰 성공을 거두게 되었다. 이후 1903년 헨리 워즈워스 롱펠로의 시집 『하이어워사의 노래』 번역과 『낙엽』으로 푸시킨상*을 받았고, 1909년 두번째 푸시킨상을 받으며 그해에 학술원 회원으로 선정되었다.

　　창작활동 초기에 부닌은 상징주의를 필두로 한 모더니즘이 새로운 주제와 스타일을 가져와 러시아문학을 풍요롭게 만들고 있다고 환영하면서 모더니즘 작가들과 협력했다. 하지만 러시아어와 러시아문학 전통에 관한 견해가 서로 엇갈렸고, 삶과 예술에 대한 태도를 두고 갈등이 커지자 결국 부닌은 이들을 비난하며 공식적인 관계를 끊었다. 이후 부닌은 막심 고리키가 이끄는 사실주의 그룹인 '수요일'에 정기적으로 참여하며 같은 계열의 출판사인 '지식'과 협업했다. 그러나 문학의 사회적 역할을 중요시하는 사실주의 문학관이 시대에 맞지 않으며, 예술은 사회적 혹은 형이상학적 목적을 추구하기 위한 도구나 매

---

* 혁명 전 러시아에서 가장 권위 있었던 문학상. 1881년 제국 상트페테르부르크 학술원에 의해 제정되어 "러시아어로 출판된 독창적인 산문 및 시 문학 작품"에 대해 이 년마다 (1888년부터 1895년까지는 매년) 수여했다.

개가 아니라고 생각했다. 그에게 예술은 불가해한 인간의 '어두운' 내면을 파고들어 그것을 명징한 언어로 표현하는 것이었다. 결국 부닌은 평생 그 어떤 문학 유파에도 공식적으로 참여하지 않았다.

「안토노프의 사과」(1900)를 비롯한 초기 산문들에서는 특별한 사건이 다뤄지기보다 일종의 분위기나 자연의 묘사, 철학적 사색 등이 두드러진다. 시간과 공간의 연속성과 인과관계에 따라 사건이 개연성 있게 전개되는 전통적인 산문과 달리, 암시와 상징을 통한 내적 인과성이 중요한 역할을 하는 '시인의 산문'이라는 점이 창작 초기부터 부닌의 주요한 특징으로 언급되었다. 이런 특징은 부닌의 장편소설인 『아르세니예프의 인생』에서 가장 잘 나타난다.

부닌은 「마을」(1910)을 필두로 「수호돌」(1912) 「형제들」(1914) 「샌프란시스코에서 온 신사」(1915) 「가벼운 숨결」(1916) 같은 중단편으로 동시대 러시아 사회에 대한 자신만의 독특한 시각과 무르익은 예술성을 선보여, 독자와 비평가들로부터 '러시아문학의 마지막 클래식'이라는 찬사를 받았다. 그는 20세기 현대사회가 위기를 겪고 있으며 더심각한 것은 인간의 영혼이 붕괴되고 있다는 사실을 인간 스스로 깨닫지 못한다는 점이라고 판단했다. 계급 갈등이나 전쟁, 혁명과 같은 사회적 현실 너머, 인간을 혼돈에 빠뜨리는 원인이 인간 존재 자체에 있다는 것이다. 이런 고민 속에 부닌은 이탈리아, 그리스, 시리아, 팔레스타인, 이집트, 실론섬 등 유럽과 아프리카, 아시아 각지를 여행하며 불교, 이슬람교, 도교, 유대교 같은 다양한 종교 및 사상을 접했다. 그리고 러시아뿐만 아니라 서양과 동양을 포괄한 인간 문명이 안고 있는 문제들을 성찰하는 작품들을 연이어 발표했다. 이 문제의식은 1917년

10월혁명과 망명이라는 일생일대의 사건으로 인해 더욱 심화되었다.

1918년 여름, 부닌은 아내 베라 무롬체바와 함께 볼셰비키혁명을 피해 모스크바를 떠나 오데사를 거쳐 1920년 프랑스로 망명했다. 이 시기를 기록한 수기 『저주받은 나날들』(1925~26)에는 볼셰비키에 대한 격한 분노와 깊은 상실감, 슬픔이 담겨 있다. 망명 초기에 부닌은 반(反)소비에트 인사로 활동하느라 작품을 거의 쓰지 못했다. 그러나 1924년 『예리코의 장미』를 발표하면서 본연의 집필 활동으로 돌아가 1953년 세상을 떠나기까지 왕성한 창작력을 보여주었다. 마침내 1933년 "전형적인 러시아적 특성을 산문 속에 부활시킨 위대한 예술적 재능"이라는 평가를 받으며 러시아인 최초로 노벨문학상을 수상하는 위업을 달성했다.

『아르세니예프의 인생』(1927~29, 1933)은 혁명과 망명을 겪는 동안 줄곧 품어온 오랜 예술적 화두인 기억의 문제를 다룬, 부닌의 유일한 장편소설이다. 과거에 대한 향수를 표현한 초기작 「안토노프의 사과」부터, 기억을 제3의 진실로 묘사한 「창의 꿈」(1916), 어둡고 잔혹한 과거이지만 그 기억으로 살아가는 사람들의 이야기인 「수호돌」, 비극의 여주인공의 삶에 대한 기억으로 현재를 살아가는 여성이 등장하는 「가벼운 숨결」에 이르기까지 무수히 많은 작품을 통해 부닌은 기억의 문제를 화두로 삼아왔다. "아직 기록되지 않은 사실과 행위는 어둠에 덮여 망각의 무덤 속으로 들어가지만, 기록된 사실과 행위는 마치 생명을 얻은 것과 같다……"* 이렇게 소설은 기억에 대한 기도로 시작

---

* 이반 부닌, 『아르세니예프의 인생』, 이항재 옮김, 문학동네, 2017, 9쪽.

된다. 생명을 가진 모든 존재가 피할 수 없는 것이 시간과 죽음이라면, 여기에 대항할 수 있는 인간의 능력은 기억이다. 이 소설에서 부닌은 자신의 문학적 원천인 러시아가 현실 세계에서 사라졌지만 기억이 죽음과 망각을 넘어 영원을 가능하게 하며 예술은 그 과정이자 결과라는 사실을, 시적 감수성으로 세계를 예민하게 감각해나가는 예술가 주인공을 통해 그려내고 있다.

노벨문학상 수상이 가져다준 영광도 잠시, 노년기에 접어든 작가에 대한 기대가 사그라들 즈음 부닌은 그의 문학 세계에서 가장 독창적인 작품 『어두운 가로숫길』(1946)을 발표했다. 그의 나이 일흔여섯에 집필을 마친, 사랑을 주제로 한 연작소설이다. 그는 이 작품을 자신의 작품들 중에서 가장 완성도가 높다고 평가했다. 과거에 볼 수 없던 과감한 성애 묘사는 동시대 문학계에 큰 충격을 주었으며 일각에서 '노년의 에로티시즘'이라는 논란을 불러일으켰다. 그러나 작품 전체에 일관되게 등장하는 주제인 사랑은 삶에 대한 첨예한 감각과 세계의 아름다움에 대한 예민한 감수성을 가능하게 만드는 인간의 가장 '시적인' 능력이다. 특히 제2차세계대전이 벌어지는 동안, 독일군에 점령된 프랑스 남부 소도시인 그라스에 머물며 쓴 이 작품에서 사랑은 인간의 어두운 영혼 깊은 곳에서 존재의 신비를 극한으로 체험할 수 있는, 삶의 의미를 순간적이지만 강렬하게 밝혀주는 불빛으로 그려진다.

부닌은 가장 존경하고 사랑했던 레프 톨스토이와 안톤 체호프에 관한 철학적 산문을 시도해 『톨스토이의 해방』(1937)을 완성했고 『체호프에 대하여』는 미완으로 남긴 채 1953년 11월 8일 파리에서 숨을 거두었다.

샌프란시스코에서 온 신사

"나를 에워싸고 있는 영원하고 거대하며 이해할 수 없는 세상 속에서, 과거와 미래의 무한함 속에서, 내게 주어진 제한된 시공간인 바투리노란 곳에서 도대체 나의 삶이란 무엇인가?"*

이반 부닌은 수수께끼처럼 이해할 수 없는 현실 속에서 인간 존재와 삶의 의미에 관한 물음을 끊임없이 던져왔다. 불교, 도교, 이슬람교 등 다양한 종교와 철학을 탐색하며 이에 대한 해답을 구하는 부닌의 자세는 그러나, 합리적인 주장을 일관되게 제시하고 추상적인 개념을 분석해 결론을 도출하려는 철학자의 접근과는 달랐다.** 오히려 인간과 우주, 자연의 신비에 경탄하며 그것을 시적으로 형상화하는 시인에 가까웠다.

「샌프란시스코에서 온 신사」는 유럽 문명 전체에 대한 비판의식이 표현된 작품이다. 현대사회의 허위와 인간의 오만함을 그대로 겨냥하고 있기에 부닌의 작품들 중 가장 톨스토이적인 작품으로 여겨진다. 이 소설은 말년에 평생 노동에 대한 보상으로 아내와 딸과 함께 세계 일주 크루즈여행을 떠난 주인공, '샌프란시스코에서 온 신사'에 관한 이야기이다. 초호화 여객선 아틀란티스호에 탑승한 각국에서 모여든

---

* И. А. Бунин, *Собрание сочинений в 9 т. Т. 1.* (М.: Художественная литература, 1965) 235.

** D. J. Richards, "Bunin's Conception of the Meaning of Life", *The Slavonic and East European Review* 119(1972), 154~155 참조.

사람들은 모두 이름이 없다. 이들은 타인의 노동력을 스스럼없이 취하고 자신에게 안락하고 쾌적한 삶을 누릴 자격이 있다고 믿으며 자기 삶을 본인이 이끌어간다고 확신한다는 공통점을 가지고 있다. 칠흑 같은 밤, 바다는 거대한 힘으로 아틀란티스호를 뒤집을 듯 흔들지만 화려한 샹들리에와 멋들어진 정찬, 고급스러운 음악, 심지어 가짜 연인이 만들어내는 달콤한 분위기에 둘러싸여 사람들은 배를 둘러싼 진짜 현실을 보지 못한다. 창밖에서 물결치는 "바다는 무시무시하"고, 그 바다와 씨름하는 여객선 하부의 노동자들이 겪는 현실은 엄혹하고, 자연의 거대한 힘 앞에 인간은 무력하다는 깨달음은 너무나 늦게 온다.

인간의 욕망이 쌓은 고대의 바벨탑과 그것을 단숨에 무너뜨릴 수 있는 자연의 대립. 바닷속으로 한순간 가라앉은 아틀란티스섬(신사가 탄 여객선의 이름!)처럼 인간이 쌓아올린 문명도 언제 무너질지 알 수 없다. 그러나 어리석은 인간은 이를 보고도 보지 못한다. 샌프란시스코에서 온 신사의 죽음은 그 피할 수 없는 종말을 상징한다. 자신의 돈으로 산 힘을 굳게 믿었던 주인공이 허망하게 죽음을 맞이하고 한순간 처치 곤란한 물건으로 치부되는 비정함은 세기말적 종말의 감각을 더욱 짙게 만든다. 사회적 부조리 너머 인간의 실존적 부조리에 의문을 던졌던 부닌은 신사의 삶과 죽음을 통해 욕망에 가득찬, 진정한 삶의 의미를 잃어버린 인간의 숙명적 비극을 보여준다.

창의 꿈

「창의 꿈」은 동물의 시선으로 인간과 세상을 낯설게 바라보며 삶과 행복의 의미를 성찰하는 빼어난 작품이다. 오데사의 어느 부두, 더러운 숙소에서 숙취로 인해 정신이 탁해진 창은 나이든 개다. 창은 과거에 선장이었던 주인의 곁에서 눈을 뜬다. 그러나 자신이 꿈을 꾸는 건지 꿈에서 깬 건지 구분하기 어렵다. 선장을 따라 배를 타고 세계를 누비며 빛나던 시절, 힘과 에너지로 가득한 젊은 선장과 자신의 행복한 시간이 보인다. 그러나 지금 선장은 그토록 그리워하던 아름다운 아내를 살해하고 자긍심의 원천이었던 배도 잃어버린 비참한 현실 속에 창과 함께 술집을 전전하며 시간을 보내고 있다. 창은 그 이유를 알 도리가 없다. 창의 눈에 비친 인간의 집착과 욕망은 낯설다.

소설에서는 주인공의 입을 통해 세상의 진리가 언급된다. 그러나 선장이 말하듯 세상의 진리는 극한의 사랑에 있는 것도, 거짓과 기만으로 가득한 현실에 있는 것도 아니다. 선장이 죽은 후 세상에 남겨진 창은 진정한 진리, 세번째 진리를 느낀다. "만약 창이 선장을 사랑하고 그를 느낀다면, 자신의 기억의 눈으로 아무도 이해하지 못하는 그 신성한 존재를 본다면, 아직 선장이 그와 함께 있다는 뜻이다. 시작도 끝도 없는 이 세계에 죽음은 허락되지 않는다." 중요한 것은 사랑하는 자에게 남겨진 기억이 죽음을 넘어선다는 것이다.

이처럼 부닌은 인간 행복의 허망함과 지상 존재의 불안정성과 비극성을 편견 없는 순진한 개, 창의 눈으로 탁월하게 그려낸다.

수호돌

　1910년 시인으로 명성이 높았던 이반 부닌에게 소설가로서의 명성을 안겨준 작품이 「마을」이다. 이 작품을 필두로 그는 러시아의 현실과 여러 사회문제, 특히 농민과 농촌의 삶에 주목하며 '거침없는' 시선을 드러냈다. 19세기 러시아문학 전통 속에서 러시아 농민과 그 삶은 빈번히 휴머니즘적 관점에서 묘사되었다. 그러나 부닌의 세계에 등장하는 농민은 거칠고 비이성적이며 때로는 비정한 존재다. 어린 시절에 농민 아이들과 함께 성장하면서, 그리고 1905년 '피의 일요일' 사건으로 촉발된 혁명 과정에 일어난 농민반란을 직접 목격하면서 부닌은 러시아 민중을 이상화하려는 그 어떤 정치적 사회적 예술적 시도도 설득력이 없다고 확신하게 되었다. 러시아 농민을 이상화하는 지식인이나 예술가들은, 사랑하는 이반 투르게네프나 톨스토이라 할지라도 부닌의 비판을 피할 수 없었다.

　부닌의 관점에서 인간은 비이성적이고 충동적이며 욕망에 사로잡힌, 파멸 지향적인 존재다. 농민이나 지주, 민중이나 귀족이 서로 다르지 않다. 러시아 농촌 두르노브카를 중심으로 성격이 서로 다른 형제 티혼과 쿠즈마의 일생을 그린 「마을」에는 땅에 대한 애착을 잃고 삶의 의미도 찾지 못한 채 육체와 영혼이 모두 망가져가는 러시아 농민들의 거칠고 잔인한 삶이 적나라하게 그려져 있다. 「마을」이 출판되자 다수의 비평가는 이 작품이 '현대 농촌을 분석하고 연구하기 위한 최상의 자료'라고 평가했지만 일부 비평가들은 '러시아 농민들과 현실을 비방하고 그릇된 견해를 심어주는 나쁜 작품'이라고 비난하기도 했다.

「마을」에 이어 발표한 「수호돌」(1912)은 러시아인의 '어두운 영혼'에 관한 2부작의 두번째 작품이다. 부닌은 「마을」에서 러시아 농촌의 암울한 현실을 적나라하게 묘사한 이후, 「수호돌」에서 문제는 사회가 아니라 인간 내면에 있다는 점을 보다 확실히 보여주었을 뿐만 아니라 영혼은 하나라는 세계관을 잔인하지만 시적으로 형상화해냈다. 수호돌의 주인 흐루쇼프가의 후손이자 지금은 수호돌을 전설로만 전해들은 화자는 수호돌의 농민과 지주의 삶이 하나였던 과거 이야기를 하녀 나탈리야를 통해 듣는다. 수호돌에서는 지주도 농민도, 귀족 아가씨도 하녀도 비이성적이며 자기 파멸적인 '어두운' 영혼을 가진 존재다. 흐루쇼프가 사람들은 나탈리야의 아버지를 군대로 보내 죽게 하고 그녀의 어머니를 공포에 떨게 해서 심장이 터져 사망하도록 만들 만큼 잔인하지만, 나탈리야는 그들을 '우주에서' 가장 선한 인물로 여긴다. 흠모하는 주인의 거울을 훔쳤다는 죄로 수호돌에서 추방된 나탈리야는 여전히 자신의 운명과 수호돌의 운명을 동일시하며 그곳으로 돌아갈 날을 기다린다. 그 수호돌에서 화자의 할아버지는 자신의 혼외자였던 게르바시카에게 살해당하고 고모는 불행한 사랑으로 인해 정신이 나간다.

부닌은 이 소설에서 동화와 전설, 미신과 편견, 무지와 천박함이 공존하는 수호돌이 곧 러시아이며 그곳에 사는 사람들은 모두 같은 영혼을 가지고 있음을 보여준다. 농노해방이나 반란, 전쟁과 혁명 같은 현실은 소문으로 취급되며 이들 삶에서 중요한 의미를 가지지 못한다. 자신과 타인이, 현재와 과거가, 자손들과 선조들이 하나로 연결되어 있기에 신분이나 계급이 이들을 갈라놓을 수 없다. "세상에 다른 영혼은 없다."*

가벼운 숨결

사랑은 부닌의 핵심적인 주제이다. 부닌은 러시아문학에서 성과 사랑을 본격적으로 표현하기 시작한 작가이다. 성이란 주제를 지극히 소극적으로 다루던 고전적 방식을 거부하고, 저급한 것으로 취급되었던 성을 과감하게 표현했다. 19세기까지 러시아문학에서 사랑은 사회적 윤리적 틀을 벗어나지 않았다. 순수하게 정신적인 사랑이 다뤄졌으며 사랑의 대상인 여성은 정신의 아름다움이나 모성애, 혹은 희생이라는 측면에서 묘사되었다.

하지만 부닌의 소설에서 사랑은 작가의 말처럼 '스캔들'에 가깝다. 살인(「가벼운 숨결」「아들」「옐라긴 소위 사건」「헨리」), 자살(「미탸의 사랑」「갈랴 간스카야」), 때 이른 죽음(『아르세니예프의 인생』「나탈리」「파리에서」) 등. 그러나 소설에서 벌어지는 통속적 사건의 선정성은 부닌의 고유한 서사 방식에 의해 사라진다.

「가벼운 숨결」은 사랑과 삶의 의미에 관한 부닌의 이해를 가장 예술적으로 그려낸 작품이다. 이 소설에 언급되는 사건들은 예사롭지 않다. 주인공을 사랑한 남학생의 자살 기도, 아버지 친구와의 첫 성 경험, 젊은 장교와의 관계와 이별, 기차역에서의 살인 등 지극히 자극적이며 충격적인 사건들이 이어진다. 그러나 여주인공을 살해하는 장면의 묘사에서 보듯이 살인사건 자체의 심각성과 중요성은 현저히 감소되는 방식으로 이야기가 전개된다.

---

* И. А. Бунин, 같은 책, 401.

주인공 메세르스카야의 진정한 내면을 밝혀주는 것은 작품 전체를 관통하고 있는 바람과 숨결의 '가벼움'이다. 어느 날 주인공이 친구에게 언급한, 여성이 지닌 아름다움의 상징인 '가벼운 숨결'은 작품 초입에 등장하는 '차가운 바람'과 결말에 등장하는 '차가운 봄바람'과 연결된다. 무거운 일상에 부는 차가운 봄바람과 같은 신선한 가벼움이 비루한 삶을 순간이지만 의미 있게 만들어준다. 어느새 사건 자체의 선정성은 사라지고 여주인공의 '가벼운 숨결'처럼 인생의 한 순간, 찰나의 빛나는 한 순간이 인간 존재와 삶을 의미 있게 만든다는 부닌 특유의 세계관을 보여준다.

일사병

망명 이후 부닌의 예술 세계에서 사랑은 더욱 큰 의미를 얻게 된다. 1920년대 대표작이라고 할 「일사병」(1925)은 휴양지에서의 하룻밤 로맨스를 소재로 한 단편이다. 볼가강 투어를 하던 한 남자가 선상에서 매력적인 여인을 만난다. 배에서 내린 남녀가 은밀한 밤을 향해 마차를 타고 먼지 날리는 길을 달려 마침내 호텔 현관문을 넘어 계단을 오르는 장면은 숨막히는 리듬감으로 읽는 이의 마음을 뒤흔든다. 주인공의 기대처럼 로맨스의 하룻밤이 끝나고 깔끔하게 헤어지는 만족스러운 모험이 될 뻔했는데 실상은 전혀 달랐다.

이야기 전체는 남녀의 로맨스와 그 이후로 불균등하게 나뉜다. 전반부를 이루는 이름 없는 두 주인공의 만남과 호텔방에서 보내는 하룻밤의 이야기에 비해, 홀로 남겨진 남자가 별다른 사건 없이 시장과 거리를 헤매며 하루를 보내는 이야기는 훨씬 길게 묘사된다. 끝나지 않을 것처럼 지루하게 전개되는 하루 동안 남주인공은 자신의 삶에서 잃어버린 것이 무엇인지를 뼈저리게 느끼게 된다.

체호프의 「개를 데리고 다니는 여인」(1899)과 비교되는 이 작품은 사랑이 일깨운 삶의 의미와 돌이킬 수 없는 삶의 비극을 그려낸다. 남겨진 주인공은 일사병과 같은 만남으로 인해 "십 년은 늙어버린 자신을" 느낀다.

옐라긴 소위 사건

「옐라긴 소위 사건」(1925)은 여러 면에서 「가벼운 숨결」과 닮아 있다. 두 작품 모두 청년 장교에 의해 젊은 여성이 권총으로 살해당하는 사건을 다루고 있으며, 주인공의 죽음이 서사 초반에 알려진다. 그러나 「가벼운 숨결」이 사건 자체보다 주인공의 형상 자체에 집중하며 삶의 가벼움, 해방을 보여주는 것과 달리, 법정극 형식의 구조를 가진 「옐라긴 소위 사건」은 다양한 시점에서 주요 사건을 반복 기술함으로써 사건 자체에 관심을 집중시킨다.

이야기는 연인인 폴란드 여배우 소스놉스카야를 살해한 스물두 살의 러시아 장교 옐라긴 소위가 법정에서 그 살해의 동기를 밝히는 것이 주된 내용이다. 옐라긴은 살인이 소스놉스카야의 강력한 의지로 인해 행해진 거라고 주장한다. 변호사와 검사, 증인 등 여러 인물이 서로 반대되는 주장을 내세우지만 결국 이 사건의 내막, 인물들의 심리 상태, 행동의 동기는 드러나지 않는다. 극도로 연극적인 "아름다운 죽음"을 소원했던 세기말적 팜파탈의 전형인 여자와 성적으로는 성숙했으나 미숙한 내면으로 인해 자진해서 파국에 뛰어드는 남자. 결국 남는 것은 삶의 불가해함, 무거움, 출구 없음, 그리고 비극성이다.

인간 이성의 불확실성, 제어되지 않는 무의식의 힘, 극한의 충동으로서 성과 죽음 같은 주제와 구성의 파편성, 인물의 심리적 개연성의 부재, 나아가 인과성이 미약한 구성 등을 특징으로 하는 이 작품은 부닌의 가장 모더니즘적인 작품이라고 할 수 있다.

미탸의 사랑

「미탸의 사랑」(1924)은 첫사랑에 관한 비극적 연대기이다. 주인공 미탸는 「옐라긴 소위 사건」의 옐라긴처럼 성숙한 육체와 미숙한 내면이 부조화를 이루는 치명적 나이의 청년이다. 그런 미탸에게 사랑하는 카탸는 전혀 다른 두 명의 카탸로 인식된다. 한 명은 아름답고 고아한 내면을 갖춘 순수한 마돈나인 이상적인 카탸이며, 다른 한 명은 허영 가득한 속물적 욕망을 가진 배우 지망생인 현실의 카탸이다. 미탸는 극단적으로 분열된 두 카탸 사이에서 갈등을 겪는다. 결국 현실 카탸의 분신이라고 할 만한 마을 아낙 알룐카와 관계를 맺으며 분열된 두 세계의 팽팽히 긴장된 균형이 깨지게 된다.

하지만 사랑이 언제나 비극만을 가져오는 것은 아니다. 사랑으로 인해 미탸를 둘러싼 세계는 아름다워진다. 그가 보는 모든 것에서 느껴지는 카탸는 세상 모든 것을 아름답고 의미 있게 만든다. "처녀들, 밤, 봄, 비 냄새, 곡식을 심기 위해 개간한 땅 냄새"까지 주인공은 모든 것에서 카탸를 느낀다. 사랑은 삶의 아름다움에 대한 감각을 첨예하게 만들고, 그럼으로써 생명의 아름다움을 증폭시킨다. 미탸가 느끼는 자연은 아름다움 그 자체이다.

사랑을 통해서 세계는 인간에게 비로소 아름다움이 된다. 부닌의 예술 속에서 사랑은 이렇게 존재의 비극성과 삶의 아름다움을 동시에 내포한, 인간 삶의 영원한 신비이자 행복과 고통의 원천이 된다.

일반적으로 이반 부닌의 창작 세계는 프랑스로 망명한 1920년을 기점으로 망명 이전과 이후로 나뉜다. 특히 1910년대 작품들은 리얼리즘 전통을 계승하면서 사회에 대한 비판의식을 보여준다고 평가받는다. 그러나 이 시기 부닌의 작품에 드러나는 인간 욕망의 공허함, 죽음 앞에 선 인간의 무력감, 이성으로 이해할 수 없는 인간의 자기파괴적인 경향, 그 어두운 내면에 대한 성찰은 19세기적 사회 비판의식과는 거리가 멀다고 할 수 있다. 농노제도와 전제정치가 러시아의 발전에 걸림돌이 되며 이런 사회적 환경을 변화시켜야만 인간적인 삶이 가능하다는 비판적 지식인들의 믿음에 부닌은 언제나 회의적이었다. 이 같은 부닌의 창작 의도를 보다 깊게 느껴볼 수 있는 작품으로 「샌프란시스코에서 온 신사」 「창의 꿈」 「수호돌」을 선정했다.

한편으로 사랑은 부닌의 예술 전체를 관통한다고 보아도 무방한 주제이다. 혁명 전에 발표한 「가벼운 숨결」은 사랑과 성, 죽음과 삶의 의미 등 이후 작품들에 등장하는 거의 모든 테마의 원형이 되는 작품이다. 혁명 후 예술작품을 거의 쓰지 못했던 부닌이 1920년대 중반에 본격적으로 문학 활동을 재개하면서 사랑의 테마가 전면에 등장하게 된다. 사랑과 삶의 아름다움, 치명적 사랑의 비극 등 부닌의 예술 세계를 감각적으로 느껴볼 수 있는 작품으로 이 시기를 대표하는 「일사병」 「옐라긴 소위 사건」 「미탸의 사랑」을 골라보았다.

소비에트 풍자작가 미하일 조셴코의 작품으로 석사논문을 쓰던 시절, 이반 부닌의 작품을 만났다. 부조리한 소비에트 사회와 힘없는 소시민의 '웃픈' 삶을 들여다보며 힘겨워하던 즈음 우연히 이반 부닌의 단편 「나탈리」를 읽게 된 것이다. 그리 훌륭하지 않은 러시아어 실력으로 아마 며칠에 걸쳐 읽었던 것 같다. 인간의 슬픔도, 사랑도, 죽음도 손으로 만질 수 있을 것처럼 그려내는 부닌의 언어는 내 안에 그 감각을 그대로 불러내는 마법 같았다. 시간이 꽤 흘렀지만 아직도 그때 느낀 감각이 뚜렷하게 기억난다. 동시에 다른 언어로 그 감각을 풀어내기란 참 어려울 거라고 느꼈는데, 그때의 직감은 빗나가지 않았다. 투르게네프 이후 가장 뛰어난 스타일리스트로 평가받는 작가의 산문을 (시도 아니고!) 다른 언어로 번역한다는 게 얼마나 어려운 일인지 뼈아프게 절감했다. 그사이 사회주의리얼리즘 문학, 아방가르드 예술, 루복(러시아의 전통 판화)과 성상화 등 여러 주제를 공부했지만 언제나 다시 부닌으로 돌아왔다. 이제 다시 책상 앞에 앉아 부닌의 또다른 작품을 번역하고 있다. 부닌 예술의 절정으로 평가받는, 사랑에 관한 연작소설 『어두운 가로숫길』을 이번에는 너무 늦지 않게 선보일 수 있도록 나 자신을 다그쳐본다. 그 「나탈리」가 포함되어 있으니 내가 느낀

부녀의 세계 감각을 조금이나마 전할 수 있기를 간절히 기대하며……

『샌프란시스코에서 온 신사』 번역을 무사히 마치고 독자들에게 내놓을 수 있도록 도움을 주신 분들께, 특히 문학동네 편집부에 진심으로 감사드린다.

대구에서

최진희

1870년   10월 23일(구력 10월 10일) 러시아의 보로네시에서 아버지 알렉세이 니콜라예비치(1827~1906)와 어머니 류드밀라 알렉산드로브나(1835~1910)의 셋째 아들로 탄생. 안나 부니나, 바실리 주콥스키와 같은 유명 시인을 배출한 유서 깊은 가문 출신이라는 점에 큰 자부심을 가졌으나, 이미 가문이 몰락한 이후라 귀족다운 삶을 거의 경험해보지 못함. '사멸해가는 귀족의 둥지'라는 주제는 이후 「사랑의 문법Грамматика любовь」「안토노프의 사과Антоновское яболоко」「수호돌Суходол」「새의 그림자Тень птицы」 등에 잘 나타남. 호방하고 태평한 아버지를 대신해 어머니가 어려운 살림을 도맡아 자식들을 키움.

1873년   가족 전체가 도시를 떠나 오룔현 옐레츠군의 부티르키 마을에 있는 영지로 이주. 이곳에서 어머니와 농노들, 순례자들에게서 민속 노래와 이야기를 듣고, 농촌 아이들과 함께 놀며 가축을 돌보는 등 농촌의 삶을 경험하면서 러시아 농촌과 농민을 편견 없이 이해하게 됨. 어린 여동생 사샤(알렉산드라)의 죽음에 큰 충격을 받음. '슬프고 특별한 시적 감성으로 가득한 시절'로 기억됨.

1878년   모스크바대학교 학생인 가정교사 니콜라이 로마시코프가 부닌에게 독서와 외국어, 미술 등을 가르치기 시작함. 이때 처음으로 시를 씀.

1881년   옐레츠에 있는 김나지움에 입학.

1883년	부닌 가족은 부티르키 영지를 팔고 오제르키 마을로 이주.
1886년	1월 방학이 끝난 후 김나지움으로 돌아가지 않음. 인민의지파 활동으로 가택연금중이었던 첫째 형 율리의 도움으로 학업을 지속해 중등보통교육수료시험에 합격함. 혁명적인 대학생 서클의 일원이었던 율리는 이반의 초기 문학적 기호와 이데올로기에 많은 영향을 미침. 러시아 시인들, 특히 푸시킨과 가브릴 데르자빈 등의 작품을 읽으며 시와 산문을 체계적으로 쓰기 시작함. 이때부터 페테르부르크의 주간지 〈조국Родина〉에 시를 보내고 조지 고든 바이런, 알퐁스 드 라마르틴, 요한 볼프강 폰 괴테, 프리드리히 실러의 시들을 번역하기 시작함. 중편 「매혹Увлечение」 집필 착수.
1887년	2월 인민주의자 세묜 나드슨의 때 이른 죽음을 안타깝게 생각하며 쓴 시 「나드슨의 무덤에서Над могилой С. Я. Надсона」가 〈조국〉에 게재됨. 푸시킨의 『예브게니 오네긴Евгений Онегин』을 모방한 서사시 「표트르 로가체프Петр Рогачев」 집필 착수. 「매혹」을 탈고하지만 발표를 포기함. 9월에 단편 「두 명의 순례자Два странника」가 처음으로 〈조국〉에 게재됨.
1888년	주간지 〈조국〉, 잡지 〈주간 서적Книжки Недели〉에 시와 산문과 함께 문학에 관한 기사 「예술에 관한 단상Наброски. Несколько слов к вопросу об искусстве」 「현대 운문의 단점들Недостатки современной поэзии」 등을 게재. 가택연금이 끝난 율리 형은 오제르키를 떠남.
1889년	잡지 활동을 눈여겨본 신문 〈오룔 통보Орловский вестник〉의 발행인 세묘노바(『아르세니예프의 인생Жизнь Арсеньева』의 아빌로바의 원형이 된 인물)의 제안으로 신문사에 편집장 조수로 근무하며 하리코프에 있는 형의 집에서 거주. 〈오룔 통보〉에서 시와 산문, 번역 작품을 게재하고 연극과 문학

평론가로서 활동함. 바르바라 파셴코(『아르세니예프의 인생』의 여주인공 리카의 원형이 된 인물)를 만남.

1891년
최초의 시집 『1887~1891년 시Стихотворения 1887–1891』 발간(〈오룔 통보〉).

1892년
첫 시집에 대한 평가는 좋지 않았지만 시와 서평, 단편들(「탄카Танька」「카스트류크Кастрюк」「마을에서На хуторе」)을 계속 씀.

1894년
오랜 우상 톨스토이를 모스크바에서 처음 만남. 톨스토이가 설립한 출판사 '중개자Посредник'에서 출판된 책들을 판매하는 서점을 폴타바에 열기도 함. 이 시기에 톨스토이주의에도 관심을 가지고 폴타바에서 실제로 톨스토이주의자들과 함께 노동하기도 하지만 이들의 협소한 세계관에 거부감을 느낌. 이런 경험은 이후 『아르세니예프의 인생』의 주요 삽화에 반영됨. 오랫동안 연인 관계였던 바르바라 파셴코가 떠난 후 자살 충동을 느끼자 형들이 각별히 돌봐줌.

1895년
수도 상트페테르부르크로 이주해 당대 유명한 문학가들과 친분을 쌓으며 러시아문학계에 이름을 알림. 이후 다시 모스크바로 거처를 옮기고 콘스탄틴 발몬트, 안톤 체호프, 발레리 브류소프를 만남. 막심 고리키와 레오니드 안드레예프와 가깝게 교류하며 문학서클 '수요일Среда'의 일원으로 활동.

1896년
미국의 시인 헨리 워즈워스 롱펠로의 시집 『하이어워사의 노래Песни Гайавата』를 번역해 출간(〈오룔 통보〉).

1897년
단편집 『세상 끝으로На край света』(〈오룔 통보〉)를 출간해 문단의 호평을 받음.

1898년
시집 『창공 아래Под открытом небом. Стихтворения』(〈아동 독서Детское чтение〉) 출간. 오데사에서 〈남부 평론Южное обозрение〉 신문사 사장의 딸 안나 차크니와 결혼.

1900년 상징주의와 짧았지만 가까운 관계가 시작됨. 브류소프의 제
안으로 상징주의 계열의 잡지 〈스코르피온Скорпион〉에 제
1호부터 참여. 유럽으로 첫 해외여행을 떠남. 평생 자신의
집을 소유하지 않았던 부닌의 원칙적인 유랑 생활은 비교
적 체계적으로 이루어졌는데 "겨울은 수도와 시골에서 때
로는 외국에서, 봄은 러시아 남부에서, 여름은 보통 시골에
서 보냄". 단편 「안토노프의 사과」「멜리톤Мелитон」「소나
무Сосны」「가을에Осенью」 등 서정적 요소가 강한 산문들을
연달아 발표. 잡지 〈삶Жизнь〉에 고리키에게 헌사를 쓴 서사
시 「낙엽. 가을 서사시Листопад. Осенняя поэма」 게재. 모스
크바와 얄타에서 체호프를 만나고 이후 체호프가 사망하기
전까지 매우 가깝게 교류함. 부닌은 체호프를 존경했으며 체
호프는 부닌의 예술적 재능을 아낌. 차크니와의 사이에 아들
니콜라이가 태어남.

1901년 시집 『낙엽Листопад. Стихотворения』(〈스코르피온〉) 출간.
얄타에 머물며 거의 매일 체호프와 만남.

1902년 상징주의자들과의 오해가 깊어지면서 부닌은 고리키에게 자
신의 새로운 작품뿐만 아니라 〈스코르피온〉에 있던 『낙엽』의
판권을 구매해 지식Знание출판사에서 재출판할 것을 요청.
시집 『신작 시Новые стихотворения』(게르벡크출판사) 출간.
이 시집에 대해 브류소프가 "흘러간 문학"이라고 혹평함.

1903년 롱펠로의 시집 『하이어워사의 노래』(지식출판사) 재출간.
『낙엽』과 롱펠로 시집 번역으로 첫번째 푸시킨상 수상.

1904년 요양을 위해 독일로 떠나며 체호프는 두 사람 모두의 지인인
작가 니콜라이 텔레쇼프에게 "부닌에게 계속 쓰고 또 쓰시
라고 전해주세요. 그는 위대한 작가가 될 겁니다. 저 대신 그
에게 말씀해주세요. 잊지 마세요"라는 말을 유언처럼 남기

고 7월 15일에 타계. 부닌은 체호프에 대한 회고록을 집필하기 시작함.

1905년   유일한 자식인 아들 니콜라이 사망. 모스크바, 페테르부르크, 크림반도, 오데사는 물론 고향에서 혁명의 전개 과정을 목격함. 그러나 마르크스 계열의 지식출판사에 동참했던 다른 작가들과는 달리 정치적 주제의 시를 전혀 쓰지 않음.

1906년   상징주의 계열의 잡지 〈황금 양모Золотое руно〉에 시 발표. 평생의 동반자인 베라 무롬체바를 만남. 이듬해부터 둘은 이집트, 시리아, 팔레스타인, 이탈리아, 그리스, 프랑스, 실론 섬 등 세계 각지를 여행함(여행기 「새의 그림자」). 이 시기 러시아에서 벌어진 여러 정치적 사건은 상당한 숙고의 시간을 거치고 나서야, 보다 폭넓은 철학적 문화적 문제들, 특히 인간 문명의 필연적 멸망이라는 주제로 작품에 반영됨. 아버지가 사망하나 장례식을 견디기 힘들어서 참석하지 않음. 바이런의 『카인Каин』 번역 출판(시포브닉출판사).

1908년   알렉산드르 쿠프린, 안드레예프, 알렉산드르 블로크, 알렉산드르 세라피모비치와 함께 작품집 『땅Земля』(모스크바출판사) 출간.

1909년   중편 「마을Деревня」 집필 시작. 두번째 푸시킨상을 수상하고, 러시아 학술원 회원으로 선정됨.

1910년   단행본 『마을』(모스크바출판사) 발간. 「마을」은 「수호돌」과 함께 러시아의 '어두운 영혼'에 관한 2부작이라 할 수 있음. 이 작품으로 부닌은 문단과 대중 사이에서 시인일 뿐만 아니라 뛰어난 소설가로 이름을 알림. 고리키는 이 작품에 대해 "누구도 역사적으로 그토록 깊이 있게 농촌을 보여준 적이 없다"고 평가함. 톨스토이가 11월 7일에 타계하자 큰 충격을 받음.

1911년	중편「수호돌」집필 착수. 11월부터 카프리에 머물며 고리키와 자주 만남.
1912년	『수호돌. 1911~1912년 중단편선Суходол. Повести и рассказы 1911-1912 гг.』(모스크바작가출판사) 발간. 러시아 농촌의 암울한 현실을 적나라하게 보여준「마을」이후 이 문제가 사회적 문제가 아니라 민족성의 문제라는 점을 보다 확실하게 보여줌. 모스크바에서 작가의 문학 활동 25주년을 기념하는 다양한 행사가 펼쳐짐.
1913년	『통곡자 요한. 1912~1913년 단편과 시Иоанн Рыдалец. Рассказы и стихи 1912-1913 гг.』(모스크바작가출판사) 출간. 〈러시아 신문Русская ведомость〉 50주년 기념 석상에서 공식적으로 상징주의, 아크메이즘(간결한 형식과 정확한 표현을 중요시하는 시 학파), 미래주의가 러시아문학의 깊이, 진실성, 소박함의 전통을 파괴하고 러시아어를 훼손하고 있다고 비판함.
1914년	「형제들Братья」발표. 동양을 여행하며 관심을 가졌던 불교, 도교, 이슬람교, 유대교 등에 관한 자신만의 이해를 여러 작품에 반영함. 제1차세계대전 발발.
1915년	「샌프란시스코에서 온 신사Господин из Сан-Франциско」「사랑의 문법」등의 단편을 발표.『이반 부닌 전집. 전 6권』(마르크스출판사) 출간.『삶의 잔. 1913~1914년Чаша жизни. Рассказы и стихи 1913-1914 гг.』(모스크바작가출판사) 출간.
1916년	단편「창의 꿈Сны Чанга」「카지미르 스타니슬라보비치 Казимир Станиславович」「가벼운 숨결Легкое дыхание」「아글라야Аглая」「구부러진 귀Петлистые уши」「노파Старуха」「동포Соотечественник」및 50여 편의 시 발표.『샌프란시스코에서 온 신사. 1915~1916년Господин из Сан-Франциско. Произведения 1915-1916 гг.』(모스크바작가출판사) 발간.

1917년	2월혁명과 10월혁명을 모두 부정적으로 평가하며, 이전에 쓰지 않았던 사회평론을 통해 볼셰비키혁명에 격렬히 반대. 4월에 작품집 『태양의 신전Храм Солнца』(삶과지식출판사) 발간.
1918년	아내 베라 무롬체바와 함께 모스크바를 떠나 오데사로 이주해 1920년 초까지 생활. 모스크바와 오데사에서 겪은 혁명의 경험을 일기로 기록함.
1920년	내전에서 백군의 패배를 확인한 후 1월 말에 러시아를 영원히 떠남. 3월 파리로 이주. '파리 러시아 작가·언론인 동맹' 대표로 선출됨. 망명 초기 러시아로의 귀환이라는 기적에 대한 일말의 희망을 가지고 망명계의 우파 그룹이었던 신문 〈부활Возрождение〉에 합류해 소비에트에 반대하는 사회활동을 적극적으로 펴나감. 망명 직후부터 예술작품을 거의 쓰지 못함.
1921년	망명 작가인 드미트리 메레지콥스키와 지나이다 기피우스 부부와 자주 만남. 형 율리의 죽음으로 큰 충격을 입고 상실감으로 고통받음. 문학 활동을 재개하고 파리와 프랑스 남부의 그라스를 오가며 활동함.
1923년	파리 소르본대학교에서 강연. 이반 시멜료프 등 다른 망명 작가들의 파리 이주를 도움. 부닌의 예술을 높이 평가했던 로맹 롤랑이 노벨문학상 후보로 부닌을 추천함.
1924년	레닌의 사망으로 망명 사회에서 정치적 열기가 가장 고조되었던 2월 파리에서 열린 회합에서 '러시아 망명의 임무'를 주제로 연설함. 베를린에서 작품집 『예리코의 장미Роза Иерихона』(말출판사)를 발표.
1925년	10월혁명을 목격하고 기록한 일기를 바탕으로 논픽션 수기 『저주받은 나날들Окаянные дни』 집필 착수. 파리에서

작품집 『미탸의 사랑. 시와 산문Митина любовь. Повесть, рассказы, стихи』(로드니크출판사) 발간.

1927년 「아르세니예프의 인생」 제1권 발표. 1929년 제4권까지 발표하고, 1930년 제1권에서 제4권까지 묶어 단행본으로 출간. 1932~33년 마지막 권인 제5권 중 일부가 출판됨. 최종본은 1952년 뉴욕에서 『아르세니예프의 인생. 청년 시절』(체호프출판사)로 출간. 젊은 여성 작가인 갈리나 쿠즈네초바를 만나 아내 베라 무롭체바와 함께하는 십여 년의 동거가 시작됨. 파리에서 『일사병Сонечный удар』(로드니크출판사) 발간.

1931년 파리에서 『신의 나무Божье древо』(현대수기출판사) 발간.

1933년 러시아인 최초로 노벨문학상 수상. 알렉세이 톨스토이, 고리키, 발몬트, 메레지콥스키, 시멜료프 등이 후보로 올랐으나 여러 차례 후보로 추대된 부닌에게 스웨덴의 한림원은 "전형적인 러시아적 특성을 산문 속에 부활시킨 위대한 예술적 재능"이라고 평가하며 노벨문학상을 수여. 이에 러시아 망명 세계 전체가 환호함. 경제적으로 고통을 겪는 러시아 이민자들을 위해 상금의 일부를 기부해 다른 작가들의 동참을 이끌어냄.

1934년 그라스로 돌아와 작품 활동을 계속함. 베를린의 페트로폴리스출판사에서 11권 선집 발간. 기피우스, 메레지콥스키, 시멜료프와 함께 잡지 〈삽화가 있는 러시아Иллюстрированная Россия〉의 편집위원으로 활동.

1937년 철학적 에세이 『톨스토이의 해방Освобождение Толстого』(YMCA프레스출판사) 출간. 오랫동안 예술가로서 인간으로서 존경해왔던 톨스토이의 죽음 직전의 마지막 열흘을 반복적으로 기술하며 삶과 예술의 의미를 성찰한 작품.『어두운 가로숫길Темные аллеи』집필 착수.

1938년 발트해 연안의 3국 투어 진행. 라트비아의 리가와 다우가프
필스, 리투아니아의 카우나스, 에스토니아의 타르투와 탈린
등에서 문학의 밤, 학생들과의 만남 행사에 참석.

1939년 제2차세계대전이 시작되자 그라스에 있는 빌라 '자네트'로
이주해 전쟁이 끝날 때까지 생활. 기피우스, 나데지다 테피,
니콜라이 베르댜예프, 보리스 자이체프, 마르크 알다노프,
메레지콥스키, 알렉세이 레미조프, 세르게이 라흐마니노프,
블라디미르 시린(나보코프) 등과 함께 소련의 핀란드 침공
에 반대하는 선언문에 서명함. 독일 점령하에서 독일군의 눈
을 피해 레오니드 주로프와 같은 러시아 문학가들을 숨겨줌.
이 시기 유일한 삶의 기쁨이 된 창작의 열정을 불태움. 『어
두운 가로숫길』집필. 전쟁을 피해 미국으로 갈 것을 제안받
았으나 거절함. 전쟁이 끝날 때까지 경제적으로 매우 어려운
생활을 함.

1941년 소련으로 돌아간 알렉세이 톨스토이의 노력으로 부닌의 귀
환 문제가 소비에트 내에서 논의되기 시작.

1942년 오랫동안 부닌 부부와 함께 동거하던 쿠즈네초바가 마침내
부닌을 떠나자 이별로 인한 고통을 힘들게 겪어냄. 독일군을
피해 도망 다니던 유대인 피아니스트 리버만 부부를 숨겨줌.

1944년 프랑스 남부가 파시스트 군대에 의해 점령당하고 부닌의 빌
라의 일부도 징발됨. 『어두운 가로숫길』집필을 계속 이어
감. 연합군에 의해 파리가 해방되고 그라스도 독일군으로부
터 해방됨.

1945년 파리로 다시 이주. 이 시기 러시아 망명가들의 귀환이 이루
어지면서 고국으로 귀환할지를 진지하게 고민. 파리의 소련
대사관을 방문한 부닌은 귀국을 권유받았으나 거절함. 그러

나 소련대사관을 방문했다는 소식은 망명자들 사이에서 매우 부정적으로 받아들여졌으며 부닌이 귀국을 승낙했다는 헛소문까지 퍼짐. 소비에트 여권을 원하는 망명자들에게 발급이 가능해졌으나 부닌은 무국적자로 남기로 함. 자신의 허락 없이 작품이 소련에서 출판되는 것에 대해 공식적으로 반대함.

1946년   파리에서 『어두운 가로숏길』(O. 젤루크출판사) 출간. 조반니 보카치오가 전염병 속에서 『데카메론 *Decameron*』을 썼듯 전쟁 시절에 쓴 사랑에 관한 책이라고 출판기념회에서 밝힘. 망명 사회에 큰 반향을 불러일으킴.

1947년   망명한 이후 소비에트 내의 문학 상황을 항상 주시해온 부닌은 특히 콘스탄틴 파우스톱스키와 알렉산드르 트바르돕스키를 높이 평가함. '파리 러시아 작가·언론인 동맹'에서 소비에트 여권을 받은 작가들의 퇴출을 반대하는 인사들(아내 베라 무롬체바 포함)이 부닌에게 동참을 요청하나 거부함. 이 동맹을 탈퇴하는 등 일련의 사건들로 인해 망명 세계에서 부닌에 대한 평판이 크게 나빠짐.

1949년   『회상록 Воспоминания』 집필. 폐렴 등으로 건강이 악화됨.

1950년   파리에서 『회상록. 낫과 망치 아래에서 Воспоминания. Под серпом и молотом』(부활출판사) 출간. 몇몇 작가에 대해 극단적으로 평가한 글을 담고 있어 망명 문학계에 당혹감을 불러일으킴. 80세 생일을 맞이해 오랜 지인인 프랑수아 모리아크, 앙드레 지드를 비롯한 많은 문인의 축하를 받음. 이날의 상황은 다큐멘터리 영화로 촬영됨. 기관지염과 천식으로 고생함.

1951년   늑막염을 앓음. 아내의 도움으로 지난 기록들을 정리함.

1953년   체호프에 대한 책을 쓰기 위해 자료를 수집함. 레르몬토프에

관한 책도 쓸 계획이었으나 시도하지 못함. 11월 7일까지 체
호프에 대한 책을 집필. 부닌 사후인 1956년『체호프에 대하
여O Чехове』(체호프출판사)가 미완인 채로 뉴욕에서 러시
아어로 출간됨.
11월 8일 파리에서 사망. 생트준비에브데부아에 있는 러시
아 이민자 묘지에 매장됨.

---

* 이 연보는 러시아학술재단의 지원으로 러시아 국내외 연구진이 부닌의 생애와 작품 연
구를 위한 기초 자료를 구축하고, 연구 및 조사 작업을 진행하며, 다양한 정보를 축적하
기 위해 만든 사이트 '아카데미 부닌'의 내용을 일부 참고해 작성했다.
(https://ivbunin.ru/index.php/biografiya/khronika)

문학동네 세계문학전집 발간에 부쳐

세계문학은 국민문학 혹은 지역문학을 떠나 존재하는 문학이 아니지만 그것들의 총합도 아니다. 세계문학이라는 용어에는 그 나름의 언어와 전통을 갖고 있는 국민문학이나 지역문학의 존재를 인정하면서 그것을 넘어서는 문학의 보편적 질서에 대한 관념이 새겨져 있다. 그 용어를 처음 고안한 19세기 유럽인들은 유럽문학을 중심으로 그 질서를 구축했지만 풍부한 국민문학의 전통을 가지고 있는 현대의 문학 강국들은 나름의 방식으로 세계문학을 이해하면서 정전(正典)의 목록을 작성하고 또 수정한다.

한국에서도 세계문학 관념은 우리 사회와 문화의 변화 속에서 거듭 수정돼왔다. 어느 시기에는 제국 일본의 교양주의를 반영한 세계문학 관념이, 어느 시기에는 제3세계 민족주의에 동조한 세계문학 관념이 출현했고, 그러한 관념을 실천한 전집물이 출판됐다. 21세기 한국에 새로운 세계문학전집이 필요하다는 것은 명백하다. 우리의 지성과 감성의 기준에 부합하는 세계문학을 다시 구상할 때가 되었다.

문학동네 세계문학전집은 범세계적으로 통용되는 고전에 대한 상식을 존중하면서도 지난 반세기 동안 해외 주요 언어권에서 창작과 연구의 진전에 따라 일어난 정전의 변동을 고려하여 편성되었다. 그래서 불멸의 명작은 물론 동시대 세계의 중요한 정치·문화적 실천에 영감을 준 새로운 작품들을 두루 포함시켰다.

창립 이후 지금까지 한국문학 및 번역문학 출판에서 가장 전문적이고 생산적인 그룹을 대표해온 문학동네가 그간 축적한 문학 출판 경험을 바탕으로 새로운 세계문학전집을 펴낸다. 인류가 무지와 몽매의 어둠 속을 방황하면서도 끝내 길을 잃지 않은 것은 세계문학사의 하늘에 떠 있는 빛나는 별들이 길잡이가 되어주었기 때문이다. 우리가 자부심과 사명감 속에서 그리게 될 이 새로운 별자리가 독자들의 관심과 애정에 힘입어 우리 모두의 뿌듯한 자산이 되기를 소망한다.

문학동네 세계문학전집 편집위원
민은경, 박유하, 변현태, 송병선, 이재룡, 홍길표, 남진우, 황종연

세계문학전집 254

샌프란시스코에서 온 신사

초판 인쇄 2024년 10월 17일
초판 발행 2024년 10월 30일

지은이 이반 부닌 | 옮긴이 최진희

책임편집 이단네 | 편집 홍지인 최정수 오동규
디자인 김유진 이원경 | 저작권 박지영 형소진 최은진 오서영
마케팅 정민호 서지화 한민아 이민경 왕지경 정경주 김수인 김혜원 김하연 김예진
브랜딩 함유지 함근아 박민재 김희숙 이송이 박다솔 조다현 정승민 배진성
제작 강신은 김동욱 이순호 | 제작처 영신사

펴낸곳 (주)문학동네 | 펴낸이 김소영
출판등록 1993년 10월 22일 제2003-000045호
주소 10881 경기도 파주시 회동길 210
전자우편 editor@munhak.com | 대표전화 031) 955-8888 | 팩스 031) 955-8855
문의전화 031) 955-1927(마케팅) 031) 955-1916(편집)
문학동네카페 http://cafe.naver.com/mhdn
인스타그램 @munhakdongne | 트위터 @munhakdongne
북클럽문학동네 http://bookclubmunhak.com

ISBN 979-11-416-0153-9 04890
      978-89-546-0901-2 (세트)

www.munhak.com

● 문학동네 세계문학전집은 계속 출간됩니다